U0676184

在未来可期的漫漫长路上，
我已经准备好

Thanks ♡
Atwisa

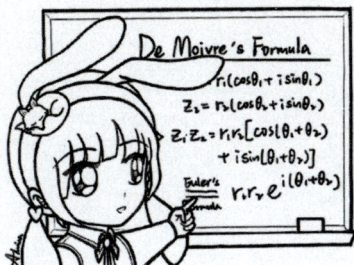

De Moivre's Formula

$$r_1(\cos\theta_1 + i\sin\theta_1)$$
$$z_2 = r_2(\cos\theta_2 + i\sin\theta_2)$$
$$z_1 z_2 = r_1 r_2[\cos(\theta_1 + \theta_2) + i\sin(\theta_1 + \theta_2)]$$

Euler's Formula $r_1 r_2 e^{i(\theta_1 + \theta_2)}$

永远太远
我们就认真过好每一个明天

Thanks ♡
Atwisa

魅丽文化

2

阿回卅
著

陕西新华出版传媒集团
三秦出版社

图书在版编目（CIP）数据

任清风徐来.2 / 阿回卅著. —— 西安：三秦出版社，
2022.2
ISBN 978-7-5518-2595-5

Ⅰ．①任… Ⅱ．①阿… Ⅲ．①长篇小说－中国－当代
Ⅳ．① I247.5

中国版本图书馆 CIP 数据核字（2022）第 038241 号

任清风徐来.2

阿回卅 著

出版发行 陕西新华出版传媒集团　三秦出版社
社　　址 西安市雁塔区曲江新区登高路 1388 号
电　　话 （029）81205236
邮政编码 710061
印　　刷 人民今典印务有限公司
开　　本 880mm×1230mm　　1/32
印　　张 10
字　　数 346 千字
版　　次 2022 年 2 月第 1 版
　　　　　　2022 年 2 月第 1 次印刷
标准书号 ISBN 978-7-5518-2595-5
定　　价 46.80 元

网　　址 http://www.sqcbs.cn

目录

CONTENTS

Chapter 1
飘是不可能飘的

1.

三周的交流结束，回到盛川市温暖的家中，徐来首先两耳不闻窗外事地睡了两天。

回程的飞机上，她如愿和秦子衿、余笑荷共享了同一排座位。可三个女生凑在一起，只顾喋喋不休地聊八卦，一路下来几乎没怎么合眼，更不要提"睡眠质量"这四个字。

倒好时差，又被父母拉着走访了一轮亲戚后，徐来这才重新体会到暑假的自由。

许久没有动静的初中同学群突然出现"毕业都一年啦，咱们趁着开学前聚个会"的消息时，群里忽然就热闹了起来。

虽然陆潇潇总是笑称二中遍地学渣，但排在四中之后，能在高考成绩和升学率中争夺全市第二名的，通常也只有二中和十六中而已。

徐来的初中同学大部分留在了本校。

因此，她乍看到回复中源源不断的"好啊好啊，好久没见了"时，着实惊奇了片刻。随后想到自己和同在四中，却在不同班级的几个初中同学也基本失去了联系，默默慨叹了一声。

等活跃分子们"嘤嘤嘤"地表达完思念后，徐来笑着回复道："加我一个！"

到了聚会那天，徐来推开 KTV 包间的门的时候，屋内已经热热闹闹坐满了人。

"哟！徐大学霸！"几个男生先嬉皮笑脸地打起了招呼，"您能在百忙之中拨冗莅临，真让这间小黑屋蓬荜生辉，是我等的无上荣耀……"

"去，你们少来这套，"坐在陆潇潇身边，清秀水灵的蓝裙美女打断了男生的长篇大论，站起身笑着迎了上来，结结实实给了徐来一个熊抱："徐大学霸，美！"

徐来同样微笑着打量了初中时的班花黄可凡片刻，亲昵地回应道："黄大美人，绝美！"

和在场其他人也热情亲切地问过好后，徐来终于在陆潇潇和黄可凡中间坐定。

"徐来，潇潇说你之前跑去美国吃喝玩乐，游山玩水，才刚刚回来？"

黄可凡和陆潇潇高中依然同班，两个人平时低头不见抬头见，所以黄可凡的关注点自然在许久不见的徐来身上，而陆潇潇则窝在一旁悠闲地嗑着瓜子。

"嗯，去了三周，"虽然灯光昏暗，徐来还是抬了抬辨不出颜色的手臂，"晒黑了三个色号。"

"潇潇还说，"黄可凡压低声音，笑意更浓，"你是和英俊潇洒的'小男友'一起去的？"

"我可不是这么说的！"陆潇潇顿时停下吃瓜子的动作，"我说的是追、求、者。"

听到语调略夸张的"追求者"三个字，坐在陆潇潇另一侧，正和几个男生打牌的短发女生突然回过头来插话道："欸，徐来，听说今天尹燃也要来。"

听到这个名字时，徐来微微一怔。

大约是"甲乙丙丁"被陆潇潇提及的次数太多，以至于这些单字标签替代了它们原本指代的姓名，根深蒂固地嵌入记忆，甚至与背后的人名出现了割裂的断档。

名字已然有些陌生，但尹燃是甲乙丙丁中的乙。

"是吗？"徐来尽量滤过声音中的苦涩，"很久没他的消息了。"

"来呗！"陆潇潇倒是一脸淡定，"徐来又没做过什么对不起他的事，明明是他自己有心魔。"

没做亏心事是真的，但心中隐约残留的亏欠感也是真的。

初中时，能和徐来讨论问题的为数不多的人中，尹燃算是一位。

可两个人因探讨学习问题而始的友谊彻底终结于徐来后知后觉地意识到他在课间送来的糖果，以及时不时发起的闲聊背后统统暗藏着高于友谊的期许时。

尽管金钱上两不相欠，但多多少少受到一定伤害的尹燃在那之后对徐来避之不及。

避之不及到，原本可以轻松考上四中的尹燃，让所有人大跌眼镜地填报了十六中作为第一志愿，无论老师或家长如何规劝都无济于事。

直到一年之后，回想起这件事时，徐来依旧会为自己当初那番强硬的拒绝而感到困扰。

如果她的态度再和缓友好些，或许尹燃就不至于做出这样极端的选择了。

"刚刚尹燃发微信说他临时有事来不了了，"前班长清点过人数后，拿过话筒扬声说道，"那咱们人齐了，大家该吃吃该喝喝。可凡大美女，按照惯例，还是你来献上第一首歌？"

"这人也太小肚鸡肠了吧，徐来拒绝他都是多少年前的事了，"黄可凡在起身接过话筒前，充满不屑地小声评价道，"不来正好。"

徐来莫名紧绷的神经还是放松下来。

的确，和有些人，最好的结局就是"江湖"不再见。

但徐来同样感谢尹燃的"前车之鉴"，若不是她在与尹燃形同陌路后反思过自己对待追求者的态度，并下定决心不再因好人卡发得太急太猛而伤人，恐怕也不会有今天的她和任清风。

"所以，"黄可凡大大方方站在包间中央唱起歌时，陆潇潇压低声音悄悄询问道，"回来一个星期了，你和任学霸都去哪儿约会啦？"

"任学霸"三个字让徐来没由来地想要微笑，但她还是默默推开了陆潇潇写满暧昧的笑脸："我们并不是男女朋友，不需要约会。而且，九月初就是数学联赛，任清风每天都要集训。"

陆潇潇的震惊溢于言表："每天？这可是美好的暑假呀徐来！太拼了吧？他不是初三和高一拿过两个一等奖了吗？"

"但是这一次，"徐来也从塑料盘中抓起一小把瓜子，轻声回答，"学校希望他能进省队。"

陆潇潇再次暂停了嗑瓜子的动作，好奇地问道："省队是什么？"

"就是每个省选出一等奖里的前几名，组成队伍参加一个全国冬令营，继续考试。"

"还考？"陆潇潇听到"考试"二字就头大，"这又是为什么？"

"从参加冬令营的两百人再选前六十人组成国家集训队。"

"就不能一次性选出这六十个人吗？"陆潇潇彻底忘了嗑瓜子，"那国家集训队又是干吗的？"

"可能是联赛难度还不够高吧，"徐来倒是一个接一个嗑得悠哉，"听任清风说这六十个人还要再经过两轮考试，选前六名代表国家队参加明年暑假的IMO。"

"IMO又是什么？"陆潇潇乖乖坐在小板凳上竖起耳朵，"还有国家队？"

"国际数学奥林匹克竞赛。"徐来刚好吃完手里的一小把瓜子，拿出纸巾擦了擦手。

陆潇潇默默吞了一口唾液，缓了缓才说道："所以，你家任学霸是要为国争光的男人？"

"潇潇，任清风开学才高二，"看着突然兴奋起来的好友，徐来有些无奈，"在一堆高三大神里，能不能进省队尚且全靠造化，为国争光什么的，着实太遥远了吧。"

"那如果能成功进入国家队，"陆潇潇充满羡慕嫉妒恨地感叹道，"肯定北大清华抢着要，根本不用参加高考吧？"

"好像是能进那六十人的国家集训队就可以保送。"

陆潇潇眼中高悬起崇拜的星星："你家任清风是真酷。"

"这一切的前提条件是，他首先需要能进省队，"徐来喝了一口果汁，不动声色地转换了话题，"潇潇，那你和老谢呢？你们都去什么地方甜甜蜜蜜了？"

陆潇潇却一秒变严肃："我不得不说，在聊完任学霸之后非要聊阿欢，你不是傻就是坏。"

徐来还没来得及摆出类似黑人问号脸的表情，两个人的对话便被一曲唱毕，在热烈的掌声中坐回到身边的黄可凡中断——

"你们也快去点歌呀！潇潇唱歌那么好听。"

见完初中同学，徐来第一时间约出了号称早已在家待到发霉的沈亦如。

两个人讨论了很久都没能想到除了购物中心以外值得一去的地方，索性决定去学校游个泳。炎炎酷暑之下，清凉的游泳池无疑是消磨时光的最佳场所。

沈亦如一路小跑的身影出现在视线中时，徐来笑着扬了扬手中的礼物——

最终，她当然没有买奇怪味道的比比多味豆，而是给沈亦如带回了一件格兰芬多 T 恤衫。

"啊啊啊！超喜欢！"沈亦如激动地扑了上来，二话不说也是一顿熊抱，"谢谢徐来！"

"欸欸欸，我要被你勒窒息了，"徐来笑着挣脱，"有话咱们泳池里好好说。"

然而，当两个人换好泳衣走出更衣室时，徐来才意识到来游泳的决定是何其错误。

四中的游泳馆在暑假时以一个极其公道合理的价格对公众开放，此时此刻，上至白发苍苍在浅水区"乘凉"的老人，下至抱着浮板参加游泳课的小朋友，都在游泳池里。游泳池内外人满为患。

两个人仅试着游了一个来回便充分意识到，在这样的喧闹氛围中，不仅不可能好好游泳，就连靠在池子边聊聊天都成了奢望，只好悻悻地铩羽而归。

换好衣服，吹干头发，从游泳馆走向食堂的路上，徐来和沈亦如不由得再次面面相觑地确认，选择这个时间来学校实在是个天大的错误，因为极可能连饭都吃不上——

从对面教学楼中鱼贯而出的，是一大群难掩期待与兴奋的年轻人。

显然，这群人是刚刚结束了上午的分班考试集训，准备冲到食堂大快朵颐的高一新生。

去年的同一时间，徐来经受过相同的摧残。

分班考试前，四中新生需要参加长达一周的高强度集训，主要授课内容为高中数理化三科的部分重点概念，用于考查学生对新知识的理解和接受能力。

这些高中内容和初中知识，以及超纲竞赛题三足鼎立，组成了四中的魔鬼分班考试。

看着这些擦肩而过，脸上写满豪情壮志的年轻人，徐来由衷感叹道："你说，当时咱们看上去也这么天真吗？"

沈亦如笑着拍了拍徐来的肩膀："真的勇士，要敢于直面自己的黑历史。"

"我就记得当时第一天上午的数学课结束，我想退学的心都有了……"

徐来刚开始忆苦思甜，身边突然传来一阵清晰的窃笑和叽叽喳喳的议论声。

"我课间偷瞄到了！祁司契坐在第二排第三个位子，真的超帅啊！"花痴脸一号。

"可是太帅了也没安全感吧？反正祁学长这样的，我是铁定不敢追的。"花痴脸二号。

"没错，我觉得还是任清风帅得平易近人一些。"花痴脸三号。

"任清风？"花痴脸四号露出了困惑的神色。

"就是前一阵在'知乎'上超级火的白衬衫小哥哥，"花痴脸三号解释道，"也是咱们学长。"

"我知道！那个侧脸无敌了，好吗？"花痴脸二号瞬间接话，"天哪，他竟然是咱们学校的！"

"我打听了一个暑假，他可是货真价实的年级第一！"花痴脸三号的迷妹属性暴露无遗。

花痴脸一号的好奇心被彻底激发，当下掏出手机："知乎哪个问题？我看看，我看看！"

花痴脸四号兴趣满满地凑到手机旁："他也参加数学竞赛吗？吃完饭咱们再去偷瞄一眼吧……"

对于分班集训的惨痛回忆被彻底打断，徐来无语地停顿了片刻，看向忽然笑得神秘莫测的沈亦如："为什么这些小姑娘在这种时候还有时间关注这种问题？是放弃分班考试了吗？"

"噗，"沈亦如被徐来这神奇的脑回路彻底逗乐，"这种时候，正常女生不是应该担心自家帅哥被觊觎吗？你这平白无故操的是什么心？"

为了证明自己不是和某幼稚鬼同流合污的神经病，徐来正色开口："当时集训吃午饭的时候，我满脑子只有那堆三角函数转换公式，生怕记混或记错了，一分一秒都不想浪费，哪来的时间关心学长帅不帅？"

然而，这样的解释无疑是多此一举。

沈亦如更加微妙的表情明晃晃地昭示着"你是神经病实锤了"："即便是这种时候，我们'正常'女生多少还是会在休息的时候环视一下四周，看看有没有英俊并且合眼缘的脸的。"

"……"

徐来索性不再开口。

"不过，"沈亦如调侃道，"你真的一点都不担心这些学妹跑去追你家'平易近人'的任学霸吗？"

"比起这种危机感，"徐来想到当初夺门而逃的冯书亭、满脸失落的姚芊与、尴尬闭麦的向园，心有戚戚焉，"我倒是比较担心他的态度会不会非常不礼貌。"

"徐来，我不得不说，你和你家老任是真配，"和徐来大眼瞪小眼片刻后，沈亦如笃定地得出结论，"不仅脑回路同样异常，而且一样飘飞上天。"

徐来正准备摆出黑人问号脸的表情，就听背后传来一声阳光灿烂的激情呼唤——

"徐来！沈亦如！"

这个张扬不羁而又无比亲切的皮皮声音让徐来瞬间扬起嘴角。

徐来和沈亦如同时站定回头。

人海之中，许啸川在并排而行的六个人中间笑着挥了挥手，然后三步并作两步向着两个人奔袭而来："徐来妹妹，两个月没见，想我了没？快让哥哥抱一下！"

徐来脸上明媚的笑意扩大，大大方方地张开双臂，特意上前一步以配合许皮皮的重逢大戏。

可许啸川在徐来两步开外灵巧地刹住车，乖巧地回过头问："老任，行吗？"

然后，许皮皮不出意外地收获了徐来已经两个月不曾操练的"敲头杀"。

"你戏真多，"周逸然满脸鄙夷地看了许戏精一眼，才笑着向两个人点点头："早！"

符夕辰也微笑接话："美女们，你们这种不畏酷暑、坚持到校的精神真是感天动地。"

走在最中间的任清风同样勾起嘴角，向着徐来和沈亦如点了点头。

任清风另一侧是一高一矮两个不认识的女生：个子矮些的扎着高高的马尾辫，面庞白皙；个子更高挑些的长发披肩，眉清目秀，气质格外温婉成熟。

两个人的目光都带了些拘谨和好奇落在徐来脸上。

随着这五个人也走到徐来和沈亦如面前站定，高个美女偏头，看向站姿笔挺的任清风。

"哥哥，同学吗？"这娇媚而甜美的声音让徐来的心都不由自主地一阵柔软。

在徐来笑着拒绝了许啸川共进午餐的倾情邀约，和六人告别后，沈亦如忍不住吐槽："我还以为是真妹妹，结果就是老任爸妈同事的女儿。那声'哥哥'叫的，我鸡皮疙瘩掉一地。"

"但长得还蛮好看的，"徐来客观地评价道，"说是有血缘关系我也相信。"

沈亦如无语了片刻，最终还是选择将槽吐完："而且，戚仍歌，她这个名字也太奇怪了。"

"我倒很喜欢这种行为和气质有反差的软萌款，"徐来不以为意地笑笑，"其实这个名字非常有水准，我猜出处不是苏轼的词就是泰戈尔的诗。"

沈亦如当即露出"十脸震惊加五脸蒙"的表情。

徐来不紧不慢地分析起来："无论是那句'仍歌杨柳春风'之后的'休言万事转头空，未转头时皆梦'，或者是怕'戚'这个字难免会和哀伤联系起来，所以取'世界以痛吻我，要我报之以歌'这层意思，你不觉得都非常让人印象深刻吗？"

"徐来，"沈亦如瞪大眼睛，难以置信，"这不是重点，好不好？重点是……"

"她是可爱的高一学妹，"徐来慢悠悠地接话，"并且，她看任清风还有我的眼神都不太对。"

"那你刚刚为什么要拒绝老许的邀请？"沈亦如难掩困惑，"感觉她和老任不仅认识很久，还很熟的样子。你这个时候就应该尽快打入敌人内部，摸清她的底细才对。"

"咱们好不容易才见面，我今天唯一的计划就是和你好好聊天，"徐来将任狐狸"运筹帷幄老谋深算"的表情借来一用，带着淡淡的笑意回答，"还有，你觉得这个妹子像我吗？"

沈亦如打趣道："说实话，人家看上去可比你端庄贤淑多了。"

"所以，她不是任清风会喜欢的类型。"

"你看看，你看看，这种飘飞上天的自信，不是女版老任，是什么？"

"倒不是我对自己多有信心，而是我对任清风有信心。"

"这种时候你还有心情秀恩爱？"

"亦如，这个妹子看他的眼神里期待值和眷恋值都太高，"徐来收起语气中的调侃之意，正色回应，"可是，任清风这个人，在真正专注做事的时候，不愿意被打扰，也不可能对这样的关切有所回应。"

徐来看着哑口无言的好友，笑意微微扩大："因为忙起来会六亲不认的任清风恰好太忙，所以这样的妹子追不到他。"

2.

两个人刚刚走出校门，徐来放在裤兜里的手机就振动了一下。

沈亦如带着了然的笑意问道："我猜是任学霸吧？"

徐来干脆将手机屏幕和好友共享——

任清风：晚上还在学校附近吗（挥手）？

沈亦如一瞬间就乐了："老任在你面前这么含蓄又卑微吗？这是什么老古董式约妹法？"

"我和你的看法恰恰相反，"徐来重新将手机收起来，"我觉得任清风又开始飘。"

"我只看到了一个急着想要和小姑娘澄清误会的诚恳小伙。"沈亦如打趣道。

徐来慢条斯理发表着自己的见解："我们从美国回来，差不多快两周了吧，这还是他第一次提出要见个面。前些天他都那么忙，偏偏今天就不忙了吗？"

沈亦如笑着倾听。

"显然，他认定在现阶段，'备战比赛'比'和我见面'更重要，"徐来一脸淡定，"可为什么现在突然反过来了呢？"

"肯定是因为仍歌妹妹呗。"沈亦如的语气轻松。

"任清风其实特别怕麻烦，巴不得全世界都在他需要的时候安静下来，千万不要影响他做自己的事，"徐来将任狐狸微微眯起眼睛的动作学得八九不离十，"所以，他在这个时候约我，只是想尽快解决掉'我可能误会或生气'这个麻烦，好在接下来的时间里继续认真准备比赛而已。"

沈亦如竟然觉得这听起来无比傲娇的一派胡言似乎也有几分道理。

"当然，这还必须建立在他认为'今天意外见到戚仍歌会让我误会和生气'的前提下，也就是说，他理所当然地认为我应该在这种时候吃个醋，把天掀翻。"

见沈亦如再次露出了"十脸震惊"，徐狐狸嘴角斗智斗勇的笑意扩大："你说这种自我感觉过度良好，并且想要别人配合他的时间表，他想学习就学习、他想见面就见面的霸道，不是飘飞上天是什么？"

沈亦如叹为观止："徐来，我之前的担心多余了，以你的段数，别说一个仍歌妹妹，就是全世界都变成仍歌妹妹，也拐不跑你们家任狐狸。"

"对付这种飘飞上天的人，就是不能完全遂他的意，"徐来闲适地接话，"既然他希望我吃个醋，那我就乖乖吃个醋好了。但是，想很顺手地在今晚解决麻烦，那他把事情想简单了。"

"哈哈，忽然觉得老任真是弱小可怜又无助，"沈亦如轻笑出声，"你准备怎么回他？"

"都说了今天是和你约会的日子，"徐来也笑了笑，"至于其他人的信息，等我想起来再说吧。"

"你就不怕老任因为你不回信息茶不思饭不想，题也做不下去了吗？"

"噗，亦如，任清风可是一个在知道自己没犯错误的情况下，认定参加集训比给我过生日还重要的人，"徐狐狸眼中闪过狡黠的光，"要是因为一个仍歌妹妹就茶不思饭不想，我倒要怀疑他们的关系了。"

"徐来，"沈亦如语气叹服，"我收回当时的话，老任全败。"

"现在对我有信心啦？"徐来笑道，"好啦，吃饭！我快饿死了。"

任狐狸终于如愿约到徐白兔，已经是连续碰壁三天以后的事。

第一天，小姑娘和沈亦如的闺密下午茶持续到了晚饭后。

第二天，小姑娘早就定好要去外婆家给表妹庆祝生日。

第三天，小姑娘早就定好要随美术老师到郊区采风。

在任狐狸忍无可忍地发送出"那明天总该轮到我了吧（挥手）"的卑微请求时，徐白兔终于纤尊降贵地回"好（挥手）"。

任清风正准备发动撒泼耍赖的技能求补偿时，手机屏幕上出现了新的信息——

"但是明晚早就定好去看芭蕾舞，所以就中午一起吃饭吧（挥手）。"

任清风看了一眼手边厚厚的习题本，在这一瞬间忽然想变身为《天鹅湖》里的黑天鹅，以充分引起小白兔的关注。

然后，屏幕上又出现了第三行字——

"所以就在学校食堂随便吃点什么好了（微笑）。"

依旧要参加竞赛集训的任狐狸除了乖乖回答"好（微笑）"之外别无选择。

第二天中午，下课铃打响的一瞬间，坐在第一排的邓昊风一样冲到任清风面前："老任，你滴（的）仍歌妹妹又在门口痴痴滴（地）等着你了。"

"这妹子也太执着了吧？"杨凯齐合上笔记本，满脸惊恐，"躲都躲不掉，绝对是老任所有追求者里态度最坚决的一个了。"

"多好，"祁司契在一旁悠然接话，"执着是一种非常珍贵的品质。"

任清风抬起头，语气诚恳："要不拜托你开开屏，让她转移一下目标？"

"她太端着了，不够有趣，"祁司契拒绝得一本正经，"而且，也不够好看。"

"吁……"杨凯齐和邓昊风异口同声，"什么叫'好看又有趣'？"

祁司契站了起来，朝着任清风露出一个春暖花开的笑容："我看徐来就挺好看，挺有趣的。"

任清风光速将笔记卷成卷，对着祁司契的后背狠狠一敲："有多远，滚多远。"

"说到徐小妹，"符夕辰幸灾乐祸地接话，"那天老任带着仍歌妹妹各种浪的时候，刚好被徐来撞个正着，然后徐小妹直接就不理他了，哈哈哈——"

"错，"任清风悠哉将笔记本收好，听得出心情极佳，"我没有带仍歌各种浪，徐来也没有不理我，等一下吃饭的时候我会和她解释清楚。"

戚仍歌过于明显的意图，只要她不说开，任清风就可以继续视而不见。

虽然他对戚仍歌暗藏的心思早有察觉，却还是被她考入四中后忽然无比热情主动的言行吓了一跳，着实适应了几天才调整好心态。

若是其他女生，或许他会以更加冷淡直接的方式挑明后礼貌地拒绝，但是因为季女士的这层关系，也因为两个人相识十年，多少算得上朋友，任清风相信装傻充愣才是最合适的态度。

　　出于对季女士和戚叔叔的尊敬与礼貌，任清风并不介意在和损友吃饭时带上戚仍歌和她的朋友。毕竟，在女生面前，这群平时口无遮拦的狐朋狗友总归有所收敛，还他一个安静的用餐环境消化一上午的竞赛题，怎么想都稳赚不赔。

　　可徐来不同。

　　如果是和徐来共进午餐，任清风只觉身边哪怕再多一个人都非常碍眼，也不愿意在这备战竞赛的特殊时期，将和小姑娘难得相见的宝贵时间浪费一分一秒在听别人的高谈阔论上。

　　任清风相信冰雪聪明的徐来清楚这一点，也默认了他的邀约代表"单独相见"。

　　正因为如此，徐来会选择中午在食堂见面，说明她终于准备好了在无数双好奇的眼前，坦然地站到他的身边。

　　任清风一行人走出教室时，果然看到了戚仍歌和好友亭亭玉立的身影。

　　许啸川唯恐天下不乱地扬声开口："今天你们任哥哥有事，我们带你们去吃饭。"

　　为了帮助好友顺利脱身，祁司契最终还是挺身而出，向两个人扬起一个和煦的微笑："走吧。"

　　有意为之的美男计立刻让戚仍歌的马尾辫好友小脸一红。

　　戚仍歌却一动不动，探寻地看向任清风，像是在索取解释："你今天不吃饭了吗？"

　　"我有事，"任清风语气温和，"等下再去。"

　　戚仍歌继续问道："那需要我们帮你带点什么回来吗？"

　　"不用，"任清风回答得礼貌而简短，"多谢。"

　　"好吧，那我们先去了。"

　　转身之前，戚仍歌又看了站在原地的任清风一眼，像是在努力参破所谓"有事"是指什么。可从他那张平静无波的脸上解读出的，除了惯常的清浅笑意外一无所获。

　　等几个人的背影拐出了视线，任清风从裤兜里拿出手机，正准备拨号——

　　"你今天不吃饭了吗？"

　　和戚仍歌相比，这清越的声音远算不上甜美温柔，反而带着隐隐的挑衅和调侃，却让任清风瞬间扬起嘴角。

他转过身，上前一步，毫不避讳也毫无犹疑地抬起右手，精准落向徐来的头顶："那要看有些人的诚意足不足。"

在头发惨遭造型成鸟窝的前一秒，徐来敏捷地躲避开，笑道："二两够不够？"

"泼留希金、阿巴贡、夏洛克、葛朗台①，"任清风收回手，平静地挑眉，"选一个吧。"

"那还是……"徐来这才惊觉不对，微微提高音量，瞪他，"我为什么要选？！"

"所以还是中文名字比较好？"任清风好商好量，脸上的笑意扩大，"'徐'监生②怎么样？"

"不吃算了。"她才不要陪幼稚鬼温习语文常识小课堂，转身便走。

在潇洒转身的那一刻，徐来悠悠地想，此刻她的人设是"吃醋中的炸毛精"，若是过于文明礼让讲道理，反而和剧本不符，需要择吉日精读斯坦尼斯拉夫斯基才是。

人言，一回生，二回熟。

所以，在左手又一次毫无预警地被任清风抓住的时候，虽然徐来的心跳还是瞬间飙升，却比上次在鬼屋有了可喜的进步，勉强算在"狂野"能够定义的范围内。

尽管，这一次，是在光天化日之下，是在众目睽睽的楼道中。

徐来回头，看向那张再次挂上运筹帷幄、老谋深算、似笑非笑的脸，审视了片刻后，选择了一种波澜不惊的语气："很好握哦。"

"嗯。"任清风用力点点头，表情乖顺诚恳得像是望眼欲穿等待幼儿园老师发糖的小朋友。

"但是不行，"徐来尽职尽责地扮演好耐心温柔的幼儿园老师的角色，"还有问题没解决呢。"

"如果解决好了问题呢？"任三岁不急不忙，认真而乖巧地发问，并没有松开手的意思。

"那也不行。"徐老师温柔耐心的笑意不变。

"如果只牵到食堂门口呢？"任三岁眨眨眼，依旧认真而乖巧。

---

①：世界文学名著中的四大吝啬鬼，即泼留希金、阿巴贡、夏洛克、葛朗台。

②：中国文学名著中的四大吝啬鬼，即严监生、李梅亭、卢至、监河侯。

"还是不行哦。"徐老师也眨眨眼，依旧温柔耐心。

"为什么不行呢？"接收到徐老师眼中的坚决，任三岁这才微微眯起眼睛，再一次乖乖放手。

"因为，我超吝啬的，"徐老师也微微眯起眼睛，扬起那个不动如山镇压邪祟的笑容，"不是很想让你握。"

人头攒动的食堂里，默默站到奶茶窗口队伍中的任狐狸可以清晰地听到身后的窃窃私语。

"欸！前面的那个是不是任清风？"

"原来任学长喜欢喝奶茶，也太可爱了吧。"

"哈哈哈——整个队里就学长一个男生，可见是对奶茶爱得深沉。"

"完全看不出来，绝对是反差萌。"

脊背笔挺、默不作声的任狐狸无比辛酸地开展起自我反思——因为那一念之间的飘飞上天，不仅没有如愿牵到徐白兔的手，还给众多学妹留下一个"可爱"和"萌"的凄惨印象。

"咱们赌一赌任学长会买什么味儿。"

"我赌三块，原味！"

"我赌五块，薄荷！"

"会不会是加咖啡的港式鸳鸯？"

"来来来，你赌多少钱的？"

"十块！"

面无表情的钢铁直狐不动声色地开展起直击灵魂的自我拷问——对不住各位学妹，但怎样才能顺利买到，并且不让别人知道他准备买的是玫瑰味呢？

在新生惊异的瞩目中，任清风端着粉色奶茶走到徐来所在的队伍，准备将奶茶"物归原主"。

但徐来还没来得及接过——

"哥哥，事情办完了吗？要不要过来和我们一起吃饭？"

迎面走来的戚仍歌看看任清风手里的奶茶，再看看露出些许惊讶的徐来，柔声问道。

声音刚巧大到让四周排队的同学听得一清二楚。

"没有，"任清风还是将奶茶放到徐来手中，淡淡地回答，"不了，我和徐来还有事要说。"

在无数悄然支起的耳畔，戚仍歌像是恍然意识到徐来的存在，这才面带温婉礼貌的微笑，朝徐来点了点头："徐来姐姐好。"

加重的"姐姐"二字，不动声色地将自己先行摆到了弱者的位置上，好像弱者注定该被谦让。

徐来不得不收回之前那个"软萌"的评价，戚仍歌固然端庄贤淑、礼数周全，但暗藏在这副娇柔外表下的，却是不露锋芒的"不善"二字。

然而，在判断不出这样的敌意与防备是作用于所有会接触到任清风的女生，还是仅作用于她身上之前，徐来不愿以先入为主的恶意揣测对方。

所以徐来只是同样礼貌地朝戚仍歌扬了扬嘴角，又点了点头："你好。"

"徐来姐姐，你们排的是什么队？"戚仍歌好奇地回头朝窗口张望了一眼，熟稔地站到两个人身边，"我刚来，完全不熟悉。这个好吃吗？"

"海鲜饭，"见戚仍歌加入后可能挡住部分行人的通路，徐来向里挪了一步，"很好吃。"

"仍歌，"任清风随着徐来向内移动了半步，平静地开口，"你对海鲜过敏。"

徐来欲将奶茶从左手换到右手的动作一顿。

"你还记得呀，"不知是真听不懂还是装听不懂，戚仍歌只绽开一个娇媚的笑容，语气越发柔软，"那都是多久之前的事了，长大以后就没事了。"

任清风俊眸一凛："等下你还要上课考试，如果真的过敏了，你准备怎么办？"

戚仍歌的笑容消失了大半，取而代之的是楚楚可怜："没事，我上个月还去了青岛……"

"仍歌，"任清风神情严肃，"你要对自己负责任……"

"你们三个聊天的，要什么？"窗口后的大叔扬声打断了任清风，举着饭勺抬头看过来。

"两份海鲜饭，"任清风向着大叔礼貌地点了点头，语气温和而坚决，"打包带走。"

拎着两人香气四溢的海鲜饭走出食堂后，任清风低头看向徐来，试探着开口："生气啦？"

海鲜饭是她喜欢的，奶茶是她喜欢的，身边这个为了避开戚仍歌索性打包走人的任清风也是她喜欢的，徐来的心情风和日丽，晴空万里，想不通自己为什么要生气。

"你先帮我分析分析生气和不生气的后果，"徐来喝了一口奶茶，"我再决定要不要生气。"

任清风扬起嘴角，煞有介事地回答："如果你生气的话，我会非常努力地哄哄你。但如果你不生气的话，我大概会非常后悔……"

"后悔什么？"徐来语气轻松。

"刚刚不应该选择打包的，"任清风的笑意扩大，"毕竟在食堂里能踏踏实实坐着吃饭。"

"所以，为了避免让你后悔，"徐来也说得煞有介事，"我好像非生气不可了？"

"确实是生一下气比较好，"任清风点点头，充分表示肯定，"因为我已经想好该怎么哄你了，要是没能说出口，实在是对脑细胞的平白浪费。"

徐来再喝一口奶茶，抬头看他，眸中满满都是愉快的笑意："好，我生气了，哄不好的那种。"

任狐狸笑眯眯地清了清嗓子："这个戚……"

徐白兔笑眯眯地打断："我正在生气，不听。"

"她就是……"

"我不听。"

"我和她……"

"都说了我不听。"

任狐狸飘飞的笑意收敛了许多："徐来。"

徐白兔却笑得更加肆无忌惮："不听不听王八念经。"

"我错了，你别生气了，好不好？"

"不好。"

"你要不要主动理我一下？"

"不要。"

"我真的错了，你想知道什么，我一定知无不言，言无不尽。"

"好吧，那勉强给你个机会，讲讲仍歌妹妹海鲜过敏的故事。"

徐白兔不费吹灰之力，吃到了食堂最爱的西班牙海鲜饭，喝到了无比想念的玫瑰奶茶，听到了仍歌妹妹的全部往事。

任狐狸卑微地陪吃陪喝陪讲故事，收获了来自徐老师教授的刻骨铭心的第九课——

在徐来面前，任清风是不可能飘的，这辈子都不可能飘。

3.

又是一年热闹非凡的开学典礼。

学校趁着暑假全面升级了多媒体系统，在大操场的主席台上安装了摄像头，又在两侧支起了两个大屏幕，以实时直播的方式将主席台上的一切同步传送，让所有人都能看得一清二楚。

可这样的做法有利有弊。

在莅临指导的教委领导打头阵发言时，同学们纷纷嘲笑着这位中年大叔已然隐退的发际线。

在和蔼可亲的刘校长接着慷慨陈词时，同学们纷纷打趣着这位中年大叔越发富态的啤酒肚。

接下来每一位依次起立发言的领导和老师都没能逃过幸灾乐祸的评头论足——

"哈，我第一次这么清楚地看到王主任额头上的那颗痣。"

"快看杨主任那眉毛画的，一粗一细，一高一低，真是有水平。"

充满兴味的议论中，难得一群活泼好动的少男少女认定领导讲话是一件有趣的事。

四中的传统，在冗长沉闷的领导讲话结束后，紧接着由一名优秀学生代表上台发言，充分表达对各级领导殷切关怀的感激，以及在新学年新气象中再接再厉、奋发图强的决心。

约定俗成，这位学生代表由高二年级选派，通常是高一下半学期期末考试的第一名。

这个环节通常不会引起强烈反响——由于稿件代代相传，每年的演讲内容大同小异，无论学生代表姓甚名谁，难免有照本宣科、墨守成规之嫌。

可当任清风笔挺从容地站到话筒前，大屏幕上这张淡然而英俊的脸让女生们瞬间哗然，努力扬起脖子，试图将高高在上的主席台正中那个模糊不清的身影分辨得更加真切。

"各位领导老师，各位同学，你们好，我是高二（13）班的任清风。"

礼貌地弯腰鞠躬后，男生波澜不惊的声音透过话筒的扬声器，静静漾开在湛蓝的天幕下。

这场精心策划的"直播"过后，任清风迅速火遍全校。

这个货真价实的高二年级第一名，不仅长相清俊，身高腿长，还是在整个开学典礼中唯一一个全程脱稿演讲的人。

上至埋头苦读的高三学姐，下至懵懂无知的初一学妹，都开始使出浑身解数打听起他来。

和"任清风"这三个字一同被挖掘而后传扬的，是比那些早就风靡过曾经的高一年级的传闻更加新颖具体的——

"任清风不仅初中就拿过高中数学联赛的省一，还在高一的四次大考中持续称霸全年级。"

"任清风就是前一阵在'知乎'上超火的侧颜杀白衬衫小哥哥。"

"任清风喜欢五分熟的牛排和玫瑰味的奶茶，家在地铁六号线绩阳路附近。"

"任清风的绯闻对象一是名草祁司契，二是同班女生徐来。"

对于徐来，时间似乎又回到了一年前。

连续几天，常常会有低年级女生在教室门口探头探脑，窃笑着寻找任清风存在的痕迹。可即便如愿见到男生后仍不满足，铁了心要继续搞清徐来究竟长了怎样的三头六臂。

徐来单独走出教室时，偶尔还会有胆子大些的学妹勇敢搭讪，内容无外乎"请问你是徐来学姐吗""任学长真是你男朋友吗""学姐可以认识一下吗"。

这让向来讨厌被人过度关注的徐来不堪其扰。

可是，不如意事常八九，可与言者无二三。

一如沈亦如先前的"教诲"，女生都会对帅且合眼缘的异性面孔投以关注，因此，这些窥视与议论背后的动机并无恶意，像一年前那些甚嚣尘上的绯闻一样可以被逐渐消化。

许啸川别有深意地询问："徐学姐有什么感想？"

徐来只能淡淡地回答："没什么感想。"

和任清风在食堂"遭遇"戚仍歌的那天，徐来曾在回家后和陆潇潇轻描淡写地提过一句。

陆潇潇却如临大敌："徐来，这已经是第四个了吧？"

"如果指明面上的，"徐来叹了口气，"是的。"

"你家任清风究竟是有多火？我可太同情你了，"陆潇潇同样长叹一声，"那你要怎么办？"

"还是那句话，我也不能怎么办，"徐来靠在椅子上，淡淡地开口，"有四就有五，就有六七八，但凡我太在乎或是太纠结于这些，都会过不好自己的日子。"

"但是这个唱歌还是歌唱妹妹，和别人不一样，她可是你家任学霸的天降青梅。"

"所以我就更不能怎么样了，"徐来揉了揉眉心，"甚至这一次，任清风也不能怎么样。毕竟两家是世交，他们又从小认识，一直算关系不错的朋友。"

"这还能算什么朋友？"陆潇潇表示不屑，"要不是任清风打包撤退，她绝对能黏着你们吃饭。"

"但问题是，"徐来无奈地笑了笑，"只要戚仍歌不挑明，任清风能做的也只有躲开而已。"

"怎么就不能直接拒绝了？"陆潇潇说得义愤填膺。

"潇潇，先不考虑两人父母的这层关系，也不考虑两人是很多年的朋友，"徐来重新坐直，慢吞吞地开口，"即便只当她是一个普通的暗恋者，任清风也不可能直接跑到她面前说'你离我远点'。"

"为什么？"

"你想，如果一个人仅仅因为'觉得'你暗恋他，就凶巴巴地跑来说'我不喜欢你，闪远点'，你会不会觉得他大概是自恋过了头、脑子有坑？"

"可戚仍歌明显就是真喜欢他呀？"

"但这和挑明有本质上的不同。如果任清风先发制人地拒绝，也许反而会让戚仍歌在羞恼之下说出'我才不喜欢你'之类的反话，这样任清风不仅下不来台，还会显得自恋过头、脑子有坑。"

陆潇潇陷入了若有所思的沉默之中。

"而且任清风说过，他没办法改变别人的偏好或意愿，这点我非常赞同。即便他不留情面地说出'我不喜欢你'或者'我有喜欢的人'，就真能劝退那些喜欢他或是想追他的女生了吗？恐怕未必。"

稍停了片刻，徐来继续补充道："其实学校里的女生都知道他喜欢谁，但该喜欢他的人还是会喜欢他，比如……姚芊与和冯书亭。毕竟，喜欢又不是闸门，说开就开，说关就关。"

见陆潇潇彻底没了声响，徐来苦笑一声："而且，潇潇，还记得尹燃吗？"

陆潇潇像是终于回过神："这和尹燃有什么关系？"

"无论多少人安慰我，他去十六中的决定和我无关，我都知道这不是事实，"徐来的声音低哑了半分，"我就是在察觉到他可能喜欢我的那一刻反应过激，强硬地拒绝了他，没留半分余地。尽管我没为拒绝他而后悔过，但我也想过，如果当初的方式更和缓友好一些，对他造成的伤害更小一些，也许，他就不至于做出这种等同于自毁前程的选择了。"

"徐来，这绝对是尹燃自己的问题……"

"或许也有尹燃自身性格的问题，但……我肯定是'导火索'之一。现在回头去看，他喜欢上我并不是他的错，我其实没资格否定那样的喜欢本身，"徐来将声音放得很轻，"任清风也一样。那些女生对他的喜欢，只要没对生活造成困扰，他就没有道理去指责，去挞伐，去轻贱。"

陆潇潇讷不能言。

徐来再次轻叹一声："即便我是任清风，我也不能做得更妥帖了。对于主动表白的女生，他向来直接拒绝；对于能够明确感知到暗恋他的女生，他从来都是能避则避，更没有主动招惹过谁……"

"这我可不同意，"消化完徐来的话后，陆潇潇恢复了笑意，"他怎么没主动招惹过女生？"

"哦，"徐来也笑了，"我不算。"

"唉，"陆潇潇半真半假，充满遗憾地长叹一声，"我要是男生就好了，这样你肯定先爱上我，我也不需要天天对着拐跑你的任学霸羡慕嫉妒恨了。"

"不然你和阿姨商量一下，"徐来愉快地提议，"塞回肚子，重造性别？"

"算了，即便我能生得玉树临风，拼脑子肯定还是拼不过这种为国争光的情敌的。"

"又来，又来。"徐来有些无奈。

"不过我还是要替你鸣不平，像任学霸这种设定，妥妥的小说言情男一号……"

"既然已经是男一号了，"徐来忍不住笑着打断，"不平从何而来？"

"按照剧本，他就应该冷眼面对整个世界，只把温柔与老命对你一人乖乖奉上。无论是唱歌妹妹还是跳舞妹妹，只配得到'不配'二字。"

"噗，"徐来忍俊不禁，"我觉得吧，人的性格总该有一定的一致性，也就是说，在不同的人面前，多少还是会呈现出相同的特质，尽管程度有深浅之别。"

"我看是你又来这些让人脑壳疼的分析……"

"所以我合理怀疑，"徐来只是笑着继续将话说完，"像你说的那种和全世界都横眉冷对，只会对着一个人柔情似水的男主，说不定是多重人格障碍症，应该指路医院精神科。"

陆潇潇被徐来逗笑："像你这种人，根本体会不了爽宠苏③的快乐。"

"生活不是小说，"徐来忍住笑意，答得一本正经，"我也恰好无福消受爽宠苏的快乐。"

"所以说，"陆潇潇再次笑着慨叹，"只有你这种奇葩才能理解任学霸那种奇葩。"

徐来却借机愉快地"爽宠苏"了一把："任清风不需要全世界的理解，我理解他就够了。"

周五下午，徐来收到了陆潇潇"为国争光的情敌"发来的微信："放学等我一下（挥手）。"

徐来的确意外了片刻。

由于数学联赛就在周日，这几天班里搞竞赛的四个男生全部进入了神龙不见首尾的状态。

许啸川、符夕辰和周逸然还勉强算"来有影，去有踪"，任清风却直接翘掉了一整周的课，躲到高三数学办公室里埋头做题，以逃避那些午休时和放学后朝着教室里张望的热情学妹。

在这样的关键时期，任清风显然没时间闲聊，徐来也自然不会去打扰，两人上一次的对话还是在开学前的晚上。

徐来迅速回复："理由（微笑）。"

大约是正在做题，这次任清风的回复比平时慢上很多："需要 Earl Grey 补脑（挥手）。"

---

③：网络用语，指主角顺风顺水的爽文、主角备受宠爱的宠文、主角极致完美的玛丽苏。

徐来的心重重一跳，仿佛从心底蒸腾出无数细小的气泡，盈满微妙的欢欣或甜蜜。

正如任清风偏不要明说"喜欢"，任清风也绝不会直言"想念"。

徐来回道："哦（挥手）。"

放下手机后，她才猛然意识到，"哦"其实是他最常使用的语气词。

放学后，徐来向周医生表明今晚不回家吃饭，在教室里认真写起了物理作业。

最后一个值日生确认过地面和黑板均已经光洁如新，背上书包和徐来告别时，任清风依旧没从数学办公室回来。

天色渐暗，窗外大操场上原本热闹喧腾的声响也逐渐归于安静。

徐来在物理练习册上落下最后一笔，抬起胳膊伸了个懒腰，正准备起身活动活动学到僵硬的身躯，楼道中传来由远及近越发清晰的脚步声，沉稳得一如既往。

徐来便没有移动，微笑看着任清风高瘦的身影出现在门口，再静静走到许啸川的座位上落座。

她正准备开口，任清风却将双肘架到桌子上，闭上眼睛，将脸深深埋进了手掌中。

向来笔挺的颈项与脊背因为佝偻的姿态呈现出异常柔软的弧度，整个人沉静的轮廓随着呼吸的频率清晰地收缩再伸张。

像是依旧在回想刚刚的题目，又像是终于能将积压许久的疲惫释放。

这样丝毫不设防的柔软让徐来一阵微微心疼。

其实压力很大吧，这个看上去永远游刃有余、气定神闲的任清风。

宁谧的安静中，任清风维持着这个姿势一动不动许久，才重新抬起头来。

"抱歉，刚刚一道几何题出了点问题。饿了吗？"

看向徐来时，任清风依旧是那个似笑非笑、温柔和煦的任清风。

终于在拥挤的地铁车厢里站定后，任清风轻叹一声，微微低头，抬起右手捏了捏睛明穴。

如果说刚刚回教室时只有疲惫，那么此刻，他在疲惫之上还多了深深的不悦。

两人走出教室的瞬间，靠着对面班墙壁聊天的几个高一学妹怯怯地迎了上来。一番尴尬的自我介绍后，其中一个郑重地恳求他收下尚带着余温的奶茶。

两人走出教学楼的瞬间，从中心花园的方向跑来几个穿着初中制服的学妹。

一番尴尬的自我介绍后，其中一个红着脸递来一封精心装饰过的情书。

两人走进地铁站的瞬间，早早等在售票大厅、正左顾右盼的一群学妹立刻开启了窃笑模式，好奇的目光毫无遮拦地聚合过来，亦步亦趋地跟在他们身后迈入了同一节车厢。

从周一的开学典礼到现在，一整周的时间，每一天，尽管任清风已经尽力避开正常的放学时间，却还是会在地铁站碰到零星的守株待兔的学妹。

他可以礼貌地拒绝奶茶和情书，礼貌地将"真的非常感谢"和"已经很晚了，赶快回家吧"重复上很多遍，却无法忽略这些近乎阴魂不散的身影。

一路都沉默不语的任清风心情很差，这是徐来不需要开口就能够确认的。

无论是因为连续几周的高强度训练，因为那道"出了问题"的几何题，还是因为这些丝毫没有意识到尾随行为只会给男神带来困扰的学妹。

徐来选择了一种轻松的语气，平静地开口："现在后悔没把第一让给老祁，为时已晚。"

任清风只是又轻叹了一声，低沉的声音仿佛带了些萎靡："前几天没人跟着你吧？"

徐来扬起一个淡淡的微笑。这个绝不会犯同一个错误两次的男生，大概真的为那句漫不经心而又伤人的"给喜欢的对象造成困扰就是错误了"进行过深刻的反省。

"某些人还没有帅到那种程度吧？"与活泼调皮的内容不符的，是意外沉静柔和的语气。

任清风微微低头，静静地看向同样静静看着自己的徐来。

虽然追溯不出当时为什么会喜欢上徐来，但他清楚是什么让他在这样的喜欢中深陷——

徐来永远谅解，永远宽容。

徐来笃定且温柔的笑容，如同漆黑夜幕中璀璨耀眼的北极星，永远指向安稳的归途。

连续四周，每天长达十二个小时的竞赛集训很累，因为差一条辅助线而耽误了整整一小时的几何大题很难，站在不远处那些聒噪而不自知的学妹很烦。

可一切诸如累、难或烦的负面词汇，统统被徐来此刻和煦美好的笑容一一滤过。

任清风终于可以微微勾起嘴角："所以，我和老祁谁更帅？"

这个依旧会飘飞的任清风让徐来放下心来："幼稚。"

任清风却突然来了精神："我一定要听到回答。"

"我有权利保持沉默。"怕自己忍不住会笑，所以徐来撇过头，拒绝继续对视。

"那我会一直发问，"任清风拿出了解数学题的执着，甚至完全忘了要在学妹面前维持淡然沉稳的学长形象，"我和老祁谁更帅？"

徐来还是忍不住笑了："那边几个学妹一直在看你呢，任学长。"

"反正我已经是一位热爱粉色奶茶的学长了，"某人索性破罐破摔，"所以我和老祁谁更帅？"

徐来不为所动："等下你想吃什么？"

"如果得不到回答，"任清风的表情越发严肃，"我就什么都不吃。"

徐来努力转移话题："比赛准备好了吗？"

"如果得不到回答，"任清风悠哉地祭出耍赖大法，"我就不参加比赛。"

徐来再一次被成功气笑："有没有人说过你最多两岁半？"

"如果得不到回答，"任三岁不以为耻，意外地坚持，"我还会变成一岁半。"

僵持了片刻后，徐来扬起那个不动如山镇压邪祟的笑容："老祁更帅。"

任狐狸瞬间将温和无害的诚恳微笑调试至运筹帷幄老谋深算的弧度，平静地挑眉。

"如果得不到满意的回答，"着重加深的"满意"二字清晰明了，"我还会一直问下去。"

"你……"

"幼稚不幼稚"几个字还未出口——

"好，我满意了，"任狐狸果断而迅速地打断了徐白兔，再抬起右手，别有用心地在一干目不转睛盯着这里的学妹面前上演起温柔摸头杀，"可以回答你刚刚的问题了。"

徐白兔只有气鼓鼓地瞪向这张笑得无比飘飞的脸。

任清风的坏心情因为徐来可爱的表情而烟消云散："等一下我准备吃你想吃的东西。"

4.

然而在踏进购物中心咖啡厅的一瞬间，任清风脚步一顿，不由得再次皱起了眉。

显然，那张被好事之徒莫名其妙放到知乎，直到现在还在不停收获"赞同"的照片，透露了过多的私人信息。

对于已经确认照片中的人就是任清风的花痴学妹们来说，想要定位到这间离学校仅三站地铁的咖啡厅显然并非难事。

对于恰好认出这间咖啡厅的盛川本地花痴小姑娘们，在前来购物中心吃饭逛街之余蹲守一下帅哥似乎理所当然。

所以，当第一声不敢置信的低呼从一个恰好抬头看向门口的女生嘴中脱口而出时，原本安静的咖啡厅内忽然掀起了一阵雀跃的暗涌。

即便没见过那张照片的纯粹路人甲们，也随着中彩票一般的惊叹声抬起头来。

甚至直接有手机毫不避讳地对准了两人。

任清风低估了女性挖掘八卦的决心和能力，也低估了在疲惫与烦躁并存时自己的忍耐力。

在连续一周的容忍与退让后，他没有再上前一步，也没再费心摆出礼貌而客套的笑容，只是无比果决地转身："徐来，走。"

坐直梯上到美食街所在的九层，徐来默默观察着依旧俊眉微蹙的任清风。

如果说刚刚在地铁上的任清风只是心情差，那么此刻的任清风毫无疑问是在生气了。

不仅仅是因为这些来势汹汹的小姑娘，不仅仅是因为彻底泡汤的伯爵红茶，而是因为这莫名其妙的一切彻底打乱了他原本的计划。

徐来有充分的理由相信，任清风其实只是想在咖啡厅买上一份三明治凑合吃完，再"诱骗"她说出"加油"二字，之后迅速回家解决刚刚那道出了问题的几何题。

"你想吃拉面吗？"徐来环视四周，首先排除了需要排队叫号或上菜时间过长的几家中餐厅，"或者那边的汉堡王？"

"随你，"任清风模棱两可的回答清晰地传达出他此刻的兴致缺缺，"都行。"

不知不觉间，两人已经将九楼转了个遍。

虽然摆明态度不打算放弃和徐来共进晚餐的机会，可任三岁对所有的店都只有抵触。

徐来忽然想到，巧合的是，上一次见到这位好脾气先生心气不顺，也是在这个购物中心里，也是这样漫无目的地一顿乱走。

可是这一次，徐来希望这个辛苦到黑眼圈开始若隐若现的任清风能尽快开心起来。

做了片刻的心理斗争，最终，徐来还是从容开口："我家有徐医生从伦敦带回来的伯爵红茶，有能用微波炉三分钟做好的方便面，也有可以解几何题的桌椅，任学长有没有兴趣前往体验？"

还以为是自己产生幻听的任清风不禁有片刻的呆滞。

这种很不"任清风"的呆滞让徐来脸上的笑意微微扩大。

十分憨傻，却十分帅气，在她的心目中，他远比祁司契更加帅气。

行程繁多的徐医生在去往邻省某市研讨会的飞机上，周医生听说小拖油瓶不回家吃饭后高高兴兴地答应了几个朋友美容逛街的邀约。

因此，徐来战战兢兢地推开家门时，客厅里漆黑一片，而徐来和任清风同时暗暗松了一口气。

这并不是任清风第一次踏进徐来的家门，但之前的数次，帮助落难的女同学也好，搬运抓来的娃娃也好，送上生日蛋糕也罢，他前来拜访的理由全部光明正大，无可指摘。

可这一次不同。

两人都心知肚明，谁也不愿再为呼之欲出的"想要"二字故作粉饰或遍寻借口。

在紧张备考的关键时刻，他想要有她陪伴，而她想要给他支持。

两人沉默着踏进电梯时，心跳都比平日更猛烈几分，各自思考着该如何应对两位医生的调侃。可出乎意料的是，现实竟然比想象中更加美好。

"所以，"任清风脱下制服外套挂好，选择了一种无比遗憾的语气，"我还是要做饭了。"

"所以，"徐来为他找出一双干净的拖鞋，坏心问道，"你原本的设想中是什么样的场景？"

"还记得情人节那天，"任清风弯腰换鞋，"你家二位医生热情留我吃饭的惊险一幕吗？"

徐来难得俯视任清风："怎么？"

"虽然那种惊险我不想再经历一次，"任清风将换下的鞋摆放整齐，同时微微抬头，"但桌上那盘红烧大虾其实非常让人心动。如果当时有人对我的态度再友好一些，说不定我就能吃到了……"

可爱，老狐狸这个遗憾又委屈的小表情实在是非常可爱。

徐来忍不住伸出手，将任清风的头发彻底拨乱："真的男人，要学会自己动手，丰衣足食。"

任清风动作一停，然后缓缓直起了腰，顶着鸟窝头向徐来走近一步："嗯，你说得对。"

突然覆在眼前的阴影让徐来不寒而栗。

"真的男人，"任清风坏笑着锁定徐来的视线，趁她呆愣的瞬间，伸出左手，以迅雷不及掩耳之势抓住她的左手腕，再捞过她的右手腕，"要学会自己动手……"

将徐来的双手牢牢摁住的同时，任狐狸抬起右手，作势就要落向她的头顶："奋起反击。"

"喂！你刚刚拿过鞋！"动弹不得的徐白兔只能干跳脚，弓着腰向后缩去，"很脏欸！"

脏手自然不可能去碰小姑娘的头发，但小白兔这种仓皇失措的表情让人非常满意。

乖乖松开钳制的同时，任狐狸顺势照了照鞋柜旁的立镜，语气凄哀："发型真的很重要。"

徐来被这种"痛心疾首"的语气逗乐："红烧大虾和发型你选哪个？"

任清风答得毫不迟疑："发型。"

"老祁和发型呢？"

"发型。"

"数学题和发型呢？"

"发型。"

"五十个美女和发型呢？"

"发……那还是五十个美女吧。"

真的大厨，是不会允许他的小姑娘落魄到吃微波炉速成泡面的。

在徐来从塞得满满当当的储物柜中寻找着写有"Earl Grey"字样的小铁罐时，任清风默默打开冰箱门："你家有挂面或阳春面之类的吗？"

徐来不解地回头："方便面又快捷又好吃，有什么问题吗？"

"在知道我会做饭的前提下，等下周医生回家看到垃圾桶里多了几个方便面的袋子，"任清风将两个新鲜番茄拿出来，"你猜她会怎么想？"

"她不会怎么想，"徐来终于定位到那个浅黄色的目标，伸手将茶叶盒够下来，

"这是她自己买回来的方便面，凭什么不许别人吃？"

"番茄鸡蛋面行不行？"任清风直接忽略了徐来的抗议，又拿出几个鸡蛋放在案板上，"这次没时间做更复杂的菜了。"

徐来觉得，作为被慷慨投喂的一方，她并没有资格挑三拣四，难得乖顺地回应道："好，我找找看哪里有面条。"

然而，直到任清风将番茄洗净切好，将蛋液打匀，一切准备就绪后，徐来还是没能从任何角落搜刮出哪怕一根可以称为面条的东西。

最终，下到番茄鸡蛋汤中的，还是最开始被无情嫌弃的方便面。

虽然只是简单加工的方便面，却被徐来吃出了任何佳肴都无法比拟的香。

任清风却显然没有细嚼慢咽的心情，囫囵吞咽了几口，只想尽快解决刚刚的几何题。

徐来配合着加快速度，见任清风已经放下碗筷，随口问道："所以，你会做红烧大虾吗？"

"脑子是用来学习的，双手是用来实践的，这是老李的至理名言之一，"任清风一秒露出运筹帷幄老谋深算的笑容，突然向徐来的方向凑了凑，"怎么？想让我做给你吃？"

徐来镇定了两秒，以不动如山镇压邪祟的神情愉快地回答："如果我回答'你希望我想吗'，你还可以继续回答'你觉得我希望你想吗'，然后这个对话可以像这样永无休止地继续下去。"

任清风脸上的笑意加深："还是这样套娃多没创意，你不妨换种回答试试看。"

这样的表情通常意味着"套路酝酿完毕"，徐来谨慎思考了片刻，才小心翼翼试探道："如果，我是说如果，我的回答是想……"

任清风却迅速回答："好，下次做给你吃。"

糟糕，心跳有点快。

徐来默默改口："如果我说不想呢？"

任清风同样迅速地回答："但我想做给你吃。"

糟糕，脸开始发烫。

徐来有点后悔问出刚刚的问题："那如果我还是说，你希望我想吗？"

"希望，因为我已经想好该怎么做了，"任清风带着大获全胜的笑容重新靠向椅背，"但是在那之前，你还是先把碗里的面吃完比较好。"

饱餐之后，徐来在刷碗的间隙偷偷瞄向已经在餐桌前摊开习题本，正埋头演算的挺拔身影。

　　偏橙黄的灯光为任清风勾勒出的温柔金边很对，白衬衫袖子挽起的高度很对，任清风左手食指在草稿纸旁轻轻敲出的节拍很对，握笔的右手弯曲的弧度也很对。

　　可所有的很对之外——

　　"桌子是不是有点低？"

　　向来脊背笔挺的男生不懂得"弓腰驼背"四个字该如何表现，此刻头已经埋得太低。

　　"没事，"专注思考的任清风并没有抬头，淡淡回应道，"我不挑学习的地方。"

　　"你要不要去我的卧室……"

　　骤然意识到脱口而出了什么之后，徐来的脸颊再一次莫名升温，只能尴尬看着任清风忽然抬起头，气定神闲地挑眉，然后硬着头皮将后半句话补充完毕："……里的书桌上学？"

　　片刻诡异的寂静。

　　"小姑娘，这样的大喘气，"任清风微笑着看向此刻小脸微红，无比可爱的小白兔，带着清晰的"调戏"之意平稳地开口，"会让人产生一些不切实际的期待，以后请避免对异性使用。"

　　回答他的是瞬间飞来的一只隔热烤箱手套。

　　然而，当任清风真的跟在她身后坦然走到卧室门口，徐来却忽然有些手足无措。

　　她将他向后连推两步，小脸依旧在隐隐发烫："稍等，我先稍稍收拾一下。"

　　走进卧室，徐来背靠着紧闭的大门进行了一次深呼吸。虽然冲动之下说出了那样的邀请，可她的卧室，就连女同学也只有陆潇潇一个人曾经光顾过，更不要提同龄男生了。

　　徐来一边在脑海中进行着"怎么办"的碎碎念，一边将其实一尘不染的房间检查了一遍。

　　直到确认衣橱和装着内衣内裤的床头柜都已牢牢关严，日记本被小心藏匿在书柜角落，书桌上也没有残留的饼干残渣，徐来才悠悠地放下心来。

　　她正将梳妆台上的瓶瓶罐罐码放整齐时，突然从背后响起了轻柔的敲门声——

　　"要是不方便的话，我回餐桌上学也没问题的。"

　　徐来被吓了一跳，这才意识到她已经将任清风关在门外太久，匆匆环视了最后一眼，跑到门口打开了门。心跳加速地说出"请进"时，她还是有点不敢直视他的眼睛。

然而，任清风踏进屋门后的第一句话就让徐来嗔怒地抬起头来——

"我还以为你是在藏别的男生。"

话是飘飞到欠揍的话，可笑意也是真的温柔——让徐来瞬间安心的温柔。

第一次踏进一个同龄女生的卧室，任清风将所有紧张和雀跃牢牢压制在不动声色之下。

他一边暗中观察，一边修正着对女生卧室"应该有粉色墙面""应该会摆满芭比娃娃""应该有梦幻的水晶吊灯"这类若是说出来可能会被暴揍一顿的刻板印象。

徐来卧室的墙壁是温馨的浅黄色，家具是简单稳重的原木色，干干净净，井井有条。

从床头柜处隐隐飘来清淡宜人的玫瑰花香。

好奇宝宝指向这个圆圆胖胖，不断有雾气升腾而出的白色机器，乖巧地发问："这是什么？"

徐老师耐心解答："香薰机。"

香薰机之后，任清风对着梳妆台上的蒸脸仪和各种护肤品进行了一系列"这又是什么"的诚恳发问，然后收获满满地走到窗边，认真欣赏起将墙壁装饰得极具艺术感的拍立得相片来。

照片中以徐来的初中同学为主。

任狐狸立刻记住了几个高频出现的陌生男生的长相，并当即决定，要在未来努力劝服小姑娘将这些含有"别的男生"的碍眼照片统统替换掉——

毕竟，不是和祁司契比，而是和这些平平无奇的脸相比较，他有十足的信心大获全胜。

默默将"不可以在卧室放别的男生的照片"添加进那个"不可以"小清单后，任清风回过头，终于将目光放到了乍进房门时没敢多看一眼的床上。

然后，他指了指端坐在床头，软趴趴的粉色兔子玩偶，微微勾起嘴角——

"每天被你抱着睡的话，不会被压死吗？"

徐来这才懊恼地惊觉，刚刚自以为万无一失的检查工作其实百密一疏。她竟然忘了将兔子藏进衣柜中，而这就好像是对某人直接承认"你抓的兔子对我很重要"

一样令人害羞且不爽。

"任清风!"徐来觉得脸上的温度居高不下,"你还要不要做题?"

"你还没有同意我坐下。"若不是这飘飞的语气,徐来会同意这的确出自一位绅士之口。

为了自证"绅士"二字,在说话的同时,任清风毫无预警停下了前进的脚步。

在他来得及转身求得屋主首肯之前,走在斜后方半步的徐来已经刹车不及地撞了上来。

一刹那铺天盖地的洗衣液香气中,男生清瘦的脊背骨感十足的硬。

可徐来最直观的感受是疼,她的鼻梁骨在他肩胛骨的肩峰面前,显然不堪一击。

撞击产生的作用力让徐来倒退半步,像是嗔怪,又像是撒娇:"你干吗?"

"抱歉,"彻底转过身来的任清风噙着细微的笑意,轻车熟路地抬起右手,轻柔地落向她的头顶顺起了毛,"下一次我会尽量 make 'myself' at home。"

这更加飘飞的笑意,理所当然的"下一次",和对于"make yourself at home(请你不必拘束)"的"灵活"运用让徐来将"请坐"二字说得无比勉强。

对悠然落座的某人进行了"不可以乱翻东西"的温柔警告后,徐来放心地回到厨房继续刷碗。

可被徐来身上同种玫瑰花香幽幽环绕的任清风却再也找不回心无旁骛的学习状态。

习题本就大敞在眼前。

B、I、P、Q 四点共圆,所以角 IQB 等于角 IPB,所以⋯⋯这是徐来的卧室。

等一下,所以三角形 IBP 和 IRB 相似,所以⋯⋯这是徐来平时穿着睡衣走进的卧室。

不对,所以角 IRB 等于角 IBP,所以 IB 比 IR 等于 IP 比 IB,所以⋯⋯刚刚是徐来的胸部。

哦,任清风你想什么呢?因为 AB 等于 AC,I 为三角形 ABC 的内心,所以⋯⋯很软。

好了停止,所以 I 为三角形 ABC 的内心,所以⋯⋯真的非常软。

STOP(停止),不是所以 I 为 ABC 的内心,而是因为,那所以⋯⋯所以什么来着?

⋯⋯

和徐来书桌上镜子中的自己面面相觑了片刻，脑中一片黄色混沌的任清风懊恼地趴到桌子上，绝望地得出结论——

布拉美古塔定理中混入了奇怪的东西，而这道倒霉的几何题出的不是一星半点的小问题。

将碗洗好后，徐来特意将两袋方便面的袋子往垃圾桶深处踩了踩，又在上面覆盖了些其他杂物，才踏踏实实地走出厨房。

正准备打扫餐厅的地面，陆潇潇一个电话打了过来。

于是，徐来舒服地窝到沙发上，耐心地听好友抱怨起钢铁直男谢与欢来，一听就是四十分钟。

直到口干舌燥地挂断电话，她才忽然想到某人的伯爵红茶可能需要添加热水。

连敲三次屋门都毫无反应后，徐来小心翼翼地将门推开了一条小缝。

任清风静静地趴在桌上，早已酣然入梦。

徐来放轻动作，蹑手蹑脚地走进了房间。

眼前这张清秀俊朗的脸上难掩睡眠不足的疲惫，丰茂稠密的黑发软软散开，几缕刘海斜搭在笔挺的鼻梁上，纤长的睫毛微弯成赏心悦目的弧度，随着平稳的呼吸微微颤动。

徐来忽然玩心大起，悄悄从任清风左臂下方抽出习题本，在最后那句只写了一半的"I 为三角形 ABC 的内心，所以"之下，以速写的方式临摹起他的睡颜来。

对于绘画高手徐来，这样的创作小菜一碟。不出几分钟，一幅栩栩如生的画像跃然纸上。

正在兴致勃勃地添加狐狸耳朵时，任清风右手肘边的手机倏然一亮——

来电显示戚仍歌。

徐来犹豫片刻，最终跨过熟睡的男生，伸手够到被静音的手机，默默按下了锁屏键。

她心情晴朗地忏悔着"对不起啦，仍歌妹妹，你的任哥哥现在需要休息"，回过头继续为头像衔接了毫无违和感的狐狸躯干和一条蓬松的尾巴。

画到这里似乎还不过瘾，徐来在尾巴根部补充了一朵软萌的蝴蝶结。

为了突出"飘飞"的主题，狐狸毛茸茸的爪子紧攥着两个正摇曳升空的气球。

其中一个气球上写了"加"，另一个写了"油"，而两个字都被着重描黑。

又补充了白云和太阳后，徐来满意地将这幅简笔画大作轻放到任清风手下。

为他轻轻披上一件薄外套后，徐来关上卧室的大灯，悄悄退回了客厅。

Chapter 2
第八十签，大吉

1.

　　数学联赛的一试是高中大纲内的知识，比高考略难而已。可二试题目直接和国际数学奥林匹克竞赛接轨，难度比一试高了不止一个档次。

　　二试只考代数、几何、组合和数论四个模块的四道大题，没有经过系统性训练的人彻底交白卷也不是不可能。能够在规定时间内解出全部四道题的神人，自联赛设立以来屈指可数。

　　两场考试间仅有二十分钟的休息时间用来进行"用脑转换"，比如，从平易近人的"三角函数""平面向量"变为"柯西不等式""费马小定理"。

　　虽然是休息时间，安静的考场里却笼罩着一触即发的紧张和不安。

　　任清风翻开笔记本，准备将几道涉及欧拉定理的数论大题最后过一遍。两年前的考试里，那道只勉强写了几笔，最终"随缘"的数论大题第一次让他正视自己的弱小无知。

　　"同学，几点了？"突然响起的声音让正凝神思考的任清风微微一惊。

　　前座的寸头小伙突然回过头来："我的手机被带队老师收走了，这破教室的表还停了。"

　　一试试题的难度不足以让任清风关注时间，他闻声抬头，这才意识到教室正前方的挂钟歪歪扭扭指向一个多小时前的八点一刻。

　　任清风将桌上手机的屏幕按亮："九点三十二，还有八分钟。"

　　眼尖的小伙在惊鸿一瞥中捕捉到了作为锁屏壁纸的狐狸画像，感叹道："画得真好。"

　　任清风浅浅扬了扬嘴角表示赞同，重新收好手机，目光回到笔记本的证明步骤上。

"你是哪个学校的？"并未接收到任清风语气中的"不欢迎打扰"，寸头小伙自来熟地接着询问道，仿佛此时此刻，排解紧张的最好方式是和别人聊聊天。

"四中。"任清风也只能抬起头来，以一贯的礼貌有问有答。

"大牛，请受我一拜，"小伙眸中顿时充满艳羡，"那你肯定认识任清风吧？那个初三就拿省一（省一等奖）的大神？"

"嗯。"任清风平静地点了点头。

"不知道他今年能不能进省队，"说到"省队"二字时，小伙充满神往，"唉，不过省队离我这种渣渣太远了，我就希望能撞大运拿个省一，要是再顺便混个金秋营的名额就厉害了。"

小伙这副眉飞色舞的样子像极了许啸川，任清风再次扬起嘴角："加油。"

"你也加油啊，兄弟。"小伙用力地点点头，这才转头投入到临阵磨枪中去。

转眼间预备铃已经打响，随着监考老师一句"请将随身物品和手机放到教室前方"，教室里的气氛瞬间凝重紧绷。

起身之前，任清风打开手机看了最后一眼——那是徐来对他说的"加油"。

四个半小时的高强度脑力劳动结束，座位离任清风不远的符夕辰垂头丧气地走了过来："最后一道题我设 m 有 k 个不同素因子，证明了 k=1 成立后，k>1 的情况再也归纳不下去了……"

解题解得满脸通红的杨凯齐一脸蒙："我连第三道组合题是什么情况都云里雾里的。"

许啸川从教室另一侧凑过来，额角残留着清晰的汗迹，显然也是历经了一番折磨："不是说好考完绝对不提结果吗？福喜你犯规，少废话，请客。"

"老任，"叶皓天是除了任清风外最被看好的高二年级选手，语气淡定得多，"你怎么样？"

"代数和几何应该没什么问题，"任清风同样淡淡地答道，"后面两道题，听天由命。"

"说好的不说考试呢，"叶皓天的肩膀果断吃到杨凯齐毫不客气的一掌，"怎么还说？"

"既然福喜和小天天主动请客，"符夕辰不怀好意地开口，"得找个贵的地方狠宰一顿。"

"先去那边考场找老祁他们吧，"难得闷葫芦孟宇轩主动开口，"可饿死我了。"

一群将脑细胞消耗殆尽的饿狼一致同意只有大口吃肉才能弥补数学题带来的伤害，毫不犹豫地杀向了离考点最近的烧烤店。

在包间里坐定，猛灌一口水，任清风终于得以拿出沿路一直不停振动的手机。

向来热闹的班级群里，是大家花式为他们四个人加油鼓劲和询问结果的信息。

家里的群中，是瑶瑶发来的"哥哥加油"和长辈发来的中老年大拇指表情包。

来自几个女同学，包括戚仍歌，大同小异的"怎么样"或"好好休息"。

还有几个完全不认识的，神通广大搞到他微信号的学妹发来的好友申请和问候。

但偏偏，只有徐来。

任清风将屏幕向下划了片刻才翻到和粉色兔子头像的对话。

停留在今早他出门前的——

任三岁你可以的（挥手）。

无论是徐来不想让"发挥得如何"这样的询问破坏他考完试后的心情，或是对他有着充分的信心，反正，结果是，在诸多问候信息中，任清风没有等到他最想看到的那一条。

几位好友正在扬声争执肉串的数量，任清风心里却涌上一瞬间的苦涩。

喜欢这件事，大概真的永远不会公平。

"哈，才八十串，你逗谁呢？"

可是，尽管如此，还是不受理性控制地想要听到徐来的声音。

"老杨一个人就能撸八十串，好吗？"

想要和徐来说，答得还不错，应该没什么大问题。

"你才一个人撸八十串！"

想要见到徐来，甚至，想要抱抱徐来。

"上次说要消灭一百串的，是不是你？"

最终，在一片笑闹的嘈杂背景中，任清风几不可辨地叹了口气，放任自己默默起身，和许啸川等人说了句"去下洗手间"，然后静静地走出了包间。

也罢，山不就我，我就山。

包间外的大厅里更是觥筹交错，喧闹嘈杂，却辨得清以鼓声和电贝斯做伴奏的乡村音乐——

Ain't no sense in taking it slow, we can take our time when we get old.

（没道理让一切慢慢来，可以等我们老去时再慢下来。）

We can start right now with you and me walking out the door.

（我们可以从现在开始，携手走出这里，奔向未来。）

复古的旋律之中，任清风的心跳随着平稳的鼓声骤然一阵加速。

靠着墙面拨通徐来的电话时，音乐声、喧闹声、心跳声交杂着，几乎盖过了回铃音。

任清风只得将手机的音量调至最大，而等待接通的过程似乎被无限延长。

最近一桌坐着的几个彪形大汉面前摆着满满当当的酒瓶，豪迈地拍着桌子喊："干！"

再向左一桌坐着一对相依相偎的年轻情侣，正旁若无人地甜蜜互喂着烤串。

头顶音响中的磁性男声继续唱着——

Whatcha reckon we lay it all on the line?

（你觉得我们把一切坦诚说开怎么样）

Take a chance and say what's on our mind.

（碰碰运气，倾吐各自心中所想）

Girl, won't you let me hold you tight?

（姑娘，你会让我抱紧你吗？）

Whatcha reckon we fall in love tonight?

（就让我们在今晚坠入爱河怎么样？）

半晌。

电话终于接通时，徐来软软的声音带着清晰的惊喜与惊讶："喂？怎么了吗？"

任清风的右手无意识间将手机握得更紧了一些，莫名有些口干舌燥。

"没事，"突然传来一声助酒的高喊，吵到他几乎分辨不出自己的声音，"就是想说……"

"你说什么？"徐来也为这糟糕的通话质量深感困扰，微微提高音量，"我听不清。"

若不是被打断的时机太巧，几乎就要不假思索脱口而出——

"我很想你"，或是，"好喜欢你"。

不过一念之间，胸腔中汹涌激荡的那股很不"任清风"的冲动被理智压制回合理的范围内。

这样随便的时间，随便的地点，随便的方式，随便到不具有任何仪式感，不适合说这种话。

任清风深吸一口气，向着那桌声势渐盛的拼酒大叔的反方向走了几步，却收效甚微，只得同样提高音量："没事，就是想说，考完了。"

"我看老许第一时间在群里说要去撸串，"徐来不可思议地问道，"你没和他们一起吗？我还怕影响你们吃饭，没敢给你打电话。那你感觉怎么样？"

幸好，这一连串发问给了心情瞬间明朗的任清风避重就轻的可能："还可以。"

也是这一瞬间，任清风突然意识到自己其实饥肠辘辘。

和徐来讲完考试的情况后，任清风以最快的速度走回包间，不出意料地发现桌边的几条"恶狼"早已迫不及待地左右开弓，满满一盘烤串已然被消灭了一大半。

再晚回来几分钟，他怕是连肉渣都见不到了。

"还以为你掉马桶里了，"邓昊擦擦嘴边的油，解释道，"我们只有先吃饱，才有力气救你。"

任清风落座后的第一件事，当然是抢过几串肉放到盘中："所以我还得谢谢你们？"

"你自己重色轻友在先，"祁司契是唯一一个还能保持良好形象，嘴边干干净净的人，"不能怪我们无情无义。"

"喂，"杨凯齐恍然大悟地停下用嘴撕扯鱿鱼丝的动作，"你是给徐来打电话去了？"

"不让我们问，"许啸川够到纸巾擦了擦手，"结果转头就和妹子一五一十汇报了半个小时，任清风，你做个人行不行？"

"所以你到底感觉怎么样？"符夕辰和叶皓天异口同声。

任清风细嚼慢咽完嘴里的肉，慢条斯理地喝了口水，才惜字如金地开口："还行。"

"去你的！"

一时间，满包间飞舞起随手捏成各种形状的纸巾团，而目标自然是闷头吃肉的任清风。

纸团大战告终，吃饱喝足，被前几周的高强度训练折磨得身心俱疲的几人没有一个提议"再去打场台球"或是"再回学校踢个球"，不约而同地表示此刻最想念家里温暖的被窝。

走出烧烤店，和几个滔滔不绝的话痨分道扬镳后，和任清风同路的只剩祁司契一个人。

初中没有迷妹乱凑CP的时候，两人之间的话题还时常终结于球赛、游戏，或女生。

可上高中以来，但凡任清风和祁司契在校园里同时出现，总会收获如影随形的窃笑与注目。

久而久之，两人单独走在一起时，便心照不宣地只谈学习，绝不为擦肩而过时好奇竖起的耳朵提供任何日后的八卦谈资。

而任清风的这群朋友里，私下里的确是祁司契最为正经和学术。

两人站在周日下午相对空旷的地铁车厢里，旁若无人地讨论着刚刚数论题的证法。

任清风正在简单描述难住符夕辰的归纳步骤时，一位年轻妈妈领着小女儿绕到了两个人的外侧，像是要在下一站下车。

"所以，"任清风向里面移了一步，为小女孩让出了可以抓住扶杆站稳的空间，"如果m和互素，而m在原数列没有……"

"谢谢大哥哥！"小女孩露出一个甜美可人的笑容。

年轻妈妈面露惊讶地看了两个人一眼，趁机教育起女儿来："你看哥哥们这么帅还在认真学习，你再看看你。"

"妈妈，"至多不过一二年级的小女孩骄傲地挺起胸膛，"我又不帅，当然不用认真学习了。"

这句理直气壮的胡搅蛮缠将任清风和祁司契同时逗笑，两个人索性中止了讨论，看古灵精怪的小女孩智斗起妈妈来。

列车缓缓减速进站，尚未停稳时，祁司契突然带着几分讶然开口："老任，那是不是戚仍歌？"

任清风向车窗外看去，果然，戚仍歌正在对面等反方向的地铁，一身红裙站在珍珠灰为主色的站台中格外显眼。

戚仍歌身旁不再是分班考试期间那个和她形影不离的马尾辫，而是另一个梳着干练短发，衣着打扮走招摇朋克风的陌生女孩。

列车停稳的一瞬间，任清风不由得微微蹙起了眉。

戚仍歌和她的朋友似乎正在被三个陌生男人纠缠不休。

只见朋克女孩不停地摆着手，而戚仍歌在拼命摇头后退，两个人三番五次的闪避都被不依不饶地拦住去路。

两个女生已经快要无处可退地抵到安全屏蔽门上，可零星路过或等车的人察觉不对后，都只是避之不及地漠然转头，视而不见。

车厢的大门随着"嘀嘀"声缓缓打开，小女孩依依不舍地抬头向着任清风和祁司契挥了挥手。

两个面色凝重、紧盯着对面站台的男生却没顾得上回应这样的友好告别。

"管不管？"祁司契跟在年轻妈妈和小女孩身后，向着大敌的门口移动了半步。

"走。"任清风当机立断迈开步子，率先走下了地铁。

两个人放轻脚步，直直地朝着三个膀大腰圆的男人走去。

戚仍歌的声音因为惊恐而忍不住颤抖："我们真的没有兴趣，你们别再跟着我们了……"

朋克妹也面色苍白，仿佛整个人都在微微战栗："你们到底要什么？"

其中穿蓝色 T 恤的男人流里流气地轻哼一声，正准备开口。

"怎么回事？"

这个沉稳淡然的声音让三个男人瞬间诧异地转回头，也让戚仍歌一瞬间微红了眼眶。

任清风毫不退缩地看向矮自己小半个头的蓝色 T 恤男。

戚仍歌不敢置信地傻愣在原地时，朋克妹已经敏捷地转过身，迅速躲到了祁司契身后，急中生智地提高音量，像是在给自己壮胆："看，我们是在等男朋友。"

两个女生惊慌失措的反应让两个男生瞬间明晰了此刻她们的处境，情况比想象中还要严重。

任清风和祁司契冷静而肃然地对视一眼，没有贸然开口反驳。

"他们从地铁口外跟了我们一路，"戚仍歌这才如梦方醒、如释重负，而又面露委屈地站到了任清风身边，"非要推销什么产品……"

一时判断不出对方是传销团伙还是街边混混，任清风向后撇撇头，示意两个女生后退。

漆黑的隧道深处隐隐传来列车的轰鸣声。

祁司契沉声问道："你们想干什么？"

两个身高腿长的身影当前，蓝色T恤男不得不收敛了几分痞气，狐疑地打量了四个人一眼，最终笃定得出结论："小伙子，劝你们不要多管闲事，乱揽责任。"

另一个白色T恤男嗤笑着轻蔑地接话："你们是男朋友？我还是她们亲哥呢。"

见三个人的注意力终于从戚仍歌和朋克妹妹身上转移，任清风和祁司契默契十足地缓慢退后，直到确认两个女生离安全屏蔽门仅半步之遥。

片刻剑拔弩张的沉默后，任清风才淡淡地开口："我们是不是，不是你们说了算。"

戚仍歌像是突然找回了勇气，从任清风身后探出头来，耀武扬威地瞪向三个人："告诉你们，他们就是……"

话音未落，列车已在几个人面前缓缓停稳。

不等戚仍歌将话说完，祁司契将两个女生向车厢内轻轻一推："上车，报警。"

两个人高马大的男生面无表情地并肩伫立在安全门外，彻底终结了三个人继续尾随的可能性。

大约是额外加重的"报警"二字产生了足够的威慑力，地铁门和安全门同时关闭的瞬间，三个男人愤恨地瞪了他们一眼，灰头土脸地转身离去。

两个人重新在对面站台站定等车时，祁司契难得打开了和学习无关的话匣："你这个仍歌妹妹实在不怎么灵，最后那句话简直把我惊呆了。"

任清风也完全无法理解，在那种正常人恨不能立刻息事宁人、落跑为上的时刻，戚仍歌怎么还能莫名其妙地出言挑衅。

但他最终选择不予置评，只是笑着调侃起好友来："她朋友倒是灵，往你身后躲得多么流畅自然。那声'男朋友'叫得也甜。"

"但作为单身狗一条，我是不怕这些的，"祁司契同样愉快地扬起嘴角，"某人就不一样了。"

"你这是想给我扣什么锅？"任清风双手插进裤兜，神色轻松地挑眉，"从头到尾我既没说任何不合适的话，也没做任何不合适的事，只是再普通不过的路见不平，拔刀相助。"

"我会替你焚香祈祷，"祁司契的语气同样轻快，"但愿仍歌妹妹也这么想。"

"真相永远只有一个，"任清风不以为意，"她还能跑到徐来面前歪曲事实，乱说一通不成？"

"倒也是，"对八卦兴致缺缺的祁司契随即敛起笑意，重回正经，"你刚刚说到 m 在原数列没有出现，和原数列的定义相矛盾，所以和 m 的因数不互素……"

一秒回归数学世界的二人马上将这段小插曲忘得一干二净。

2.

周一班会课上，老周在一片怨声载道中讲完了周期序数和主族序数后，笑眯眯地放下粉笔，拍拍手上残留的粉笔灰："好了，现在咱们来说说拍摄英语剧的事情。"

"英语剧？"积极分子陈予第一个充满好奇地响应。

老周环视了讲台下才华横溢的孩子们一眼，将"信心满满"四个字清楚地写在脸上："对，这是高二年级的传统，每个班都要拍摄一部不限题材的英文影片，在下半学期举办的电影节里参展。"

"听说过！"郭鹏程忽然兴奋起来，"上学期满校园铺天盖地都是上届高二的电影宣传海报。"

众人也跟着议论纷纷——

"是那个会评最佳男女主角什么的电影节吗？"

"真要我们自编自导自演吗？"

"我去年还奇怪，怎么这些海报都是英文的，原来必须是英语剧。"

老周给大家留了足够的时间讨论，之后才敲敲讲台统一回答道："对，所以大家……"

可她话还没说完——

"哈，这种事交给任清风和徐来呀，"闻晓已经迫不及待笑着开口，"这两个人从构思剧本到英文翻译，再到出演男女主角，完全能一手包办！"

"有道理！"看热闹一号立刻附和。

"对对对，周老师，就他们两个了！"看热闹二号表示赞同。

"我们要看凄美的爱情童话！"看热闹三号甚至明目张胆提出了要求。

看热闹四五六七号还在翘首等待着轮到自己发表意见，老周已经更加用力地敲了敲讲台，扬声戳破了这些不怀好意的期待泡沫："都给我闭嘴。如果任清风要继续准备竞赛，是不可能有时间拍英语剧的。"

随着一片万分失望的"唉""哦""NO"，老周又大喘气式地补充道："不过姚芋与和徐来，作为班长和英语课代表，选题和安排人选的重任就交给你们了。"

万众瞩目下，徐来只能一脸蒙地点了点头。

下课铃打响，许啸川在老周走出教室的下一秒"噌"地蹿了三丈高，左顾右盼地嚷嚷着："老于、老王，今天踢球带我们，带我们！"

这欢天喜地的语气立即收获了一小片惊异的注目。

"哟，这大周一的，"林蔚充满意外地发问，"你们不去集训了吗？"

"昨天刚考完，"许啸川满脸嫌弃地挥挥手，"谁去谁是孙子，好吗？"

数学竞赛集训没有年级之分，由于大部分高一学生和初中生并不能获得参加联赛的机会，集训本身依旧为这些人照旧。然而，对于刚刚经历了艰苦备战和赛场洗礼的高年级同学，老师通常会在联赛结束到出成绩前的这段时间睁一只眼闭一只眼，算是变相默许了这些人的"假期"。

"你们去吧，"周逸然扬扬手机，充满遗憾地接话，"姚大班长要挟所有班委都留下来讨论英语剧选题。"

"你就一体育委员，"许啸川嗤之以鼻，"也得留下来讨论英语剧？"

"走开！"周逸然瞬间起立，愤恨地朝着许啸川扔来一顶棒球帽，"体委怎么了？我告诉你许啸川，今年运动会1500米你跑不掉。"

"喂！你要是敢滥用公职，我就号召所有人弹劾你。"许皮皮在徐来头顶稳稳地截住帽子，不落下风怼回去的同时，回头向着任清风喊道："老任，你还磨叽什么呢？到底去不去踢球？"

"稍等，"任清风正低着头和书包拉链做斗争，淡然的回应一贯简短，"去。"

一群男生稀稀拉拉地走出教室，见怪不怪地无视了几个朝教室里探头探脑的星星眼学妹。

但是——

"哥哥。"戚仍歌拎着书包默默站在几个女生最后面，不争不抢，见到任清风的瞬间才露出一个甜美的微笑。

前面几个女生原本追随任清风的目光瞬间充满艳羡地聚焦在戚仍歌身上，而从没见过这种架势的于一戈和闻晓忍俊不禁，"噗"地笑出声来。

许啸川等人第一次听到戚仍歌对任清风的称呼时，也酣畅淋漓地群嘲了他一整天，无论任清风怎样冷着脸解释"是从上小学之前就开始这样叫"都无济于事。

"我想等你一起回家，"戚仍歌目不斜视地上前两步，楚楚可怜地柔声开口，"昨天地铁里那三个人真的好可怕……"

"咳，仍歌，"许啸川强忍住对任清风的嘲笑，挺身而出地解释道，"今天你任哥哥……"

可"要和我们踢球"几个字还没来得及说出口——

"抱歉，"任清风已经淡淡地开口，目光坦然，"我有竞赛集训，你自己回去，路上小心。"

听得许啸川和其他几人同时睁大眼睛张大嘴，被任清风在短短一个暑假内更加精进的不说人话能力震慑得目瞪口呆。

趁着还没人反应过来，任清风向着戚仍歌点点头算是道别，然后毫不拖泥带水地走进了对面的（14）班教室。

戚仍歌神色一黯的同时，许啸川忍不住破口大骂——

"任清风，以后你就是一孙子，叫爸爸都不管用了！"

"所以老许为什么改叫你孙子了（微笑）？"

晚上临睡前，任清风在微信里收到了来自徐来的疑问。

显然，当时正在教室里讨论英语剧选题的徐来将许啸川那声震天响的鄙夷听得一清二楚。

任清风笑了笑，愉快回复道——

"因为他听说运动会要跑1500米，觉得人生不值得，着急入土为安（微笑）。"

这还是他在一个多月以来，第一次悠闲地靠在床头，抱着手机做一个尽职尽责的陪聊。

"请说人话，谢谢（挥手）。"

他完全可以想象出徐来输入这句话时可爱至极的表情。

"那你们英语剧讨论得怎么样了（挥手）？"

任清风觉得这么正经的问题一定在"人话"的范畴里。

徐白兔果然瞬间就忘了要继续刨根问底有关"孙子"的事情。

"还没什么头绪，几个男生想拍一部悬疑剧（挥手）。"

任狐狸对这个过于雄心勃勃的计划持怀疑态度。

"悬疑剧的剧本不太容易写得特别精彩吧（挥手）。"

徐白兔连续发来两条，将讨论内容如实相告。

"是王思齐主动请缨的，他喜欢看推理小说和希区柯克（挥手）。"

"姚姚还说悬疑推理不够，感情戏来凑，那部分就交给肖迪了（挥手）。"

任狐狸对对话的行进方向表示满意，不假思索敲下了——

"所以是什么样的感情戏（挥手）？"

发来以下三条时，徐白兔的笑容一定顽皮又邪恶。

"根据学校的要求，主要还是亲情和友情（挥手）。"

"所以我觉得你可以来客串一下老许的孙子（微笑）。"

"如果你不反对的话，明天我和肖迪说一说，请她务必加入一对爷孙的戏份（微笑）。"

任狐狸岿然不动，默默将话题引向那个让他比较在意的方向。

"我可能没时间出演，麻烦老许另寻孙子吧（微笑）。"

"所以这个剧里不需要出现女生吗？比如疯狂追求精神小伙的漂亮孙女什么的（挥手）。"

徐白兔果然在毫无知觉的情况下乖乖上钩。

"不需要孙女，不过也可能有条隐晦的爱情线之类的吧（挥手）。"

任狐狸稍停了片刻，微微眯起眼睛，谨慎措辞："隐晦的爱情是怎么个隐晦法（挥手）？"

徐白兔如实发来："我也不知道（微笑），剧本全权交给王思齐和肖迪了（挥手）。"

任狐狸微微勾起了嘴角，露出那个运筹帷幄老谋深算的弧度："那你需要做什么（挥手）？"

徐白兔乖乖回答："翻译翻译剧本，在拍摄片场打打杂之类（挥手）。"

任狐狸终于如愿等到了将中心思想表达清楚的机会——

"很适合你（挥手）。"

"毕竟，演女主角什么的，我觉得你不行（微笑）。"

这才猛然意识到套路的徐白兔开始了不动如山镇压邪祟并且明知故问的反套话表演——

"我为什么不行（微笑）？"

在"因为男主角不是我"和"因为你只适合出演植物人一类的静物"之间，任狐狸不需要抉择，果断回复了——后者。

三分钟过去了。

五分钟过去了。

十分钟过去了。

任狐狸开始困了。

在他即将失去神智、梦会周公的前一秒，才姗姗来迟的——

"今日份的天已聊死，债（再）见（挥手）。"

任狐狸只能揉揉眼睛，委屈巴巴地回复——

（好气哦，但我还是要保持微笑．jpg）。

转眼又是金秋灿烂的九月底。

老周提起"运动会"三个字时，周逸然瞬间乐开了花："周老师，今年1500米许啸川已经提前预订了一个席位，再动员一个人来跑就行。"

"你这是公报私仇，假公济私，公私不分！"许啸川瞬间回头，对着满脸悠哉的周逸然怒目而视，随后一秒变脸，谄媚地看向老周："周老师，他就是开玩笑的，我可没预订。"

"欸，老许，你这就不像话了吧？"周逸然不慌不忙地眨眨眼，"两周前你明明答应得干脆利落，男子汉大丈夫，怎么能临阵变卦呢？"

"口说无凭，"许啸川伸出右手食指左右摇晃起来，毫无惧色地回应，"你得拿出证据来。"

所有人都兴味盎然地看着两人你来我往的精彩表演。

"证据呀，当然有，"周逸然突然露出奸笑，微微提高音量，"咱们不妨问老任。"

当没办法直接解决矛盾时，就快乐地转移矛盾，这是周逸然灵机一动下的"借刀杀人"。

许啸川瞬间吃瘪，脸上生无可恋的绝望表情直接逗笑了徐来。

开学后的这段时间，她亲眼所见，许皮皮是怎样火力全开地对着为了躲避各种学妹而坚持参加集训的任清风献上花式嘲讽的，而以任三岁的幼稚程度——

"哦，我记得是有这么回事。"

果然，从教室后方悠悠传来一句慢条斯理的确认。

"对了，老许当时还说，"似乎觉得这一刀还不够狠，任清风停顿片刻，平淡的语气没有任何变化，只是微微扬起嘴角，"他特别想为班级出力，怕这个项目没人报，所以愿意亲自上阵。"

众人只是哄堂大笑，只有许啸川瑟瑟发抖地意识到，这一席话，是一年前他坑蒙拐骗徐来跑 800 米时嬉皮笑脸、随口一说的原话，几乎一字不差。

生无可恋的许啸川万念俱灰，任清风这个脑子比硬盘好使。

气定神闲的任狐狸泰然自若，君子为他的小姑娘报仇，十年不晚。

最终，许皮皮也只能嗷嗷号叫着"周逸然答应了要陪我"，将体委无情地拖下了水。

高二（13）班两位 1500 米选手就在一片欢腾中尘埃落定。

运动会的这一天，秋高气爽，万里无云。

尽管已经声嘶力竭地呐喊了一整个上午，一群高一女生在午饭后恢复了满点精力值，坐在食堂里，兴致不减地对着赛程表反复确认着剩余各项比赛的时间。

"高二的男子 4×400 米接力是在两点半开始，对吧？"迫不及待一号率先开口，"据说去年任清风和祁司契都参加了这个项目。"

"真的假的？两个人同时？"兴趣高涨一号。

"我的天，这是什么绝世福利……"兴趣高涨二号。

"真的！而且昨晚我把高二的参赛运动员名单过了一遍，"兴趣高涨三号，"都没找到他们两个。你们想，不需要上报具体姓名的项目不是只有接力吗？！"

"好期待！"兴趣高涨加戏精本精四号捂住了脑袋，"我的妈！我的两个男神就要同场竞技，我该支持哪一个？怎么办，怎么办？我太难了！"

"我支持任学长，"兴趣高涨一号没有半分选择障碍，"我永远是他的头号迷妹。"

"我也是！"兴趣高涨二号同样煞有介事，"虽然帅是祁学长帅，但又 A（帅）又 man 的年级第一谁不喜欢！"

"你们不要和我抢，"兴致高涨三号痛心疾首，"我才是最早看上任学长的，好吗？"

这段对话，完完整整传入了恰巧坐在邻桌的几个高二（13）班女生耳朵里。

"服了，"苏弈薇艰难地咽下一口饭，压低声音，"老任竟然这么火的吗……"

"哈哈，记得去年这个时候，"林蔚充满感慨，"咱们年级女生都在对着祁司契犯花痴。"

"因为咱们年级的女生都知道老任有'正主'，"张肖迪笑着接话，"比较有自知之明。"

"来吧，"沈亦如放下了筷子，看向一言不发的徐来，"请小主发表一下获奖感言。"

的确有一丝不爽碾过心间，但微弱到如同滴在白衬衫上的清水，擦拭晾干后不留印痕。

"没什么感言，"徐来满脸平静地回答，"三个学妹的样本太小，大概不具有什么代表性。"

打断其余四人异口同声的"吁"声的，是隔壁学妹一声激动无比的大叫——

"欸！我忽然想到，"兴趣高涨三号一拍大腿，"他们是两点半比赛，咱们要不要提前去检录处蹲守一下？"

"可是咱们自己的接力赛两点开始啊！"兴趣高涨一号理智尚存，"要是咱们都跑去看男神，没人给班上的土鳖加油，马老师该疯了吧？"

一片哀戚之中，兴趣高涨四号依旧积极乐观："不过咱们位置好，正对着4×400的起点和交接棒换人的地方，到时候能把他们看得一清二楚。"

高一年级的位置好，就意味着其他年级的位置相对较差，而其中最最不幸的，当属高二年级。

这一次，（13）班同学被安排到了主席台旁一小竖条的范围内，除去耳朵惨遭头顶正上方四个音箱的强力"荼毒"之外，这个位置对为比赛加油助威几乎毫无助益。

由于去年男子4×400米接力跑出了出人意料的好成绩，老周没有丝毫犹豫直接指派了相同的阵容。

几个人出发检录前，符夕辰特意提高了嗓门试图引起大家的注意："同志们，我们走了！"

于一戈也浑身是戏，挤眉弄眼地开口："美女们，不给我们献上爱的抱抱吗？"

"去，去，去！"几个离得近的捣蛋鬼纷纷表示不屑，"老于，你肚子上都长膘肉了，还嘚瑟。"

原本准备主动献上鼓励的女生们也被这番油腻出天际的"调戏"弄得兴致全无，直接挥手赶人："赶快走吧你们，别耽误了检录。"

"老任！你还有没有点集体荣誉感？"闻晓冲着依旧在看台上层和书包拉链做斗争的任清风喊道，"还搞什么呢？"

徐来下意识地回过头，朝着任清风所在的方向看去。

任清风刚好在这一刻放下书包，两人四目相对的后果是——

"抱一个！抱一个！"

"亲一个！亲一个！"

活跃的（13）班向来不缺挑事者，此刻更像是人人都打了鸡血。

不过早已在这一方面修炼出金钟罩铁布衫的两人只是隔着人群，置若罔闻地向着对方轻轻点了点头，轻到令旁人几乎无从察觉。

徐来的点头是"加油"。

任清风的点头是"好"。

高二年级男子 4×400 米接力的选手在引导员的带领下浩浩荡荡地入场时，获得了堪比大领导人来访般热烈的欢迎，几乎所有女生都在翘首寻觅着某两位帅哥的翩然身姿。

徐来早就被沈亦如和苏弈薇拉着站到了看台最下层，受到周围热烈气氛的充分感染，情不自禁加入卖力呐喊的队伍之中。

途经高二年级所在的看台下方时，在此起彼伏的加油声里，一群青春蓬勃的男生情不自禁放缓了脚步，抬起头，兴奋地向看台上的啦啦队挥手示意。

沈亦如一边拼命向着闻晓和于一戈招手，一边低声对徐来说："我没看到祁司契呀。"

徐来的目光扫过队伍最后的四位（14）班选手："确实没有他。"

"那你家老任又要火，"沈亦如用胳膊肘顶了顶徐来，"看，迷妹们已经拼命往上凑了。"

不需要沈亦如的提醒，早在一行人进场的瞬间，徐来便毫不费力地定位到了被几个笑得春光灿烂的女生团团包围，边走边微笑点头的任清风。

依旧是那身白色运动服，依旧是脊背笔挺的板正走姿，依旧是那张沉稳淡然的英俊的脸。

徐来却在自己的毫无察觉中微微蹙眉："有这么邪乎吗？"

"你也太淡定了吧，"沈亦如以惯常的愉快语气调侃道，"老任明显是已经和这群妹子谈笑风生到顾不上和别人，包括你，打招呼了，好吗？"

像是有人将晾晒于心间的那件洁净如新的白衬衫揉出了难看的褶皱。

徐来顿了片刻，才淡淡回应道："那又怎么样？"

3.

这群男生被引导员催促着向前走去，徐来认定正和女生相谈甚欢的任清风不会再回头，将目光死死锁定在跑道上风驰电掣的高一男子接力选手身上。

震耳欲聋的广播声照旧，激情四射的呐喊声照旧，激烈喧嚣的比赛照旧，天空也照旧蔚蓝澄澈，可徐来原本晴朗愉悦的心情却没能照旧。

一年前的此刻，没有人知道任清风，没有人看着任清风，没有人关注任清风。

那张向着看台微微仰起，淡然微笑的脸，只在她一个人的记忆中清晰得毫发毕现。

那个被定格于阴郁的背景中，散发出盛大光芒的少年，竟然让徐来隐隐有些怀念。

在这一刻，徐来恍然意识到，若是有什么她不愿与人分享——

日记本里随性记录的琐碎心事，阴霾天时盘旋不去的坏心情，以及在某些特定场合，闪闪发光的任清风。

带了些赌气与刻意，目不斜视盯着绿茵场的徐来也因此错过了任清风转身回头，在看台上寻找她的瞬间。

不愿作为压轴选手再出一次风头，这回任清风选择了不痛不痒的第三棒。

几个拥有校队队员的普通班再没有出现交接棒失误的情况，他从拼命喘着粗气的符夕辰手中接过那根红白色接力棒时，是不上不下的第六名。

而这一次，他与前面一位选手的差距之大，即便是拼上性命，恐怕也难以逆转。

任清风没时间多想，只能迈开步子全速向前，尽力将差距再缩短一些。

在他起跑的一瞬间，从看台上传来震耳欲聋的尖叫声，离得近些的初二和高一年级率先进入了沸腾状态——确认过祁司契没有参赛后，迷妹们充满爱意的注目自然由任清风一人独享。

"啊啊啊！任清风加油！"

"任学长加油啊！"

可这些气势如虹的助威声，摒除一切杂念向前狂奔的任清风其实半点也听不到。

与他相伴的，除去"还要再快些"这个无比单纯的信念，只有耳边呼啸的风声。

但看台上的徐来听得一清二楚。

甚至，与学妹们整齐划一、撼天动地的"加油，任清风"相比，身边姚芊与等人小巫见大巫的卖力呐喊只能算是不痛不痒。

在这样声势浩大的呐喊中，任何个体的"加油"二字都轻如鸿毛，徐来忽然意兴阑珊。

"啊,这是全校女生都在给他加油呢,"身后的陈予扯着嗓子评价道,"真吓人。"

"这回祁司契怎么没上？"林蔚同样扯着嗓子，看向干脆伸手堵住耳朵的许啸川。

"糟老狗坏得很，"许啸川咆哮着回答，"肯定是故意不来，让老任一个人出风头的。"

若是在平时，也许徐来会笑着加入对话，愉快地皮上一句"论对皇上的忠心与爱护程度，自然没人比得过许爱妃"。

但此时此刻的徐来，连嘴角都扬得无比勉强。

"老祁太英明了，"周逸然不得不喊着，才能与越发热烈的声浪相抗衡，"这群女生真可怕，我简直要聋了。"

徐来目不转睛地看着任清风跑进最后的直道，心中无比赞同。

是真的吵。

几乎刺穿耳膜的，让人心情烦躁到莫名沮丧的吵。

最后一棒的闻晓在拼尽全力冲过终点线的瞬间就瘫倒在跑道尽头。

在（13）班同学充满关切的注视中，闻晓被一戈和符夕辰一左一右搀扶着才勉强站起身，以双手撑住双膝，弯下腰艰难地平复着呼吸。

尽管最终的名次依旧是第六名，但老周在一年前就乐呵呵地强调，名次不重要，重在拼搏的过程，（13）班同学对此深信不疑。

缓缓走回看台下方时，几个依旧在气喘吁吁的男生受到了英雄凯旋般的盛大礼遇。

"你们超棒！全世界最帅！"林蔚和其他几个女生疯狂竖起大拇指。

"喝水喝水！"苏弈薇蹲下身，从护栏的间隙递出拧开盖子的矿泉水。

"辛苦辛苦，先擦擦汗，"姚芊与从裤兜里拿出早就准备好的湿纸巾，"不过，老任呢？"

符夕辰仰头将矿泉水一饮而尽，又用湿纸巾擦了把汗，才倒上气来："他跑完就陪着他的仍歌妹妹和一个学妹去医务室了，不知道什么情况。"

"啊，"几个女生身后的一群男生当即开启了吐槽模式，"这是被学妹喊飘了吧。"

嘘寒问暖结束，默默走上看台，在沈亦如身边坐定的徐来心情跌至谷底，甚至忘了对准备动身去检录的许啸川和周逸然说一声"加油"。

似乎一直以来，无论脚程快慢，无论去向何方，都是任清风默默站在她的身后，阴魂不散到不需要回头也能百分百确定，他会在。

而这样的坚定与纵容让某些异想天开的错觉与肆意妄为的任性在她心中生根发芽。

以为他永远会在，以为现状即是永恒。

可事实却是，这个在旁人眼中出类拔萃、光彩照人的男生，这个身边其实选择无数、诱惑良多的男生，不可能永远等在原地。

只是，当两人的位置对调，徐来才后知后觉地意识到。

看一个不曾回头的背影残忍绝决地渐行渐远，竟然这般令人灰心失望。

或许，一直以来，看似飘飞的是任清风，实则真正飘过头的却是她自己。

徐来拧开手中的水瓶，只喝了半口便宣告放弃。

在心情一团乱麻的时候，号称"某某山泉有点甜"的矿泉水都只能尝出苦涩而已。

更何况，她其实连苦涩的立场都没有，又不是男朋友。

正想着，忽然，一个高瘦的身影在右手边重重地落座，微凉的空气被带起一阵温热的旋风。

扑面而来的洗衣液清香中，隐隐掺杂着男孩子剧烈运动后汗水与荷尔蒙的味道。

任清风像是在接力赛过后又经历了一程狂奔，喘息声依旧粗重，挂在额角的汗珠清晰可辨。

他一反平日里的绅士沉稳，坐定的瞬间挨着徐来有些不管不顾的近。

近到两人的小臂几乎在徐来倏然愣住的瞬间贴合。

这是第一次，在众目睽睽之下，任清风毫无顾忌也毫不避嫌地出现在徐来身边。

这样一幕让周遭骤然安静下来，无数道带着暧昧与好奇的目光黏合在看台的这个角落。

可任清风漠然置之地向着徐来伸出右手，动作流畅自然，甚至带了几分理所应当。

难得见到小白兔不明所以的呆愣状态，任清风忍不住微微眯起眼睛欣赏了半秒，然后，是比伸手的动作更加流畅自然，也更加理所应当地说出单字："水。"

徐来却依旧没从这前后不超过五秒内发生的一切中回过神来。

任清风只好善解人意地继续补充下去："我，很渴。"

徐来微微睁大的杏眸里写满无辜，无声传达出"此小可爱依旧在信息处理中，请稍候"。

任清风只得自己动手丰衣足食地伸出食指，对着徐来手中的矿泉水瓶晃了晃，更加善解人意地说道："跑完这么一大圈却没有水喝，很可怜的。"

此刻身在检录处的许啸川遗憾错过了任清风撩妹 2.0 正式版公开发布的重要时刻。

然而，并肩坐在两人上方一级台阶处，一字不漏地听到任清风这番话的其他三位接力队员默默交换了一个意味深长的眼神。

这眼神中有鄙夷也有艳羡，但倘若翻译成人话，一定是"从未见过如此厚颜无耻之人"。

三人也只能在心中腹诽。

不知是哪一位在冲过终点线，走回场边的瞬间就被蜂拥而至的学妹热情地包围，那些争先恐后递向这位同学的矿泉水瓶明明多到能将活人砸死。

其他瞬间姨父姨母笑上脸的围观群众的心思则简单得多。

他们粉了一年整的 CP 自兴邦小学的吃糖摸头杀之后，终于在光天化日下发了第二颗糖。

虽然甜度未知，但糖就一定是甜的。

以这二位平时恨不得贴着墙根弯腰走路的低调，下一次大方撒糖不知要等到猴年马月。

徐来努力平复了一下鼓噪的心跳，终于接受了"任清风竟然猝不及防地降临身边"这个事实后，才喃喃开口，表情依旧呆愣得可爱："这瓶我刚喝过，要不我再去……"

"哦，"任清风微微挑眉，索性真正自己动手丰衣足食地伸出手，抽走徐来右手里的水瓶，三下五除二地拧开，然后微微勾起嘴角，语气理所当然到无以复加，"我不嫌弃你。"

渴是真的渴。

虽然跑完接力后出现在眼前的水瓶数不胜数，但遗憾的是他一个都不能接。

自冯书亭后，为了避免造成不必要的误会，任清风的言行谨慎了许多。一个冯书亭就曾惹来如此之多的麻烦，若换成一群冯书亭，但求人生平凡简单的任清风只会瑟瑟发抖。

可万万没想到，他口干舌燥地经过三级跳远的沙坑时，刚巧碰到了正搀扶着扭伤脚踝的同学去医务室，走得同样一瘸一拐的戚仍歌。

见死不救终归不是他的作风，于是任清风只好无奈地改变了路线。

从医务室狂奔回看台的路上，任清风的大脑自动屏蔽掉一切与理智有关的信号，只被冒着青烟的嗓子主宰——想要喝水，以及想要见到徐来。

如愿见到了小白兔，水瓶也终于握在手中。

所以，任清风一秒都没再迟疑，仰头将塑料瓶中的水一饮而尽。

也不是"尽"。

像是经过精密的计算，任清风将几乎空空如也的水瓶重新递回给徐来时，瓶底刚好残留了一口略多，两口不够的水。

任狐狸脸上重现运筹帷幄老谋深算的笑意，与方才抢水瓶时同样理所应当的语气："听高人说，欠人好意，终须归还。"

徐来被这个已然成为老朋友的表情所警醒，回视任清风的目光中顿时多了几分狐疑与谨慎。而吃饱喝足的任狐狸恰好有足够好的心情和足够多的时间，气定神闲地任由她打量。

两秒过后，耳聪目明的徐白兔反应过来，这位飘飞先生的狐狸尾巴怕不是翘上了天。

不知不觉间，他已经将试探她的套路由"娱乐性的调戏"明确升级为"对回应的直白索求"。

对此，徐白兔决定严阵以待，将笑容调整至那个不动如山镇压邪祟的弧度。

正准备像惯常一样开口，徐皮皮猛然意识到，此刻，不是在私下里，也不是在微信中。

看在任清风还能够分辨得清应该到哪里找水喝，没有被绚烂花丛迷瞎双眼的份上，徐来准备手下留情，在大庭广众下给劳苦功高的狐狸先生留几分面子。

然后，徐来的余光不经意扫到了不远处几个朝这里探头探脑的陌生学妹。

虽然接力赛时的坏心情随着任清风出现在身边而烟消云散，但糟糕心情的由来似乎正是这些大呼小叫、热情过度的学妹。

这一刻，徐来不由得有些坏心地想——

抱歉，可爱的学妹们，你们的任学长的确"名草有主"，不劳费心了。

于是，徐狐狸微微抬起头，凑近任清风的耳朵，满意地感觉到他倏然加速的清晰的心跳声。

她将声音压低至只有他得以分辨，调皮而暧昧的轻柔耳语，吐气如兰："但我嫌弃你欸。"

在围观群众隐隐的低呼声中，任清风明显一愣，耳郭染上近乎沸腾的温度。

闻晓一个手抖，手中的零食掉到了地上。

符夕辰深吸了一口气，拼命地眨了眨眼。

于一戈直接呛了一大口橙汁，连咳带喘。

惊异的同时，三人还有些幸灾乐祸。

哈，这位特别会竟然也有被反撩到不知所措的时刻，苍天有眼，苍天有眼。

绚丽绮思被瞬间点燃的围观群众心思则简单得多。

原来深藏不露的徐小妹早已得到某人真传，看来这次两人慷慨派发的不只是一颗糖，而是一整壶纯度百分之一百二的卡坦精。

不知所措只是一瞬间而已。

下一秒，任清风的狭长双眸里闪过异常炫目的光。

明媚的阳光将这双瞳仁映照成流光溢彩的琥珀色，缱绻的温柔之下，是若隐若现，远超出"运筹帷幄"或"老谋深算"范畴的危险。

任清风从未像此刻这般笃定，他与徐来心意相通，坚定不移地互相喜欢。

虽然时光荏苒，转眼便是一年，可头顶的艳阳与蓝天如同初见那天。

年华易逝是个中性词，本身不具备立场。

若只是伤春悲秋地回首，它或许揭示出无尽的"坏"。可若是意气风发地展望，它同样蕴藏着无尽的"好"。

比如，有很多曾经不适合说出的话或不适合做出的事，因此变得合适了起来。

"徐来，"任清风旁若无人地回应道，"水善利万物而不争，处众人之所恶，故几于道。"

这万分专注的凝视与"阴谋已酝酿完毕"的淡定让徐来的脸颊微微发烫，心跳瞬间脱缰，不由得开始为刚刚的皮而深感后悔。

围观群众远比徐来更加翘首期盼着突然聊起人生哲学的任学霸即将公布的结论。

然而，遗憾的是，任清风只是微微低下头，比刚刚的姿态更加亲昵地贴向徐来耳边，以悄悄话的形式轻声说着什么，在二人世界外竖起一道铜墙铁壁，彻底隔绝掉别人偷听的可能。

"所以，嫌弃别人是不对的，"任清风将声音压得很轻，很柔，轻柔到几乎带着隐绰的邪魅，"或者你现在把水喝完，以表反省；或者，我亲你一下帮你脱敏，以示惩戒，你选。"

每个字都雷霆万钧地炸开在徐来耳畔，将她本就有些缺氧的大脑炸成一片混沌的狼藉。

任清风刚说什么？似乎是一道选择题……

选择什么来着？或者喝完水，或者亲一下……

等一下？！亲？动词？亲？

那么主语是？似乎是任清风。

然后宾语是？任清风说的是"你"，也就是……

心跳如雷地呆愣了几秒之后，徐来勉强理清了思绪。

这个突然露出升级版"运筹帷幄老谋深算"表情的任清风，不仅妄图跳过必要的步骤，更是胆大包天到动起了不可描述的奇怪念头。

所以，任清风又开始飘，句号。

不对，应该将句号替换成微笑加挥手的表情。

徐来条件反射般"反任飘飞之愿而行之"地接过水瓶，痛快地将残留的矿泉水一饮而尽。

还没来得及摆出不动如山镇压邪祟的笑容，徐白兔便被某人不怀好意的灿烂笑容搞得一惊。

这双向来温柔平静的褐色眸中，在此刻只有恶作剧得逞的促狭得意。

糟糕，貌似她还是失足跌进了此老狐狸防不胜防的套路中。

首先，以"上善若水"作为"嫌弃别人不对"的论据完全是生搬硬套。

其次，即便"嫌弃别人不对"，也不意味着"她需要反省或被惩戒"。

最终，凭什么任飘飞让她做选择题，她就真的傻乎乎地做起选择题来？

可惜为时已晚，徐来只能万分懊悔地开展起自我警示与批评——

下次面对这种无中生有、浑水摸鱼、偷梁换柱的阴谋诡计，以及这样逻辑不通、强词夺理、漏洞百出的论证时，她要打起百分之两百的精神，坚决将批判性思考贯彻落实到底。

但偏偏，某人生怕她的反省不够深刻，得寸进尺地伸手揉了揉她的头顶，再别有深意地附赠单字一个，揶揄的笑意未减："乖。"

无计可施的徐白兔只能气鼓鼓地嘟嘟嘴表示抗议，再将手中的空水瓶戳进任清风怀中："第十课，喝完的空塑料瓶要扔进可回收物垃圾桶，在那边看台的下面。"

任狐狸敛起笑意，将恰到好处的惊讶拿捏得入骨三分："难道不应该谁喝完谁扔吗？"

"高人的规矩是，"徐白兔皮笑肉不笑地干巴巴回应道，"谁喝得多谁扔。"

任狐狸这才轻笑一声，乖乖拿着空瓶起立，语气是惯常的温柔溺宠："好，我扔。"

虽然，扔完空瓶回到看台的任清风并没有坐回或再出现在徐来身边，但是，重新走到看台最下方，专注为许啸川和周逸然加油呐喊的徐来心情重回晴朗。并且，她决定将"你跑完之后陪戚仍歌做了什么"这样小家子气的问题永久性封存心底。

而诸多吃瓜群众已然心满意足地囤积了足够过冬的狗粮。

他们自然对任清风和徐来经历了怎样明枪暗箭的斗智斗勇毫无察觉，只依依不舍地回味着刚刚亲眼所见的粉红色事实——

无论是不是无意为之，两个人卿卿我我分享同一瓶水时，绝对都是实打实地对嘴喝完，毫无避嫌之意，四舍五入理解就是当众举办么哒艺术展了，不接受反驳。

4.

虽然这一次（13）班只拿了团体总分第五名，但老周还是像去年一样称赞了大家的团结与拼搏精神，再次爽快地请全班同学吃了梦龙。

她笑眯眯地看同学们吃完冰激凌，叮嘱了一句"十一出去玩的都注意安全"后便宣布放学了。

"徐来，和我们去打台球吗？"许啸川笑嘻嘻地转过头来，"今天……"

"你家老任和老461都会在。"徐来已经能够熟练地背诵原文。

"老任超厉害的，"林蔚也笑着凑起了热闹，"每次都会引起围观。"

猝不及防之下，许啸川无语凝噎地愣住了。

"老许，"林蔚满脸严肃地伸出手，拍了拍许啸川的肩膀，"你行不行？台词都不带换的。"

"真的，"徐来也忍不住皮道，"这样显得很没诚意，大概率约不到妹子。"

许啸川丝毫不慌，直接对两人露出一个高深莫测的笑容："我现在就下楼，往高一的楼道里一站，原封不动把这番话大喊出口，咱们赌一赌到底约不约得到。"

"打着别人的名号招摇撞骗算什么本事，"林蔚嗤之以鼻，"你得凭自己的实力，自己的姓名，约到自己的妹子。"

"我可是一心向学的正经人，"许啸川忽然严肃起来，"那种死皮赖脸和小姑娘抢水喝的事，我才不屑……哎哟！"

徐来愉快地收回敲向许啸川脑壳的手："我改变看法了，你绝不可能约到妹子。"

"呜呜呜，暴力还恶毒，"许戏精秒变嘤嘤怪，"我干吗受这种委屈？你，哥哥我不约了。"

"无论你约不约，我都去不了，"徐来笑着接话，"我得回家收拾行李，晚上赶飞机。"

"这是要去什么地方快活？"林蔚好奇地问道。

"日本，"徐来叹了口气，"我妈竟然在国庆假期报了个旅行团，简直是年度迷惑行为之冠。"

虽然对周女士在国人扎堆出游的黄金周，跑到热门目的地日本的决定不能理解，但飞机真正降落在羽田机场时，徐来还是感受到了清晰的雀跃与期待。

前些天她和陆潇潇抱怨周女士自作主张的决定时，潇潇笑着回复："天下亲妈一般黑。"

"我妈非说我们三个人都没时间做攻略，坚定拒绝了我爸自助游的提议，"徐来满腹苦水，"这种中老年旅行团肯定只是走马观花，大好时间都浪费在了大巴车上。"

"噗，"陆潇潇幸灾乐祸，"你也好好体验一把'上车睡觉，下车尿尿，看到景点就拍照，被拉到黑店把卡刷爆，回来一问啥也不知道'的中老年式快乐。"

"潇潇，"徐狐狸悠哉开口，"本来我还想去那边给你买一二三四号爱豆的写真集，不过……"

"啊啊啊！"陆潇潇的声音大到能将房顶掀翻，"徐大仙女，我错了，我刚刚什么都没说！"

徐来对她这种激动的反应感到满意："那你要不要友情提供一点不那么中老年人的玩法？"

陆潇潇的爱豆遍布日韩，她对这两个国家的风土人情了如指掌，自然是徐来的头号求助对象。

听徐来简略报过几个景点后，陆潇潇沉吟了片刻："据说浅草寺超级灵验的，你可以去买个御守，求求签什么的，这种事他们中老年人肯定不干。"

"求签？"徐来充满怀疑，"有什么用？"

"就是看看你的心愿能不能实现呗，"陆潇潇笑着调侃道，"不过像你这种要什么有什么的人生赢家，的确没必要迷信这些。"

虽然当时徐来毫不客气地调侃了回去，但心中莫名一动。

去浅草寺的那天，东京晴空万里，天色是令人赏心悦目的蓝。

雷门后令人眼花缭乱的仲见世通商店街被前来观光参拜的游客挤到寸步难行。

周医生和徐医生对一切都充满了好奇，从招财猫的摇头公仔到黍团子和人形烧，童心未泯地挨个观察了一遍。

徐来新奇地扫过琳琅满目的货架的同时，和走在身边的地陪姐姐聊起了天。

"浅草寺的御守真的很灵吗？"徐来鼓起勇气，将这个萦绕心间的疑问说出了口。

"信则灵，"面善的地陪姐姐笑着回答，"当然可以买来试试看。"

"替别人求也一样灵吗？"徐来问得认真，"我想买给一个朋友，希望他考试顺利。"

拖长声音的"啊"字后，地陪姐姐露出了"我很懂"的暧昧笑容："那你这个朋友还真幸福，浅草寺的学业守是最有名的，我相信在你的祝福之下，他一定会马到成功，大获全胜。"

尽管对这样的目光并不陌生，徐来还是被看得有点脸红。

"不过御守的时效只有一年，"地陪姐姐补充道，"明年的这个时候，要记得按时更换。"

"足够了。"徐来笑笑。

假设任清风能顺利进入省队，能在之后的比赛走得更远，甚至能借陆潇潇吉言成为为国争光的国家队成员，IMO的比赛时间是明年暑假。

所以，即便时效仅一年，也绰绰有余了。

本着心诚则灵的虔诚态度，徐来效仿着其他前来参拜的信男善女，认认真真在本堂前的净手池洗过双手，恭恭敬敬在常香炉中奉上一炷祈福香，同时在心中默念了三遍"一切顺利"。

大巴车邻座的阿姨看到徐来一脸肃静，像模像样地遵从地陪姐姐的指示，将香炉之上的袅袅香烟挥向自己，笑着评价道："小姑娘可太有意思了。"

周医生满脸讶然："以前从来没见过她这么迷信，不知道这是怎么了。"

阿姨的大肚腩老公笑着接话："肯定是听导游说这里灵，给自己求个好前程呢，我看小姑娘心思是往正道上使的，不是胡乱迷信。"

上完香后，徐来挤到左侧卖御守的小屋前，一眼便看到了方才地陪姐姐提到的雷门合格守。

灯笼形状的布包鲜红得可爱，黑色的"雷门"二字圆圆滚滚。

徐来一见倾心，毫不犹豫地买了下来。

小心翼翼拿在手中端详了片刻，徐来不禁再次默念了一遍"一切顺利"才将它揣进口袋里。

然后，她转身走向正殿右侧的求签处，耐心等待前面的两个日本妹子放下签筒，在一位热心留学生的指导下，拿出一百日元的硬币投进台上的钱箱里。

"不妨先摇摇签筒，"小姐姐柔声建议道，"在心里想着你想求的事情，再倒过来抽签。"

明知不过是寄托希冀的一种形式，客观结果也并不因任何人的祈求而改变。

可默默闭上眼时，徐来的心跳竟然微微加速了。

任清风，愿你顺利走到你能企及的最远的地方。

将签筒上下左右来回摇了摇，徐来终于从细小的洞口抽出了那支与她最有缘分的竹签。

"八十，"小姐姐凑上来看了一眼，指了指眼前的抽屉架，"按照标号从里面拿签文就好了。"

伸向编号为"八十"的小抽屉前，徐来默默地深呼吸，忽然对香客或教徒的心情感同身受。

明知客观结果不以此签文的好坏为转移，可还是真心希望看到与吉祥有关的字样。

打开抽屉，轻轻抽出最上面一张解签字条的时候，徐来的手莫名有些颤抖。

"大吉！"小姐姐对着徐来抽出的字条艳羡低呼，"我来日本五年了，每年都来求，可一次大吉也没抽到过。你太幸运了，一定可以心想事成。"

徐来几乎不敢相信自己的眼睛。

但随手抽到"大吉"的兴奋与狂喜只持续到第二天。

在"奥特莱斯购物"和"逛东京迪士尼乐园"两个项目二选一时，周医生毫不犹豫拍板了前者。

面对徐来绝望的"为什么"三连，老母亲振振有词——

"你都多大了，怎么净喊着去这些幼稚巴拉的地方。

"别忘了佛罗里达那个全世界最大的迪士尼世界你都去过了。

"这种地方，就应该找小任陪你，和老头老太太去有什么意思。"

向来是徐来坚实后盾的慈祥老父亲这次竟然跟着点了点头："没错，你看，去迪士尼的话也是我和你妈成双成对，你一个人孤苦伶仃，和梦幻温馨的童话世界格格不入，多可怜。"

胳膊毕竟扭不过大腿。

最终徐来只能瘫坐在奥特莱斯某间店中供人歇脚的凳子上，一边无奈地帮周医生参谋着哪款羊绒衫更适合徐医生，一边见缝插针地向陆潇潇和沈亦如同时控诉道——

"我的迪士尼还是泡汤了（大哭）。"

几分钟后，手机微微一振。

徐来迫不及待地点进微信，但雪中送炭的并不是陆潇潇或沈亦如。

任清风的足球头像旁弹出一行小字："去北大还是清华（挥手）？"

既然有人自愿在这样的时刻送上门来充当冤大头，徐来丝毫没留情面地开怼，将淤积心中的愤懑酣畅淋漓地发泄了出来——

"据说清华的学生要脚踏实地，谦逊低调得多（微笑）。"

"像你这样经常飘到找不着北的人，显然还是北大更合适（挥手）。"

几秒之后，屏幕上出现了一个她无比熟悉的表情包："（好气哦，但我还是要保持微笑.jpg）。"

任狐狸的无话可说让徐白兔的心情雾时间无风无雨、艳阳高照。

她向着不远处的父母点点头，表示此刻徐医生身上这件深蓝色毛衣就很合适，然后才重新低下头，悠哉回复道："所以何出此问（挥手）？"

这次任清风的回复稍久——

"老李刚刚发微信说这次进省队没什么问题，让我报名参加这两个学校的金秋营（挥手）。"

徐来难以置信地眨了眨眼，再眨了眨眼，终于确认这条信息不是幻觉。

浅草寺真的这么灵吗？

根据任清风之前的科普，金秋营是这两所学校对联赛中各省省队成员和其他排名靠前的省一学生开放的变相签约考试。

根据笔试和面试结果，最优惠的签约条件是降分至一本线录取。

然而，由于在招生上向来水火难容，北大和清华的金秋营"恰巧"同时开营、同时结束，即便有资格报名的人也不得不忍痛割爱，只择其一。

虽然任清风早已决定出国留学，参加这类活动也只是为了长长见识而已，但徐来感觉得到，此刻他心情极佳，不由得跟着微扬起嘴角。

她迅速发送："想听到'恭喜你'请按1，'很厉害'请按2，'特别棒'请按3。"

任清风仿佛未经思索一般回复："0，人工服务，谢谢（挥手）。"

徐来向着连连催促自己提供意见的周医生表明"墨绿色和浅驼色都不如深蓝色好"之后，玩心大起，全神贯注地低头打起字来——

"对不起，所有客服都在帮助其他客户，预计排队时间一小时，回主菜单请按1。"

任狐狸依旧神速地回复道："7（挥手）。"

徐来思考了片刻："对不起，系统无法识别您的请求，回主菜单请按1，否则请直接挂机。"

停顿了片刻后，任狐狸选择暂时"投降"："1（挥手）。"

徐来非常顺手地将之前的选项复制粘贴，再次发送——

"想听到'恭喜你'请按1，'很厉害'请按2，'特别棒'请按3"。

任狐狸却贼心不死地再次试探道："5（挥手）。"

徐白兔转转眼珠，微笑的弧度扩大："你别飘（微笑）。"

任狐狸："4（挥手）。"

徐白兔："你别飘（微笑）。"

任狐狸干脆使用穷举法将剩下的数字一口气发完："9 8 7 6（挥手）。"

徐白兔不为所动："你别飘×4（微笑）。"

最终，停顿了更久后，任狐狸还是乖顺发来了："3（挥手）（挥手）（挥手）。"

就在将"特别棒"三个字点击发送的前一秒，徐狐狸突然坏笑着改变了主意——

"对不起，您的余额已不足，欢迎下次致电（微笑）。"

随后屏幕上出现："有没有充值选项？再聊十块钱的嘛（可怜）（委屈）（快哭了）。"

对恶意卖萌向来无计可施的徐来在心软之下放松了警惕。

她善良地回复："好吧（挥手）重新给你三次机会（微笑）。"

任狐狸立刻搬出小板凳乖乖坐好："好（害羞）。"

徐白兔也配合着将选项再次发送："想听到'恭喜你'请按1，'很厉害'请按2，'特别棒'请按3。"

乖巧不过一秒，任狐狸忽然开始了表演——

"0（偷笑）。"

"接不通，对吧（闭嘴）？"

"没关系，那继续按1好了（调皮）。"

被这一连串突如其来的自说自话弄得有点蒙，徐来只好划回之前的聊天记录，确认了"0"之后是无法接通，再然后的"1"表示回到菜单，所以正确的回复应该是——

"想听到'恭喜你'请按1，'很厉害'请按2，'特别棒'请按3。"

屏幕上出现：""0 1（憨笑）。"

既然答应了三次机会，信守承诺的徐白兔唯有任劳任怨地陪任狐狸继续犯幼稚病。

"想听到'恭喜你'请按1，'很厉害'请按2，'特别棒'请按3。"

屏幕上却再次出现："0 1（坏笑）。"

这个坏笑的表情才让逛街逛到头昏脑涨的徐白兔骤然清醒。

可恶，又被任飘飞戏耍了。

这样一来，她岂不是将"恭喜你""很厉害"和"特别棒"同时且反复说了整整三遍？竟然还有这样厚颜无耻骗取表扬的方式？

发现徐白兔的回复突然延迟，任狐狸不依不饶，大言不惭地发来诘问——

"Hello（在吗）。"

"不是说好聊十块钱的吗（可怜）（委屈）（快哭了）？"

就是在这一刻，徐来开始为昨天替他求的那一支签感到后悔，甚至想将雷门合格守转赠他人。

徐白兔咬牙切齿地敲下："您已欠费十五元整（挥手）（挥手）（挥手）。"

知错就改的任狐狸没有试图做出无谓的抗争，认错态度端正良好——

"可以用奶茶抵消吗（可怜）（委屈）（快哭了）？"

徐白兔暗自发誓，绝不再被套路所蒙蔽："不可以（挥手）（挥手）（挥手）。"

任狐狸只好卑微地继续加码："十杯奶茶呢（可怜）（委屈）（快哭了）？"

徐白兔："不可以（挥手）（挥手）（挥手）。"

任狐狸："二十杯（可怜）（委屈）（快哭了）？"

徐白兔："不可以（挥手）（挥手）（挥手）。"

任狐狸："到高三毕业那么多杯（可怜）（委屈）（快哭了）？"

徐白兔："不可以（挥手）（挥手）（挥手）。"

任狐狸突然改变了说法："那寒假陪你去上海的迪士尼呢（微笑）（微笑）（微笑）？"

徐白兔一愣，出于惯性，已经在对话框中复制粘贴好的"不可以"随之静止在原地。

回过神时，屏幕上已然多了三行字——

"既然有时间回微信，说明还是被拉去奥特莱斯而没有去成迪士尼了（挥手）。"

"别怄气，好好陪阿姨逛街（挥手）。"

"我报北大。"

徐来还是忍不住漾开微笑。

那张被仔细叠好放进背包里的签文，白纸黑字。

第八十签，大吉。

而签文内容的汉字诗："深山多养道，忠正帝王宣。凤遂鸾飞去，升高过九天。"

徐来对着已经站到结账队伍末尾，催促她放下手机起身的父母说了句"马上来"，将留在对话框中的"不可以"逐字删除，再重新逐字输入——

"你可以的，加油。"

Chapter 3
漫漫前路上，我已经准备好

1.

七天的假期一晃而过。

返校之后，"任学霸确定真的进省队了"这个令柠檬精蠢蠢欲动的消息引发了长达几个课间的热烈讨论。

可在当下这个信息爆炸的时代，任何新闻的时效性都比以往更加有限。

化学课结束前，老周笑着宣布："咱们高二的足球联赛周五抽签，下周正式开始比赛。"

这句话瞬间就让（13）班同学对任学霸的顶礼膜拜来了个急刹车加急转弯，转而兴致高涨地讨论起球赛可能的抽签分组结果，应该派出的首发阵容，以及年级公认的强劲对手来。

许啸川在放学后瞬移至担任足球队长的于一戈身边："老于，加我！我什么位置都能踢！"

"许爱妃，今天升旗仪式时大家可都听到你荣获数学联赛一等奖的好消息了，"王思齐诧异地开口，"你下周不和你家皇上一起去北京微服出巡吗？"

"老王，伤心事不要再提，"周逸然在一旁煽风点火，"虽然都是一等奖，但老任那个叫实打实进省队的一等奖，许爱妃这个嘛，人家北大清华还是得考虑考虑要不要收才行……"

许啸川并没有表现出丝毫恼怒，不仅坦然接受这样的说法，反而跟着自我调侃道："主要原因明明是某人独宠徐小妹，即便要带，也轮不到'年老色衰'的过气'爱妃'不是？"

这句话一出口，教室里更热闹了。

"老任！你许爱妃吃他自己徐来妹妹的醋了！"好事者一号激情呼叫着低头写字的任清风。

"后院起火啦！"好事者二号在任清风抬起头的瞬间露出不怀好意的笑容。

"赶快来陪你家爱妃踢场球，补偿补偿吧！"好事者三号就差在人中一侧贴上一颗巨大的媒婆痣，或是高翘兰花指以表热忱。

"哦，抱歉，失陪，"任清风合上笔记本，语气一本正经的平淡，"这次我是'真的'要集训。"

好事者一二三号连同许爱妃本人齐声作呕——

"再装！"

"再飘！"

"去你的！"

"你们加油，"任清风悠哉地靠向椅背，微微勾起嘴角，"实在需要的话我可以做替补。"

好事者一二三四号瞬间升级为义愤填膺一二三四号，不由分说，群起而攻之——

"你这是咒我们受伤呢？"

"除了徐小妹，没人需要你！"

"老于，这种人绝对不能给他上场飘的机会！"

"咱们得替许爱妃伸张正义！"

"打，给我往死里打！"

已经在美术教室坐定的徐来错过了任清风惨遭"群殴"的壮烈场面。

她照例端坐在画架前，惬意享受着创作时的宁静。

直到一个半小时的时间在毫无觉察中悄然流逝，直到教室里只剩她一人，直到——

"陆潇潇的电话，要接吗？"

在寂静夜色下突兀响起的声音，将正在美术教室后方冲洗调色板的徐来吓了一大跳。

手抖之下，调色板与水管相接的角度产生了偏差，倾泻而下的水柱经由木制板面的反弹，水花四溅。徐来的衬衫和领结瞬间遭殃，连带制服外套的领子一同遭到了货真价实的"洗礼"。

冷水透过衬衫与锁骨下方的皮肤相接的一刹那，微微战栗的徐来眼明手快地关掉了水龙头。

她匆忙拭去衣服上的水珠，带了几分惊讶与嗔怪地转身："你怎么会来？"

工作台上不知何时被悄悄关好的工具箱，工具箱上稳妥摆放的粉色奶茶，以及在隔壁座位悠然坐定，似笑非笑看着她的任清风。

自开学典礼莫名其妙地"走红"以后，任清风一直处在花痴学妹们虎视眈眈的盯梢中。尽管他已经尽力拖延离校回家的时间，可依旧没能幸免于执着分子的悄然尾随。

所幸，孜孜不倦的跟踪窥探后，各路姐妹互通有无，一致认定任学长"家与学校两点一线"的简单生活实在是典型的直男式乏善可陈，终于放弃了继续侦察的念头。

于是，开学近五周后，任清风终于重得清净，也终于能够不请自来地重赴奶茶之约。

"什么叫'我'怎么会来？"任清风饶有兴味地见证了徐来惨遭水袭的全程，右手托腮，大大方方欣赏着她的倩影向他走来，微眯起双眸，声音愉快，"你原本是在等谁？"

徐来觉得，她非常怀念一年前那个言行有度、克己复礼的任清风。

那时的任清风一定会在她如此狼狈的时刻诚恳致歉，并礼貌询问她是否需要帮助。而不是像现在这样，带着恶作剧得逞后的顽劣笑意，纹丝不动地坐在原地冷眼旁观。

甚至，他还在十分欠揍地找碴。

"你这是集训结束，"徐来回到座位上，擦了擦手，就是不看他，"彻底赋闲了？"

"今天的奶茶特地加了双倍的珍珠，十五元整，"当然听得出小白兔话中难得带刺的反讽，任清风嘴角顽劣的笑意扩大，更加愉快地指了指工具箱上的奶茶，"小姑娘，虽然欠费已经结清，但我不介意再听一次主菜单的内容。"

"幼稚。"徐来将调色板仔细擦干后，拿起桌上的手机。

果然，除了一个未接来电，还有三条同样来自陆潇潇的微信——

"（雪姨敲门.gif）。"

"别躲在里面不出声，我知道你在家（挥手）。"

"回电话！"

胸口的衬衫依旧传来冰冷的湿意，可徐来不需要分辨此刻的好心情究竟来源于陆潇潇的表情包，还是任清风的突然出现。

她只需要充分享受这份明朗，然后微笑着回复：等我到家打给你（亲亲）。

然而，这几个字只来得及输入一半便戛然而止。

徐来的后脖颈倏然一暖。

下一秒，从天而降的制服袖子和修长的手，袖口处三颗整齐的银色扣子将画室内温暖明亮的灯光折射进瞳孔，璀璨夺目的光斑让徐来下意识闭了下眼。

当眼睛停止工作，在一片漆黑中，其他感官的灵敏度会骤然攀升。

随着任清风摆动小臂的动作扑面而来的，是空气被搅动而产生的微微燥热的风，以及他身上独有的清新宜人的味道。

徐来带些愕然重新睁开眼时，刚刚还随意搭在任清风脖子上的围巾已经静静地在她胸前绕成一个颇具艺术感的圈。

藏蓝底色之上，红白相间的经典格子图案大气稳重，羊毛与真丝混纺后的质感轻薄柔软，适宜初秋的温度瞬间在脖颈间积聚。

不，不是瞬间积聚而成的温度，而是围巾自带的，来自任清风的温度。

徐来忽然有些慌乱地转过身，微微抬头，半步开外温和干净的少年面孔一如初见。

当戏谑消失得无影无踪，任清风狭长的褐色眸中溢满沉静的温柔。

没有一年前和一年后的任清风，自始至终都有且只有一个任清风。

男款围巾戴在小白兔纤瘦的脖子上也还是偏长。

正大光明地审视两秒之后，任狐狸玩心大起，不禁露出那个运筹帷幄老谋深算的笑容。

趁着脸颊微红的徐来呆立原地，任清风果断伸手，将围巾绕出了第二个圈。

无动于衷？那再来一圈。

没有反应？那再来一圈。

终于，在速战速决的第四圈即将完成，徐来盈盈如玉的小脸也几乎完全淹没在围巾里时——

"任三岁，你要干吗？"

虽然一双剪水明眸中是带了些羞赧的温柔，但徐来语气中不动如山镇压邪祟的警惕任清风绝不会错认。

可爱，可爱到爆的那种可爱，可爱到必须要进行调戏三连的那种可爱。

"哦，"任狐狸瞬间敛起笑容，语气正经而坦然，"太透了，帮你遮一遮。"

果然——

"喂！"徐白兔一秒凌乱，但脖子已经被里三层外三层地裹成了粽子，"低头"这个简单的动作执行起来比想象中还要困难。

她唯有退而求其次，和满脸无辜的任狐狸大眼瞪小眼了半秒，然后扬手打人。

任清风觉得被小拳拳轻捶胸口的感觉极佳，于是忍住笑意，在正经与坦然中夹带一丝委屈，努力为自己辩解道："真的很明显，很难不注意到，我不是故意的。"

果然——

"流氓……"徐白兔的小脸染上更深的朱红色，毫不客气地给了他第二拳。

然后徐来才猛然想到要将鼓鼓囊囊到碍事的围巾还原。

但不幸被反应更快的某人抢了先——察觉到她的意图后，任狐狸同时抓起围巾的头与尾，二话不说打了一个完美的……死结。

一番角力后，任清风觉得双手被小兔爪紧紧攥住然后努力掰开的感觉极佳，不由得重新露出那个运筹帷幄老谋深算的微笑，不再那么正经地凑近她的耳朵："不能看啊？"

趁着她依旧在用力掰他的手，顾不上回应，任狐狸又得寸进尺地贴近她的耳朵，轻柔而又邪气地加了一句："我不能看，那谁能看？你原本在等的那位吗？"

然后——

在倒吸一口冷气的徐白兔准备发作的前一秒，在死亡边缘试探得心满意足的任狐狸灵巧地转身，迈开两条修长的腿，带着胜利的笑容，以每秒 340.29 米的速度潜逃到了教室的最远端。

几秒之后，徐白兔终于平复好呼吸，勉强找回了不动如山镇压邪祟的感觉。

Flag（目标）果真不能随便立，什么"有且只有一个任清风"根本就是幻觉。

如果把不同的任清风划分为三六九等，那么一定是"极偶尔不那么幼稚欠揍的""大多数时候比较幼稚并有些欠揍的"，以及"现在这样幼稚且欠揍到让人想把他打到满地找牙的"。

在徐来与内心蠢蠢欲动的暴力因子努力抗衡时，安然躲在教室一隅的任狐狸悠然朝她露出一个比运筹帷幄老谋深算还要夸张的笑容，两排洁白整齐的牙齿在灯光下隐隐闪着光。

对付这种飘飞上天的人，就是不能遂他的意。

徐来将曾经对陆潇潇说过的箴言默念三遍后，决定先引狐出洞再进行统一清算。

于是，她优雅地深吸一口气，微眯起双眼，笑意满盈地开口："你打的是死结。"

任狐狸同样微眯起双眼，乖顺地点头表示肯定："嗯。"

徐狐狸的笑意不变，语气越发甜美："但这是你自己的围巾哦。"

任狐狸再次乖顺地点头表示同意："嗯。"

徐狐狸继续不动声色地引诱道："如果我说我会把它扯断，你要不要先回来解开它呢？"

"不要，"这一次任狐狸态度坚决地摇头，反客为主，"还记得那个喝完的空塑料瓶应该由谁来扔的问题吗？"

徐狐狸一秒变回谨慎的徐白兔。

"高人说，不是谁喝完了谁扔，"任狐狸扬起嘴角，语气愉快，"而是谁喝得多谁扔。"

"所以？"徐白兔问得小心翼翼。

"由此及彼，不是谁系的谁解，"任狐狸挑眉，说得理所当然，"而是戴在谁的脖子上谁解。"

"任！清！风！"

任清风悠哉地站在原地，悠哉地看着徐来漂亮的杏眸中燃起熊熊火焰，大步流星向他走来。

而此时此刻，他的小姑娘不顾一切朝他奔来的感觉，非常非常对。

在徐来的右拳即将捶到他胸口的前一秒，任清风悠哉地伸出左手，牢牢抓住她盈盈可握的纤细手腕，附赠了和运动会那天如出一辙，甚至更加笑意盎然的单字："乖。"

结果自然是胸口结结实实挨了来自徐来左拳的痛击。

自知再继续挑逗下去，小姑娘大概会彻底炸毛，任清风放开了对徐来右腕的"钳制"，温柔地揉了揉她的头顶，微微拖长声音，像是轻哄："好啦，我解。"

看着果真微微低下头，专心解起死结的任清风，徐来忽然有种莫名且迟来的顿悟。

或许，之前她能够不动如山镇压邪祟地皮回去，只是因为这条得道老狐手下留情地为她预留了足够多的机会而已。

如果说甲乙丙丁的追求是铺一条平直的路，那任清风的追求就是织一张绵密的网。

路再平直宽阔也难留眷恋苍穹的飞鸟，但网悄无声息粘住的却是飞虫的翅膀。

一经坠入，万劫不复。

灯烛辉煌中，徐来能看清男生脸上一层薄薄的茸毛，看着看着，目光无意识间温柔如水。

难怪敢说自己"不会输"了。

徐来知道，一如那句别有深意的"吃不吃糖"，这个已经连续两次出现的"乖"字，是不会输的任清风向她释放出的第二个郑重而清晰的信号——

"如果你准备好了的话，这一次，我要收网了。"

任清风只用了片刻便灵巧地解开死结，轻笑着问道："发什么呆呢？还在想原本在等的人吗？"

"任清风！"毫无威胁性的警告一次。

"好啦，"任清风替她将围巾整理好，"外面冷，围好。"

"任清风。"徐来看着这双修长好看的手，忍不住微扬起嘴角。

"嗯？"他气定神闲地挑眉。

"没事，"她轻盈地转身，端起一直被遗忘在工作台上的奶茶，"走吧。"

没有打算讲出口，却早已深埋心底的回答——

"任清风，在未来可期的漫漫长路上，我已经准备好了。"

两人刚刚走出综合楼不出五步，背后传来一声温柔如水的"哥哥"。

徐来随着任清风回头时，戚仍歌投来的目光无论如何都算不上友好，却还是静静地打了招呼："徐来姐姐好。"

可下一秒，显然是辨认出了徐来胸前的围巾，戚仍歌的脸色清晰一变。

"怎么还没回家？"在未掺杂过多情绪时，任清风的音色如同此刻的夜色一般清冷。

幽暗的月光将面如土色的戚仍歌照出几分弱柳扶风的寂寞，但她目不斜视地注视着任清风，开口时带着顽强的固执："社团活动结束得晚，我想等你一起回家，上次……"

任清风几不可辨地叹了口气，无奈打断道："仍歌，我已经说过很多次了，不要等到这么晚，天黑路上不安全。"

"我知道你忙，"戚仍歌微微低头，声音柔和到无以复加，"既然遇到了，一起走好不好？"

"但我还有事，"任清风沉默片刻，淡淡地回答，"没打算回家。"

"一起走出学校也不行吗？"戚仍歌不肯妥协，娇媚的声音里充满委屈。

任清风换了更加直接的方式，正色开口："我们没打算走出学校。"

被额外加重的"我们"二字，让戚仍歌微微一抖，终于看了徐来第二眼。

直到戚仍歌的背影消失在视线中，一言未发的徐来才淡淡开口："老许说你从不说谎。"

任清风微微低头，仔细研判起徐来的表情变化和这句话的用意。

半晌，他柔声开口："哲学中有类理论叫'义务论'。大意是，能从道德角度判定行为对错的，并非行为所达成的结果，而是行为本身是否遵循了社会划定的准则或尽到了应尽的责任。"

逐渐习惯了这个人幼稚欠揍的一面之后，这样久违的严肃正经让徐来微微一愣。

任清风的眸中写满认真："冯书亭也好，向园也好，仍歌也罢，无论她们因为我的拒绝或拒绝方式受到了多么值得同情的'伤害'，我自认已经尽到了自己的责任。"

义正词严地表述立场时，任清风的气场永远强大到带着隐约的压迫感。

"我的责任只是确保自己的言行不会被那些自认喜欢我的女生误解，不会让她们产生不切实际的期望，以避免在未来造成更大程度或更深层次的伤害。"

见徐来的杏眸中透出若有所思，任清风这才缓和了表情，微微勾起嘴角。

"徐来，I can't take for granted what I happen to have（我不可能将恰好拥有的一切视作理所当然）。无论她们喜欢我的缘由是什么，都只是偶然，我会尽量谨慎地和这些所谓的优点自处。"

2.

徐来心中一动。

戚仍歌转身离开前充满嫉恨与敌意的瞪视实在让她难以产生类似"同情"的情感，但尹燃惨烈的前车之鉴又让她难以忽视隐隐浮于心间的"愧疚"。

弱者不一定值得同情，强者却大可不必摆出张扬跋扈的炫耀嘴脸。

徐来拿捏不好开口的分寸，所以选择了那样的语气，那样的内容作为试探。

可任清风的回应多么神奇。

徐来曾以为沉稳淡定不过是他幼稚顽劣之上的表象，可当他敞开心扉，任由她随意探看时，她看到了一个内核远超"沉稳淡定"能够定义，成熟理性到与仿若年龄不符的任清风。

明确清楚自己要做什么的人已经很可怕了，明确知道自己不该做什么的人就更值得敬畏。

这两种人都有极高的概率大获成功，而任清风是这两种人的总和。

正如任清风从不直说喜欢或想念，任清风给予的安全感也从不来自直白肉麻的"弱水三千，只取一瓢饮"。这个"有所为，有所不为"的任清风对她暗示的——

"万花丛中过，片叶不沾身"并不是褒扬，滥用好看的皮囊或过人的智慧流连花丛本身就是种"堕落"。

不过，在来得及回味这样的暗示之前，徐来想，将"can't"和"granted"中的"an"发成"ang"的英式读音，经由这个肃迈的任清风之口，不知为何非常性感。

然而，仅一个瞬间，成熟稳重的任清风惨遭下线——

"小姑娘，看在我讲得口干舌燥的份上，你要不要换一个更加和善友好的表情来面对我？"

看着这张大刺刺写着"我就是两岁半，不服憋着"的脸，徐来还是忍不住笑了："任三岁，从小到大，你有没有失败过？"

任清风装模作样地思考了片刻，将每个字都吐得很慢："好像还没有，但是……"

"但是什么？"徐来语气愉快。

"但是，"又是那个运筹帷幄老谋深算的笑容，"也有不那么成功的时候。"

"比如？"徐来不得不因此而谨慎起来。

"比如，"任清风微微挑眉，将语速放得更慢，意有所指，"在做一个追求者的时候。"

徐来努力无视骤然加速的心跳，维持着无辜的微笑："'不那么成功'要如何定义呢？"

"不算失败，因为全世界都觉得我已经成功了。"

任清风突然定住脚步，转身面向徐来，带着淡然的笑意紧紧锁住她的视线。

"但是，偏有个活在外太空的小机灵鬼不这么认为，所以也算不上成功。"

然后，他将双手插进裤袋，微微眯起眼睛，语气诚恳而和煦。

"你觉得呢？"

徐来反应三秒，叹为观止。

何其风轻云淡却步步为营的问法，何其缜密而狡猾。

首先，"你觉得呢"这四个字看似是在征求她对于他给出的"不那么成功"的定义的看法，可是，无论她回答"对"或"不对"，都可以被视为是在回答他"算不算成功"这个问题。

其次，因为她是"全世界"的一部分，所以如果她回答"对"，就是在同意"我已经成功"这句话，如果回答"不对"，就是在反对这个没有被指名道姓，不用来指代她的小机灵鬼说的"算不上成功"。

所以，无论回答哪一种，都会被这个人理直气壮地当成"已经成功"的确认。

而这也就意味着，还是让这条千年老狐跳过了必要步骤，空手套到了兔兔。

此套路之隐蔽之深广，让徐狐狸拼命喝了好几口奶茶来压惊，同时终于想好应该如何回答知乎上"身边有个特别聪明的人是什么体验"的问题。

其实只需要言简意赅的四个字：防不胜防。

令人身心愉悦的奶茶进肚，徐来坏心地想，一个从没有输过或失败过的人，就更需要好好补补"如何应对挫折"这人生中的重要一课了。

在任狐狸泰然自若的凝视中，徐狐狸短暂思索了片刻，重新抬头时，扬起了那个不动如山镇压邪祟的笑容，灿如星辰的眸中闪过狡黠灵动的光。

徐狐狸直接将奶茶放到地上，摘下书包，从夹层里拿出在浅草寺请回的雷门合格守，将红色的布包从塑料包装袋中掏出来，朝着微微一愣的任狐狸晃了晃。

听说发型之于某人很重要？

徐来向前一步，出其不意地拽过任清风系得一丝不苟的领带，趁他没回过神，连脖子带脑袋将他向下拉到了与她视线齐平的位置。

然后，徐狐狸飞速抬起双手，轻抓过一把头发，三下五除二用御守顶端的红绳系成了小辫。

又将另一侧的头发也彻底拨乱后，徐狐狸才愉快地收手，语重心长地说道："我觉得吧，没体会过失败的人生不完整，难得碰到'不那么成功'的机会，你应该好好珍惜，用心感受。"

说完徐来悄悄后退半步，煞有介事地拍了拍任清风的肩膀，以"哥俩好"的语气补充道："小机灵鬼托我转告，还要再加加油，努努力，祝你好运！"

然后，徐狐狸满意地眯起眼睛，看了看高悬在某人头顶的御守，又看了看呆愣到忘记动作的任憨傻，努力克制住再做一个鬼脸的冲动，秉承着某人"撩完就撒"

的优良品质，转身撒腿就跑。

托这个御守的福，乘坐地铁的全程，任清风都在兴致盎然地研究着它的起源和传说，以及应该将它绑到哪里才算"得其所用"，没顾得上对惨遭破坏的发型表达不满或是对徐来打击报复。

最终，在踏进徐来家小区前，在徐来无奈又好笑的旁观中，任清风仅依靠左手，无比艰难地将御守成功地绑到了右手食指上。

"看，"任三岁献宝一样骄傲地晃动食指，让御守疯狂地转起圈来，"好玩吧。"

徐来强忍住笑意，不忍直视地撇了头，并暗自决定在剩下的路程中不再搭理这个神经病。

但计划还没来得及实施，两人就和一个推着婴儿车出来遛娃的邻居打了照面。

"徐来，回来了呀。"年轻妈妈笑着向徐来点了点头，随后热情地招呼起一秒回归淡定的任清风来："哟，今天任帅哥也在。"

"嗯，您好，"任清风和年轻阿姨问过好后，向着婴儿车里的小女孩招招手，"又变漂亮啦。"

"快和哥哥说'谢谢'！"年轻妈妈抓紧一切机会，教正在牙牙学语的小女儿说话，柔声引导道，"谢！谢！"

小女孩眨眨纯真的大眼睛，看看妈妈，再看看任清风，露出一个能萌化人心的可爱笑容。

"说'谢谢'！"妈妈耐心鼓励道。

"架！架！"小女孩乖乖回应。

"谢！谢！"妈妈放慢语速，再次重复了一遍。

"吓吓吓……"小女孩一边以不甚标准的发音嘟囔着"谢"字，一边向任清风热情地张开双臂。

见状，任清风瞬间会意，默默弯下腰，配合地向小女孩递出了绑着红色御守的右手。

"谢。"妈妈依旧温柔耐心。

"架！"小女孩好奇地碰了碰御守，随后以双手紧紧攥住男生的食指，笑得越发春光灿烂。

"谢。"妈妈特意拖长了声音。

"吓！"小女孩开始"独宠"任清风一人，只目不转睛地盯着他笑，不再看妈妈一眼。

"谢。"任清风扬起嘴角，帮助阿姨完成教学任务。

"帅！"这个字正腔圆，即便央视播音员也不能说得更标准的单字，配上乌亮澄澈的大眼睛和甜美可人的笑容，萌得徐来直接发出了融化的声响。

和同样被女儿搞得乐不可支的邻居告别之后，走进单元门，徐来看着按下电梯上行按钮的任清风，忍不住调侃道："说好的'谨慎自处'呢？这么可爱的小萝莉你也忍心'下手'？"

任清风轻笑一声，没有回答，只是优哉游哉地将右手食指放到徐来眼前晃了晃，圆滚滚的御守险些打到徐来脸上。

"干吗？"她边躲边问。

"知道你是嫉妒，"任狐狸扬起一个格外碍眼的笑容，"允许你也握一握，平衡平衡。"

想打人的欲望再次蠢蠢欲动，徐白兔无视眼前格外碍眼的手指，微笑暗示道："我觉得你送到这里就可以了。"

任狐狸收起手指，缓缓开口："我好怀念那个会说'上楼喝杯热水再走吧，这么冷的天怎么可能不穿外套'的善良体贴的小姑娘呢。"

这种细声细气模仿她说话的语气欠揍至极。

"我也好怀念那个会说'你介意的话就自己上楼，外套明天再还我'的礼貌绅士的小伙子呢，"徐来语气薄凉，"季阿姨在等你回家呢，围巾我明天还你。"

任狐狸立马缩了缩脖子，心疼地抱住自己："可是外面好冷呢。"

徐白兔果断又迅速地将围巾摘了下来："那围巾现在还你。"

任狐狸摆摆手拒绝了围巾，只是将自己抱得更紧："可是我还没喝到热水呢。"

徐白兔不为所动："没有热水。"

任狐狸语气无比委屈："那我只好坐在这里哭了。"

徐白兔也没明白自己为什么要配合幼稚鬼上演这样一出："请便。"

任狐狸只是可怜兮兮地继续道："徐来，你猜我坐在这里哭之后会发生什么？"

徐白兔确定自己一点都不想再搭理身边这位许皮皮上身的戏精。

任清风却露出了高深莫测的愉快笑容，慢条斯理而又笃定地说道："在徐医生下班回来把我捡上楼之前，就会有好心的邻居把我捡上楼，然后，周医生会让我坐在沙发上，给我热水喝。"

"……"

徐来在推开家门时后悔万分。

几周前因为恻隐之心，临时起意邀请某人到家中学习的行为无异于引狼入室。

从那之后，这个死皮赖脸的幼稚鬼总能找到无数理由，时不时堂而皇之地登堂入室，霸占她温馨整洁的书桌埋头做数学题。

而比起学习地盘惨遭掠夺更加可怕的是——

对于这样的入侵，自家的两位医生持友好的欢迎态度，红烧大虾也一跃成为餐桌上的常客。任狐狸家的两位教授甚至直接对她喊话："任清风要是再敢拿方便面瞎糊弄，我们帮你收拾他。"

比这样明目张胆的助纣为虐更可怕的是——

一整个单元的邻居都自以为很懂地"知道"了，徐来在四中可没好好学习，成天只知道把一个怎么看都不像是会好好学习的帅小伙往家里领。

看着任清风在书桌前安顿好，徐来走回厨房做起鲜榨果汁，顺带拨通了陆潇潇的电话。

"徐来，"陆潇潇的声音听起来神采飞扬，"今天怎么这么晚才回家？还以为你是被任学霸拐卖到山里去当童养媳了呢，需要我报警吗？"

"潇潇，"徐来悄然威胁道，"我挂电话了啊。"

"不对，任学霸怎么可能舍得让你去当别人的童养媳，莫非你们两个刚刚……"

"潇潇，"眼见陆潇潇越说越离谱，徐来微微加重了语气，"我真的挂电话了啊。"

"好啦，不闹了，"陆潇潇语气轻快，"周日是个什么大日子你还记得吧？"

"陆潇潇大人的生日，我可不敢忘，"徐来以脸颊和肩膀夹住手机，将洗好混匀的草莓、蓝莓和树莓倒进榨汁机，"生日礼物已经准备好了，就等你一声令下发布聚会的时间和地点呢。"

"这还差不多，"陆潇潇听起来无比满意，"你周日全天都有空吗？"

"上午不行……"徐来试着按下榨汁机的启动按钮，无奈机器运转时的巨大噪音完全吞掉了她的声音，只好迅速关上按钮宣告放弃。

徐来重复道："上午不行。上次说的英语剧你还记得吧？我要和同学继续讨论剧本。"

"哼，"陆潇潇傲娇地质问，"如果过生日的人是任学霸，是不是就不会有讨论剧本这种事了？"

"错，无论过生日的人是谁，"徐来面不改色地迅速接话，"该讨论剧本还是要讨论剧本。"

本想继续剥开一根香蕉一同丢进榨汁机，可眼看手机将从肩头滑落，徐来只好调整了站姿，索性将手机放到操作台上打开公放："问出这种问题，幼稚。"

"噗，"陆潇潇瞬间更换了阵营，开玩笑道，"原本还想争风吃醋一把，结果没想到任学霸竟然这么没有家庭地位，也太可怜了吧……"

在好友长篇大论的"同情"和"教诲"开始之前，徐来选择果断将话题引回主题："潇潇，生日聚会，时间，地点，忘了吗？"

陆潇潇却完全没有接过话茬，径自继续道："不过说到任学霸，他有没有时间一起来呀？我超想再近距离沾一沾盛川第一学神的仙气，保佑自己期中考试旗开得胜。"

这个憧憬而虔诚的语气像是误入了什么邪教的歧途，徐来忍俊不禁，友好地提醒道："潇潇，你学文欸，拜他估计没什么用处吧。"

"可你不是说过任学霸当初的政治和历史成绩也永远接近满分吗？啊！而且！我刚刚突然想起来，他可还没有经历过我，也就是你的头号闺密的严酷拷问呢！"

陆潇潇越说越慷慨激昂，恨不能立刻冲到徐来面前吹胡子瞪眼一番。

"你看，当初我可是第一时间就把阿欢带给你过目，你倒好，别说投桃报李了，连粒芝麻也没让我看见，自始至终把任学霸藏匿得太严实了吧？一点也不公平……"

理的确是这个理，徐来被陆潇潇说得有些汗颜，语气中的遗憾货真价实："任清风这周末刚好去北京。"

"这么个前不着村后不着店的时间去北京？"陆潇潇语气狐疑，关注点随之跑偏。

"嗯，他这次进省队了，"徐来简短地回答，"去北大考试。"

"嗷！"手机里传来一声震耳欲聋的尖叫，随后陆潇潇得意扬扬地说道，"徐来！我当时说什么来着？你家任学霸是注定要为国争光的男人吧！"

"生日聚会，时间，地点，又忘啦？"徐来很想从手机里伸出手，用力敲敲好友的脑袋。

"我还没定具体的地点和时间，但如果你只有下午有空的话，那就下午安排活动，晚上一起吃顿饭吧，"陆潇潇终于肯认真回归正题，"我还叫了以前的几个同学，你没意见吧？"

"我能有什么意见，"徐来揶揄，"一切以寿星大人开心为准。"

"主要是，咳，我今天下午放学，刚好在地铁站碰到夏忆，"陆潇潇忽然言辞闪烁起来，"她竟然还记得我的生日，所以我就顺带问了一句她愿不愿意来，她特别爽快地答应了。"

榨汁不成，徐来干脆从榨汁机里夹出几颗蓝莓吃了："这不是挺好吗？我好久没见过夏忆了。"

"但问题是，她后来问我，能不能叫个朋友一起，"陆潇潇越说越没底气，声音都虚了下去，"我看她那副扭扭捏捏、羞羞答答的样子，觉得十有八九是你和任学霸这种关系的朋友……"

"噗，"徐来险些将蓝莓吸进鼻腔，狠狠地呛住，"你怎么不说是你和阿欢那种关系的朋友呢？"

"哎呀，这不重要，"陆潇潇似乎没心情争辩，"重要的是，我当时一想，万一她和那个朋友在我的生日聚会上终成眷属，那我不是做了次胜造七级浮屠的伟大红娘吗，就爽快地答应了。"

"哈哈哈，潇潇，我服了，"充分吸取教训的徐来没再吃东西，笑得无比畅快，"你什么时候多了这种癖好……"

"你先别急着嘲笑，"陆潇潇突然万分严肃，语气也倏然沉重，"反正在答应她之后，我才想起来多问了一句，那小伙子我认不认识。"

"只要你别吓我，说他是九中谢与欢，"徐来笑意未敛，"我管他是张三还是李四。"

陆潇潇停了片刻，肃然中掺了些微的愧疚。

"徐来，我也完全没想到，夏忆竟然说，那个人是尹燃。"

3.

挂断电话，徐来还是默默叹了口气。

正如陆潇潇絮絮叨叨抱怨的——

"谁知道他们两个怎么会凑到一起。"

"尹燃去了遥远的十六中欸！"

"这两个人初中说过话吗？"

有时候世界之小，让人不得不服。

但对于夏忆和尹燃本身，徐来倒是没什么看法。

人总归要向前走，而尹燃走出旧日阴影，发展了新的目标，这无疑是件好事。

徐来打开冰箱，拿出鲜牛奶，正准备往榨汁机里倒——

"那么……"

从背后兀自响起的声音吓了徐来一跳。

她惊疑不定地回头，只见任清风稳稳地端着茶杯，脊背笔挺地斜靠在半开放式厨房的墙面上，褐色双眸仿佛比平日更深幽半分，挑眉的弧度显得有些居高临下。

任清风抿了一口茶，语气不善："能否允许这位没有地位的可怜分子斗胆一问，谁是尹燃？"

端着榨好的果汁回到卧室，徐来看着将转椅转至背对书桌的方向，彻底告别数学世界，目不转睛地看过来，神色严峻、如临大敌的任清风，不知为何有点想笑。

她忽然想到很久以前许啸川的那句"这下所有人都知道老任喜欢你了，但凡有点自知之明的男生，哪个还敢来追你"，恍然意识到似乎真是这样。

这位飘飞的狐狸先生，在这一年多时间里，连一个"有力"的竞争者也不曾拥有。

唯一一位试图对她献殷勤的樊嘉伦，还被暗戳戳地制裁到"凄凄惨惨戚戚"的地步。

徐来几乎想皮上一句"尹燃是个超级厉害，超级优秀，超级全能的超级大帅哥"，然后悄咪咪观察观察任飘飞的反应。

但尹燃也许会因此见不到明天的太阳，略凶残，徐皮皮只得遗憾作罢。

"哦，"徐来坐在床的一角，抱起粉色兔子，坦然开口，"尹燃是一个初中同学。"

任清风迅速接话："能否继续允许这位可怜分子斗胆一问，一个什么类型的初中同学？"

徐来还是被这个问法逗笑了："一个普通类型的初中同学。"

任清风运筹帷幄老谋深算地扬起嘴角："从二中考到十六中的尹燃，全盛川市应该只有一个，要打听并不困难。我也可以想方设法从他那里听听你们的故事，但我选择先相信你。"

徐皮皮不由得腹诽，哦，知道应该先相信谁了，天大的进步，可喜可贺。

徐来不动如山镇压邪祟地笑回去："抱歉，我们没有故事。"

"没有故事，"任清风慢悠悠地说出一个肯定句，"但是或许有过超出普通同学的关系。"

"如果我否认会怎样？"徐来慢悠悠地反问。

"那这个话题会立刻在今晚画上句号，"任清风的笑意扩大，"但你的可信度会大大降低，而我会抽空打听打听尹燃这号人物。"

徐来瞪向这张突然飘飞的脸，最终承认道："好吧，他算是一个曾经的追求者。"

"小姑娘，"任清风敛起笑意，倾身向前，将手肘撑在膝盖上，"你的追求者有且只有一个。"

徐来直接将怀里的兔子向着任飘飞砸过去。

可当徐来讲起这段其实没有任何故事性的往事时，任清风却听得格外严肃认真。

"所以，"任清风靠在椅背上，俊眉微蹙，困惑地总结了徐来的中心思想，"这个在初二还嚷嚷着要考四中的尹燃，在初三被你拒绝之后，四中不来了，二中也不留了，跑去了十六中？"

"嗯，"徐来无奈地叹了口气，"当时各科老师，甚至年级组长都轮番找他谈过话，但他铁了心就是不听，甚至威胁说如果老师或家长背着他将第一志愿改成四中，他绝对不会去报到。"

任清风眉头皱得更紧："这个人平时做事就很绝吗？"

"确实有点这种倾向吧，"徐来回忆道，"反正他是那种篮球赛上被别人犯规，就一定要找机会犯规回去，有不会的问题就是熬夜不睡也要搞清楚，为人处事也不太听劝的人。"

"那后来，"任清风喝了口茶，淡淡地问道，"他有没有对你骚扰报复？"

"没有。他选择的是另一个极端，"徐来带些庆幸地回答，"说开之后，他彻底对我视而不见，再没有和我说过一句话。但凡有我出现的场合，他都会找借口能避则避。"

"我还真没见过这种奇葩，"任清风似乎轻嗤了一声，"幸好他没来四中。"

"但是，"徐来却没有附和，语气莫名有些沉重，"他仅仅是为了躲开我，坚决不肯报四中，几乎算是亲手毁了自己的前程……"

任清风笃定地打断了她的自责："这是他自己'输不起'，也是他自己睁眼做的选择，和你无关。即便不是因为你的拒绝，以他这样极端的性格，早晚会走上同一条旁人难以理解的不归路。"

"或许吧，"徐来决定学着释然，"不过刚刚听潇潇说他有了新的目标，我倒是松了口气。"

"虽然看上去是这样，"任清风说得格外慎重，"但周日见面你还是小心些。"

"以他对我避之不及的态度，"徐来推测，"估计听说是潇潇的生日宴会，压根就不会出现。"

"徐来，"任清风停了片刻，严肃地开口，"无论他出不出现，你到时候和我说一声。"

"干吗？"徐来被他看得心跳不稳。

"他这样性格极端，报复心强的人，就像定时炸弹一样危险，"任清风没有半分笑闹之意，"如果真的发生些什么，虽然我没办法到场，却可以想办法提供外援。"

突然正经的任清风依旧很会，徐来在逐渐失控的心跳声中静静地回答："好。"

"好啦，"任清风突然掏出手机，语气重回愉悦，"那我们可以继续解决下一个问题了。"

徐来有点困惑："还有什么问题？"

"我已经想好了，"任清风从制服口袋里掏出雷门合格守，得意地晃了晃，"既然这个东西灵，作为'盛川第一学神'，我准备以这种方式散播仙气，保佑陆潇潇期中考试旗开得胜。"

"你到底还偷听了多少？"徐来瞬间无语，一时间忘了去批判他原封不动抄袭她的创意。

任清风打开某宝的御守页面，扬扬手机，说得振振有词："虽然被争风吃醋，但我不计前嫌，甚至决定挺身而出，替你投桃报李，送她份生日礼物作为贿赂。"

徐来"扑哧"一声笑了："你还懂得贿赂？"

"当然，"任清风点点头，"这种对追求者拥有一票否决权的闺密很可怕的，必须贿赂。"

"噗，"徐来还是没忍住将许皮皮的这句评价说出了口，"你倒是会。"

任清风笑笑不答，招呼道："好啦，快来帮我选个好看的。"

在令人眼花缭乱的"学业御守"界面，任清风一眼相中一款写着"逢考必过"的五边形御守："这个形状非常特别，和其他的都不一样，就它了。"

徐来也觉得好看，点点头肯定了任清风的眼光："嗯，再选个好看一点的颜色。"

十秒之后——

"任清风，这个颜色被称为'死亡芭比粉'欸，女生不会喜欢的。"

"是吗？我看挺好的。"

"这里还有桃红色、浅粉色、西瓜粉、玫瑰粉，哪个都比这个强得多。"

"是吗？我看差不多。"

"明明就很不一样。"

任清风充耳不闻地将死亡芭比粉学业御守加入购物车，同时严正回应道："都是粉色。"

周日和张肖迪等人讨论完英语剧剧本后，徐来风尘仆仆赶到了半个盛川市外的桌游吧。

推开谢与欢提前订好的包间大门时，徐来的确有几分忐忑，但发现大部队尚未抵达，便默默松了口气。

和谢与欢以及另外两个初中同学打过招呼，徐来直接挨着满脸期待的陆潇潇坐定。

"美，"对着陆潇潇娇艳动人的装扮夸赞了一番，徐来从挎包中拿出了用心包装过的礼物，"生日快乐呀大美寿星。"

陆潇潇等的就是这一刻，接过后迫不及待地拆开包装，然后——

"啊啊啊！太喜欢了！徐来，我爱你！"陆潇潇号叫着将徐来扑倒在沙发上，"你竟然真在日本买到这个写真集了，网上说很难抢到的，你是怎么搞到的？"

徐来被这样的"熊扑"压到难以呼吸："喜欢就好，请高抬玉体，我马上要慷慨就义了……"

为了防止已经在失去理智边缘游走的陆潇潇直接亲上来，徐来默默决定，还是不要轻易透露这是她亲自在新宿排了三个小时的队才得来的战利品比较稳妥。

陆潇潇继续热情洋溢地号叫了片刻，才乖乖起身，同时注意到写真集下方压着的小纸袋。

"这又是什么？"陆潇潇充满好奇地打开，粉色的五边形御守随即滚了出来。

"任清风亲自为你挑选的礼物，"徐来扶额，无奈地将任三岁的原话复述了一遍，"说是很抱歉不能亲到场，所以让我转送这个，保佑你期中考试旗开得胜。"

"噗！替我谢谢他，但是我的天，这个死亡芭比粉！"陆潇潇狂笑了片刻，才忽然意识到一个问题，"等一下，他是听到咱们的电话了吗？那……我说他没有家庭地位什么的，他没生气吧？"

"没有没有。"为了不破坏陆潇潇的愉快心情，徐来迅速连摆手带否认。

虽然她合理怀疑，审美通常极为正常的任清风突然坚持己见选择了这个她明确否定的配色，也许和潇潇那句"没有家庭地位"还是有千丝万缕的联系的。

陆潇潇对徐来献上一连五个飞吻，才心满意足地将两人的礼物重新包好收了起来："那任学霸去首都玩得 High 吗？北大怎么样？"

"他说一直在考试，根本来不及好好逛。"正说着，徐来拿在手中的手机屏幕一亮。

微信提示中显示的"任清风"三个字让陆潇潇好奇地凑了上来。

徐来点进微信，只见屏幕上出现了糊成一片的未名湖，糊成一片的博雅塔，以及糊成一片没有焦点的……完全无法辨认为何物，紧跟着三条简短的文字信息——

"吃完饭偷拍的（微笑）。"

"下午还要考试（挥手）。"

"注意人身安全（挥手）。"

"噗，你家任学霸是得了帕金森吗？"陆潇潇瞬间笑得花枝乱颤，"这些……噗……照片有……哈哈……一张能看的吗？而且，哈哈哈，打个桌游吃个饭，注意哪门子人身安全？"

正准备向陆潇潇吐槽这个神经病，黄可凡笑容明艳地走进了包间："潇潇，生日快乐！"

徐来便收起手机，跟着陆潇潇一同站起来，笑着迎了上去。

又是一番热情的熊抱和"真美"的商业互吹过后，三人重新并肩落座。

将作为礼物的首饰盒送给陆潇潇后，黄可凡趁着谢与欢和其他几人正在满满当当的书架上挑选游戏的空当，压低声音开口："欸，潇潇，听说你也叫夏忆了？"

这个名字立竿见影地让徐来多了些焦躁不安。

"别提了，我哪想得到她竟然和尹燃搞到一起去了？"陆潇潇同样压低声音，痛心疾首，"尹燃去了十六中后明明和绝大多数人都断了联系呀。"

"但是我听说，"黄可凡神秘兮兮地开始了八卦，"夏忆从初一开始就一直暗恋尹燃。"

"难怪，那估计是夏忆主动的……"陆潇潇撇撇嘴，正准备继续说下去，却被推门而入的几抹倩影转移注意，"欸，媛媛，你们来啦！"

包间里的人渐渐多了起来，身为寿星的陆潇潇不得不起身去招呼，只剩徐来和黄可凡缩在无人问津的角落将话题继续。

"不过我实在搞不懂夏忆，"黄可凡微微皱眉，不甚赞同地开口，"她明明知道潇潇的生日你肯定会来，也明明知道你和尹燃的那些不愉快，干吗还要提出来带他？"

徐来还来不及回答，包间里原本喧腾热闹的气氛一寸一寸蓦然安静下来。

她朝门口看过去，心莫名一沉。

包间里的所有人都认识徐来，也都认识出现在门口，带着同款围巾的一男一女。

每个人都知晓徐来和尹燃自初三上半学期开始万分别扭尴尬的关系，因此，几乎没人相信这个当初为了避开徐来能够放弃四中的男生竟然真的会出现。

徐来还是随着身边的黄可凡静静地站起来，将五味杂陈的心情完美压制在淡然的微笑之下。

小鸟依人、面露羞涩的夏忆依旧是徐来印象中安静寡言的女孩。

但微微仰起头，面色不善的尹燃却不再是她记忆中的阳光少年。

仅需一眼，徐来便读懂了尹燃漆黑的双眸中的挑衅。

片刻的相顾无言后，徐来微微点头，淡淡地开口："夏忆、尹燃。"

尴尬没能持续太久，几个活跃分子立刻打起了圆场，拉着夏忆和尹燃在包间的另一侧落座。

随着人全部到齐，大家再次向陆潇潇恭祝"生日快乐"，便各自找好了位子，在游戏开始之前有一搭没一搭地闲聊起来。

见徐来和尹燃两人都泰然自若，并没有表露分毫意外或剑拔弩张，刚刚还有些提心吊胆的众人纷纷放下心来，而许久不曾露面的尹燃自然成为关注的重点。

询问完十六中的生活日常后，话题自然而然绕到了突然"成双成对"的尹燃和夏忆身上。

这两个人倒没有扭捏或闪躲，带着默契十足的幸福笑意有问必答。

随着尹燃抑扬顿挫地讲起他和夏忆在暑假课外班的意外重逢，徐来找到了"尹燃怎么可能真的会出现"这个问题的答案。

大千世界，总有些只有通过与别人对比才能评判衡量自身生活质量的人，而故意挑了她正对面的位子，坐得分外端正的尹燃，显然就是这样的人。

尹燃的每一句话，每一个动作，每一种表情，仿佛都在拐弯抹角地告诉她——

"你看，我现在过得很好很幸福。"

"过得好"并不是重点，"比你过得好"才是。

"很幸福"也不是重点，"要让你后悔"才是。

尹燃这个毫无亮点的"重逢"故事显然不足以满足一群少男少女蠢蠢欲动的八卦之心，很快就有人由浅入深地问出了"所以你们谁先动的心"。

夏忆还没来得及说话，尹燃微微提高音量，笃定回答："当然是我。"

"哦？"满脸坏笑一号阴阳怪气地拖长了声音，"快讲讲。"

"七夕节那天，我们下课外班回家的路上，他忽然说要绕路取个包裹，"夏忆无比甜蜜地看了尹燃一眼，"结果到了那家文具店，店主突然拿出了一大玻璃罐的纸鹤，说是他送给我的。"

"还是不够具体。"满脸坏笑一号。

"没错，送了你一罐纸鹤，然后呢？"满脸坏笑二号。

夏忆停顿了片刻，再次默默看了尹燃一眼，像是在征求他的同意。

尹燃有意无意瞥了礼貌听讲的徐来一眼，微微点了点头。

于是夏忆将了将刘海，漾开一个幸福指数满分的微笑，柔声开口："然后，回到家以后，我发现里面的每只纸鹤上都写了字，没想到他竟然这么浪漫，超级感动的。"

声势渐强的起哄声中，有好事者问出："哪一句让你印象最深刻？"

夏忆也偷瞄了徐来一眼："我记得，其中有一张写，'总有一天会有一个人走进你的生活，让你明白为什么你和其他人注定没有结果，你就是之于我的这个人'。"

待人接物永远带几分羞涩的夏忆此刻语惊四座。

徐来对这样的神色并不陌生。

一年前的生日 party，姚芊与提议大冒险内容时，曾经露出过一模一样的眼神。那个时候，徐来尚不懂这代表什么，但此刻，她无须怀疑其中杂糅的骄傲与防备，不甘与自卑。

在这一刻，"夏忆为什么会主动提出带尹燃"也有了合情合理的回答。

"他从来没有那么喜欢你，我才是那个对的人。"

"他其实真的很浪漫很好，你错过的是全世界。"

希望她嫉妒后悔这一点，夏忆倒是与尹燃同心同德，与其说他们是真心实意来为陆潇潇庆祝生日，不如说是决意要一唱一和地毁掉她的好心情。

感到滑稽又无奈之余，徐来对尹燃残留的些微愧疚终于烟消云散。她忽然很想高举手中的水杯，对这如胶似漆的两人皮上一句"祝你们幸福"。

糖度超标的故事告一段落后，尹燃时隔两年半主动对徐来开口："四中很忙吧？"

徐来默默腹诽，果然，在高调展示完"我很好"之后，还要探听到"你不好"才会善罢甘休。

她平静地对上尹燃别有深意的探寻目光，简短地回答："嗯。"

徐来心知肚明，尹燃的问题不过是个巧妙而隐蔽的"引子"，很快就会有其他好事者，不经意间顺着某种固有思路，带着调侃之意，刨根问底到这个他最关心的问题上去——

"徐大学霸，你没在四中寻觅一个优质小伙，相互鼓励，共同进步吗？"

陆潇潇早就被尹燃和夏忆二人的恶意炫耀晃瞎了双眼，眼见终于找到了替徐来出气的机会，果断微微提高音量："当……"

"当然"二字还没说完，便被徐来在桌子底下轻捏了小臂。

"没。"徐来微眯起眼睛，坦然地对着尹燃开口，语气平淡如水。

4.

尹燃自然不会继续自讨没趣，迅速将注意力转到了其他人身上。

又闲聊了几分钟后，在谢与欢的提议下，大家气氛融洽地开始玩起"狼人杀"。

徐来在第三局的开局就惨烈遇难，而无辜村民陆潇潇被千夫所指地污蔑为狼人，紧跟着被投票出局。两人互看眨眨眼，交换了一个充满默契的"信号"，结伴溜出了气氛肃杀的包间。

"你刚刚就应该亮出你家任学霸气死尹燃，"关上身后包间门的一瞬间，陆潇潇愤愤不平地吐槽道，"这两个人的秀法也太油腻了吧，我还以为中午是被按头吃了五斤肥肉。"

"噗，你这个形容实在太夸张，"徐来忍俊不禁，露出两个可爱的梨涡，扬起嘴角皮道，"人家只是遇到'真爱'，情难自禁而已。"

"呕，"陆潇潇将呕吐的表情包学得惟妙惟肖，"结果扯半天，根本不是尹燃亲自折的纸鹤，也不是他亲手写的字，都是淘宝一条龙服务，还有脸说什么'和其他人都没结果'，真是吐翻了。"

"我也觉得好像是缺了点诚意，"徐来被陆潇潇逗笑，"但人家一个愿打一个愿挨，咱们外人没资格说三道四。"

"感觉他们就是特意秀给你看的，"陆潇潇满脸不屑，"无聊幼稚到家了。"

"所以我有幸大饱眼福，"徐来不甚在意，"不过正因为这样，我才不能提到任清风。"

"为什么呀徐包子？"陆潇潇不解，"你家任学霸明明能全方位把他碾压成渣渣，你怕什么？"

"不是怕什么，"徐来悠然接话，"而是不想成为尹燃和夏忆那样可笑的人。"更何况。

任清风的好，不需要做作地秀给别人看，也不需要炫耀地讲给别人听。

眨眼之间，第七局狼人杀在一片热烈的讨论声与反省声中结束，一个饥肠辘辘的男生低头看了眼手机，不敢置信地大叫出声："妈呀！竟然快七点了！"

被逻辑推理耗尽脑细胞的众人瞬间停下了唇枪舌剑的复盘，纷纷抬起头来号叫着——

"别再杀了，反正几乎每次先死的都是我，毫无游戏体验。"

"你不说我不觉得，这么一说我忽然好饿啊！"

"走了走了！寿星大人，咱们去吃饭吧！"

"吃饭"的提议立刻获得全票通过，大家纷纷收拾好东西准备撤退。

徐来一边和黄可凡聊着刚刚那局游戏，一边回到最开始放置挎包的沙发上，随手捞出了从头到尾没顾得上触碰的手机。

下一秒，像是有重锤狠狠地砸在心上，徐来的心瞬间坠入无底深渊。

自中午的三张高糊照片后，来自任清风的一长串未读信息——

12:58：到了吗，要开始考试了（挥手）。

14:34：所以尹燃去了没（挥手）？

16:16：考完了，还行（挥手）。

17:13：准备去吃饭了吗（挥手）。

17:54：Hello（微笑）。

18:23：玩失踪真的很可怕的（挥手）。

18:57：（挥手）。

显然，最终只发来一个挥手表情的任清风不高兴了。

任清风不是手机的重度使用者，也从未期望或要求她秒回微信。正因为如此，这横跨一整个下午的几条信息中层层递进的失望让徐来当即被愧疚与焦急吞没。

随后徐来意识到，事情不仅仅是她没回信息这样简单。

几天前，她曾答应过任清风，无论尹燃是否出现，都要向他报个平安。但她在尹燃突然出现的匆忙之下，在和老友重聚的欣喜之下，竟然将这个承诺完完全全抛之脑后。

徐来自知大事不妙，拿起手机，艰难穿过几拨站在屋里聊天的同学，几乎算是夺门而出。

拨出那串虽然不常使用，却早已烂熟于心的号码时，徐来的手因为惊惧与懊恼而隐隐发抖。

漫长的回铃音后，话筒中响起的是不带半分感情并且死气沉沉的女声——

"对不起，您拨打的电话暂时无法接通，请稍后再拨。"

连续三次的尝试均以吃到闭门羹而告终，这是徐来第一次没能拨通任清风的电话。

无法判断出任清风是恰好有事无法接听还是因为赌气故意没有接听，自知理亏的徐来只有默默叹气，转而靠在墙上，谨慎措辞了片刻，通过微信道起歉来——

"（对不起.jpg）。"

"（我错了.jpg）。"

"（顺毛.jpg）。"

"对不起，到了之后大家开始聊天，忘记和你发微信说一声了（歉疚）。"

"尹燃来是来了，但是什么都没发生。"

"你考得怎么样？一切顺利吗？"

"你不是说叶皓天也想去清华看看，那你们去了没？"

"我们准备去吃饭了，你吃过了吗？"

可是，直到一行人在火锅店坐定，直到一大桌色香味俱全的食材整齐地码放在眼前，徐来依旧没有收到来自任清风的只字片语。

距离她给任清风发回信息，离开桌游吧已经将近一个小时时间，身边好友嬉闹不断，眼前火锅香气扑鼻，可食不知味的徐来却彻底失去了享乐的心情。

随着时间流逝，她越发频繁地查看起手机，心不在焉的样子和欢声笑语的小伙伴格格不入。

"徐来，"见状，陆潇潇从鸳鸯锅中夹起一大片羊肉放进徐来碗里，打趣道，"喏，你再不动筷子，肉都要被他们抢完了！怎么了这是？一进来就只顾着看手机。"

"谢啦，"徐来意识到参与感为零的自己的确很不礼貌，不好意思地笑了笑，"没事。"

"说真的，"陆潇潇看了眼情绪莫名低落的徐来，又夹了把金针菇放进她的碗里，压低声音调侃道，"你要是再这么魂不守舍下去，我可要开始怀疑你是受到尹燃的刺激了。"

"怎么可能，"徐来无奈地否认，"潇潇，你不用管我，我自己来就好。"

"那你倒是动手夹肉呀，"陆潇潇突然灵机一动，迅速转换思路，"好啦，和你家任学霸聊天又不差这一会儿。"

"任学霸"三个字，让徐来夹菜的动作微微一顿。

她自认为是个情绪异常稳定的人，从小到大能够感知的喜怒哀乐总是比同龄人淡上几分，可此时此刻，忽然杳无音信的任清风让她真实地产生了不知所措的绝望感。

徐来已经百分百确信，早已结束考试，原本应该是在等她回应的任清风无论在做什么，都不可能腾不出时间来看手机。

所以，这一次，任清风是真的生气了。

徐来勉强应付着几个好友发起的对话，机械性地从沸腾的锅中夹起煮熟的食物放进嘴里，默默思考着应该如何弥补自己的"脱线"。

她甚至做好了在聚餐结束后向许啸川要叶皓天电话号码的准备。

"徐来，"就在她继续思考着该如何向许啸川解释这荒唐的一切时，黄可凡从另一侧推了推她的肩膀，悄声提醒道，"别发呆啦，快起来给潇潇唱生日歌了。"

徐来带着满满的歉意随着一整桌人起立，可骤然亮起的手机屏幕让她的心跳瞬间失控，立刻重新低下头，手忙脚乱地解锁了手机屏幕。

然而，她看到的，只是一张成像格外清晰，在拍摄的过程中绝对没有手抖的照片。

焦点清清楚楚对在摆满丰盛佳肴的长餐桌对面，一个明眸皓齿、抬头微笑的陌生女生的脸上。

足球头像旁，紧接着弹出一句解说——

"有好看的小姐姐"。

这一刻，徐来所有的愧疚与自责，疑虑或担忧，统统转化为无可错认的恼火。

在收到这样的回复之前，徐来想要向任清风诚恳致歉，想要将一切解释清楚，可这张刺眼的照片外加这句刺耳的挑衅让她将手机狠狠摁灭后又狠狠丢进了身后的手提包里。

他希望她回些什么呢？你们吃得真丰盛？小姐姐真的很好看？

会发来这样的内容，显然，任清风并没有打算再收到任何回应。

浑浑噩噩回到家中，徐来已经完全不记得她是以什么样的状态唱完的生日歌，生日蛋糕到底是什么味道，后来她又和谁聊了些什么，怎样和陆潇潇、谢与欢告的别，她只知道——

无论这个人起初生气的原因多么合情合理，但当下这个不仅在逃避问题，并且在试图激化矛盾，故意惹她生气的任三岁肯定犯了无药可救的幼稚病。

并且，这个从来没有失败过的幼稚鬼依旧轻而易举地大获成功。

徐来端着水杯，愤恨地在书桌前落座的时候，心情的确糟到了极点。

她心烦意乱地拿起左手边几本属于任清风的《中等数学》杂志，随手翻看了起来。

自从被获准可以在她的书桌安营扎寨后，这个人便越发猖狂了。从草稿纸、习题本，再到竞赛题集，属于他的物品一点一点，明目张胆地蚕食着整洁桌面上的空余地方。

明明已经逐渐熟视无睹，但此刻，任何与任清风有关的事物都让徐来生出莫名的抵触。她边认真翻看，边愤恨地盘算起应该怎样对杂志做些手脚，比如撕掉几页纸或添些鬼画符。

杂志内容毫无趣味性可言，或是世界各地的竞赛题精讲，或是解决特定类型题目的新思路。

大部分习题被任清风随意打了勾，少部分题目旁写着简洁的铅笔草稿，她尝试着解码了片刻，却以全然的失败告终。

这样的挫败无疑加剧了徐来阴云密布的坏心情。

自知今晚注定无法再专心学习的徐来在"浏览"完所有竞赛杂志后，轻叹一声，打开了被顺手夹在杂志中间的硬皮习题本。

徐来一眼就认出，这是她在联赛之前画过狐狸的那本。

尽管解题步骤依旧简略，字迹也依旧带着漫不经心的潦草，但任清风在解竞赛题时明显比做数学作业时要认真得多。

除去他的黑色字迹，不时有另一个整洁的红色圆珠笔迹做些修正或评价，显然来自（14）班班主任老李。

虽然被亲切地戏称为"老李"，可李老师却是四中最年轻的一批教师其中之一。从习题册的留言内容来看，老李不仅没有半点老师的架子，甚至和任清风的关系不能再"铁"了。

老李的评论都是恶意卖萌风："q 为偶数的情况被你吃了吗""角 OCE 不是 DCE，麻烦走点心""第（3）小问强烈要求得到关注"等。

相比之下，任清风的回复则高冷得多："同理""哦""会，略"。

徐来忍不住再次默念起"神经病"这三个字，这样欠揍的回复意义何在？

又翻了几页，徐来一脸蒙地停了下来。

一道在竞赛中难得一见的立体几何题，任清风难得一见地用空间向量的方法，一步没漏地完整解了出来。

只不过，正常人会用到的代表向量的符号是"x，y，z"，或者"a，b，c"，而任飘飞使用的符号是"x""u"，以及一个手画的兔子脸。

"加几条辅助线直接解，不好吗？"——在这堆答案的最下面，红字毫不留情地吐槽。

"不好。"——某人的回复依旧言简意赅。

"你这么飘，小白兔知道吗？"——红字竟然十分有闲情逸致地开聊？

"知道。"

"秀给谁看呢？"

"（微笑）。"

心跳瞬间狂野的徐来做贼心虚般地将这一页纸迅速翻了过去，可随即出现在眼前的，却是那幅被完好保留的狐狸大作。

"这是什么？"——红字在画作的底部如约而至。

"As you see（如你所见）。"——某人微微倾斜的花体字飘飞上天。

"不好好做题不准搞这些！"

"罢赛！"

"会去找你家徐来谈话的！"

"我家兔兔。"

"关爱单身狗，人人有责！"

"（微笑）。"

过于刺眼的某四个字，让徐来直接呛了一口水，连咳带喘间气到哭笑不得。

虽然所有的气恼莫名地大打折扣，但脑中瞬间乱成糨糊、脸颊忽然发烫的徐来还是想要掀桌而起，将所有的书统统砸到任飘飞脸上。

哦，不对，一时半刻砸不到他，这位恶叉白赖的任飘飞同学已经单方面宣布和她友尽了。

疯狂冷静了片刻之后，徐来重新打开微信，点进了和任清风的聊天页面。

她忍不住将最后那张聚餐照片放大，仔仔细细将上面的漂亮小姐姐打量了三遍。

女孩子无关周正，明眸善睐，清秀眉目间透着灵巧与从容，的确是任飘飞会欣赏的类型。

只是——

徐狐狸眯起眼睛，将心中隐隐浮现的违和感梳理了一遍，再一次被成功气笑。

首先，这张抓拍照的尺寸不是任清风的手机默认拍出来的比例。

其次，从照片两侧邻座袖子和手臂的角度来看，拍摄者是左撇子。

最后，成像这样清晰，对焦这样完美的照片，不可能出自任清风之手。

所以，任三岁不仅是"故意"，甚至是"特意"发这样的照片来惹她生气的。

徐来隔着屏幕拼命戳向足球头像："幼稚！神经病！"

戳了半天觉得还不过瘾，她索性将坐在床头的粉色兔子拎到腿上，恨屋及乌地继续戳道："开玩笑！这么幼稚的人还想要兔兔？"

直到将脑内小剧场中"任三岁的一百零八种慷慨就义方式"播放完毕，徐来觉得心情终于多云转晴，平静回复起陆潇潇之前发来的慰问微信——

"你是和任学霸吵架了吗（窃笑）？"

"没有（微笑），我们在冷战而已（挥手）。"

任清风直到周三才回到学校，却只回教室放了个书包，和同学们简短地打了声招呼就匆忙消失在教室门口。

距离数学冬令营，也就是CMO（中国数学奥林匹克竞赛）仅剩一个多月的时间，任清风和同进省队的其他几位高三学长再次进入了更加恐怖的备战状态。

许啸川显然没有注意到徐来在任清风走进教室的瞬间开始低头看起课本，也没有注意到任清风破天荒选择了绕路回座位，只是伸手敲了敲徐来的桌面："你家老任去北京怎么样啊？"

"不知道。"徐来头也没抬，语气是事不关己的平淡。

"什么？这可事关他的前途，你怎么能如此冷漠？"许啸川的惊愕之情溢于言表，"你家老任明明这么日理万机，可去做题前还特地回趟班上，肯定就是为了看你一眼，你这个反应得多伤他的心啊！"

"老许，"听到皮皮同桌这山崩地裂的语气，徐来慢悠悠地抬起头来，"我看是你家皇上没和你单独打招呼，你比较难过吧？”

许啸川仔细看了徐来一眼，又回想起刚刚的一切，恍然大悟：“哦，你俩这是吵架了？”

徐来还没来得及回答，许啸川已经唯恐世界不乱地开启了嘲讽模式：“哈，老任是在北京拈花惹草了吗？需不需要哥哥我亲自出面，帮你狠狠揍他一顿？”

徐来还是酣畅淋漓地敲了许皮皮的脑袋。

算不上真正意义上的“吵架”。

最初不过是赌气：好气哦，根本不想理你，你最好也别来烦我。

随着时间流逝，逐渐升级为：哦，什么意思，你竟然还不来道歉？

接下来，继续演变为：真的好气哦，你不找我我也不会去找你。

再然后，就只剩下：噢哟，好呀，那有本事永远也不要来理我了。

最终，莫名其妙卷入冷战的两个人所在意的，只剩“我才不会先妥协”而已。

反正，从周日晚上到现在，接近三天整的时间里，徐来再没和任清风讲过一句话。

至于为什么开始冷战，为什么要继续冷战，早已排除在暗自较劲的两人所关注的重点之外。

更何况，午饭后随着满脸期待的同学们站到大操场边，准备为足球联赛加油的徐来闷闷地想，从头到尾她压根不知道任清风为什么会突然犯起无药可救的幼稚病来。

虽然的确是她有错在先，但事后她的认错态度明明就很诚恳良好，也下定决心在今后忏悔改正，不知道哪里配不上“原谅”二字。

但操场上一山更比一山高的欢呼热浪打断了徐来的思考。

她看着周围密不透风，无比躁动的人群，微微蹙眉：“为什么今天来看比赛的人这么多？”

身边的沈亦如当即露出“咱们是不是活在同一个世界”这种看外星人的惊异：“（9）班可是头号种子选手呀。他们班之前踢得超精彩，特别是上一轮三比二赢了（4）班那场。”

（13）班的几个小伙子在之前的比赛中踢得出人意料的好，一路顺利杀进了八强，而他们在这场四强争夺战中的对手，正是年级的最大夺冠热门——（9）班。

比赛还有十来分钟才开始，但场边跃跃欲试的观众们早已摆好了势不两立、你死我活的架势，劲头十足的助威声四起。

"对呀，"苏弈薇站在徐来的另一侧，同样体贴而耐心地为外星人补起课来，"特别是（9）班那个屡次绝杀的关什么堃，现在火得一塌糊涂，估计很多小姑娘是来看他的。"

　　"这可不一定，"沈亦如指了指不远处那个身似修竹、鹤立鸡群的挺拔身影，"你们看，祁大帅竟然也来看比赛了。"

　　"哈，那就更不能怪小姑娘们蜂拥而至了，"林蔚扬起一个格外暧昧的笑容，朝着绿茵场中心扬了扬头，"徐来，你再看看那是谁？"

Chapter 4
比天空和自由都重要

1.

顺着林蔚的目光，徐来将目光放到了正在场边做准备活动的一群男生身上。

果不其然，一眼便定位到一个正和于一戈嘻嘻哈哈打闹，她绝不会错认的高瘦背影。

"老任为什么会上？"看到突然出现的任清风，张肖迪惊讶地问道，"他不去做题了吗？明明这一上午都没看到他人影。"

"王思齐不是有点感冒嘛，"为班级大小事务操碎了心的姚芊与无奈地叹气，"一戈问了半天，最后还是把老任给叫来了。"

"你别说，他那件球衣背后还真印着'WANG'。"另一个女生拿隐形放大镜观摩了片刻。

"哈，"苏弈薇忽然笑起来，"我就是忽然想到当初这些人一口一句'不需要你'，然后群殴老任那个暴力的画面，不知道现在打脸疼不疼。"

"徐来，"更加暧昧的目光再次齐聚到徐来身上，"还不趁现在给你家那位加加油？"

徐来却负气地收回视线："不是我家的，好吗？"

"吁！"和班里那群皮出天际的男生混久了，（13）班女生也熟练掌握了用嘘声表达不满、不信、不屑这项实用技能。

所幸，十一个女孩子的嘘声在人群中微弱如尘，不然被（9）班同学听到并误会的话，恐怕会直接引起场外的恶战。

随着体育老师一声哨响，比赛在疯狂的欢呼声中准时开始。

几个女生预测的半点没错。

随着更多眼尖怪发现高二（13）班踢右边锋位置的居然是任清风，而祁司契竟然破天荒出现在场边观战助威之后，"任清风居然在踢比赛""祁司契竟然空降在场边""奶奶，您当年嗑的CP突然发起了糖"这样的煽动性口号一传十，十传百，前来围观的星星眼群众队伍越发壮大。

开场不到十分钟，高二（13）班支持者的数量便取得了压倒性胜利。

徐来看着又蹦又跳地为"任学长"拼命加油的学妹们，心中冷哼一声。

班里平时踢球的男生不少，可以做替补的人也远不止任清风一个，若以这个人平时忙起来压根两耳不闻窗外事的行事作风，是不可能在准备竞赛这种关键时期同意替补出场的。

而今天任清风一反常态地上场嘚瑟，目的无非只有一个——

有意引来各路学妹，精准地使自己更加生气。

所谓谨慎自处果然都是浮云。

徐来下定决心，无论任清风跑向哪里，踢得如何，她绝对不会看哪怕一眼。

然而，虽然主观上不想看到那个在绿茵场上恣意奔跑的身影，客观上想要忽略一个存在感满点的中前场组织进攻核心简直难于上青天。

在球队平时的练习中，大家早已习惯了将球传向担此重任的王思齐。因此，在比赛进行得如火如荼时，徐来只是反复看到，后卫从（9）班同学脚下断球，几脚传递后，是顶替王思齐出场的任清风拿球，前锋在禁区内找不到合适的破门机会，几脚传递后，还是任清风拿球。

虽然因为竞赛集训，任清风踢球的机会不多，但为了见证阿森纳输球而密切关注了大半年英超联赛的伪球迷徐来不得不承认，这个人在运动时的协调性极好，无论是带球、传球或是停球的动作都非常赏心悦目。

而无论做什么都游刃有余的任清风，只用了极短的时间便顺利进入了组织者的角色，一边在跑动时冷静观察着对手和球的位置，一边和队友连喊带比画着什么，像是在指挥站位。

对手固然强劲，但在震耳欲聋的加油声中，(13)班在上半场踢得丝毫不落下风。

虽然(9)班在第8分钟便率先破门，但在第19分钟，于一戈接过任清风的传球，左突右闪连过两个后卫，英姿飒爽地将球精准地带进球门。

追平比分的瞬间，姚芊与等人几乎激动到喊破了音。

上半场的伤停补时结束后，比分也停在了让(13)班女生无比满意的一比一平。

下半场在更加沸腾的热烈气氛中拉开帷幕。

"感觉你家老任比老王还专业,"沈亦如在开场三分钟后对着徐来赞叹道,"太厉害了吧。"

"我也觉得这场比赛结束,你家老任的迷妹会更多的,"苏弈薇也悄无声息地加入了任清风夸夸团,"还有什么是他不会的吗?"

但此刻的徐来半点也不想听到这个名字,默默从绿茵场收回了目光,只在心中默默腹诽,当然有,比如不会成熟一点。

她的目光刚刚收回一半,就和站在不远处,恰好看向这里的叶皓天撞个正着。

叶皓天捅了捅正在专注观赛的祁司契的胳膊,轻声说了句什么。这下不仅是祁司契,连带着邓昊和杨凯齐在内的一小片(14)班男生全部看了过来,招手的招手,点头的点头。

祁司契向徐来露出那个春暖花开的笑容,指了指场上任清风所在的位置,竖起了大拇指。

徐来也只好朝着这群好事者礼貌地挥挥手,然后迅速移开了视线。

在完全不想听到"任清风"这三个字时,徐来对他的这群狐朋狗友都生出了隐隐的抗拒,仿佛连祁司契都彻底丧失了英俊的光环。

虽然徐来没有开口,但沈亦如愉快地接过苏弈薇的话茬:"要我说,老任绝对不会对徐来小朋友不好……"

但话音未落,沈亦如提高音量,调戏转变成一声紧张的尖叫:"天哪!"

在一片震耳欲聋的惊呼声和抽气声中,徐来微蹙了一整场球赛的眉头终于打成死结。

上一秒还在带着球向前狂奔,示意于一戈注意位置并准备传球的任清风被(9)班一个莽撞的后卫从左后方突袭,重重地铲翻在地。

重到任清风痛苦地抱膝在草地上滚了一圈才停止,比赛也在一片蒙中被迫暂停。

重到几乎所有的队友和对手都充满关切地围上去之后,任清风还是没能自己站起来。

重到任清风终于在许啸川和闻晓的搀扶之下起身后,裁判老师对着铲人的始作俑者高高举起了足球联赛开赛以来的第一张红牌。

重到在和队友平静地说了什么,然后点点头又摇摇头的任清风在搭着许啸川的肩膀,费力蹦出场地时彻底沦为了如假包换的瘸子。

许啸川将任清风交给场边的两个医务室的工作人员后，拍了拍他的肩膀，转身跑回了场地。

倒是（14）班一群男生当机立断拨开人群，向着任清风和医务室老师的方向赶了过去。

于一戈对着场地另一侧紧张观战的几个男生扬声大喊了句什么，其中一个人立刻起身，做了简单的准备活动后迅速小跑进赛场。

比赛重新开始，（13）班的形势也随着10打11变得大好。

可五脏六腑都在翻江倒海的徐来没有再往球场看上一眼。

徐来忘了移动，只是目不转睛地看着任清风对医务室老师说了什么，摆摆手拒绝了担架，又朝着急忙慌赶过去的郭鹏程等人摇了摇头，像是示意几人不必担心，放心回去给场上的队员加油。

然后，在周围迷妹的疯狂尖叫声中，任清风向着祁司契和杨凯齐伸出手，将两人一左一右当成拐杖，跟在一个为三人开路的白大褂身边，一瘸一拐地消失在里三层外三层的人群中。

"我的天，摔得真狠，"林蔚抻长了脖子，目光中透出担忧，"但还能自己走，应该没断腿吧？"

"不管断没断，疼是肯定疼，"张肖迪也微微皱起了眉，"我看刚刚老任就没直起腰来。"

愣怔地看向任清风消失的方向，徐来的眼眶一阵不明缘由地酸胀。

如果没有莫名其妙的冷战就不会上场也不会受伤了吧，嘚瑟给谁看呢？

到底还在为什么生气呢，我错了，行不行？

"（9）班那个憨憨，下脚真够愣的，"护送任清风去医务室的路上，杨凯齐边走边骂，"要是在这种时候把您老人家的腿给踢断了，老李连带王主任能跟他拼命。"

"这不是没断吗，"任清风已经适应了"疼痛"如影随形的感觉，虽然走得艰难，但语气轻松，"大不了瘸两天，没事。"

"既然你没事，"祁司契作势就要撤退，"那我们好人就做到这里，先行告辞了。"

"账还没和你算，"任清风迅速将祁司契搂得更紧，微微挑眉，"你往哪儿撤？"

"脏手赶紧拿开，"祁司契充满嫌弃地看了眼任清风沾满草皮的胳膊，向后撇撇头，"真要算起账来，后面那群女生是你招来的吧？我是不是也能找你算算这笔被跟踪的账？"

"少废话，"任清风坚定地将话题引回正题，"刚才大庭广众之下，你对着徐来瞎笑什么？"

"做人得讲道理，我只是好心替你打个招呼而已，"祁司契依旧笑得温和无害，春暖花开，"但打完招呼我发现，人家徐来对我，或是说透过我，对你压根就没什么好脸色。"

"没错，"杨凯齐适时插嘴，连连点头表示肯定，"我看徐来根本懒得搭理老祁，更别说我们了。怎么，你惹徐来生气了？"

任清风淡定地回应："无论徐来是不是在生我的气，懒得搭理你们就对了。"

"这种时候还能飘，服了，"杨凯齐叹为观止，"现在你身后的这些妹子里，可没有徐来吧？"

"但我现在这么可怜，"任清风笑出一口白牙，"等一下她就会主动来找我和好了。"

"老杨，"祁司契悠哉开口，"我看任清风确实屁事没有，根本不需要人扶，咱们回去吧……"

在杨凯齐有所回应之前，一直饶有兴味听三人聊天的医务室老师突然转过头，仔仔细细看了看任清风，又看了看祁司契，露出慈爱的姨母笑："你们就是任清风和祁司契？"

"对，是他俩，"杨凯齐立刻耿直地点点头，"保真。"

"啊，"至多不过三十岁的年轻女老师猝不及防地开始八卦，"我听说过……"

尴尬地向老师问过好，任清风清了清嗓子，无比正经地转向同样一秒敛起笑意的祁司契："咳，老祁，昨天那道题我想了想，应该先分组放缩，再用切比雪夫不等式……"

任清风的"慨慷就义"让场上的其他（13）班球队队员变得空前团结，以二比一艰难地拿下了球赛的胜利，将头号种子斩落下马。

但光荣负伤的任学霸不仅没有回到球场，直到下午第二节生物课结束也没再回教室。

关于"任清风是否真被踢断了腿"，以及"这场胜利多么荡气回肠，多么扬眉吐气"的激烈讨论，一直持续到生物课后的课间依旧毫无消退之势。

徐来对着握在手中长达两节课的手机重重地叹了口气。

被输入又删除了很多遍的，是怎么都显得词不达意，最终也没能发出的问候。

"徐来，你家老任伤得这么重，你还不赶快献上关爱，"许啸川看着听课听得心不在焉，犹豫了两节课的徐来，笑道，"我很严肃地通知你，他那条腿确凿无疑是断了。"

听到"确凿无疑是断了"几个字时，徐来的右手微微一抖。

"发微信多没效率，你不如趁着课间亲自去慰问他一下，"许啸川俨然一副军师之态，"老任就算不回微信还能不见你？要是他敢臭不要脸地拒绝，你也别气馁，哥哥我帮你狠狠地收拾他。"

徐皮皮很想插句嘴，提醒他"气馁"二字用于此处并不合适，但许皮皮已经噼里啪啦继续说下去："好啦，告诉你个秘密，老任现在就在高三数学办公室，我知道的信息就这么多了。"

"老许，一个确凿无疑断了腿的人不去医院打石膏，反而跑到数学办公室做题，假设这个人不是神经病，那么究竟是你的九年义务教育出了问题，还是我的出了问题？"

话虽然这样说，多少放下心来的徐来还是迅速站起身，微微加快脚步跑出了教室。

"肯定是你的出了问题呗，你又没上满九年！"

许啸川在座位上带着笑意摇了摇头，说不上是叹服多一点或是艳羡多一点。

此刻徐来着急慌忙出去找人的样子足以说明，势在必得、坚持不懈、一往无前的任清风在追妹这件难于上青天的事情里，还是无师自通地大获成功。

惨痛的事实证明，任清风不仅可以不回微信，也真的会臭不要脸地拒绝见面。

徐来在高三年级数学办公室外战战兢兢地徘徊了片刻，终于鼓起勇气拉住一个即将踏进办公室的面善学长，礼貌地请求道："请问可不可以帮忙把正在里面做题的任清风叫出来？"

喊人不过小事一桩，学长自然拍拍胸脯满口答应。

可两分钟后，手中多了一摞作业本的学长只是格外歉疚地走到徐来面前，如实转述道："抱歉，他说他现在不方便，请你先回去吧。"

和学长仓促道过谢后，徐来只感觉全身上下都游走着出离的愤怒和隐隐的绝望。

任三岁，你究竟还要怎样？

怒火中烧之下，徐来不再进行无谓的换位思考，不再进行自我剖析与反省，不再顾及冷战中应有的高冷形象，甚至不再想要关心这个人的腿究竟伤得有多严重，只是当即掏出手机，在三天之前那句"有好看的小姐姐"之下，咬牙切齿地狠狠敲下——

"任清风，我数十个数（挥手）。"

事实同样证明，学妹甲想要在这样的时候见到任学长显然难于上青天，而徐白兔想要见到任狐狸只需要三个数字。当然，在任狐狸不幸成为瘸腿狐的时候大概要延迟到五个数左右。

所以问题并不出在任清风的臭不要脸，而是——

"他也没说清楚是你找呀……"

这泫然欲泣的委屈语气，错不在我的无辜表情，以及大人饶命的谄媚笑意，让一时语塞的徐来有些精神错乱，脑中竖起了无数个尔康扬手表情包。

等一下，这个人是在和她冷战，没错吧？

"不生气啦？"

任清风悠哉地靠着墙，似笑非笑地挑眉，以徐来熟悉的温柔和煦无声回答了她脑中的疑问——冷战是你的幻觉没有错。

徐来看着这张重新写满运筹帷幄老谋深算的脸，呆愣了半秒，直到更多的尔康表情包在脑海中争先恐后地竖起，警铃大作。

等一下，到底是谁先生气的来着？

"那……要不要抱抱？"

这句话和之前的"让我亲一下""我不能看谁能看"完美构成了任飘飞的大言不惭三连，言外之意无比明确——谁先生的气谁需要哄。

满脸问号的徐来下意识后退时险些将自己绊倒。不过多亏了这一波惊吓，她的理智回归了大半，"不要"二字以那个不动如山镇压邪祟的语气说得斩钉截铁。

"所以还在生气啊，"任清风微微低头，伸出右手轻刮了一下她的鼻梁，笑意扩大，"那刚刚等得这么辛苦，吃不吃糖？"

徐来觉得，问题肯定还是出在某人的臭不要脸上。

"喏，这两只手里一个是礼物，一个是糖，选吧，"任狐狸从制服外套的口袋里伸出双手，紧握成拳，摆在她面前晃了晃，"说好了只有一次机会。"

徐白兔满腹狐疑地看着眼前这张好似无事发生过的脸。

"不要啊？"任狐狸双手晃动的幅度加大，好商好量地提议道，"那为了避免浪费，我到高一年级去问问看有没有学妹感兴趣怎么样？"

徐白兔不得不更加谨慎地提防起忽然在眼前铺开的平直套路。

"手举得很酸了欸，徐学姐，"任狐狸只好微微提高音量，说得可怜兮兮，"真的好累呢。"

鬼使神差间，徐白兔还是指了指他的右手，语气和态度都可以更友好："这个。"

"确定了？不变了吗？"对于徐来的选择障碍了如指掌，任狐狸眯起眼睛，坏心暗示道，"你只有一次机会。"

徐白兔同样眯起眼睛，加重了语气："不！变！"

任清风微笑着摊开右手，一颗大白兔奶糖静静地躺在掌心。

"可惜，"任狐狸万分遗憾地开口，"看来礼物只好送给学妹了。"

明知只是套路，不甘心还是清晰明了地写在小白兔的脸上。

"或者，"任狐狸忽然凑得更近，将声音压低到悄悄话的水准，"过来抱抱，礼物给你。"

2.

"喂！"心跳骤然加速的徐来在这一刻茅塞顿开。

对付这种得寸进尺的"无赖"的唯一办法，就是不能过于客气礼貌。

于是，徐来露出一个甜美度满分的虚伪笑容，试图迷惑老狐的同时，以迅雷不及掩耳之势伸出右手，直接够向任清风依旧紧握成拳的左手。

然而毕竟，与她过招的是一条脑袋转速异常之快，名副其实的千年老狐，所以——

任清风比她更快地高抬起左臂，举得又直又稳，嘴角挂着一个耀武扬威的胜利笑容。

在这一瞬间，徐来深刻体会到何为"兔子急了会咬人"，因为她忽然很有这样的冲动。

净身高1米66的她，注定无缘那些最萌身高差故事里的呆萌"小矮子"形象，可偏偏，高举的修长手臂之上被紧紧攥住的神秘礼物，就是显得那样遥不可及。

"欸，说好了只选一次的，"任狐狸抑扬顿挫又理所当然地开口，甚至故意将手臂举得更高，"耍无赖怎么行？"

徐白兔准备扬手打人的前一秒——

"任清风，差不多得了啊，题还做不做？"一个带着无奈笑意的声音惊散一片旖旎。

一个中年男老师抱着一摞散发着油墨清香的卷子从办公室走出来，对着任清风板起脸："你要是不收敛点，我把你赶回班里了，嬉笑打闹楼下去，别在这儿影响高三学生学习。"

这声如洪钟的"训斥"充分吸引了往来经过的学长学姐们的注意，一片毫无遮拦，带着暧昧笑意的目光还是看得徐来有点脸红。

"哦。"任清风面不改色地拿出了习题本中回复老李的高冷，却还是乖乖放下了左手。

中年老师瞪了任清风一眼，又充满警告地环视四周，确保在场的所有学生都充分认识到"恋爱不能乱谈"以及"学习永远排第一"之后，才"深藏功与名"地慢悠悠地向前走去。

最终自暴自弃，打定主意不去在乎"世俗眼光"的徐来趁着任清风放松警戒的这一秒，果断伸出手，将他紧握的左拳彻底掰开，然后不出所料地再一次被气笑——

安静躺在任清风左掌心上的，果然只是另外一颗大白兔而已。

但男生左手掌根一片触目惊心的擦伤，让徐来的心莫名一紧。

片刻突兀的沉默后，最终柔声说出口的，还是带着懊悔的关切："疼不疼？"

任清风轻笑一声，不甚在意地淡淡开口："男生哪有那么多屁事，不疼。"

徐来低头看向任清风受伤的左腿："那严不严重？"

可爱，小白兔这副小心翼翼、惊慌失措的样子非常可爱。

任狐狸忍不住再次露出运筹帷幄老谋深算的笑容，狭长的双眸微眯成格外邪气的弧度："要看吗？但是，扒别人裤子是要负责任的哦。"

在这个飘飞程度和流氓指数突然同步飞升的无赖面前，徐来实在难以维持不动如山镇压邪祟的淡定，嗔怪着跺脚："任清风！"

"好啦，没事，"任清风这才收起了浑不正经，像是洞悉了徐来之前所有的心理活动一样带着安慰开口，"我上是因为老王那个位置其他人替不了，这种涉及集体荣誉的事，我没办法拒绝。"

此刻任清风温柔而笃定的眼神清清楚楚地传达着——

我没在生气，也不是为了赌气才去做替补，你不要自责。

虽然"和好"来得和"冷战"本身一样莫名其妙，但徐来对任清风犯幼稚病的缘由还是一无所知。

预备铃正巧在这时打响，徐来正犹豫要不要翘掉接下来的英语课和任清风解决问题时——

"走吧，我和你回班，"任清风低头看了眼手表，"正好上节课换换脑子，休息一下。"

"走路没问题吗？"徐来好心开口询问道，做好了提供帮助的准备。

"怎么？"又是那个欠揍的调戏语气，"如果走不了，你会背我吗？"

"我的意思是，"徐来只好停下脚步，重新摆出不动如山镇压邪祟的笑容，"如果你走不了，也不用勉强自己，在这里做一辈子题好了，一定会有好心的学妹前来送饭的，我就先回班了。"

瞧瞧小姑娘在提到"学妹"二字时糟糕至极的语气，可爱。

比这个更加可爱的是，小白兔自己显然并没有意识到这一点。

任清风强忍住笑意："好啦，伸手。"

"干吗？"徐来还是觉得任清风飞扬上天的嘴角着实碍眼。

"这次主要都在考试，没时间买礼物，"任清风从裤兜里掏出一个青花瓷底色的钥匙链，"虽然是发的，但我觉得不难看，给你。"

盈满胸腔的喜悦是真的，但在接过钥匙链后想扶额的冲动也是真的——

花里胡哨的配色，不太有艺术感的设计，以及"赠送"这个来源，实在过于钢铁直了些。

由于任清风瘸得十分明显，两人堂而皇之地走到一般情况下禁止学生使用的电梯前，默默按了"下行"按钮。

"那你考得怎么样？"

"还行，"空寂的楼道中，任清风的声音带着微弱又悦耳的回响，"其实原本没打算占一个签约名额的，但我被老李和季女士轮番喷成了筛子。"

虽然听起来狂妄得不可一世，但徐来知道，已经确定自己会出国留学，因此希望将这样珍贵的机会留给其他人的任清风，从来都是坐拥大善的真君子。

"李老师怎么说？"两人在习题本的对话引起了徐来对于这位皮皮老师的强烈兴趣。

"哦，"任清风难得尴尬地停了片刻，最终还是在进入电梯后，诚实回答，"他说，这种以考试分数决定签约条件的选拔，不会因为我放弃签约而多一个能够达到分数的人。"

徐来忍住笑意："那季阿姨又怎么说？"

"非常不幸，季女士恰好是经济学教授，更加不幸的是，博弈论恰好是她的专长，"任清风的声音更加平板，努力表现出"内心毫无波澜"的淡定，"她直接给我上了一课，告诉我这种情况不是零和博弈。"

徐来完全可以想象得到，季女士绝不会放弃这样一个机会对任清风大嘲特嘲一番。

但毫无疑问，这个憨傻状态的任清风要比狐狸状态的任清风可爱得多。

两人踏出电梯的一瞬间，悠扬的上课铃声响彻楼道。

由于加快脚步成为奢望，两人也只好慢悠悠地晃到教室门口。

"欸？徐来也不在吗？"微敞的教室门后传来英语崔老师温柔的疑问。

"对某人大献爱心去了！"

"照顾断腿的某人去了！"

"她家某人卧床不起了！"

不怀好意的回答此起彼伏，紧接着——

"哟，任清风腿怎么了？"显然并不需要询问"某人"指代的对象，向来很懂的崔老师直接选择了另外的重点。

"踢球的时候被人铲断腿了！"

这一次的回答倒是整齐划一，然后——

"啊，这么严重，你们踢球的男生可千万要小心。那好吧，咱们开始上课。"

"啊哈！"

"这俩人可是明目张胆地翘课然后躲到角落里卿卿我我去了，崔美女！"

"还能不能有点纪律和王法了？"

能够刺穿耳膜的嘘声和抗议声，但是——

"你们要是也能考满分，课随便你们翘。"

片刻的寂静后，果然——

"吁！"

任清风似笑非笑地扬扬眉毛——怎么样小姑娘，还要推门进去吗？

徐来格外迅速而果决地摇头——不要，谢谢。

任清风朝着电梯的方向撇头——哦，那走吧。

左思右想都觉得这纯属被动翘课的两人，心安理得地走回电梯旁，并在电梯门打开的一瞬间，和站在里面的教务主任淡定而友好地打了招呼。

"欸，是不是忘了和你们说，"王主任在电梯启动时看了二人一眼，猝不及防打开话匣子，"你们暑假表现得非常好，给美国学校的老师留下了非常深刻的印象。"

"哦。"来自任高冷的回应。

"谢谢老师。"与此同时，来自徐热情的回应。

"欸，任清风，"王主任低头看向任清风因为绑了冰袋而粗了一大圈的左小腿，推了推眼镜，"你这腿是怎么了？"

"哦，踢球的时候摔了。"任高冷不痛不痒地回答。

"我就说你们这些小孩，平时一点也不注意。你看看，弄成这样多耽误学习啊，"所幸，在中年大叔开始长篇大论的唠叨之前，电梯门已经在一层大厅稳稳地打开，王主任在与两人告别前，又深表遗憾与关切地补充道，"以后再踢球可得小心，别落下什么后遗症。"

"好，谢谢您。"任高冷依旧维持着不动声色的淡定。

可憋笑憋得有些辛苦的徐热情没再开口，只是由衷地觉得——

身为好学生，的确是有些"特权"的。

比如，等轻哼着小曲，回到办公室坐好的王主任忽然回过神来，意识到这样的行为其实算是"无故结伴翘课"的时候，两人早已经买好了奶茶，在食堂里阳光最好的一隅安然坐定。

食堂里空空荡荡的。

如此岁月静好、无人干扰的时刻，正适合解决问题。

"所以，"徐来喝下一大口奶茶，诚恳地发问，"任三岁，周日晚上你为什么会犯幼稚病？"

"我哪有犯幼稚病？"任清风的双肘架在餐桌上，双手交叠于下巴之下，坦然地回视徐来。

"在我充分意识到自己的错误，想要解释和道歉的时候，"徐来说得同样坦然，"你不仅不给我道歉的机会，还故意发来那样的照片挑衅，就是幼稚病发作。"

"哦，"任清风答得理所当然，"你看，尹燃一出现，你连手机也不看了，消息也不回了……"

徐来无奈地打断："我之前已经把我和他的关系讲得非常清楚了对吧？"

"哦。"任清风的语气重回当初谈起樊嘉伦时的冷淡。

"所以请问你还有什么疑问？"徐来腹诽，这不是幼稚病又是什么？

任清风微微挑眉，一副准备严肃地促膝长谈的样子："很多。"

徐来彻底将奶茶忘到了脑后，以最大限度的耐心，同样严肃地回应道："比如？"

"比如，"任清风说得慢条斯理，"你当初为什么要单独和他讨论数学问题？"

"因为班里没有其他人可以讨论数学问题。"徐来被无力感深深笼罩。

"但是你可以到网上发帖求助，一定会有非常懂这些知识的人，"每一次在试图引起徐来注意的时候，任清风都会伸手轻敲桌面，"比如我，愿意提供帮助。"

徐来觉得，这一刻，只有"黑人问号脸.jpg"的表情包能恰如其分地形容出她此刻的心情。

见徐来哑口无言，任清风乘胜追击："还有，再比如，当初为什么要接受他的饮料和糖果？"

徐来微微皱起眉头，瞪向病入膏肓的幼稚鬼，干巴巴地回答："因为我觉得这在朋友之间没什么不正常，就像我和老许也会分享零食和糖果一样。而且，后面我都有还钱给尹燃。"

"哦，"任清风也轻轻蹙眉，语气轻了半分，"所以，我连'朋友'都算不上，对吗？"

这个"受到一万点伤害"的语气让徐来不由得正襟危坐，满腹莫名其妙。

"如果算的话，为什么从来没见你给我送过饮料和糖果？"任清风意有所指地挑眉。

徐来被这一番明显是胡搅蛮缠的无理取闹气到说不出话，索性将脸别开，望向窗外。

"所以这就能解释为什么你在有他的聚会上不回我的微信了，"任清风咄咄逼人地继续说道，声音中溢满失望，"说不定你其实喜欢过他，只是当时自己没有意识到而已。而像我这样连朋友都算不上的人，又怎么可能被喜欢呢？"

"任清风！"徐来终于被成功激怒，忍不住同样咄咄逼人地提高音量，"麻烦你稍稍讲点道理，喜欢或者不喜欢显然不以你这套奇葩的朋友论为转移，我不喜欢他，也没有不……"

"不"字之后，话音戛然而止。

不好，有套路。

"喂！"终于反应过来的徐白兔又羞又气，狠狠瞪向任狐狸扬扬得意的脸，"我以为我们是在很严肃地解决问题。"

"我们难道不是在解决问题吗？"任清风眯起眼睛，愉快欣赏起眼前向来温柔的小白兔难得炸毛的样子，"你看，都已经解决了两个问题了，还有……"

"任清风！"徐来的眸中透出一丝熊熊燃烧的火焰，同时暗下决心，如果任三岁再开口时依旧是这副吊儿郎当、满不在乎的样子，她就立刻起身走人。

然而，出乎徐来意料的是，任清风没有继续摆出运筹帷幄老谋深算的笑容，只是敛起笑意，停顿了片刻后，才肃然开口："徐来，我知道你是什么样的人，知道你对不喜欢的人是什么态度，也知道你不可能喜欢尹燃那样的人。所以，我为什么生气？"

心情像是坐了一趟四倍速过山车的徐来一时间愣在原地。

不知为何，每次全然严肃起来的任清风总让徐来感到些许畏惧。

"我生气显然不是因为尹燃，不是因为你没有及时回复消息，甚至也不是因为你答应过要和我报平安却忘了去做，而是因为，我们已经因为完全相同的原因发生过一次争吵了。"

徐来的心头蓦然涌上难以形容的复杂情绪，沉重中夹杂着深深的懊恼。

"我曾经说过，尹燃性格偏激，报复心强，不知道会在冲动之下做出什么事来，所以才会希望你能告诉我他有没有到场，"任清风说得坦坦荡荡，"因为我会担心。"

徐来被满满的愧疚感攫紧，默默低下了头。

"但是，你好像觉得我的担心毫无道理，也毫不重要，"任清风的语气依旧轻柔平和，却如同钢钉一般字字扎进徐来心中，"那天考试我本来可以答得更好，可我非常担忧，也非常挫败。而这种反复绊倒在同一个坑里的感觉，非常糟糕。"

徐来莫名感到有些酸涩。

任清风从不允许自己犯同一个错误两次，却对她格外宽宏大量，非但没有直接挑明"你还是像执意陪向园逛街那次一样，丝毫没有考虑我的感受"，反而选择以"我们"二字来共同承担责任。

可想而知，那天下午连续数条的微信也好，方才轻描淡写的"担心"和"本可以答得更好"也罢，大概只算得上他真实心境千分之一的写照。

其实从来没有摘掉克己复礼面具的任清风，自始至终，他都只是那个在他们关系渐进的每一个阶段，将应有的分寸与克制拿捏得分毫不差的任清风。

或许，她永远也不会真正知道，那天下午，焦急到影响了考试发挥的他，究竟是什么心情。

而刚刚那番看似胡搅蛮缠的"朋友论"，也许不单单是为了套路她，而是货真价实埋藏着他所有的失望。

那个见到老友后便将他抛在脑后的她，肤浅地以为他只是在乱吃飞醋的她，的确在他无穷无尽的溺宠与忍让中飘飞到彻底迷失了方向。

直至这一刻，徐来方恍然大悟。

虽然笑称她为"高人"，但两人之间距离缩短的每一步，都是任清风在悉心引导。

虽然自诩"追求者"，但两人之间的那根风筝线，其实一直牢牢握在任清风手中。

刚刚那番剖白，便是看似飘飞上天实则一直默默站在原地的任清风，在努力仰望天空却无法分辨出风筝，也就是她的痕迹时，用力拉扯手中的细线发出的温柔警告。

任清风将声音放得很轻："徐来，十一月底的比赛开始之前，我都会非常忙，可能不会到校或者不会回班上，也一定没有太多的时间看微信。但你答应我，同样的地方，我们不会再摔第三次。"

这番话字正腔圆，不再有运筹帷幄老谋深算的调戏与轻薄，也不再是单纯为了斗智斗勇而拐弯抹角的试探，不显山不露水的霸道一如既往。

这一次，任清风终于明确索取承诺——我要你告诉我，于你，我到底有多重要。

徐来静静回望着这个认真而傲然，忽然锋芒毕露的任清风，轻声说道："好。"

声音有些颤抖，却不再有不动如山镇压邪祟的警惕与顽皮，也不再有半分顾虑与犹疑。

这一次，徐来终于明确地献上回应——你非常重要，比天空和自由都重要。

至于那句依旧没有明说出口的喜欢，反倒显得无关紧要。

"好啦，你这么委屈巴巴地看着我，像是我做了什么十恶不赦的错事一样，但我只是随手发了一张照片而已，"任清风重新露出揶揄的笑意，重回振振有词，"再说，经高人亲自鉴定，我最多两岁半，怎么就不能犯幼稚病了？"

徐来竟无言以对。

见状，任三岁乖巧地眨眨眼："最后一个亟待解决的问题是，你要不要立刻、马上原谅我？"

"我为什么要为一张随便从网上找来的照片生气？"徐老师淡定地回应，"你又拍不出这么清楚的照片来。"

任清风愣了片刻，摸摸下巴，终于喃喃反思道："我的拍照技术真有那么烂吗？"

"任三岁，谈论一个并不存在的东西好像没太大意义。"

"真认不出来吗？"任三岁难得困惑，"未名湖，博雅塔还有考场里面呀？"

徐来哭笑不得，无比呆萌地瞪大了眼睛："潇潇还和我赌了二十块，她说最后一张肯定是你把手机掉到马桶里的那一瞬间自动拍摄的，可我倒觉得像是掉到了土堆里……"

"哦，"任狐狸一秒上线，"抱歉打断一下，我给陆潇潇挑的生日礼物她还满意吗？"

"很喜欢，"徐狐狸也只能面带微笑地严阵以待，"她说谢谢你。"

"你看，这种粉色确实有人喜欢吧？"任狐狸煞有介事地点点头，"有人喜欢的粉色，就是好的粉色。所以，明年你的生日礼物，我也准备送这个颜色的礼物给你。"

果然，死亡芭比粉才不是空穴来风。

"可以的，"徐狐狸十分随和地回答，"但如果你送这个颜色的礼物，我们就做不成朋友了。"

"可是现在还没送礼物，问题也解决完了，"任狐狸迅速接话，"我们还算是朋友，对不对？"

"啊？"

徐白兔也不是胡乱拉起警戒线，只是有时实在不得不防。

"是不是嘛？"

"勉勉强强。"

"那太好了，见证友谊的时刻到了。"

任狐狸大言不惭地敲敲桌面后改以双手环胸，坐姿四平八稳。

"刚刚讲得我又饿又渴，饮料和糖果听起来就很不错。只不过我不吃甜食，帮你降低一下标准，矿泉水不算过分吧？如果再来一袋盐酥鸡说不定会更好。哦，还有，我突然发现中午摔得好疼，尤其是左腿，疼到完全没办法走路，如果没有人扶的话……"

徐来觉得忍受到这里已经给足了任飘飞面子，默默起身，准备去买十个包子彻底堵死这位戏精的嘴，可刚经过任清风身边，便被精准地拽住了手腕——

"徐来，奶茶要凉了。"任清风眯起眼睛，勾起嘴角，"喝完再走，乖。"

3.

（13）班最终在足球联赛取得了亚军这个出人意料的好成绩。

可无论是决赛惜败于（5）班的遗憾，或是回过神后发觉第二名其实已经远超预期的喜悦，都迅速湮灭于期中考试即将到来这个惨痛的事实中。

虽然只考语数英加理化生六科，但直接与高考挂钩的计分方式让空气中弥漫着远胜高一时的紧张不安。

对于前两个实验班的同学来讲，这其中又涌动着清晰可辨的跃跃欲试。

雄踞状元之位一整年的任学霸要备战比赛，不参加本次考试，也因此，年级第一会花落谁家成了所有同学甚至是授课老师喜闻乐见的饭间话题之一。

考前最后一天放学后，徐来摆完桌椅准备离开教室之前，笑着拍了拍正在值日的许啸川的肩膀："（13）班之光，加油，看好你摘取桂冠，荣登榜首。"

"欸欸欸，话不能乱说，"许啸川立即停止了正在扫地的动作，装模作样地四顾片刻，才清了清嗓子，严肃地开口，"你怎么能趁你家老任不在，将崇拜的目光放在别的精神小伙身上？"

"哦，"徐狐狸直接拿出了与任狐狸过招时的看家本领，淡定回击，"许爱妃，你是不是精神小伙咱们改日再议，但你怎么能自称'别人'呢？你这是狠心到连自家皇上都不认了吗？"

"嗨，徐来，你听听你这个'哦'字，这要不是任清风附体，我现在就去撞墙，"许啸川满脸惊恐，"哥哥好心劝你一句，狐海无涯，回头是岸。"

显然，在"欠揍"这件事上，很难分得清究竟是皇上带坏了爱妃，还是爱妃带坏了皇上，总而言之，此刻最适合徐来做的事还是扬手拍向许皮皮的脑袋。

但许啸川的号叫还没开始，正在扫另一条过道的小组长林蔚率先发动了"狮吼功"："老许，我也好心劝你一句，地还很脏，劳动为先。"

在许啸川吹胡子瞪眼地和林蔚杠起来之前，徐来趁机多敲了一下他的头，迅速闪出了教室。

秋意渐浓，小区里的银杏树叶边角隐隐泛起了金黄，但一心想要多背几遍课文的徐来无心关注这幅美景，比平日更加匆匆忙忙地走到楼前。

她风风火火地推开单元门时，险些撞到另一侧准备出门的邻居杨阿姨。

"呦，徐来，好久没看见啦！"心宽体胖的杨阿姨停下脚步，亲切而热络地打起了招呼。

自从上次过生日，徐来已经很久没和杨阿姨打过照面了。她停下脚步，礼貌地问好："杨阿姨好，小虎最近还好吗？"

杨阿姨家的儿子小虎本名孙思凌，正上初二。小虎自小学起就经常找徐来请教学习问题，是整个小区的同龄人中和徐来最熟悉的一位。

"他呀，一天到晚瞎忙活，我看没干什么正事，"虽然嘴上嫌弃，但阿姨神色骄傲，毫不遮掩地传达出对于从小就是优秀生的儿子的满意之情，"你最近学习挺忙吧？"

"嗯，"徐来点点头，"明天就要期中考试了。"

"要考试了呀，"杨阿姨绽开"我很懂"的笑容，"难怪最近都没看到小任了。"

自从某次两人和三位邻居阿姨同乘电梯，任清风被盘问了个底朝天后，全单元的热心阿姨都知晓了他的名号。

虽然从她们隐隐透着怀疑和遗憾的眼神中不难判断出，这些阿姨早已自动默认任清风不可能是学习的料。可每次单独碰到徐来时，她们也总会带上很不中年妇女的宽容问候上几句。

徐来曾经和任清风吐槽："原因只能是你长了一张如假包换的'妇女之友'脸。"

而任清风当时的回应飘飞上天："我和老祁不一样，从来不屑于靠刷脸博取好感。"

然而，此时此刻，大约是一周多没见，让某种可以被称为"想念"的情感肆意滋长，又或者只是时间让徐来对任飘飞的顽劣程度有所淡忘，总之，她终于决定出面挽救一下这位学霸在阿姨印象中的渣渣形象："他最近在准备数学竞赛，还挺忙的。"

不出所料，杨阿姨一瞬间瞪大了眼睛，将"吃惊"二字诠释得生动又形象，机械性将最难以置信的部分复读了一遍："数学竞赛？"

"嗯，他要代表省里参加全国数学奥林匹克竞赛，"徐皮皮忍住笑意，这种和别人提起任清风时带着甜蜜和骄傲的心情格外好，"杨阿姨，那我先回家复习了。"

"好，好，你加油。"

杨阿姨显然没能将徐来的一番话彻底消化，目送徐来窈窕的背影轻快地消失在电梯里，又在原地呆立了片刻才想起来自己是要出门。

推开单元门的那一瞬间，杨阿姨不禁喃喃自语道："小任？数学竞赛？代表……省里？"

好巧不巧，正在外地参加集训的任清风在徐来走进电梯的一瞬间发来微信——

"考试准备好了吗（挥手）？"

深得老狐狸真传的徐狐狸扬扬嘴角，再转转眼珠，小爪一挥，不动声色布下了套路——

"还行，不过还有几道物理大题要再研究一下（挥手）。"

任狐狸显然没意识到套路已经悄然铺就，只是一如既往地迅速回复道——

"我可以非常勉强地抽出一些时间，帮助残障人士解决脑袋不灵光的问题（微笑）。"

徐狐狸用左手从书包口袋里掏出钥匙开门，同时用右手缓慢输入并发送——

"没有残障人士和脑袋不灵光的问题，也没有要占用您宝贵的时间（挥手）。"

果然，一切都如计划中一样顺利，因为任狐狸回复了——

"哦，那你准备占用谁宝贵的时间（微笑）？"

徐狐狸眯起眼睛，对不住老许，你说得对，狐海无涯，及时行乐——

"你乐于助人、脑袋灵光的许爱妃（挥手）。"

稍稍过了片刻——

"爱妃是要接替朕为（13）班拿年级第一的，不准随意打扰（微笑）。"

徐狐狸慢条斯理为自己倒了杯热水，继续回道——

"那我试试福喜或者叶皓天（挥手）。"

任狐狸的神速回复中甚至出现了错别字——

"她们的时间也很宝贵，十有八九不会理你（微笑）。"

徐狐狸慢吞吞地坐回到书桌前，心满意足地发送出"杀手锏"——

"但是老祁人那么好，应该会愿意提供帮助吧（微笑）。"

微信聊天页面直接沉寂了三分半钟，随后屏幕以来电的形式重新亮起。

徐狐狸悠然按下接听键——

"徐来，我至多有半个小时的时间。"

虽然最终只从任学霸那里偷了十几分钟的师，但"临阵磨枪"被证实有效。

第二天下午的物理考试中，最后一道压轴题和徐来询问任清风的那道电磁学大题原理相近，她解决得十分顺手。

考试结束后，时间还早，徐来和沈亦如相约到平时仅用于竞赛集训的阶梯教室自习。

期中考试的缘故，平时鲜少有人光顾的大教室里此刻挤满了埋头苦学的勤劳小蜜蜂。

窗外秋高气爽，教室里却只有肃然的死寂，仿佛落座时打开笔袋的声响都是罪恶的惊扰。

摆摆手拒绝了沈亦如递来的薄荷糖后，徐来摊开化学错题本，一丝不苟地翻阅起来。

但只学了不到五分钟，一声怯怯的"请问里面有人吗"彻底打断了徐来的思路。

徐来抬起头，一个陌生学妹抱着地理书，压低声音，对着坐在右侧的沈亦如重复了一遍："学姐，抱歉，请问你们里面有人坐吗？"

阶梯教室的弊端正在于此——座位排布密密麻麻，过道却只有两条，但凡坐在中间的人需要进出，就不得不惊动其他人起身。

沈亦如摇了摇头，和徐来一同站起来，放轻动作，为学妹让出了通道。

专心学习时，徐来通常不会受到周遭环境的影响，但自从这个戴着招摇耳钉的短发学妹在身旁落座后，她大脑的运作效率还是大打折扣。

学妹将耳机的音量调得很大，响亮到漏音。

尽管徐来轻声提醒过两次，走朋克风的小姑娘在疯狂道歉过后依旧我行我素。

绝非故意，但徐来听得一清二楚，按照背景音乐响起的顺序，朋克妹在这两个小时的时间里，先后玩了三款时下最火爆的手机游戏，点进B站看了几段鬼畜视频，然后打开某音乐播放器，嘴角微扬地聊起了微信，有效的看书时间能有四十分钟就谢天谢地了。

徐来的心情由烦躁转为愤怒，再转为无奈，最终，竟然有些理解了为人父母的苦心——

她很想和朋克妹皮上一句"你把耳机声音开这么大，又听了这么久，耳朵会聋的"，但最终还是成功克制住了这股"诲人不倦"的冲动。

徐来将错题本上标出的重点问题过完一遍，时间也接近傍晚。

她正准备问沈亦如准不准备撤退，忽然听朋克妹重重地哀叹了一声。

"学姐，我手机没电了，"朋克妹突然转过头，扬了扬彻底黑屏的手机，楚楚可怜地问道，"能不能借你的手机给我妈打个电话？我和同学约好了在食堂吃饭，还没来得及和她说……"

朝着学妹递去手机的时候，徐来付出了比刚刚多十倍的努力才克制住皮皮上一句"像这样学习，手机怎么可能会有电"的洪荒之力。

不到三分钟，匆匆走出教室打电话的朋克妹便匆匆走了回来。

朋克妹如同惊弓之鸟的慌张模样让徐来真切看到了当初那个为了甩开任清风而"火烧屁股地穿梭在食堂"的自己。

她第三次克制住将皮皮病症以笑容的方式展现的冲动，看朋克妹三步并成两步冲了过来。

"学姐，实在对不起，"朋克妹目光闪躲，歉意溢于言表，"刚刚第一次没打通，但我懒得再输入一遍，所以想直接到通话记录里拨号，结果一不留神错按成了你之前的通话记录……"

徐来微微一愣。

"我一听接电话的是个男声，吓了一大跳，马上就给挂了，"朋克妹见徐来没有恼羞成怒，仿佛连呼吸都顺畅了许多，"挂了之后才发现，我竟然打给了任学长。"

沈亦如被这番绘声绘色的描述吸引，忍俊不禁地抬起头来。

"然后，任学长很快又回拨了一个电话，"朋克妹痛心疾首，"但我一紧张，手忙脚乱之下给拒绝了。对不起学姐，我真不是故意的……"

徐来还是忍不住笑了。

她见过会作妖的，还真没见过这么会作妖的："没事，你电话打了吗？"

"打过了，谢谢学姐，"朋克妹还是尴尬地挠了挠头，"对不起，任学长不会生气吧……"

"没事，"眼见这段对话似乎引起了四周很多人的好奇，徐来接过手机，匆忙为其画上句点，"你赶快进来接着学习吧。"

没有了掌中玩物，朋克妹果然安静乖巧了许多，低头看起地理书来。

但徐来不得不拿起手机，在沈亦如的姨母笑围观中，给惨遭无视两次的某人发去——

"刚刚手机借给了一个在自习的学妹，是她不小心拨错了，没事（挥手）。"

任清风过了几分钟才慢悠悠地回复道——

"也可能只是学妹想要听到我的声音才故意找你借手机，然后故意拨错的（微笑）。"

"（叉腰.jpg）。"

前有作妖学妹，后有飘飞学长，这所学校太疯狂了。

徐来不动声色地镇压道——

"我非常同意（微笑）。"

"所以，作为一个善解人意的学姐，我这就把任学长的手机号公布到自习教室的黑板上，满足所有想要听到你声音的学妹的愿望如何（微笑）？"

这次任清风回得万分迅速——

"请直接开价吧（挥手）。"

"多少杯奶茶能换回我的隐私（可怜）（委屈）（快哭了）？"

由于这种"有别人在身边学习时笑着聊微信"的行为刚刚被她自己鉴定为"不够文明礼貌"，徐来迅速敛起笑意——

"定价中，勿扰（微笑）。"

"你也接着去做题吧，说不定每多做一道题，就能抵消一杯负债呢（挥手）。"

任清风发来一串六个"微笑"加"挥手"的表情后，重返神秘的数学世界。

而被学妹这么一打岔，徐来也彻底忘了自己本来是想要回家的，接着整理起了笔记。直到半小时后被沈亦如打断，她才和好友一同离开了教室。

徐来的身影消失在门口的瞬间，朋克妹如临大敌地按下了手机的开机键。

在微信的聊天页面，她迅速输入并发送了——

"任学长不仅接了电话，在我挂断后还马上打了一个回来。"

期中考试的两天半时间一晃而过，但（13）班班委却无福消受这个本应无忧无虑的美好下午。

几人自觉自愿地放弃享乐，在食堂里边吃午饭边讨论着英语剧剧本的主要情节设定。

经过王思齐在期中考试前日夜无休的奋战，选题最终确定为"逃离古堡"，讲的是三个青梅竹马的玩伴因为一个反复出现的梦魇，到一座废弃的建筑物探险解谜的悬疑故事。

老周读完故事梗概和人物设定后，乐呵呵表扬了大家的进度，迅速拍板同意。

而作为"翻译顾问"的崔美女听说了这个宏大的构想后，也笑着鼓励道："从电影节设立以来，我还从没听说过有纯粹讲鬼故事的，你们的剧本成功引起了我的好奇。"

来自两位老师毫不吝惜的称赞为一群年轻人打满鸡血，各种脑洞层出不穷。

周逸然提议，古堡应该作为剧中犯罪组织的总基地，而陈予坚称三个主人公一上来就锁定坏人老窝实在太扯，远不如只将其当作连环案件中的某个犯罪现场靠谱。

两拨人马一时间争执不休，说得神情激荡，唾沫横飞。

徐来和其他三个女生只是饶有兴味地手托着腮，看周逸然和陈予的辩论从"基地VS现场"不断升级再不断跑偏，不知怎么的就脸红脖子粗地说到了"C罗VS梅西"。

姚芊与意识到"球王之争"并不是此次讨论的重点，果断将话题截断于此："这样吧，我现在弄个匿名投票，咱们正好九个人，谁也别弃权，少数服从多数。"

"可行，"张肖迪立刻跟着点头，"不然我怀疑他们俩能争到天荒地老。"

点进小程序投票时，徐来的选择障碍再次发作，因为无论是"基地"或是"现场"，都能挖掘出精彩的故事来。

举棋不定时，她莫名想到了任清风喜欢的卡夫卡，想到了卡夫卡笔下那座最终"寻而不得"的城堡，忽然灵机一动。

即便古堡本身是组织基地，其"真容"也仍然存在被迷雾层层掩盖，屡次探索而不得的可能，既保持了悬疑性，又不会偏离"逃离古堡"的主题，所以徐来最终投给了"基地"这个选项。

等待投票结果时，徐来退回到微信准备刷刷朋友圈。

沈亦如恰好在这时发来了一张照片和"震惊脸"的表情包——

远远偷拍的照片中央，正是前天借她手机的朋克学妹，而亲密挽着朋克妹的手，微笑着将章鱼小丸子送进嘴里的，正是如假包换的戚仍歌。

还没来得及消化诧异，沈亦如又发来一句调侃："我怎么越想越像个局（挥手）？"

徐来笑着回复道——

"（瑟瑟发抖 . jpg）。"

"论如何从生活中挖掘宫斗剧的素材（捂嘴笑）。"

沈亦如立刻发来："如果真是的话，戚仍歌不愧是你家任学霸的妹妹，这脑回路奇绝了。"

徐来正准备反驳"此奇绝非彼奇绝也"，就听姚芊与笑着将投票结果公布了出来："好啦，别争了，基地五比四获胜。"

她只好匆匆给沈亦如回复："我得接着去讨论英语剧了，回去再说（亲亲）。"

结束持续了一整个下午的讨论回到家后，徐来将书包彻底丢到一旁，舒舒服服地趴到床上，给沈亦如发去"姚姚终于肯放我们自由了"。

手机打字的效率低下，两人索性打起了电话。

讲完英语剧的进展，徐来听沈亦如继续汇报起在美食街偶遇时，她对戚仍歌的暗中观察："仍歌妹妹绝对有两副面孔，我看她和朋克妹妹吃饭的时候笑得可豪爽了。"

徐来在脑中设想了一下这个场景，乐了："难以想象她和朋克妹亲密无间的样子。"

"所以我才合理怀疑，"沈亦如打趣，"借手机和她端庄淑女的外表一样，只是个幌子。"

"如果仍歌妹妹干得出这么无聊的事来，"徐来语气轻松，"我对她的印象要彻底改观了。"

"怎么，"沈亦如还记得初见时徐来对戚仍歌的评价，"突然不喜欢这样的反差萌了？"

"如果你的猜测为真，这就不是反差萌了，"徐来同样选择了调侃的语气，"你想，她通过朋友，拐弯抹角试探出任清风不仅会在紧张备考时接我的电话，还会给我打回来，然后呢？"

沈亦如笑了："然后她就能确定竹马哥哥的心注定不属于小青梅了呗。"

"然后她就在期中考试这种关键时刻，成功给自己添了份堵，"徐来被沈亦如的说法逗乐，"而且，她还坑了亲闺密，让人家耽误了一整个下午的复习时间，怕不是脑袋锈住了。"

"噗，但不得不承认，如果真是这样，这两个人的剧本倒是编得天衣无缝，而且朋克妹的演技实属一流，明年她们班的英语剧一定会在电影节大放异彩。"

"有这种编剧本练演技的时间和脑力，多学学习，不好吗？"徐来为此话题画上句点，"我觉得，只要她和朋克妹里有一个人的脑袋没坑，就不可能做出这种自讨没趣的事来。"

"但我有种预感，"沈亦如说得愉快，"这个仍歌妹妹有朝一日还会卷土重来的。"

"来呗，"徐来接得愉快，"兵来将挡，水来土掩。"

4.

尽管许啸川最终没能考过（14）班的孟宇轩和另一位学霸，但年级第三名的好成绩也足以让老周喜笑颜开。

高一开学前校长亲自拨出的电话显然收效颇丰，在任清风和许啸川的"带领"下，（13）班学习氛围一直很好，作为第二实验班，各科平均分也的确前无古人地高。

老周的好心情无疑感染了所有任课老师，轻松愉快的讲评气氛一直持续到放学铃声打响。

"徐来，和我们去打台球……"许啸川将笔袋丢进书包，话只说到一半忽然嬉皮笑脸地改口，"啊！不对，大醋缸不在，我们可不敢带你，算了，下次吧。"

徐来将生物卷子折好，无语地看向皮皮同桌。

"会被狠狠揪住领子的！宝宝害怕！"收获了一整天赞扬的许皮皮此刻像是遭到万人唾骂一般瑟瑟发抖，心疼地抱住自己的动作与曾经的任戏精如出一辙，"惹不起，惹不起……"

徐来不由得开始怀疑，这两个人在私下里不仅切磋过"如何成为欠揍小能手"，还应该深入交流过"如何成为演技精湛的戏精"。

"徐来，别这么深情款款地看着我，"许啸川指了指徐来课桌上骤然一亮的手机，"你看，立竿见影，醋缸马上就要打翻。我会被揪住领子的，真是太可怕了……"

徐来拿起手机，没想到微信提示中还真是"任清风"三个字——

"我对你的拯救计划失败了吗（挥手）？"

徐来深吸一口气，平静了片刻，由衷地感叹道："有毒吧你们……"

虽然在收到微信的瞬间，徐来毫不留情地摁灭了屏幕以期达到"眼不见心不烦"的效果。但在回到家后，她还是乖乖坐到了沙发上，捧起手机汇报道："还是18名（挥手）。"

任狐狸的回复直到晚饭前才姗姗来迟："所以还是失败了呗（挥手）。"

徐白兔在被周医生奴役洗菜的间隙偷偷摸摸回复道："何以见得（挥手）？"

任狐狸毫无知觉地在死亡边缘进行起直男试探来："如果我参加了考试，你就是19名，难道不是显而易见的退步吗（微笑）？"

徐白兔摇摆不定地进行应该回复一大排挥手表情还是彻底置之不理的艰难抉择。

但任狐狸恍然意识到，天似乎有被自己聊死的趋势，迅速以转移话题的方式找补起来："我周末回趟盛川（挥手）。"

因为任直狐刚刚的作死，徐白兔无比顺手地敲下——

"欢迎（鼓掌）。"

"不过我周六和亦如、薇薇她们出去玩，周日和潇潇约会（微笑）。"

任狐狸失去声响几秒钟后："陆潇潇大概不会介意我加入你们（微笑）。"

徐白兔万万没想到还有这样一出："我们并不需要电灯泡（挥手）。"

任狐狸不为所动："陆潇潇会非常愿意和我聊聊（微笑）。"

徐白兔同样不为所动："是非常不愿意（挥手）。"

任狐狸灵活地改变了说法——

"是亲闺密就要学会投桃报李（微笑）。"

"你应该大度地让她过把拷问你的追求者的瘾（挥手）。"

然后，赶在徐白兔敲完"残忍拒绝"几个字之前，任狐狸又趁热打铁发来——

"那就这么愉快地定了（挥手）。"

徐来又一次被成功气笑。

这个家伙脑子固然好使，但每天记住的都是些什么鸡毛蒜皮？

比这更加可怕的是，因为洗菜时摸鱼被抓包，徐来被迫忍受了周医生一整晚的唠叨。

然而，豪气冲天地扬言要展开严刑拷问的陆潇潇也好，优哉游哉地号称无所畏惧的任清风也好，在周日真正见到对方的一瞬间，不约而同瞬间秒怂。

"你好，"陆潇潇礼貌地伸出右手，"我是陆潇潇。"

"你好，"任清风礼貌地回握片刻，"我是任清风。"

两人之间严肃且正经、拘谨而正式的开场白就让徐来憋笑憋到内伤。

谁知这样的趋势一发不可收拾。

尤其当陆潇潇竟然在猝不及防间掏出了一个习题本，破天荒认真请教起数学题，而任清风竟然连眼睛都没眨一下，认真讲起解法的时候，徐来的皮皮病当场发作了。

这样其乐融融，且与周遭环境格格不入的数学补习小课堂中，徐来简直不敢相信自己其实正身处一家网红汉堡店，甚至产生了自己才是锃光瓦亮的电灯泡的滑稽感觉。

一个认真程度她见所未见的"学霸"，一个认真程度她同样见所未见的"学渣"，端坐在一群举着手机疯狂拍照的小姐姐中间，眼中只有彼此地讨论着数学题，绝对是感天动地的言情小说桥段。

徐皮皮充分意识到，继续坐在这里放任想象力无限升华是件格外危险的事情。

生怕自己的表情管理即将失败，徐来趁着还能保持冷静与淡定，向身边两位已然学到定神的人简短地打了招呼，借故走到店外，拼命呼吸了一圈新鲜空气。

再挤回店里时，三人占定的小圆桌旁只剩陆潇潇勤劳伏案整理笔记的身影。

徐来刚刚的所有努力功亏一篑，瞬间就乐了出来："噗，这就是你精心准备的严刑拷问？"

"你是不知道，昨天晚上整理这些难题的我绝对是有生以来学习最认真的我，"陆潇潇闻声抬头，伸出双手，在热到微红的脸颊两侧拼命地扇着风，"阿欢还嘲笑我，说如果我能继续保持这样的学习热情，说不定以后能考上北大中文系。"

"你不是号称要把任清风问到满头大汗、哑口无言吗？"徐来悠然落座，笑意未减，"说好的地狱模式，结果这堆数学题是要从何说起？简直神了你……"

"徐大仙女，我当时明显就是那么随口一说，好吗？我和阿欢想了半天，觉得能拉近和学霸之间距离的，也只有问学习问题了。"

陆潇潇扇风的动作丝毫没有减慢，话里话外都透露出心有余悸和深深的敬畏。

"但是单独坐在你家任学霸身边压力也太大了，他到底长了颗什么脑袋？每次我题还没读完，他就已经把步骤讲了出来，像是根本没经过思考一样，太可怕了，我真的出了一身冷汗。"

徐来觉得好友并没有在试图夸大其词或者卖萌搞笑，陆潇潇在极度紧张时的确会呈现出这副心神不宁的样子。于是敛起笑意，微微皱眉，正色探询道："是他说了你什么吗？"

"没有，没有，他态度特别温和，也特别有耐心，"陆潇潇索性将双手贴到脸上，试图起到冰镇的效果，"而且我明显感觉到，他是在不断地放慢思维速度配合我，等着我跟上他的思路。"

"那你怎么会搞成这副样子？"徐来不解。

"汗颜的负罪感啊，徐来，我越听越觉得自己真是又蠢又笨，"陆潇潇瞪大无辜的双眼，"尽管我一点没敢走神，恨不能调动平时十倍的脑细胞，却还是答不上他问的很多问题，真的压力山大。难道你和他相处的时候，从来没有过这种特别绝望的感觉吗？"

徐来一愣。

但她还没来得及给出回答，陆潇潇已经自顾自地继续唠叨道："而且说实话，任学霸比你形容的要严肃正经得多得多，好吗？什么神经病、幼稚鬼，我是半点也没看出来。"

陆潇潇连喝三口水，又清了清嗓子，才絮絮叨叨地将槽吐完："他压迫感超强的，从头到尾我只感受到了他想以最高的效率迅速解决问题的恐怖。我的天，他甚至在去点餐之前和我说，吃完饭再继续，搞得像是如果不把这些题弄明白，最好连饭也不要吃一样。"

见徐来没有插话的意图，陆潇潇索性继续心累至极地碎碎念道："虽然他人是很好啦，但是真心让我瑟瑟发抖，hold 不住，hold 不住。讲真啊徐来，做这种人的女朋友得多辛苦……"

话音未落，满满一盘喷香诱人的汉堡和炸鸡出现在两人面前。

任清风悠然坐定后，对着徐来似笑非笑地扬扬眉毛："跑到外面傻乐完啦？那吃饭吧。"

自以为掩饰工作万无一失的徐来忽然也有些瑟瑟发抖。

将美食以光速消灭后，任清风果真向陆潇潇询问道："走之前还要把剩下的题目讲完吗？"

畏惧是真的，压力也是真的，可任学霸条理清晰的解题思路的确让陆潇潇感到豁然开朗。

见徐来充满鼓励地点了点头，陆潇潇还是果断回答："嗯，那麻烦你了。"

徐来将桌上的垃圾收好，起身扔掉再回到座位时，两人已经投入到新一轮的奋战之中。

也不怪陆潇潇觉得压力十足。

讲解题目时，任清风从来不会将完整的答案直接灌输进对方的脑子里，而是会不时停下来，提出用于引导思路的相关疑问，逼得对方不得不自主思考并有所回应。

如果回答完全跑偏或者不令人满意，他会再退一步，问一些更加基础的概念，以此类推，直到帮助对方完成"将题目逆向解构，与书本中最基本的概念或定理无缝对接"这个重要的过程。

而陆潇潇所说的压迫感，想必是指任清风在问出问题后，等待她回答时，绝不会多说一个字的令人胆战心惊的沉默。

看着眼前这个专注看题，果真不苟言笑到有些庄重肃穆的任清风，徐来有片刻的恍惚。

这个人骨子里的温和与散漫时常会让人忘记他其实无比睿智犀利，而他在她面前永远故意为之的顽劣与幼稚，又彻底淡化了他强势与正经的这一面。

正如世间不会存在绝对客观，徐来对任清风的全部认知仅来源于他选择呈现在她面前的那几面而已，而其中显然不包括陆潇潇所指出的"恐怖的压力源泉"。

"在和任清风相处的过程中，你有过特别绝望的感觉吗？"

面对这个陆潇潇无意间问出的问题，徐来来自直觉的回答是"有"和"没有"。

显然，任清风开始欠揍地犯贱，或是幼稚病发作的每一秒都让她无比绝望。

可除此之外，她从没有因为两人智商的客观差距或思维方式的主观差异而感到绝望。

徐来不禁陷入了沉思。

陆潇潇只是没把心思往学习上使，其实她本质上是非常灵敏通透的人，否则也不可能成为她的头号闺密。而这样的陆潇潇，在和任清风接触了短短一个小时后，就斩钉截铁地得出了"做他的女朋友会很辛苦"这个结论。

那么，为什么她竟然从来没在这方面有过哪怕最细微的感知？

默默思考了片刻，徐来恍然大悟。

其实在她还能理性地看待任清风，理性地看待任清风的喜欢时，就已经做出过解答——

这个非常善于察言观色的男生，早已不动声色地将自己调试到了与她完全同步的频道上。

也因此，她和那些盲目高喊着"任清风徐来赛高"的八卦分子一样，根深蒂固地产生了"这个人似乎真的和自己生来般配"的错觉。

是错觉吧？

以为任清风对她或是"恋爱"二字，没有过高的期待或要求。

可是，一个绝顶聪明、绝对理性、极度自律、善于自省，对自己要求之严苛时常令人咋舌的人，怎么可能会对身处"女朋友"之位的人一无所求？

其实已经有迹可循，在陆潇潇生日那天，那个他因为她的第二次"脱线"而气恼失望的晚上。

而徐来忽然如鲠在喉。

一直以来都迷失在他春风和煦的珍视中，将他的喜欢视为理所当然，丝毫没有意识到他是在努力做一个配合者的她，竟然从未慎重思考过这个其实最为重要的问题——

在这样一段关系里，什么才是任清风真正想要的？

数学小课堂结束后，三人在游戏机厅打了一个小时电动游戏，随后陆潇潇心满意足地抱着任清风从抓娃娃机里抓到的佩奇，与两人告别。

将陆潇潇送到车站，任清风和徐来折返地铁站时，天空毫无征兆地飘起了毛毛细雨。

雨势虽然算不上大，却足以对没有带伞的行人造成足够的困扰，两人只好在沿街一家招牌不甚明显的小小甜品店重新落座。

小店里除了正在悠闲看电视的店主外空无一人。混沌天色下，屋内的暖色灯光更显温馨。

随意点了红茶和提拉米苏，向热情奉上糖果的店主道过谢，徐来将目光放在了吧台对面悬挂的电视机上。

屏幕中播放的正是时下最火的一部青春偶像剧。

任清风默默观察起一整晚都若有所思的徐来，淡淡地开口："在想什么？"

"没，我在看电视，"徐来闻声转回头来，"这部剧最近超火的，女生都在看。"

"哦？"任清风微微挑眉，突然兴味盎然，"讲的是个什么故事？"

"校园版的'霸道总裁爱上我'，男生不会感兴趣的，"徐来端起冒着热气的茶杯，神色平稳，"所以还需要讲得更具体吗？"

"不用，"任清风眯起眼睛，"如果是这样的故事，即便你的确是在想其他事情，也可以随口编出很多老套的情节来敷衍我。"

"正因为这样的剧情不需要用脑，所以才会不由自主开始发呆，"徐来微微扬起下巴，是防御的姿态，不肯承认他的灼见真知，"只是看上去像在思考而已，很遗憾你的推测有误。"

"哦。"任清风不紧不慢地喝了口茶。

徐来默默放下心来，准备将注意力放回屏幕里的盛世美颜上。

"大概不是我的推测有误，"可任清风只是将茶咽下，坦然地看向她，"而是问法有误。"

"就是推测有误。"一点点的气急败坏，一点点的死不认账，一点点的撒娇卖俏。

"或许我应该直接问，"虽然是带着笑意的轻柔语气，可任清风的双眸倏然深幽，"在我去点餐的时候，陆潇潇和你说了什么？"

任清风此刻的探寻眼神清清楚楚地表明，想要蒙混过关是不可能的。

徐来只得在心底叹了口气，沉默片刻后，在想要问出口的诸多疑问中挑选了一个最为迂回的作为试探："你会觉得和正常人相处是件很辛苦的事吗？"

"正常人？"任清风显然被这个无厘头的问题娱乐到，忍俊不禁地开口，"所以在陆潇潇的眼里，我不是一个'正常'人吗？"

"我的意思是，"徐来右手托腮，认真发问，"像你这样的人，从小到大应该会被很多人定义为'天才'吧？"

"我不否认'聪明'是我从小到大有幸收获到的最多的评价，"沉吟片刻后，任清风措辞谨慎地回答，"但'天才'这个标签有些过火，通常不会有人对我直说。它恰好也非常危险，我不会接受。"

"危险？"徐来挑眉。

"当人们说一个人天赋异禀的时候，通常是在暗示这个人可以轻轻松松取得成功。但'轻松'至多是个相对的概念，仅用来指代同等努力下比别人更容易取得成功而已，"任清风的语气波澜不惊，"可约定俗成的理解中，它似乎被无限地'绝对'化了。接受这样的标签，极可能会让人不切实际地活在'即便每天躺在床上什么都不做也会大获成功'的可笑幻觉里。"

见徐来还在细细推敲这番话，任清风稍停了片刻，才带着难得的犀利继续道："所以是我无意间说了什么，让陆潇潇产生了'我觉得她不够聪明'这样的误会吗？我可没有这样想。"

"也不是，她只是觉得在讲题的过程里，你好像需要特意放慢思维速度去配合她，"徐来艰难地组织起语言，心跳蓦然加速，"所以我在想，平时你在和周围那些明显不如你聪明的人相处的时候，也会有意改变自己的步调去配合他们吗？这……会是一种困扰吗？"

任清风认真看向仿佛带了几分踟蹰与迷茫的徐来，温柔地勾起嘴角。

尽管隐晦，但他瞬间明白了她的用意。

"周围那些"与"他们"不过是对单字"我"的巧妙粉饰，徐来无疑是在思考两人关系里那些比单纯的喜欢更深层次的问题。

"喜欢"二字不止承载着单纯的甜蜜与喜悦，还必定背负着同等程度的顾虑与犹疑。

怕自己不够好，怕自己能给予的并非对方所要的，怕一切横亘于前路的枝枝蔓蔓，也怕任何风云突变让两人莫名走散。

而这样杂糅着困苦的沉重心境，她终于有所感知，一如他一直以来的深切体会。

这非常重要，但任清风不希望、不喜欢、不允许他的小姑娘为这样的问题所困扰。

任清风同样慎重地思考了片刻，隐晦却坚定地回答："我想趋简避繁是人的本能。生活在我身边的人，通常足够聪明到不需要我放慢任何速度去配合，所以困扰无从谈起。"

"那……"脸颊微微发烫的徐来有些不敢直视任清风的眼睛，将目光锁定在眼前造型精巧的提拉米苏上，"在做出这样的选择时，你会有什么标准或考量吗？"

任清风的心情在这一瞬间变得莫名晴朗。

他后知后觉的小姑娘，终于关心起每对合格的恋人都该寻根究底的先提条件。

为什么会喜欢彼此？两人恰好吸引彼此的是哪些特质？如果终有一天，这些特质随着时间的推移荡然无存，是否还有其他足够牢靠的缘由使关系维持在稳定的状态？

有必要发掘这样的缘由，是因为爱情远非多巴胺作用之下的盲目冲动，需要投入时间耗费心力认真经营。而归根结底，会愿意为之投入成本，精心维系的，无非是认定值得而已。

或许，他终于等到了那个期待已久的时刻。

任清风动作优雅地端起茶杯，这一次，慢条斯理地品了一口依旧温热的红茶。

小姑娘，切莫在一切尚未开始之前就患得患失，对我这么没有信心，怎么行？

Chapter 5
听说，你有女朋友？

1.

"标准或者考量？"任清风将手肘架到桌子上，装模作样地思考了片刻后，"如果是男生的话大概没有，无非就是能在某一方面聊得来而已。女生的话……"

任狐狸拖长尾音，大大方方地将目光放到徐白兔的脸上，运筹帷幄老谋深算地微扬起嘴角。

白皙的鹅蛋脸很可爱——

"大概冯书亭那样圆圆的娃娃脸就蛮可爱的，而且小麦色的皮肤看起来会非常健康。"

原本带些羞赧与闪躲，可在这一瞬间忽然布满嗔怪的杏眸也很可爱——

"听说眼睛大的女生老了之后会长皱纹，所以向园那样的丹凤眼会比较好。"

还有什么来着？小姑娘似乎不算矮——

"个子差不多到我胸口就可以了，能随时把下巴搁到她的头顶大概很省力。"

小姑娘过于清瘦，以后要努力喂胖一些——

"好像圆润一点会比较好，肉肉的那种，抱起来一定会很舒服吧。"

鉴于徐白兔的脸色已然非常不妙，任狐狸决定见好就收——

"哦，还有，最好温柔一点，不要动不动就打同桌的头，或者捶别人的胸口，很疼的。"

"任清风，"徐来秀眉微蹙，不满地嘟嘴，无奈之上更是满满的费解和委屈，"为什么每次我想要讲些严肃的事情的时候，你总是这副样子？"

大事不妙。

向来是人间楷模的任三岁坐拥天不怕地不怕的资本，却偏偏害怕徐老师板起脸来。

显然，刚刚又飘大了。

"那……再给我一个机会，重新组织一下语言好不好？"任三岁迅速收起浑不正经，谄媚地将眼前的蛋糕向着徐老师推了推，认错态度极其诚恳，"先吃口蛋糕消消气。"

徐来只是小心谨慎地打量着突然开始恶意卖萌的任清风，没有瞄向蛋糕一眼。

"都承认错误了，还是不行啊，"任三岁伤脑筋地挠了挠头，突然凑得更近，邪气地压低声音，"难道……非要人喂吗？"

"任清风！"血压瞬间飙升的徐来用右手抓住托盘一角，决定等一下趁他不备，将这一整块提拉米苏精准糊到这张写满"欢迎来揍"的脸上。

"好啦，回到你的问题，"任清风这才敛起笑意，以右手食指轻敲桌面，示意调戏到此结束，"女生的话，我想理论上需要分类讨论。如果是朋友，只要对方不会过于虚伪或是作就好。"

虽然小白兔的表情瞬间缓和，但小兔爪固执捏住托盘不放的样子，可爱，非常可爱。

任清风重新以笔挺的坐姿端正坐好，坦然锁定徐来的脸庞，柔声继续道："如果是女朋友，我不认为所谓的'标准'会受理性的条条框框所支配，就像喜欢本身不受理智控制一样。我更倾向于认为，并不存在固有的标准筛选出理想中的女朋友，而是，我喜欢的人恰好成为我全部的标准。"

捏住盘子的柔荑最终还是悄无声息放了下来。

而徐来焦躁难安，摇摆不定一整晚的心，也随之幽幽落定。

她曾以为，终于谈到"喜欢"二字时，会是在某个精心策划的隆重场合，会有着轰轰烈烈而又无比郑重的开端，至少也会有一个人手足无措地心跳如鼓。

可是，竟然只是在一个雨过天晴、云淡风轻的普通的秋夜，只是坐在一个若不是费心辨认几乎确定会错过的寻常小店中，只是像聊到"天气很好"或是"阿森纳没有输球"一样寻常的语气。

他只是微扬起嘴角，寻常般温和淡定。她只有片刻的迷失，寻常般温柔娴静。

或许，无数个回首看来其实举足轻重的时刻，在它们呼之欲出，或发生又消逝的须臾，不过都是这句举重若轻的"当时只道是寻常"而已。

他会继续说下去吗？还是在等她开口回应？

徐来带了些紧张与期待回望任清风，试图从这双笃定而沉静的褐色眸中窥见一丝端倪。

"今天周六，本店八点半关门哦！"

在徐来找出回答之前，一直窝在吧台，目不转睛看电视剧的店主突然从天而降，微笑着将一盒五彩缤纷的马卡龙轻放到桌子上，让两人同时愕然转头。

"送你们，作为不得不赶人的补偿，"店主笑着解释，说着又递来一个用来DIY成打包盒的硬纸板，"蛋糕需要打包的话，用这个。"

任清风礼貌地接过，朝着店主点了点头："嗯，多谢。"

屏幕上的电视剧在八点半准时结束，片尾曲甜蜜明快的旋律悠扬盘旋在这一方小天地之中。

两人结完账后，店主轻哼着这朗朗上口的调调，转身擦拭起柜台的玻璃来。灯光掩映下，果真有几分岁月静好的味道。

可片尾曲和下集预告衔接得有些突兀，伴随几个转场画面骤然打破宁谧的，是男主角毫无逻辑关联的几句深情嘶吼，很玛丽苏，很名副其实的霸总——

"你放开她！"

"现在，和我走。"

"还要我说几次你才会懂，我不喜欢别人，以前、现在，和以后都不会，我只喜欢你。"

任清风修长的手指灵巧地将米黄色纸板按照折痕叠成纸盒，再小心地将提拉米苏放入其中。

不知为何，这个画面似乎也很玛丽苏，也很像模像样的霸总。

起身穿大衣时，徐来不禁带着淡淡的笑意轻声开口："任清风。"

"嗯？"任清风将盒盖的两端向内合拢好，似笑非笑地抬起头。

"那么，"徐来顺着屏幕上男主角的话，俏皮地发问，"你会认为这样的标准具有唯一性吗？"

任清风同样从座位上站起来，不疾不徐地将那件深灰色的牛角扣大衣穿好，不疾不徐地拎起桌子上的两个盒子，不疾不徐地向着店主微笑道谢，再不疾不徐地率先走到门口站定，绅士地为徐来拉开漆成乳白色的木制大门。

门上的银色风铃随着任清风的动作发出一阵清脆悦耳的声响。

店主闻声抬起头，友好地与两人道别："欢迎你们下次再来！"

跨出小店之前，徐来也回过头，微笑着向店主挥了挥手。

借着门外一盏昏黄的路灯，任清风确认过徐来的大衣已经扣好，围巾已经围好，嘴角也没有残留的蛋糕屑后，才淡笑着调侃道："小姑娘，之前可没觉得你还被这种剧荼毒过。"

每到越是幽暗的地方，任清风的双眸就越是熠熠生辉。

可徐来觉得，此刻，这两道耀眼的光芒中只有"套路正在酝酿中"的不怀好意。

"无论有没有，"徐来决定先发制人地将套路扼杀在摇篮中，"小伙子，正面回答别人的问题都是一种礼貌。"

可再开口时，任清风并没有半分戏谑，更没有摆出运筹帷幄老谋深算的笑容，只有全然的认真与坦诚，足以让世界上最多疑的人放下戒备的认真与坦诚。

"我并不这样认为，"任清风的回答直截了当，襟怀洒落，"这个世界上有幸和初恋白头偕老的人只占趋近于零的极少数，可绝大多数人最终都会和某一任对象白头偕老。"

他稍稍停顿了片刻，才坦率地继续道："或许人们在不同年纪上对'喜欢'的定义和需求不同，但我相信，每段恋情之始或多或少都有'喜欢'二字的加持。也就是说，从概率学的角度来讲，绝大多数人在一生中都会喜欢上不止一个人。"

徐来深深看进他灼然发亮却又沉静无波的眼睛，丝毫没有感到意外，只是狡黠地扬起嘴角："如果你喜欢的人恰好被霸总剧荼毒得病入膏肓，请允许我向你致以最深切的同情。经高人鉴定，从概率学的角度来讲，你注孤生（注定孤独一生）的概率约等于百分之百。"

"我倒觉得，高人大概需要认真补习一下概率论。"

任清风同样勾起嘴角，老谋深算与运筹帷幄之外，是志在必得的霸气与一览无余的温柔。

"我喜欢的人是谁显然唯一且确定，并且，这个人显然不会被霸总剧荼毒得病入膏肓。因此，'她不被荼毒'并不是一个随机变量，而是一个必然事件。"

给徐来预留出足够的思考时间后，任清风才悠然继续。

"按照高人的说法，假设'她被荼毒'和'我注孤生'等价，那么'她不被荼毒'和'我不注孤生'同样等价，因此，'我不注孤生'也为必然事件。在概率的公理化定义中，必然事件发生的概率恒为一。"

尽管有所准备，可徐来还是被硬生生绕得一愣。

彻底将这段话里的信息消化完毕后，徐来忍不住腹诽，瞧瞧这个人，飘飞上天得多么明目张胆且振振有词。

在任清风气定神闲的凝视中，徐来疯狂镇静了片刻，才以不动如山镇压邪祟的笑容，有理有据地质疑道："你刚得出'喜欢的人不具有唯一性'这个结论，怎么又以'喜欢的人唯一且确定'做起了论据呢？"

任清风微微一愣的瞬间，徐来微眯的双眸中闪过任狐狸式的不怀好意，语气却是徐狐狸式的俏皮可爱："毫无疑问，有人学概率论学到病入膏肓了。"

可下一秒，任清风却回归淡定，不假思索地回应道："那我们不妨从头梳理一下，到底是有人病入膏肓还是有人囫囵吞枣地听别人讲话。首先，你同不同意我刚刚的结论是'绝大多数人在一生中都会喜欢不止一个人'？"

徐来在这一瞬间忽然彻头彻尾理解了陆潇潇浑身冷汗的由来——就是这个给别人讲题时步步紧逼的设问语气。

"不说话就是默认咯？"任清风志在必得的笑意微微扩大，"那其次，你同不同意我刚刚的论据是'我喜欢的人唯一且确定'？"

额外加重的"我"字，清晰而坚定，徐来的心跳瞬间脱控。

"能听出区别了吗？"任清风向着徐来迈出半步，将声音放得很轻，很柔，几乎被淹没在两人同时放大的心跳声中，"我的确不能排除自己成为绝大多数人的可能性，但我想要尽我所能，和她一起努力，同步成长为那些趋近于零的极少数。"

说到这里，任清风一停，似乎是一声轻笑，又似乎是一声叹息："徐……"

"徐来？！"

接替任清风完成这两个字的，是一个充满惊喜与意外的洪亮声音。男孩变声期独有的低沉沙哑，却也十足朝气蓬勃。

任清风和徐来闻声向右转头，一个穿着二中校服的清瘦身影隔着夜幕向徐来用力地挥了挥手，加快脚步向着两人的方向走来。

任清风脸上未见被人打断的不悦，只是饶有兴味地问道："初中生？"

"嗯，楼下杨阿姨的儿子，"双颊还是有些发烫的徐来竟然有种松了口气的奇妙感觉，同样向着男孩挥了挥手，"今年上初二。"

"初二的小朋友，"任清风停顿片刻，语气中暗含不甚赞同的况味，"为什么对你直呼其名？"

还真是传统美德与文明礼貌的化身，徐来腹诽。

"他是我从美国回来后认识的第一个同龄人，那个时候觉得在名字后面加上'姐姐'非常奇怪，还纠正了他半天，就一直这样叫了。"男孩浓眉大眼的五官在视线中逐渐清晰，徐来脸上微笑的弧度微微扩大："小虎，这么辛苦吗？周六晚上还要上课？"

几周未见，在眼前站定的男孩似乎出落得更加挺拔了些。

"徐来，说过多少遍了，请使用在下的大名，孙思凌，"男孩来到两人面前站定，严肃提出抗议后，将目光放在任清风脸上打量了片刻，随后笑嘻嘻地看回徐来，"这就是大名鼎鼎的任帅哥吧？听我妈说了，搞数学竞赛的？"

"哦，"任清风扬起一个非常标板，也非常任清风的客气而友好的笑容，将传统美德与文明礼貌体现得淋漓尽致，迫使孙小虎重新抬起头来，"孙思凌是吧？叫我任哥哥就好。"

微微加重的"哥哥"二字当即让徐来确定，这个人不是在为刚刚讲到关键处小虎的突然打断而暗中打击报复，就是再次毫无征兆也毫无道理地犯起了幼稚病。

大约还是后者的可能性更大一些。

徐来忍不住再次默默吐槽，如老许所说，这种在面对一个小屁孩时都能高度戒备，打翻醋坛的本领，还真是"神乎其技"。

同路回家的孙思凌顺理成章地加入了两人。

虽然一路上他半句"哥哥"都没叫，却格外谦逊诚恳地向任清风请教起数学竞赛的问题来。

或许在任三岁的评级中，孙思凌的危险指数远远不及当初的樊嘉伦，又或许三言两语间，任狐狸火眼金睛地判断出这个聪明活泼的小朋友潜力无限，产生了惺惺相惜的"谅解"。总而言之，任清风的态度也出奇地端正认真，几乎算得上知无不言，言无不尽。

一路默默听着任清风介绍各类参考书和学习经验的徐来还是很想偷笑。

这个语重心长的任清风，不知为何像极了望子成龙、苦口婆心的老父亲。

老父亲在徐来家楼下结束了授课，意有所指地停下脚步："我明天一早的飞机去珠海比赛，就不上去了。"

年纪尚轻的孙小虎并不知道自己刚刚打断了什么，没有意识到自己的存在教科书般诠释了高瓦数电灯泡的定义，也没有听出老父亲话里有话的暗示，只是充满感激地与徐来并肩而立，如石柱般岿然不动间，向着任清风憨直而元气十足地挥起了手——

"刚刚太谢谢你啦，比赛加油！"

长达三秒钟的大眼瞪小眼与略显尴尬的寂静无言后。

徐来率先微笑着开口，语气愉快而轻松："任清风，加油。"

任清风同样微扬起嘴角，语气愉快而轻松："好，周五回来。"

又是长达三秒钟"此时无声胜有声"的寂静无言后。

任清风转过头，冲着满脸困惑无辜的孙小虎点点头："谢谢，你也加油。"

然后，他伸出右手，覆上徐来的头顶，轻柔地摩挲了片刻："外面冷，快上楼吧。"

似乎比之前的每一次都更加用力，停留了更久的时间。

任清风向着徐来点点头，转身的瞬间，独属于他身上的洗衣液清香淡淡地飘散开来。

空气微凉，但这一刻，徐来的五脏六腑仿佛都被这缕香气引燃了。

徐来站在原地，目不转睛地看着任清风清俊的背影缓缓融入深广的夜幕之中。

那声未能出口的"徐来"之后，原本他是要说些什么呢？

或许，其实也并不重要，重要的是——

如果他希望"一起努力，同步成长"，那么，她想做到，她能做到，她会做到。

"徐来，还不上去吗？"已经迈进单元门里的孙小虎回过头来，彻底中断了徐来的纷杂思绪。

"嗯，走吧。"转身之前，徐来没忍住向着任清风离去的方向张望了最后一眼。

任清风刚好在这一瞬间与她心有灵犀地定住脚步，静静回头，伸出手比画了什么。

但偏偏，距离太远，她在明，他在暗。

徐来没能分辨得清，那究竟是一个稀松平常的挥手再见，一个心血来潮的军礼，一个发自太阳穴的"Roger that（收到）"，或是一个无限飘飞却又带着凝重与眷恋的飞吻。

回到家后，徐来迅速洗完澡，靠在床头，只觉心跳依旧杂乱无章。

这一晚发生的每一幕都在她纷乱如麻的脑中回放了无数遍，可越是用力回想，却越有种海市蜃楼的不真实感。

任清风发来的最后一条微信，"到家了（挥手）"，简单平静得一如往昔。

仿佛甜品店里的对话与那句本已呼之欲出的告白不过只是她黄粱一梦的幻觉。

可在他转身之前，轻覆在头顶的掌心传来的温度是真的，真挚而笃定的眼神是真的。

小虎走进电梯后，坏笑着调侃的那句"他走之前都不抱抱你，也太差劲了吧"

是真的。

周医生边说着"小任净惯着你吃这些不健康的东西"边放进冰箱里的蛋糕和马卡龙，也是真的。

徐来对着怀里的粉色兔子深深地叹了口气。

如果不是突然出现的孙思凌，如果……

但世间从来没有如果。

徐来随即用力敲了敲脑壳，迫使自己淡定下来。

在任清风即将参加比赛的关键时刻，显而易见，他想要听到的，不可能会是"你刚刚是不是有话没讲完"这样的试探，更不可能会是"你刚刚是要说什么吗"这样的逼问。

最终，徐来在对话框中回复了"好好休息（挥手）"，同样简单平静得一如往昔。

2.

"任清风，你明天几点的飞机？"

季女士再一次黑着脸，将推门而入时特意放轻动作的小狐狸堵在了客厅前往卧室的通道上。

"早上七点半。"任狐狸心平气和，对答如流。

"你昨晚十一点多才到家，今早又匆匆忙忙去学校找李老师，然后去干了什么我也不用问，"季女士的语气不善至极点，"但是请你看看表，现在几点了？你这一趟是回家还是回小姑娘家？"

"刚刚路上下雨，没带伞，"任狐狸依旧心平气和，对答如流，"只能临时找了个地方避雨。"

"以前我怎么没发现，你脸皮还能这么厚呢，"季女士着实被气笑了，眯起眼睛看向面色坦然的小狐狸，"早上你临走前，我是不是提醒你晚上会下雨来着？"

不等任清风开口，季女士加重了语气，继续说道："你当时说什么？你说下雨之前肯定已经回来了，还特意把伞放到了鞋柜上，生怕我看不见你没带。任清风，你这是跟谁玩苦肉计呢？"

"显然是小姑娘，"被无情戳穿的任狐狸既不羞愤也不气恼，心平气和，对答如流，"季女士，我哪敢玩到您的头上。"

"我看你又是断腿，又是淋雨，又是动不动上人家家里赖着不走，计确实是没少使，"季女士的注意力被成功转移，辛辣开嘲，"可也没见你把小姑娘追到手啊。"

"季女士，现代人类的通病就是急功近利，心浮气躁，"早已将"自动屏蔽季女士的挖苦"这项技能修炼得炉火纯青的任狐狸心平气和，对答如流，"就算我今天之内把小姑娘追到手，该断腿还是要断腿，该淋雨还是要淋雨，该晚回家还是要晚回家。"

季女士立刻从这番飘飞程度远胜往昔的言论中捕捉到了完美压制于淡然之下的欢欣雀跃。

对小狐狸了若指掌的季女士一清二楚，敢使用"今天之内"这样确凿的词汇，就意味着他应该已经拥有过能将徐来追到手的机会，却出于某种原因或顾虑没有继续。

她这个思想过于早熟，过于谨慎理性的儿子，十之八九是不想让"终于追到徐来"的喜悦影响自己在即将到来的比赛中的发挥。

季女士不由得在心中默默为徐来掬了一把同情泪。

被这样一个永远不可能将花前月下、耳鬓厮磨放在第一位，却又心思缜密并且特别会的小狐狸锁定，想来也是件相当之不幸的事。

但这口恶气她是一定要替小姑娘出的，不可能让小狐狸这么轻而易举地飘起来的。

"今天之内？明明之前的三百天也没见你有一星半点成功的可能，憨傻小朋友，自不量力显然是这里……"季女士露出一个任狐狸式笑容，毫不客气地伸手指指儿子的脑袋，"的问题，这样的脑子还是别去给省里丢人现眼了吧。"

"将无限趋近零的微小可能在趋近无限的连续时间轴上积分，"任狐狸的好心情丝毫没受到影响，心平气和，对答如流，"一定会收获必然成功的结果。"

"三百天和趋近无限之间，"季女士同样对答如流，"至少隔着一个无限那么远。"

"那还有'反墨菲定律'，"任狐狸这才放任自己将愉快表露无遗，"任何有可能成功的事，注定会获得成功。"

但第二天一早，睡眼蒙眬登上飞机时，任清风无论如何想象不到，他随口一提的"墨菲定律"，竟然在当晚就得到了应验。

晚饭后，队里的成员自觉上楼回房学习，任清风和室友自然也不例外。

三个小时一晃而过，屋内带些肃穆的安静被突兀的敲门声和几声激情的呼喊打破。

任清风放下笔，走到门口打开门，是隔壁的两个小伙见时间已经接近十点，前来"喘口气"。

　　虽然说着是来搜刮零食顺带歇歇脑子，但不出几句话，四个一心务正业的小伙子还是自然而然聊回了数学题，直到——

　　"雷门？这是什么？"靠着桌子站定的方脸小伙突然注意到任清风笔袋拉链上的红色御守，好奇地问道，"护身符吗？任清风，你还信这个？"

　　"这种东西，肯定不是他信，"另一个寸头小伙笑着接话，"估计是妹子信，他也不得不信。"

　　"哈！妹子！"任清风的眼镜室友瞬间来了精神，这下题也不算了，连人带椅子向着任清风的座位凑了过来，脖子抻得老长，"什么护身符？让我也见识见识！"

　　然而，这个不管不顾挪椅子的动作用力过猛，椅子腿朝着任清风一小段悬空的手机充电线直愣愣地碾了上去。

　　充电线被强制性压向地面的瞬间，竖直长度锐减。

　　只听"吧嗒"一声钝响，任清风放在桌边充电的手机随之砸到了地上。

　　"啊，抱歉抱歉，"眼镜室友连忙弯腰捞起手机，检查了两眼后递还给满脸无奈的任清风，"幸好是地毯，屏幕没碎。"

　　他紧接着意识到是椅子压住了充电线，又连人带椅子慌慌张张地往回"滑"了一段，无意间将白线"蹂躏"了第二次。

　　先后惨遭"泰山压顶"和"乾坤挪移"的充电线，在重见天日时，惨烈地断成了两截。

　　哭笑不得地说出"没事，我找人借一根"时，任清风无论如何想象不到，"墨菲定律"同样适用于连锁事件。

　　敲完一整层的门之后，任清风直接陷入了对人生的怀疑之中——

　　他不仅没能找到第二个使用苹果手机的同学，还不得不浪费了二十多分钟的时间和口舌，向每个人讲述了一遍"充电线的英勇就义史"。

　　最终，任清风只好面露尴尬地敲开了领队老师的门。

　　但听明他的来意后，几位正在开会的老师也面露尴尬，爱莫能助："我们也不用 iPhone，要不明天早上帮你去买一根？"

　　接连碰壁后，任清风对此早有预料。他自然不好意思麻烦老师为一根充电线改变本就紧锣密鼓的行程，淡定拒绝了这样的好意："没事，这几天就当是封闭式集训了。"

走回房间的路上，他忽然觉得，充电线断掉未必是坏事，这样可以节省出很多回信息或是刷无用 App 的时间，专心将之前整理的难点多过几遍。

重新在书桌前坐定时，趁着手机还有电，任清风给季女士打电话说明了情况，接着给徐来发了微信，重新回到神秘的数学世界中。

可只写了寥寥几笔，任清风又猛然意识到这样悄无声息和外界失联实在不合适。

以许啸川为首的那群狐朋狗友势必会在周三考试前发来慰问，毫无回应无疑很不礼貌。

任清风索性点进了很久没有发布过内容的朋友圈，一次性广而告之。

随手发出"手机充电线断了，被迫失联到周五，先行谢谢大家的关心"时，任清风无论如何也想象不到，因为他的这句话，遵从"墨菲定律"的连锁事件还有后续。

周三傍晚，社团活动时间已过，而徐来依旧习惯性端坐在画架前，全神贯注为画布上色。

"还不走吗？"

油画社的成员早就习惯了她的早到晚退，都不再大惊小怪，只以这样的寒暄作为道别。

"嗯，我等下再走，"徐来抬起头，对着画室里最后一位高一学妹笑了笑，"回去路上小心。"

"那下周见！"学妹背好书包，冲着徐来挥挥手后离开了教室。可不出几秒，她又从门口探回半个身子，略带惊讶地通风报信，"学姐，外面有人找。"

徐来的心跳漏了半拍，瞬间放下画笔站了起来，给学妹道了谢。

可擦了擦沾到一小块颜料的左手，真正迈出两步后，徐来不由得为刚刚的期待暗自懊恼。

怎么可能是此刻正身在珠海的任清风。

完全猜测不出来者可能为何人，徐来疑惑地走出画室，并深感意外地顿住了脚步。

灯火通明的楼道中，娉娉婷婷的戚仍歌朝她露出一个难辨思绪的客套笑容。

"徐来姐姐，"戚仍歌的声音依旧甜美可人，"能和你聊一聊吗？"

对于戚仍歌的来意心知肚明，但徐来还是礼貌地将她请进了画室。尽管曾经三度与喜欢任清风的女生发生过不愉快，但尚未摸清来者是善是恶之前，徐来愿意以最大的善意去倾听。

两人在两把相邻的座椅上落座时，四周是一片能听清绣花针掉落的死寂。

"哥哥一直拦着我来找你，"突兀开口时，戚仍歌的声音里带着几分强装镇定的高傲，"但既然现在他手机没电，谁打电话也找不到他，我想把憋了很久的话和你讲清楚。"

被酸溜溜加重的"谁打电话"四个字让徐来当下确定，来者不善。

甚至，她的脑中略带滑稽地闪过"上次的朋克学妹说不定还真是戚仍歌派来试探任清风的"。

不等徐来回应，戚仍歌微微偏过头，将目光定在讲台旁的石膏像上，语气无意间放柔了些："我喜欢他很久了，比你认识他的时间还久，是真的非常喜欢。"

"仍歌，如果你不介意我这样叫的话，"徐来淡淡地开口，"但你喜欢他是你们之间的事情，这番话你应该说给任清风听，而不是我。"

戚仍歌却充耳未闻，带了些追思之意，自顾自地继续说道："他从小就比同龄人成熟懂得多，从来不像别的男生一样欺负女生或争抢玩具。小时候家长带我们出去玩，都是他主动照顾我们每一个人。我记得特别清楚，六岁的时候，有一次我们去探险时迷了路，我吓得直哭，是哥哥冷静地牵着我的手把我带回家的。那个时候我就下定决心，要牵他的手一辈子。"

或许戚仍歌说这些是为了示威或炫耀，但徐皮皮却一不小心听得目瞪口呆。

成熟？主动照顾每个小朋友？从不欺负女生？冷静地牵女孩子的手？

等一下，如果这个人是任清风，那她认识的那位至多两岁半，怕麻烦怕到出神入化，永远在拐弯抹角地试图激怒她，追她追出老干部一样的克己复礼的神经病又是哪一位？

见徐来陷入了若有所思的呆愣状态，戚仍歌乘胜追击："小时候，我很喜欢去他家缠着他讲故事，虽然哥哥从来不会卖弄自己有多渊博，但他其实看过很多书，也懂很多知识。哥哥每次都会很耐心地等我写完作业，再给我讲我喜欢听的故事，一直到他三年级去英国。他就是这样一个特别有责任感，无论做什么都会优先为别人考虑的人，比同龄男生优秀得多。"

听到这里，徐皮皮满脸问号，成功地由目瞪口呆升级为瞠目结舌。

等一下，从不卖弄？难道帕累托、薛定谔，还有康德的义务论统统来自她华丽的梦境？

为别人先考虑？那永远希望她可以遵循他的时间表行事的霸道和飘飞上天又是什么？

责任感？表白到一半然后心安理得把人晾到十万八千里外，充满黑色幽默的这种吗？

确认戚仍歌充满挑衅意味的发言已经结束后，徐来只想借用陆潇潇的这句话皮回去——

你对任清风的误解怕不是比马里亚纳海沟还深。

然而，开口时，徐来依旧维持着友好的淡定："但是，无论你们认识了多长时间，小时候共同经历过多么难忘的事情，都不会影响我对他的看法，或是改变他现在的偏好或决定。"

戚仍歌的脸色微变，嚣张的神色顿时敛去了几分。

"我所认识的任清风，并不完全是你形容的这样。"

提到"任清风"三个字时，徐来的眸中同样映出浅浅的温柔。

"他这个人，强词夺理起来无药可救，时常故意不走寻常路，反而幼稚的时候多一点，"徐来缓缓将记忆中清晰得毫发毕现的瞬间一点一滴拼凑完整，"心情好的时候会飘到找不着北，坏的时候总是冷着脸让人害怕，忙起来会自私地当整个世界都不存在，本质上很强势也很霸道。"

徐来稍顿片刻，完全沉浸在自己的思绪之中。

"在我看来，他和绝大多数同龄男生没什么不同，也有很多缺点，常会惹人生气……"

在意识到即将脱口而出的是什么后，徐来心跳如雷地猛然止住了话头——

可是，这样一个并不似旁人眼中那般完美的任清风，我依旧愿意体谅，依旧知其珍贵，依旧想要和他在一起，排除万难，并肩走下去。

下一秒，戚仍歌脸上清晰可辨的愤恨让徐来暗叫不妙，懊悔万分。

虽然本意绝非炫耀，但她的那番话或多或少还是夹带了"你并不了解任清风"这样的暗示，恐怕无意间伤到了戚仍歌的自尊。

徐来正小心翼翼地措辞，试图弥补刚刚的失言时——

"徐来姐姐，但是你应该会同意，哥哥从不说谎，而且向来一言九鼎，言出必行，"戚仍歌声音中的甜美柔顺彻底消失不见，"其实我来只是想说，哥哥曾经亲口说过，他是我的男朋友。"

最后几个字，仿佛在脑中砸出震耳欲聋的声响。

可不知为何，消化完戚仍歌的话后，徐来竟然有点想笑。

人言，事不过三。

之前几次面对类似的"不善"时，徐来曾经措手不及而又无奈委屈，但此时此刻，已经充分吸取过经验和教训的徐来，不可能还会惊慌失措或是满腹诧异。

善良或容忍终有底线，三番五次任由别人趾高气扬过线挑衅的人，不是怂就是蠢。

但遗憾的是，徐来其实哪边都不沾。

徐狐狸幽幽地想，仍歌妹妹，想要胜任你哥哥这种树大招风型男生的女朋友的角色，首要条件无疑是一颗无比宽大的心和永远明辨是非的清醒，而你显然还需要再努力修行才是。

"我同意你的评价，也愿意相信你说的都是真的，"徐来微笑的弧度依旧平缓，看不出半分急躁或气恼，"但我恰好也相信任清风。"

戚仍歌原本得意扬扬的眼神中重新交织出狼狈与羞愤。

"况且，即便当时不是事出有因，"徐来从座位上站起来，语气冷淡了半分，"你也不该来找我核实任清风说这句话时的认真程度，因为我既没有有效信息，也不能提供帮助。"

戚仍歌脸上依旧写满不甘，却也只能跟着站了起来。

徐来向着画架轻轻撇了撇头："抱歉，我还有画没画完，就不送你了。"

戚仍歌愤恨离去后，徐来给沈亦如发微信吐槽道："仍歌妹妹确实卷土重来了（挥手）。"

在她收拾好画具之前，沈亦如回道："正宫娘娘将挡加土掩得如何（捂嘴笑）？"

徐来索性放下书包坐回座位，专心地聊起天来："我合理怀疑，朋克妹真是个局（捂脸）。"

沈亦如接连回了两条——

"人心不古，以后手机可别乱借了（挥手）。"

"那她特地挑老任失联的时候找你，说什么了？"

徐来无奈回道："讲了讲两小无猜的故事，顺带通知我任清风是她男朋友（挥手）。"

沈亦如发来一连串"给爷整乐了"的表情包："老任是她男朋友这件事，老任自己知道吗？"

徐来发回一个"N脸茫然"的表情包："所以她才会挑任清风手机没电的时

候来找我吧。"

过了片刻，沈亦如发来："这妹妹脑回路清奇得没谁了，老任的手机总会有充好电的那一天呀（挥手）。"

徐来忍不住皮道——

"其实我当时很想回她。"

"你来找我，我最多也只能帮你问问他是不是有这么回事。"

"但你确定要我来帮这个忙吗？"

在发来"笑容逐渐变态"的表情包后，沈亦如补充道——

"哈哈哈，想必皇上一定会亲自出面，亲口告诉她谁才是正宫娘娘（捂嘴笑）。"

"劝退情敌她不行，助攻倒是天下第一，是个人才。"

"徐来来，怎么样，这状你是不是得向任学霸告一下（坏笑）。"

天色已然大暗，皎洁的明月恬然高悬，深秋萧索的冷风将窗外的梧桐吹得沙沙作响。

徐来忽然想起了几乎一整年前的那一天，想起了那个将她的画具用大衣裹好抱在怀里，在同样清冷的月华之下，同样凛冽的风声之中，冻到微微战栗的少年。

是在那一晚吧，季阿姨开玩笑地质问他："任清风，你是不是在护送我儿媳妇回家？"

徐来笑了笑，在和沈亦如的对话框中静静敲下："是（挥手）。"

3.

虽然和沈亦如提起戚仍歌的贸然"造访"时，徐来选择了轻松的调侃语气，但回家之后，她才后知后觉地意识到，"哥哥曾经亲口说过，他是我的男朋友"这句话带来的影响之大。

摊开在眼前的化学练习册像是被人施了"模糊不清咒"，无论徐来怎么努力都看不进去。

既然戚仍歌敢飞扬跋扈，面不改色地这样说，那么任清风大概确实说过这样的话。

他说出这句话的时候，会是在什么样的情境下？又是出于什么原因呢？

明知道必定是在某个特殊的时刻、特殊的场合，必定有非这样说不可的理由，但徐来还是莫名不爽。不能归咎于任何人，且不受理智支配的，没有由来，却也无处发泄的不爽。

浑然不觉中，徐来打开手机，点进了和任清风的聊天页面。

可来自他的微信在两天前的周一晚上戛然而止——

21:53：手机充电线被室友用椅子腿一屁股坐断了（挥手）。

配图为一张糊到自带马赛克效果，勉强可以分辨出有两截白线天各一方的惨烈照片。

22:28：刚刚出去借了一圈，完全没找到用苹果手机的人（挥手）。

22:42：只剩3%的电了（微笑）天助我好好学习天天向上（挥手）。

大约是发完最后一条信息后任清风重新埋头学习起来，而他再从竞赛题中抬起头时手机已经彻底沦为板砖，没有晚安，没有告别，也没来得及说明周五什么时候的飞机回盛川。

在这之后，两人的聊天页面彻底沦为徐来的独白。

既然已经答应过任清风不再让他担心，徐来在过去的两天里心甘情愿演起了"独角戏"。

虽然论数量并不算刷屏，内容也不过是些无足轻重的小事，但徐来知道，在重新开机的那一刻，收到这些信息的任清风会欢欣于她的"进步"，也会乐得同步班里发生的一切。

不过，在一切探问注定会像是往无底深渊投掷碎石一样听不到任何回响的，心情阴云密布的此刻，徐来的心甘情愿变成了不情不愿。

徐来捧着手机，对着浅黄色墙壁发起呆，直到骤然响起的来电铃声将她吓得微微一惊。

她对着屏幕上的"陆潇潇"三个字反应了片刻，才慌忙按下接听键。

"徐来，"陆潇潇的声音一反平日的热情奔放，怎么听都只有无精打采，"你有没有时间听我吐槽？我要被谢与欢气！炸！了！"

"非常有，"陆潇潇的电话时机正好，徐来借此机会转移了注意力，"阿欢又怎么了？"

"他太过分了，"陆潇潇愤愤不平地开启了抱怨模式，"我放学的时候给他打电话，怎么也打不通，发微信也完全不回。我开始还以为他是在路上没看到，可一直到晚饭时还是没有音信。"

"他没出事吧？"徐来微微皱起了眉。

"是啊，当时我都快急死了，结果他倒好，就回了一条微信！说是和班里的同学在外面吃饭，没看手机，晚点再联系我，"陆潇潇越说越气恼，"这是什么意思嘛？不提前打招呼就算了，接个电话有那么难吗？他是在躲着一起吃饭的什么人吗？"

"淡定淡定，先别生气，"徐来沉默了两秒才冷静地劝慰道，"阿欢显然不是那种会突然玩失踪的不靠谱的人，听起来像是临时决定和同学去吃饭的，而且确实有不方便接电话的理由。"

"能有什么原因？"陆潇潇依旧在气头上，以小女生式骄横的语气抱怨道，"都什么年代了，还能有人限制他的人身自由？怎么就不能走到边上说两句话？肯定是偷偷在发展别的妹子。"

这番不留情面的论断让徐来唯有好言相劝："潇潇，你平时替我分析的时候总是一套一套的，怎么到了自己这里就这么不留余地呢？要我看，可能的原因太多了。"

陆潇潇冷哼一声："我看就是没有。"

"当然有，"徐来被陆潇潇的语气逗笑，"比如说一群男生聊得正 high，他怕被群嘲见色忘义所以不好意思接听；比如说他们正在玩'狼人杀'之类不能被打断的游戏；再比如说饭桌上刚好有位老师或者长辈在讲事情，他不好缺席。你说呢？"

"徐来，"陆潇潇难以置信，"你知道亲闺密是用来干什么的吗？"

"你请说，"徐来虚心地开口等待赐教，"我在听。"

"难道不是窝在同一战壕然后疯狂吐槽那些'大猪蹄子'的吗？"陆潇潇的声音终于恢复了一丝元气，"可为什么你的思维方式永远是猪蹄本蹄？你真的好烦人啊，就不能陪我骂他两句吗？"

"噗，骂他当然可以，但起码理由要充分吧？"徐来的心情同样因为这通电话而莫名转晴，"某位伟人教导过我们，'没有调查就没有发言权'，你现在连阿欢的解释都还没听，就要立刻给人家扣帽子定罪，我没有替他鸣不平，就已经算是很丧失正义感地窝在你的战壕里了。"

陆潇潇也乐了，终于找回了惯常的活泼音色："徐来，近朱者赤，近墨者黑，近你家那位老迂腐者，必为老古董也。"

"哼，他那种'百花丛里扶归去'的真猪蹄，"徐皮皮还是没有忍住，露出带了些嗔怪的鄙夷，"没看出来哪里迂腐了。"

"噗，任学霸好端端地在珠海比着赛，"陆潇潇的情绪瞬间无限高涨，"别说流连了，身边恐怕连花丛都没有。你这可是未经调查，直接给人家扣了一口铁锅，这才是真比窦娥还冤吧。"

"就在我回家之前，"徐来不紧不慢地接话，"任窦娥的仍歌妹妹特意找到我，郑重地通知我说，任窦娥曾经亲口说过自己是仍歌妹妹的男朋友，这锅扣得还真是六月飞雪呢。"

"啊！"惊讶到忍不住爆粗口的陆潇潇生动诠释了何为同仇敌忾的"壕友"，"这个性质就严重了，那你还不赶快去和任学霸对个质？"

"哦，"徐来继续不紧不慢地接话，"任窦娥的手机充电线刚好被室友弄断了，刚好没借到同样型号的，刚好处于完全失联的状态，所以现在是死无对证进行时。"

"真不是我怀疑任清风的人品，但是，你确定他的充电线是真断了吗？"陆潇潇迟疑了片刻，大胆讲出了心中的猜测，"说不定他这么说，要么是想心无旁骛地比赛，要么……就是想套路你一番，让你魂不守舍地思念他。哈哈哈，真的够狐狸……"

"你看，只要不涉及谢与欢，你明明懂得很，"徐来打断了陆潇潇越发飘散的思绪，"但这次应该不是套路，因为他拍了照片来。他那个糊出宇宙的帕金森式拍照水平，世界上没有第二个生物能够企及，不太容易作假。而且，那天晚上他还特地发了朋友圈广而告之。"

"哈哈哈，拍照水平应该是任学霸高光人生里的最大污点了吧，"陆潇潇仿佛已经将谢与欢抛在脑后，乐不可支，"上次那个考场，他确实拍成了马桶下水道，别忘了你还欠我二十块。"

"钱不是这么骗的，想要我请客吃饭不如直说，"徐来也笑，"不过你倒是点醒了我。还记得我去环球影城那天，咱们讨论了半天任清风想试探出什么来吗？现在好像终于有答案了……"

"重点明显不是他想试探出什么来好吗？"陆潇潇以恨铁不成钢的痛心疾首打断道，"而是得想办法搞清他为什么会说自己是别人的男朋友？这种换谁都会炸毛的事，你怎么能如此置身事外？"

"刚说完'没有调查就没有发言权'，请问我炸毛给谁看？"徐来悠哉地接话，"就算我现在去珠海把任清风从宾馆里揪出来，最后却发现只不过是他们在幼儿园过家家时的童言无忌，或者只是真心话大冒险时被逼无奈的游戏设定，再或者只是戚仍歌遇到什么危险时的缓兵之计。那么请问，尴尬的是谁？像个无脑白痴的是谁？这种白做功的傻事我才不干。"

"我坚信，任何猪蹄都配不上我家徐美好，任学霸也不配，"陆潇潇羡慕嫉妒恨地叹了口气，"不行，在他没有解释清楚这件事之前，我坚决反对你被他拐走。"

"噗……"徐来还没来得及把话说完，听筒里再次响起陆潇潇轻快的呼喊。

"啊！徐来，阿欢来电话了！"陆潇潇的声音里有着如释重负和欢欣鼓舞，当然也有几分"虽然明知这是重色轻友，但我还是得挂电话"的谄媚和歉疚，"那先不说了，我这就去走访调查了。"

"去吧，"徐来笑意未减，挂掉电话之前，不忘继续皮道，"请保持冷静，注意安全。"

将手机放回书桌上，徐来神清气爽地冲了一个热水澡。

沐浴露是之前和沈亦如逛街时买回的大白兔奶糖味的，残留在空气中的香甜恰到好处。

沉浸在这样令人愉悦的香气中爬到床上，再搂过枕边的粉色兔子，舒舒服服地靠在床头坐定时，徐来的心中唯有一片澄净的清明。

感谢潇潇及时雨一样的电话，自从上高中以来，她还从未觉得有任何涉及任清风的事可以这般简单明了——

虽然对别的女生说过那样的话，但还是舍不得对任清风产生诸如生气之类的情绪。

虽然没办法对任清风窝火生气，但还是半点不想再从其他女生口中听到类似的话。

既然不想这样的事情再次发生，那么——

徐狐狸重新拿起手机，点进和任狐狸的聊天页面，运筹帷幄老谋深算地扬起了嘴角。

仍歌妹妹，明知任清风一定会拦着你来找我，还要特意择"吉"时跑来挑拨离间，实在心机深重。不过非常抱歉，任清风这个人，作为哥哥的确算你的，作为男朋友却不是。

你不仁休怪我不义，我当然会行使我的权利，向你哥哥好好告上一状。

短暂思考了片刻，徐来在屏幕上敲下——

"今天你的仍歌妹妹找我聊了聊（微笑）听说，你有女朋友？"

确认了语气和用词都一如往常，片刻的心跳不稳后，徐来还是果断按下了发送键。

看这行文字安然镶嵌于绿色的对话气泡中，徐来觉得无比安妥。

对于这句话的理解可以有无数种，但她无比笃定，任清风的解读将会唯一且确定。

首先，任清风会知道戚仍歌找到自己并发生了不甚愉快的交谈。

其次，任清风会明白戚仍歌说出了"他是我男朋友"这样的话。

最终，任清风会懂得这暗含着两人之间早已呼之欲出的问答——

"听说，你有女朋友？"

"你说呢？"

但凡徐来愿意这样问下去，任清风必定会这样回应。

徐来将怀中的兔子抱得更紧，微微低头，默默地深吸一口气。

长手长脚的兔子上隐约沾染了大白兔奶糖的甜香味。

徐来灵机一动地想，以后可以趁任清风霸占她的书桌学习的时候，通过威逼利诱等各种手段把兔子强行塞进他的怀里，这样她就可以在睡前收获一只带着他身上味道的兔子了。

听起来好像很不错的样子。

比这个更加不错的是，下次再去游戏机厅抓娃娃的时候，面对围观群众崇拜的觊觎目光，她可以骄傲又坏心地皮上一句"此老狐恕不外借"。

比这个还要不错的是，下一次抓娃娃回来，面对周医生诸如"这么大的人了还天天抱着毛绒玩具"的花式说教，她可以坦然躲到任清风身后，做个鬼脸皮回去说"肯定是因为你家徐先生没有这么厉害，一个娃娃也抓不到，所以心生嫉妒"。

不。不错的并不是任何一个"下一次"中可能发生的具体场景，而是所有可以预见的下一次和来日可期的漫长未来中，都将有"任清风"这三个字。

想来，走出鬼屋便乖乖松开手的任清风想要试探出的，一直耐心等待的，便是这样一刻吧。

真是锱铢必较的幼稚鬼。

单单喜欢上他还不够，像他喜欢她一样非常喜欢他也还不够，偏要等到这样一天，等到她对他的喜欢满溢到让她不管不顾地忘记何为不动如山镇压邪祟。

徐来伸出食指，轻戳向粉色兔子圆滚滚的肚子，幽幽地想——

不过很遗憾，飘是不可能让你这么轻易地飘起来的，任三岁。

你准备怎么解决和仍歌妹妹的误会，我不关心，但是，在你无论以什么样的方式有所回应之前，我才不会再给你多发一个字。

然而，第二天回过神来后，徐来又无比想要佯装前一晚头脑发热下的冲动行事并不存在。

　　可毕竟覆水难收，随着周五的降临，徐来的心情越发焦灼。

　　任清风的手机充电线断得突然，因此，她所了解的，有关他回程的全部信息不过是"周五回"三个字而已，这样的不确定性加剧了徐来一整个下午的度日如年。

　　说不期待任清风的回应不过是自欺欺人，而徐来的"魂不守舍"被周围的同学完美捕捉。

　　继许啸川放学前不怀好意的"徐来，你是想老任想魔怔了吗"之后，几位不得不牺牲休息时间继续讨论英语剧剧本的苦命小伙伴也在晚饭时调侃道："徐来，发什么呆呢？我们都吃完了。"

　　"没有，我也马上。"徐来回过神，歉疚地将面条往嘴里拨了几口，以示自己的专心致志。

　　"不过那几段情节终于定了下来，前后改了五六稿了都，"王思齐面前盆干碗净，两手一摊，万分庆幸地开口，"班长大人，你真的太严格了一点。"

　　"你还有脸说，"姚芊与半真半假地抱怨道，"改了这么多稿，还不是肖迪一个人的功劳。"

　　"但原稿可是我多少个日夜不眠不休的结果，这是多么伟大的奉献精神啊，"不知从何时开始，在（13）班男生中悄然扩散的戏精病毒使王戏精一秒发作，高声抗议道，"冤屈！我冤屈！"

　　"简直有毒，"张肖迪喝完最后一口汤，放下筷子，忍俊不禁，"放心，没人和你抢功劳，劳模勋章都是你的。"

　　"老王，别嘚瑟了吧，"班委中另一个女生直接白了王戏精一眼，"要我看，这么厚一本稿子全是由徐来一个人翻译，这才是真正的劳苦功高，你离'劳模'二字还差得远。"

　　话一出口，即刻点燃了所有男生的戏精之魂，只听齐心协力的"吁"声几乎能掀翻屋顶——

　　"徐小妹？"戏精一号。

　　"一个人？"戏精二号。

　　"再说一遍？"戏精三号。

　　"我没听错吧？"戏精四号。

　　"大可不必对我这样温柔，宝宝可以。"戏精五号。

"虽然是可怜的母胎单身狗,但我挺得住。"戏精六号。

"她家那位要是会袖手旁观,我现在就磕死在这张桌子上给你们看。"戏精七号。

正在努力吃面的徐来险些噎到的同时,戏精大舞台的聚光灯回到了戏精一号身上。

"说到老任,"戏精一号忽然一顿,眼睛一亮,将语速放到慢无可慢,"我好像知道徐小妹为什么故意拖延吃饭的时间了……"

"啊……"戏精二号跟着点点头,笑得更加暧昧,"我也恍然大悟……"

"原来如此……"戏精三号循着前两位小伙伴的目光,同样一秒换脸。

"哦……"戏精四号眉开眼笑,"失敬失敬,原来刚刚徐小妹那不叫发呆,叫望夫……"

"久别胜新婚,"戏精五号也开始眉飞色舞,"久别胜新婚。"

"兄弟们,"戏精六号开始郑重地收拾起碗筷来,"请问咱们还在等什么?"

"真怕一会儿的画面闪瞎宝宝纯洁的眼睛,"收拾妥当的戏精七号干脆端着盘子站起来,"玷污宝宝纯洁的心灵。"

"此时不撤,更待何时?"戏精八号也慢条斯理地笑着跟上。

等等,一共只有七个男生,八号从何而来?

原本坐在徐来身边的三个女生也惨遭病毒感染,正端着盘子站成一排,笑眯眯地看过来。

徐来真的被面呛到了。

"喂!"

但徐来能做的,也只有面红耳赤地看着这群戏精以迅雷不及掩耳之势绝尘而去。

轻咳了几声,一个人在桌前凌乱的徐来才想到应该心跳如雷。

不过,不幸中的万幸是——

那个猝不及防出现在食堂门口的高瘦身影正以惯常的笔挺站姿背对这里,和两个徐来并不认识的学妹正说着什么。

徐来做贼心虚地低下头,一边暗自祈祷任清风千万不要在这个时候回过头来,一边以最快的速度将口中的食物吞咽完毕。

终于将仪容打理妥帖,悄悄抬头时——

任清风已经站到了某个窗口前,和一位(12)班男生愉快地聊着天,不时轻轻点头。

深灰色牛角扣大衣和藏蓝色围巾在一片鼓鼓囊囊、花花绿绿的羽绒服中鹤立鸡群般显眼。

来往经过的女生们偷偷汇聚在他身上的视线让徐来放心地确认,此刻任清风的"帅"是一个不带任何滤镜的客观事实。

可欣赏完英伦绅士的徐来只觉心乱如麻,一切都和设想中的截然不同。

4.

本应该从机场回家,然后给手机充电的任清风竟然毫无预警地出现在了学校食堂里。

虽然他并没有拉任何蠢笨的行李箱,但右肩上一个看上去重量惊人的Duffle Bag(圆筒形行李包)昭示着他刚刚下飞机的事实。

徐来立刻意识到,任清风的手机依旧处于宕机状态,他尚未看到她两天前发送的那条微信。

非常尴尬。明明用了近乎两天的时间做了足够的心理建设,可一切其实依旧停在原点。

一点点的失望,一点点的慌乱,一点点的沮丧过后,心跳逐渐脱控的徐来镇静了片刻,暗自决定,与其紧张兮兮地胡思乱想,不如趁着任清风注意到她之前,尽快将意大利面吃完。

任清风一定会发现她,一定会走过来坐到她对面的空位上。

而无论他会不会继续一周前被莫名打断的话题,她面前这盘心烦意乱间被筷子拨弄得卖相惨烈的意大利面都会非常煞风景。

边吃边正大光明偷窥某人行踪的徐来第一次这样清晰地感知到,任清风竟然认识这样多形形色色的人。不算只是错肩而过时微笑点头的那些,平均每走三步,他就会被人热情地叫住,然后不得不就地定住脚步耐心地攀谈一番,其中自然以女生居多。

徐来将最后几根意面消灭干净,正准备给陆潇潇发信息吐槽自己对任猪蹄"百花丛里扶归去"的形容绝非恶意扣锅,就看到任清风告别了一拨学妹,彻底在楼梯口定住脚步。

抬头张望了片刻后,任清风维持着标板的站姿,微微低头看了一眼左腕上的手表，显然是在等人的样子。

某种不祥的第六感让徐来瞬间警觉地眯起了眼睛。

果然，片刻后从楼梯口快步走出来的欢快身影让徐来的心狠狠一沉。

戚仍歌。

一群初中的熊孩子正巧这时从楼梯口笑闹追逐着跑出来，将徐来的视线遮了个彻底。

她完全看不到此刻任清风的表情，也看不到此刻戚仍歌的表情，这非常令人烦躁。

所以，任清风会意外出现在食堂，竟然是因为和戚仍歌有约，这更加令人烦躁。

难道戚仍歌在周三下午找到自己说出那样的话时，其实底气十足？

下一个瞬间，徐来彻底改变了主意。

或许，坐在这里等任清风发现她并非当下情境中的最优选择。只要还亲眼见证着这两个人旁若无人地交谈，徐来自知将无法避免更多类似的疑问前仆后继地浮上心头。

而这些多想无益的恼人疑问除去让烦躁指数无限飙升之外，只会播撒下怀疑的种子。

怀疑是一种非常恐怖的情绪，一旦在内心深处落地生根，无须精心照料，无须营养水分，便能自给自足地蔽日参天。

但徐来不想就这样不明不白地被怀疑挟持。

她想，还是应该耐心等待任清风对于那条微信有所回应后再一次性解决所有疑问为好。

于是，徐来果断端起托盘起身，还好餐具后，绕到离任清风最远的大门静静走出了食堂。

深秋晚间七点半的校园，带了些萧索的寂静，人迹寥寥。

穿过中心花园时恰好逆风，呼啸的风声几乎完全盖过了右耳耳机中隐隐传来的歌声。

徐来没有费心将手机的音量继续调大，因为她此刻并无半点欣赏音乐的心情。

她默默将围巾用力裹到最紧，却还是依稀觉得寒气逼人——明明是同样的羊绒材质，可不知为何，任清风的那条御寒能力却固若金汤。

还是会不由自主地想到他。

可在不幸目睹了任清风耐心等待戚仍歌的全程后，在这样刺骨侵肌的寒风中，想到任清风竟让徐来生出了星星点点的委屈。

任清风有权以任何顺序见任何他想见的人，只是徐来想不通，为何她会被排在戚仍歌之后。

艰难地走出中心花园外围的风口，风势渐弱，脸上如刀割般冰冷的刺痛感也终于有所缓解。

徐来还是忍不住拿出手机看了一眼，可屏幕上依旧空空荡荡。

她随即自嘲地叹了口气。

大概真如老许所说，此刻这种心态和行为都分外反常的她的确是魔怔了，任清风明明还在食堂里和仍歌妹妹聊着天，怎么可能会有时间给手机充电并回复微信。

又向前走了几步，徐来还是毅然将音乐的音量调大了些。

如果注意力可以集中在歌曲的旋律或歌词上，就不会心神不宁地反复想到任清风了吧。

就在她将大衣的拉链向上提了提，准备将原本垂在胸前的左边耳机也戴好的前一秒——

"徐来。"

混杂在悠扬旋律与微弱风声中的呼唤，很轻，像是怕惊扰了她周身的幽静。

轻到徐来以为自己出现了幻听，迟疑了片刻才默默站定，难以置信地静静回头。

数步开外，任清风站姿笔挺，嘴角隐隐噙着温柔的笑意，直直地望进她的眼里。

然后，她几乎万劫不复地坠入他锋芒毕露而又灿若星辰的眸光之中。

徐来不知道任清风静静地跟在她身后走了多久，也没有意识到此刻照在头顶的柔和灯光来自那个在新生报到时张贴分班结果的布告栏。

但耳机里的旋律在这一刹那忽然震耳欲聋，盖过了骤然放大的心跳，也盖过了猎猎的风声。

徐来眨了眨眼，努力想把稍稍停顿后一步一步朝她走来的任清风看得真切。

任清风走得不疾不徐，稳健的步伐一如既往地标板从容，不偏不倚地踩在歌声的节拍上。

带了几分慵懒与性感的温柔女声这样唱——

"慢慢喜欢你／慢慢地亲密／慢慢聊自己／慢慢和你走在一起／慢慢我想配合你／慢慢把我给你。"

徐来觉得，眼前这个被深沉夜色衬得不甚真实的任清风分裂出无数个他。

五天前欲言又止地转身走进夜幕，却又突然站定回头的他。

操场看台上不管不顾地抢过她手里的水瓶，仰头一饮而尽的他。

格里菲斯天文台上为她挡住凛冽的寒风，不厌其烦地为她整理碎发的他。

环球影城的鬼屋里坚定地隔开僵尸，牢牢将她的手攥紧到生疼的他。

生日蛋糕的微弱烛光里，温柔地扬起嘴角，静静凝视着她许下愿望的他。

购物中心临时搭建的舞台上，漫不经心地扬起写着"想要伯爵红茶"的题板的他。

打工子弟小学里耐心分发糖果，带一丝邪气地问她"吃不吃糖"的他。

怀抱着画具，沉默不语地走在她身边，被呼吸的白雾模糊了侧脸的他。

一袭白色运动服，冷静自若地站在跑道上，朝她轻轻点头示意的他。

军训土操场上遮住毒辣的艳阳，微微弯腰向她递来藿香正气的他。

静静站在布告栏前拥挤的人群之中，低头擦拭 POLO 衫衣角的他。

每一次将奶茶放到她的画架边，似笑非笑坐定，然后拿出习题册伏案解题的他。

这些在满盈的记忆中闪闪发亮的任清风，坚定地串起所有看似无足轻重却盘根错节的平淡过往，让一切有迹可循，让徐来万分安稳，也让方才一念之间的疑惑与委屈烟消云散。

无论在途中短暂停驻过几站，他是奔她而来的任清风。

任清风在距离徐来两步开外静静地停下了脚步，没有继续开口，只静静凝视着徐来被寒风吹得微红的小脸，静静扬起了那个徐来熟悉的，温柔而笃定的笑容。

徐来静静回视着任清风此刻熠熠发亮的眼睛，忍不住同样静静地扬起嘴角。

"慢慢喜欢你／慢慢地回忆／慢慢地陪你慢慢地老去／因为慢慢是个最好的原因。"

直到副歌播放完毕，徐来才静静地开口，语气温柔俏皮得一如往昔："你怎么会来？"

"嘴角，"任清风微微眯起眼睛，将方才宁谧美好的氛围破坏得一干二净，"意面酱。"

徐来愣了半秒，才略带狼狈地迅速伸出右手去抹，却一无所获，再抹，依旧徒劳。

尴尬地停顿片刻，正准备再检查一次时，徐来被人牢牢攥住了手。

来自任清风左手掌心的温度真实抵消掉游走于四肢百骸间的寒意，徐来整个人不由得一阵轻颤。

　　隐隐的轻笑，任清风伸出右手将她右耳的耳机轻轻摘掉，向来沉静的声音难得染上若隐若现的邪气："要不要我帮？"

　　呆立原地的徐来心跳完全脱缰，微微仰头，任清风脸上一层薄薄的茸毛在月光下纤毫毕现。

　　原来他已经走到了离她这样近的位置，近到不过半步之遥。

　　但下一个瞬间——

　　"你们俩，趁着黑灯瞎火在学校里干什么呢？"

　　这声气势迫人，声如洪钟的斥责似曾相识。

　　在徐来反应过来之前，握住她右手的大手稍稍使了些力，机敏地将她向布告栏后迅速一拽。

　　布告栏后方是中心花园边缘修剪整齐的低矮灌木丛，没有可以让她在踉跄间匆忙扶住，找回重心的海棠树干。

　　但是，有他。

　　这一次，她直直跌进的，是那个仿佛已经等了她无限久的温热胸膛。

　　"你们给我停下！大晚上孤男寡女的，不好好回家学习，在校园里搞什么小动作？"

　　促狭的空间内，她再退一步，会踩进身后的灌木丛；他再退一步，会撞上背后的玻璃板。

　　便索性由着惯性继续向前，直至两人之间终于严丝合缝，直至所有空气被尽数挤压出局。

　　倏然燥热的空气中只剩他身上的洗衣液清香，连同他清晰可辨的急促呼吸，连同他雷腾云奔的疯狂心跳，将思维霎时间断档的她与周遭的一切温情脉脉却不容分说地隔离开来。

　　任清风将手臂收得那样紧，紧到徐来呼吸一室，有一瞬间的眩晕。

　　无法分辨出谁的心跳声更加狂野，他似乎在微微战栗，她亦是。

　　"你们哪个班的？班主任是……"德育老师的声音洪亮到足以刺穿耳膜，"怎么又是你们俩？"

　　但徐来能够听到的，只有随着温热鼻息轻柔绽开在耳边的——

　　"我来解决戚仍歌歪曲事实的问题，然后，接我的小姑娘回家。"

虽然因为气息不稳而微微颤抖，但"我的"二字，任清风说得斩钉截铁。

自耳郭席卷全身的酥麻感让站姿有些僵硬的徐来如梦方醒，害羞而无措地将灼烧的小脸向他的颈窝更深处埋去，同时怯怯地伸出手，环过他的腰身，轻轻将他挂在灌木枝杈上的衣摆抚平。

再没有沙沙作响的风声，再没有钻心刺骨的寒意，两人默契十足地没再开口，安然躲在布告栏后，一动不动地维持着这个圈住彼此的亲昵姿势，仿佛时间就此停滞。

鼓噪的心跳声之外，万籁俱寂的夜色之下，只剩德育老师痛心疾首的高声说教——

"姜……忻和柏筱雨，对吧？你们两个人，老师从高一说到高二了，怎么就是不肯听呢？"

任清风微微低头，以一个温柔而奇异的眼神贪恋地看向纤瘦柔软的徐来。

布告栏上方投射下的柔和灯光为她毛茸茸的头顶勾勒出一圈薄如蝉翼的圣洁金边。

一如初见。

尽管对于身边女同学自有美丑善恶的判断，可在那天之前，任清风从未长时间或有意识地盯住任何一位同龄异性进行探寻性的观察。

但徐来带着尴尬与歉疚抬起头时，他的确放任自己的目光在她脸上多停了片刻。

对数字远比图形更加敏感的任清风并不认为识别人脸是他的强项，但记住徐来的脸的确只用了短短一瞬间。

精确到瞳仁的颜色，精确到五官的位置，精确到梨涡的深度。

那时，任清风丝毫没有意识到，对于诸如此类的邂逅，更加文绉绉的形容叫"一眼万年"。

那一天，在徐来带着几分拘谨轻轻踏进（13）班教室时，任清风正专心致志想着该如何回复许啸川几分钟前发来的一大串微信——

"一路上你净瞎打岔。"

"我都忘了说。"

"刚刚那妹子真挺好看的。"

"凭什么连萌妹子的奶茶都只往你身上泼（愤怒）。"

"叫爸爸。"

"我就勉为其难替你打听打听小美女姓甚名谁，在哪个班。"

"有朝一日你会感激我的。"

明知道只是好友皮皮病发作下的无脑扯淡，本该言简意赅地回复挥手表情的任清风却令自己费解地将对话框中的内容慎重地删改了三遍。

虽然，随着徐来令人大跌眼镜地出现在他同桌的位子上，随着陈予和苏弈薇热情地回头加入闲聊，这回复最终不了了之。

但是，被反复删改过三次的内容中，从头到尾都没有与拒绝有关的措辞。

任清风情不自禁地抬起右手，小心翼翼抚向徐来带着玫瑰花香的柔顺秀发。

重新回想起这些历历在目的片段时，任清风也终于能回答那个在他眼睁睁看着徐来摔倒却无能为力的运动会上，曾经带着不甘问过自己，却又早已将其抛之脑后的问题。

即便他不叫任清风，即便她不叫徐来，即便他没有在接到校长的电话时鬼使神差地答应来（13）班，终有一天他还是会打探到她的名字，与她相识相知，如同今日。

可是何其幸运，茫茫人海之中，偏偏他叫任清风，偏偏她叫徐来。

或许，早在他们未曾相遇时，比起所有的路人甲乙丙丁，他已经胜券在握。

不需要多费口舌说一个字，不需要任何冗余的表示，已经会让全世界默认的。

任清风徐来。

任清风的徐来。

他的徐来。

德育老师喋喋不休的唠叨随着渐行渐远的脚步声彻底消失，但任清风和徐来固执地没有移动半分，直到终于适应了心脏高速搏动的频率，直到无言的思念终于得到餍足。

"冷不冷？"任清风的声音比往日更加轻柔。

徐来依旧散发着惊人热量的小脸轻轻蹭过他的围巾，拼命摇了摇。

事实上，她觉得，如果他再不肯还她少许的自由，她将会因为周身温度过高而窒息身亡。

"那有没有话对我说？"他将她因静电微微翘起的发梢捋顺。

徐来贴得他更近，偷偷汲取他身上的清香的同时，摇头的幅度更大了。

"那……有没有想我？"任清风将声音压得更低。

摇头已经摇出了惯性，所以徐来愉快地将摇头的动作继续了下去。

"那……要不要亲一下？"有人得寸进尺，语气中满是邪气。

徐来轻捶他的后背，防患于未然地直接将头摇成了拨浪鼓。

她就准备一直摇头，然后看看他还能往哪里飘。

"那……"任清风默默露出了那个运筹帷幄老谋深算的笑容，"刚刚有没有在生气？"

这个语气让徐来醍醐灌顶般清醒过来，将摇头的动作硬生生扼杀在启动之前。

哦，她的老朋友，套路。

想要套路她如此轻易地原谅他明明看到微信却不回复，偷找戚仍歌被抓现行，骗她嘴角残留意面酱的滔天罪行？开！玩！笑！

于是，徐来毫不犹豫，以绝不可能被曲解的力度，拼命点了点头。

"哦，我还以为几天不见，有个小机灵鬼只会摇头了呢。"

伴随一声轻笑，任清风的胸腔中传来微微的震动。

这个愉快的欠揍语气让徐来一时间顾不上害羞，扬起头怒目而视："任清……"

最后的"风"字凭空消失在她的小脸被他眼明手快地按回肩膀的瞬间。

"好啦，"任清风不再胡搅蛮缠，语气诚恳地为她顺毛，"落地盛川之后，我趁着大部队去卫生间的时候，找了一个快速充电插口，但只来得及给手机充了2%的电，就被领队老师叫走了。"

徐来不说话，默默等待后续。

"2%的电只够我逐条看完你发来的信息，外加打一个电话，"任清风略带懊悔地解释道，"我会在冲动之下打给她，是因为我很生气，想在第一时间找她说清，立刻解决掉这个误会。"

徐来为自己的小脸找到一个非常舒适的位置，继续保持沉默，悠哉倾听。

"但是下一次，"任清风重回郑重，"无论发生什么，我都会先打给你。"

徐来配合地轻哼一声，表示忏悔已被接收，但原不原谅还取决于之后的申辩。

"苍天可鉴，我绝对没说过'我是她男朋友'这种话，"回想起那天在地铁站里和祁司契立下的Flag，任清风头一个比两个大，"只是联赛那天，我和老祁在回家的路上，看到她和一个朋友被几个坏人跟踪纠缠，随手帮了个忙而已。"

徐来再次轻哼一声，表示同意继续受理后续申辩材料。

"谁知道她朋友怎么想的，突然就躲到老祁身后，说什么'我们正在等男朋友'。看当时情况紧急，我们就没有直接否认，"任清风突然灵光乍现，"对，老祁可以证明我的清白。"

可爱，老狐狸这个百口莫辩的绝望语气非常可爱，可爱到徐来的皮皮病一秒发作，当下忘了去维持"生气中的麥毛精"这个高冷人设，微扬起嘴角，小声地插嘴道——

"我觉得，还是她朋友比较聪明，知道先挑更帅的那个过把嘴瘾。"

5.

麥毛精一秒易主。

一瞬间的天旋地转之后，背靠布告栏的人换成了弱小、可怜，又无助的徐皮皮。

第一次，徐来从这个永远克制，永远温柔的任清风的眼中，读出了汹涌灼烧的危险暗潮。

糟糕，心跳疯狂飙升，脸上温度滚烫，大脑彻底死机。

两秒之后，徐来才气息不稳地回过神，慌慌张张地想要推开他，软糯的声音细如蚊蚋，更像是在撒娇："黑灯……瞎火，孤男……寡女，不许在校园里搞这些小动作……"

任清风却凑得更近，微微眯起眼睛："我和老祁谁更帅？"

"刚刚那个德育老师会回来的。"徐来加大双臂的力度，却如同蚍蜉撼树，徒劳无功。

任清风充耳未闻，将头压得更低，左额角一颗痘痘忽然清晰可辨："我和老祁谁更帅？"

"会被上报老周还有王主任。"徐来觉得，口干舌燥发声的已然不是她自己。

任清风嘴角扬起的弧度微微扩大，纤长睫毛卷翘的弧度精确显现："我和老祁谁更帅？"

徐来的呼吸即将停滞的前一秒，大衣口袋里，手机铃声骤然大作。

"我先接电话。"徐来低头避开任清风的凝视，万分庆幸地掏出手机……

然后她连手机带右手同时被牢牢摁在半空中。

"我和老祁谁更帅？"某人不依不饶，坚决要听到满意的回答。

徐来瞄了一眼来电显示，大松一口气的同时，迅速按下接听键，说得铿锵有力："季阿姨。"

"徐来，任清风在不在？"扬声器中的声音如同救世主般美妙动听，希望的曙光普照大地。

一物降一物，刚刚还嚣张跋扈得不可一世的某人不得不直起身来，乖乖放开了手："在。"

"任清风，两个半小时前你借别人的电话打来说你到了，你给我说说看，你到哪儿了？到我和老任同志捡你的垃圾桶也用不着舟车劳顿两个半小时。"

季女士严重不善的语气让任清风瞬间收敛，淡定答道："我在学校。"

"手机不知道充电，家也不知道回，找你永远比登天还难，"季女士的气恼溢于言表，难得带上家长的威严，"你跑学校干什么去了？"

"哦，"任清风意味深长地看了徐来一眼，依旧万分淡定，"护送某人家小姑娘回家。"

中间的几个字，让徐来脸上的温度倏然回升，自觉主动地将小脸重新埋回格子围巾里，顺带掐了掐某人的腰。

季女士被这样的坦诚搞愣了两秒——

"你休想在小姑娘面前给我光辉伟大的形象抹黑，晚上早点回家……"

就在两人洗耳恭听，殷切期盼下文为何时，季女士已经风驰电掣般挂断了电话。

希望的小火苗幽幽熄灭，徐来坚决不肯抬头，以免重陷刚刚的水深火热之中。

"我和老祁谁更帅？"

但阴魂不散的复读式质问还是从头顶上方飘来，仿佛刚刚季女士的小插曲不曾存在。

显然，如果她避而不答，这个幼稚鬼能把她困在布告栏后一生一世。

最终，权衡再三后，徐来还是带着些不甘和眷恋，乖乖答道："你帅。"

"虽然我帅，"如愿听到了满意的回答后，任狐狸瞬间飞升，直冲云霄，"但也不能像这样挂着不放，要是德育老师再次出现，你会牵连我被上报……嗷……疼疼疼！我错了！"

"任清风，"趁着任狐狸松开钳制，委屈巴巴够向被掐到生疼的后背，徐狐狸轻捷跑路，"你刚刚的解释被驳回了，我还在生……"

可"气"字还没说完，再次被紧紧攥住了手——

"那我还有一辈子的时间继续解释，直到你不生气为止，"任狐狸重新露出那个运筹帷幄老谋深算的笑容，"但从现在开始，什么不自由、超容嚣之类的借口，我一概拒不接受。"

继环球影城的鬼屋之后，这是徐来第二次深切体会到雄性生物的力量之大。

"好啦，不生气了，"任清风将她拉回身边，轻揉她的发心，"你也给周医生打个电话吧。"

挣脱意味着做功，很累，所以徐来自暴自弃地随他去了："我为什么要给周医生打电话？"

"哦，"任狐狸答得格外平静，"因为你要陪饥肠辘辘的我吃晚饭，大概会非常晚回家。"

"我好像没有同意陪任何人吃晚饭。"徐白兔同样平静地接话。

"但你猜如果我就是不放手，"任狐狸平静地发问，"等一下会发生什么？"

徐白兔忽然想把耳朵全部堵死。

"没错，你就只能乖乖跟我去吃饭，"任狐狸愉快地扬起嘴角，再次诚恳"请求"道，"先给周医生打电话，嗯？"

徐白兔蓦然产生了某种算不上"好"的预感。

看出了她的迟疑，任狐狸探寻地挑眉："别让他们担心，乖。"

徐白兔只能硬着头皮，诚实回应道："周医生正在飞机上。"

任狐狸默默定住了脚步："所以徐医生也在飞机上？"

徐白兔有点不敢直视任狐狸的眼睛："徐医生在另一架飞机上。"

"哦。"任狐狸平静而淡定地点点头，然后重新迈开步子。

一步，两步，三步……

不对，这种过于风平浪静的诡异气氛一定有哪里不对。

"徐来，我改变主意了。"

果然。

"我忽然想起来，我曾经答应过某人，要做虾给她吃。"

套路，都是套路，徐来默念。

"真的男人，要一言九鼎，现在就是兑现承诺的最佳时机。"

绝不能心软，要是在今晚放老狐狸进家门，恐怕所有墙壁都会像刚刚的布告栏一样危险。

"所以，"任狐狸眨眨亮晶晶的双眼，忽然无比乖巧，"我们去你家吃饭，好不好？"

"我家好像没有虾呢。"徐白兔也眨眨亮晶晶的双眼，语气无比遗憾。

"那我们可以现在去买。"任狐狸目光无比诚恳。

"但我不是很喜欢吃红烧大虾呢。"徐白兔的目光也无比诚恳。

"那太好了,"任狐狸像是早就在等她这句话,不假思索地点点头,"我恰好没准备红烧。"

徐白兔一时没厘清套路的走向,卡壳了。

"我还准备买香菜和青柠,"任狐狸笑得志在必得,"做有些人爱吃的Cilantro Lime Shrimp(青柠香菜虾仁)。"

徐白兔不由一愣。

"某人在 Megan 家乱炒土豆饼的那天,虽然后来烤肉没吃几口,但一个人把Tracy 从 Costco(某连锁超市)买的那盒虾消灭了一大半,"任狐狸气定神闲地眯起眼睛,"有没有这回事?"

糟糕,还是非常心动。

但查过菜谱才发现,这种做法需要将虾提前腌制一整天。

为了确保大厨不会饿毙于今夜,两人最终还是在校门口的米线店打包了外卖。

等待外卖的过程中,任清风拉着徐来到隔壁文具店买了充电宝和充电线,第一时间将现代人类赖以生存的手机救活了。

直接忽略了一连串未读信息,任清风迅速点进和祁司契的对话页面,在徐来无奈又想笑的注视下,坦然求证道:"狗,我是不是没说过'戚仍歌是我女朋友'这种鬼话?"

过了三分钟,屏幕上幽幽出现:"回来了?"

任清风输入了"嗯"字准备发送,但祁司契又发来第二条:"你说没说过,自己心里没数吗?"

徐来没忍住,"扑哧"一下乐出了声。

任清风一秒删掉了对话框中的"嗯",咬牙切齿地杵向屏幕:"我回不来了。"

祁司契同样秒回:"那需要我接着替你焚香祈祷,祝你平安吗?"

任清风索性长按"挥手"图标,以铺天盖地的一长串(挥手)表达了强烈不满。

任清风发完愤慨地抬起头,诚恳求教:"这种糟老狗,到底帅在什么地方了?"

徐来的嘴角疯狂上扬,诚恳地回答:"脸。"

任清风收起手机,指指自己:"请你好好看看,谁的脸更帅?"

徐来笑靥如花,对答如流:"请你好好想想,'我和老祁不一样,从来不屑于靠刷脸博取好感'这句话是谁说的?"

没等表情轰然垮塌的任狐狸奋起反击，米线店老板扬声叫出了他们的号码。

看着任清风走向窗口的笔挺背影，徐来觉得自己已经走出了刚刚脸红心跳、呼吸困难的阴影，重新蓄满了和此老狐斗智斗勇的技能点。

晚高峰已过，但周五晚间的地铁站依旧攘来熙往，等列车的队伍长到令人生畏。

终于挤进车厢时，两人不得不沿路说着"抱歉，借过"才勉强找到一个相对僻静的角落站定。

"徐来，"任清风拎着香气四溢的米线，闲散地靠在两节车厢的连接处，压低声音，坏笑着看向小白兔红扑扑的小脸，"现在没有德育老师，我不介意你继续挂上来。"

"任清风，"徐来以不动如山镇压邪祟的愉快语气回应道，"你知道新闻上有个男女老少都会有兴趣看一看的版面叫社会新闻吧？"

任狐狸微微挑眉，褐色眸中满是兴味的温柔。

"什么'盘点公共场所的不文明行为'，这种头条，看过吧？"徐狐狸同样压低声音，杏眸中闪过狡黠的光，"不好意思，我对这样登上新闻毫无兴趣，一点都不想配合你呢。"

趁着任狐狸哑口无言的瞬间——

"哦，还有，"徐狐狸乘胜追击，巧笑盼兮，将任狐狸方才的语气学得惟妙惟肖，"这可不是什么'不自由、超舒畅'之类的'借口'，而是从道德角度出发的正当理由，你必须接受。"

这个千娇百媚而又不怀好意的灿烂笑容让任清风的双眸瞬间幽深了半分。

他的视线短暂落在徐来那顾盼生辉的眼睛上，再扫过秀气小巧的鼻尖，最终，在她的樱桃小口处默默停驻了片刻。

这瞬间的意图坦坦荡荡。

虽然徐来的心跳随着其中的暗示越发狂野，但仗着此刻车厢里人多眼杂，她还是勇敢地凑近任清风的耳朵，轻声警告道："搂搂抱抱已经算有碍观瞻，更加过分的事，劝你少想为妙。"

"好气哦，但我还是要保持微笑"的表情包出现在任憨傻脸上时，徐狐狸也充分体会到"运筹帷幄老谋深算"的快乐。

同时，徐来豁然开朗。

如果邪祟势力在日后越发张狂，难以用一身正气直接镇压，那么不如取长补短，灵活变通，斗不过……就加入。

于是，徐来第一次在任清风面前露出了同款狐狸笑容，坐等他重整旗鼓，见招拆招。

但出乎意料的是，任憨傻下线后，上线的却不是任狐狸，而是一个重新站得笔直端正，似笑非笑的任清风："那么，我以什么样的方式登上新闻，你就会很有兴趣，愿意配合了呢？"

任清风的语气礼貌而诚恳，仿佛刚刚那个令人脸红心跳的暧昧瞬间只是幻觉，仿佛两人之间的关系退回生疏客套的一年之前。

面对这个显然只有神经病才会问出的神经病问题，徐来却没有丝毫惊异，迅速接话："比如，拿个状元，或者……IMO 金牌？"

然而，这一次，她不巧忘了继续压低声音，"状元"和"金牌"两个词引得周围的人纷纷投来神色复杂的目光。

任清风并未在意周遭的瞩目，志在必得地朝徐来微扬起嘴角，一字一字，严肃回答："好，记住你这句话。"

一位早就因为两人亲昵的互动而暗生不满的中年阿姨拼命向下撇了撇嘴。

一位假装看手机，实际上将耳朵竖得老高的大叔也毫不客气地摇了摇头。

一位西装革履，满脸疲惫的青年男人露出"我也曾经是少年"的怀恋姨父笑。

毫无疑问，围观群众一致传达出同样的观点——

这副疯言痴语的样子，简直是阐述"早恋害人"的典型，真应该上上社会新闻以警示世人。

但徐来对此毫无觉察。

她只是被这个忽然正经，正经到几乎像是在做出承诺的任清风逗乐了："噗，任学霸……"

可新一轮的调戏还未出口就被任清风截住了话头："所以，你也同意我是学霸这个说法。"

徐狐狸的剪水杏眸杜微慎防。根据任狐狸之前的科普，若想在任何一次博弈中取胜，就必须拥有比对手至少多思考一步的意识与警醒。

所以她微微挑眉，努力猜测着这次的套路将会把她引向何方。

只见任清风的严肃上升到一个崭新的高度："那你知道我为什么能成为一个所谓的学霸吗？"

徐狐狸决定继续保持缄默，等着这个明显已经将套路酝酿完毕的神经病率先亮出底牌。

"大概是因为，"任清风微微低头，重新将声音压得很低，却吐字清晰，说得从容不迫，"对于那些看似不可能的事，我首先敢于尝试，其次会想尽一切办法达成目标。"

虽然瞬间心跳如雷地会意，但打定主意要加入邪祟势力的徐狐狸装傻到底："所以？"

"所以，"任狐狸运筹帷幄老谋深算地眯起眼睛，轻无可轻的声音中只剩邪气，"我有足够的耐心等你改变认知，重新去定义'过分的事'这四个字。"

整张小脸都在燃烧的徐狐狸疯狂平静了片刻，才找回不动如山镇压邪祟的淡定。

"任清风。"这温柔如水的呢喃软语，当然只为了……麻痹老狐，诱狐深入。

"嗯？"果然，某人挂上碍眼的飘飞笑容，微微挑眉。

"如果找你写'霸道总裁爱上我'这种剧本的话，"依旧是娇声细语，徐狐狸却同样眯起了眼睛，"投资方恐怕会亏得毛都不剩吧？"

很好，这笑容果真僵硬了半分。

"我有足够的耐心等你考察清楚，"徐狐狸以一个异常粗犷的声线，以新闻播音员的字正腔圆与雄浑有力，复读起某人曾经的惊世狂言，"不行的是'任清风'这三个字，还是我这个人？"

欸？笑容呢？怎么不继续飘了呢？

"任学霸，我忽然有点好奇，"终于，徐狐狸气定神闲地恢复了惯常的灵动俏皮，"你读过那么多书，就只学会了这么一个句式吗？"

再次沦为任憨傻的某人其实非常想用实际行动为自己辩护一番。

那种无脑霸总剧，他不仅能信手拈来地编写台本，还能惟妙惟肖地自导自演，感动中国。

但偏偏，在三纲五常的约束下，在人来人往的地铁上，可叹他辩护无门。

于是，弱小、可怜，又无助的任狐狸，只得默不作声，无比辛酸地寻回了那位已经有段时间未曾谋面，却通常在这样的情境里助益良多的老友——《金刚经》。

等脑中的黄色混沌终于重回可控范围时，任狐狸默默从大衣口袋里掏出手机，以永不服输的学霸精神，在搜索引擎中敲下了"霸道总裁经典语录"几个大字。

他点开第一条搜索结果，展示给徐来看，卑微又虚心地表示："那我从现在开始学习。"

说着，任清风清了清嗓子，重新压低声音，以毫无感情起伏的平板语调，像语音机器人一样一本正经地念了起来："你这个磨人的小妖精，不要轻易挑战我……"

然后，他的胸口结结实实吃了一掌痛击。

"任清风！"情急之下，徐来只能又羞又气地直接伸手捂他的嘴，"你神经病吧！"

但这声软萌的嗔怪到了任狐狸耳中，却不知为何有如黄莺出谷，婉转悦耳，无比动听。

白皙的小手轻覆于脸颊时，带一丝和煦的清凉，软、嫩，且香。

手机屏幕上的下一句话，在视网膜中成像得一清二楚：女人，你这是在玩火。

任狐狸拿住手机的右手几不可辨地一抖，默默在心中长叹一声——

一部《金刚经》大概还是不够用，他需要慎重考虑将《大藏经》与《心经》提上日程。

Chapter 6
前路任重而道远

1.

走出车厢，看到任清风系在挎包拉链上的雷门御守，徐来这才万分汗颜地意识到，貌似一路上都忘了问他比赛的事。

随着人流在扶梯上站定，徐来微微回头，看向一级台阶之下的任清风，关切地开口："那你这几天考试怎么样？"

"还行。"在不那么幼稚欠揍的时候，任清风的声音永远波澜不惊。

任清风的"还行"通常代表"发挥正常"，而出自向来谦逊低调的任清风之口的"发挥正常"，通常可以直接理解为"非常稳妥"，于是徐来默默放下心来。

无论最终能不能进入六十人的国家集训队，这都意味着任清风的珠海之行没什么遗憾。

在徐来看来，"不留遗憾"远比"大获成功"更加圆满。

正准备愉快地开口表达祝贺，右肩忽然微微一沉。

徐来心跳加速地偏过头，任清风将脸半埋进她厚实的围巾中。

平日的身高差在两人一前一后站上扶梯时消失于无形，高度刚好合适。

"但是，徐来，"任清风的声音轻到缥缈，也略显沉闷，"真的好累。"

徐来的心幽幽一颤。

每一次，这个不是幼稚鬼神经病，也不是任狐狸的沉静而柔软的任清风，都让她异常心疼。

他或许是老师眼中"令人省心的完美榜样"，是同学眼中"无法企及的恐怖大神"，是她好友眼中"帅爆了的纯爷们儿"，但是，无论标签贴得再怎样天花乱坠，任清风都不是一台可以永动的学习机器，也并非像他外表沉稳笃定的气场那般无坚不摧。

说到底，他不过只是个背负了太多期许，又不愿让任何人失望的少年而已。

这一刻，徐来肩膀上承载的，远不止一颗脑袋的重量，而是一份说不清道不明的责任。

或许，号称对她"一无所求"的任清风，真正需要的，是一个可以偶尔停下脚步，卸下重担，彻底放空的安稳港湾。

任清风微微闭上眼，平稳而温热的呼吸透过围巾的间隙轻轻刮过颈部的一小片皮肤，微痒。

徐来忍不住伸出左手，轻覆在他的头顶，格外温柔地揉了揉："任清风。"

"嗯？"轻柔的鼻音，带着猫科动物被顺毛时的慵懒与满足。

"加油。"徐来微微加重了左手的力度，声音很轻，很坚定。

任清风似乎微微一颤。

半晌。

"嗯。"任清风的声音同样很轻，很坚定。

漫步回到徐来家的楼道，两人刚刚按下电梯的上行键，就和下楼扔垃圾的杨阿姨撞了正着。

"哟，小任！这是刚刚比赛回来？"

胖胖的阿姨看了看任清风肩上的旅行包和左手拎的外卖，先是露出了"考完试竟然不回自己家"的惊异，接着无缝转换成"我很懂"的慈爱笑容。

"杨阿姨好。"徐来被看得有些不好意思，下意识想要站开半步。

"阿姨好，"任清风只是不动声色地将右手攥得更紧，同时向着阿姨点点头，"嗯，刚回来。"

"小任，有空到我家来给小虎补补课吧，"杨阿姨突然半调侃半认真地盛情邀请道，"他可崇拜你了，上周末回家后，非说也要搞数学竞赛，我和他爸劝都劝不住。"

"哦，好。小虎挺聪明的，这是好事，"任清风倒是应得爽快，"那我们先上去了。"

"哎，哎，"杨阿姨又深深打量了两人一眼，暧昧的笑意就要压制不住，"你们忙。"

杨阿姨最后的用词和语气，让徐来在踏进电梯后嗔怪地瞪了死不松手的某人一眼。

任狐狸却装聋作哑，直接转移了话题，语气十足严肃："徐来，你离这个孙思凌远一点。"

徐狐狸强行克制住吐槽的冲动，语气轻松："任清风，我是不是还得离福喜他们远一点？"

任狐狸继续装聋作哑，默默别过了头。

可爱，这个再次将"好气哦，但我还是要保持微笑"的表情包摆在脸上的老狐狸非常可爱。

可爱到徐狐狸忍不住追问："我是不是还得离你娇贵的许爱妃远一点？"

任狐狸这才转回头，重新看向徐来的目光带着欲言又止的复杂。

成为邪祟势力实在乐趣无穷，一朝为伍，永生归属。

徐狐狸扬起运筹帷幄老谋深算的笑容，继续皮道："我是不是还得离徐医生远一点？"

迟疑了两秒后，任狐狸选择直接低头——

但已然做好万全准备的徐狐狸灵敏闪到电梯的另一个角落，可爱的梨涡愉快地挂在嘴角。

"首先，我对'过分'的认知没有改变。其次，"徐狐狸笑意盈盈，"抬头，看到了吗？监控。"

任狐狸默默看了看头顶右上方，正对着自己的摄像头一眼，默默得出结论——

一部《金刚经》确凿无疑是不够用的，《大藏经》和《心经》势必要早些提上日程。

回到家，不过是徐来走进厨房烧上热水，拿出草莓洗净装盘，再端回餐厅的工夫，任清风面前满满一碗米线已经神速见了底。

面对徐来啼笑皆非的震惊注视，任清风艰难地咽下口中的食物，满脸无辜："真的饿扁了，为了赶飞机，中午就没来得及吃饭。"

徐来的恻隐之心油然而生："那这些够不够？还要吃点别的吗？"

"哦，"一改刚刚的狼吞虎咽，任清风慢条斯理端起塑料碗喝了口汤，然后拿起纸巾，优雅地擦了擦嘴，"如果有口香糖的话。"

两秒之后，回答他的是那只他已经十分熟悉，大力向头顶飞来的烤箱隔热手套。

而双颊微红的小白兔已经迅速躲回了厨房："如果吃饱了的话，季阿姨在等你回家呢。"

可爱，这副惊慌失措的害羞模样非常可爱，可爱到必须要进行调戏三连的可爱。

任狐狸严肃开口："没有，距离吃饱还差一粒口香糖和一份精神食粮的距离。"

徐白兔悄悄后退几厘米："没有口香糖。"

任狐狸假意思考了片刻，默默站起身："只有精神食粮的话，勉强也可以接受。"

徐白兔彻底缩回到半开放式厨房的玻璃隔断后，只肯探出小半个脑袋："也没有精神食粮。"

任狐狸默默向前走了三步，语气轻松："我只是想看场电影，你怕什么？"

徐白兔默默后退三步："饭还没吃完，你站起来干什么？"

任狐狸不紧不慢走进厨房，运筹帷幄老谋深算地扬起了嘴角："找口香糖。"

徐白兔已经慌不择路地退到了冰箱门上："任清……"

话音未落，四周忽然漆黑一片。

任清风放下了操纵开关的右手，颀长的身影如剪影，穿过宁谧夜色，静静地向她走来。

徐来的心跳瞬间不稳，徒劳地张了张嘴，却觉得摄入空气都无比艰难，而她已经退无可退。

一步，两步，随着眼睛充分适应了黑暗，任清风英挺的轮廓也越发清晰。

"等……等一下……"徐来的声音颤抖着飘散在风恬月朗的夜色之下。

任清风还是气定神闲地站到了面前，熟悉的洗衣液香气在嗅觉更加灵敏的黑夜更加浓烈。

"喂……"徐来的大脑开始微微缺氧，混乱的思维也被上蹿下跳的皮皮怪所主宰。

等一下！

剧本里明明没有冰箱咚，我要是被迫参演，是不是能申请加薪？

你这样乱来你家祁大帅同意吗？允许吗？

你不是传说中的套路之王吗？怎么能不按套路出牌呢？

……

任清风微微低头，嘴角扬起的弧度微微扩大，熠熠发亮的眸光让她的羞赧与无措无处遁形。

"你要……"徐来四肢百骸间的知觉统统消失，仿佛只有怦怦作响的心脏真实存在。

"干嘛"二字尚未出口，徐来就被水壶发出的尖锐声响吓得微微一抖。

见状，任清风轻笑一声，扬手刮了刮她的鼻梁，这才后退两步，转头关掉炉灶开关。

"你看，"任清风说得心平气和，理直气壮，"水烧开了，我来喝水……嗷……"

伴随着恶狠狠砸在胸口的小拳拳的，是一句能萌化人心的娇嗔："你讨厌！"

然而最终，徐白兔摆在餐桌上的草莓，还是被任狐狸想方设法地转移到了客厅的茶几上。

任狐狸在沙发上悠然落座时，徐白兔迅速后退，拎起一个靠垫，在两人之间竖起三八线。

"任清风，"徐白兔毫无威胁性地警告道，"等一下，请你自觉保持好适当的社交距离。"

"其实之前没敢和你说，"任狐狸压低声音，说得可怜兮兮，"我这个人不仅怕黑和鬼，还怕各种飞禽走兽，会怕到瑟瑟发抖，等一下必要抱住一些不怕黑也不怕鬼的……嗷……疼疼疼！"

趁着任狐狸抱头痛呼之时，徐白兔果断将靠垫丢进他怀里，不动如山镇压邪祟地幽幽回答："这个，不怕黑，不怕鬼，不怕任何飞禽走兽，而且不够还有，请牢牢抱好。"

任狐狸竟然真的乖乖抱着靠垫，安分守己地缩在沙发一角，像是第一次观影一样目不转睛地看起了《侏罗纪世界》。

这样的安静让徐来的狐疑值和警惕值在影片开始五分钟后攀升至巅峰。

她趁着拿草莓时偷偷转头观察了几次，反复确认过和自己相隔三十厘米，坐姿笔挺的任清风的确没有作妖之意，才悄悄放下心来。

但心跳速率却趋于疯狂，像是在担忧与害怕之下，还埋藏着名为"期待"的种子。

期待什么都不会发生，却又隐隐期待会发生些什么。

徐来刚将注意力放回屏幕，任清风突然礼貌有加，光明正大地询问道："我能不能往你的方向移动一点点？我想吃草莓，但是够不到。"

套路，都是套路，徐来默念。

"一点点。"但脱口而出的话却与大脑理性的指令严重不符。

三十厘米变成二十厘米。

看着任清风目不斜视，悠哉抓起草莓放进嘴里的侧影，徐来的狐疑值和警惕值重回巅峰。

但又过了五分钟，任清风除了专心致志看电影，专心致志吃草莓外，再无任何可疑行为。

徐来刚将注意力放回屏幕，任清风再次礼貌有加，光明正大地询问道："我能不能再往你的方向移动一点点？现在刚好坐在两块坐垫的缝隙中间，真的很难受。"

套路，都是套路，徐来努力自我警醒。

"一点点。"但脑中与"理智"相关的功能仿佛惨遭屏蔽。

二十厘米变成十厘米。

任清风身上的温度与香气忽然清晰可辨的瞬间，徐来的脑中忽然混沌一片，再也找不回"狐疑"和"警惕"的感觉。

纷乱的心跳声中，又过了平静无波的十分钟。

直到屏幕上毛手毛脚的新任饲养员失足掉进了四条迅猛龙所在的巨大铁笼里。

明明是已经看过的情节，但肾上腺素还是随着一触即发的紧张气氛与骤然激昂的背景音乐剧烈飙升，徐来骤然有些头皮发麻，口干舌燥。

剧情本身与任清风带来的双重紧张终于在男主角英勇地冲进笼中救人，直面四只蠢蠢欲动的猛兽时彻底爆发——

男主惨遭迅猛龙扑食，命悬一线间狼狈滚出铁门的画面让徐来下意识地转过头去，移开了视线。

额头却毫无防备地撞上一节坚硬的锁骨。

还没来得及将"痛"字抱怨出口，一只大手轻覆上她的额头，轻柔地摩挲了片刻："疼不疼？"

直到两秒之后，徐来才猛然意识到事故起源于"离奇消失的十厘米"。

"所以，"未卜先知，慷慨借出肩膀的某人轻笑着问道，"有些人到底是怕不怕黑呀鬼呀还有飞禽走兽这些？"

又是这个似笑非笑的欠揍语气，徐来立刻直起身，照例准备以出拳的方式兴师问罪。

但这一次，她的右臂被牢牢拦截在半空，然后向着他的方向轻轻一带。

距离一寸一寸缩短，直至他眉心与鼻翼间的毛孔在深沉夜色下纤毫毕现。

任清风异常深幽的双眸灼然发亮，依旧笃定，依旧坦然，如磁石般紧紧锁住她由讶然转为呆愣，最终遍染嫣红，羞到不知所措的小脸，像是要将此时、此刻、此景贪婪地镌刻进心间。

"怕不怕？"他轻柔地再问一遍，将声音、目光与呼吸都放得这般小心翼翼。

狂乱的心跳声交杂，霎时间盖过了电影中的对话声与音乐声。

如果任清风在的话，徐来不怕。

如果是任清风的话，徐来不怕。

徐来轻颤着微微摇了摇头，而后怯怯地开口："但是……"

"还没吃口香糖"几个字，连同"是"字倏然分岔的尾音，被幽幽吸附进炽热的空气中。

屏幕上继续播放了什么，从这一刻起，再无人关注。

直到许久之后，仿佛近在咫尺又远在天边的座机铃声划破满室旖旎。

"徐来，"周医生明显带着清晰可辨的焦急，"怎么不接电话？你到家了为什么不发微信说一声？快十一点了知道吗？我和你爸爸都要急死了。"

徐来连忙从沙发的另一角捞起手机，这才看到一连串的未接电话和未读信息，心猛然一沉。

在这些通知提醒的正上方，赫然是触目惊心的"22:49"。

羞赧与愧疚之上，徐来更觉得无比荒唐——明明他和她都不是自带"粘连"属性的人，但毫无知觉，三个小时就这样一晃而过。

徐来一时沉默了，有些不敢面对周女士的责问。

下一秒，轻覆在她右手上的宽大手掌，修长的手指极轻柔地捏了捏掌心，带着让人异常安定的温度，是无声的安抚。

然后，任清风将徐来手中的话筒坚定地抽走。

"阿姨，对不起，怪我一回来就拉着徐来陪我吃饭看电影，刚刚才回来，没顾上看手机，"任清风的声音沉静如初，"是我忘记提醒她和你们说一声，让你们担心了，下次不会了。"

听到任清风的声音，周医生略带惊讶和惊喜地问道："小任回来了呀？考得怎么样？"

徐来高悬的心落地，五味杂陈地默默钻回原处——虽然这个人又飘又贱又……色魔，但偶尔也真的很帅很 man 没有错。

礼貌回答完周医生的一系列问题，挂断电话后，任清风捏了捏徐来温度高得惊人的小脸，轻笑着问道："现在知道不好意思啦？"

徐来闷哼一声，自知理亏，不做争辩。毕竟，他曾经不止一次提醒过她要给周医生打电话。

难得见到乖顺的小白兔，任清风瞬间使用起那个飘到欠揍的语气："好啦，你要是再像这样挂下去，猜猜会发生什么？"

虽然的确贪恋他身上的味道，但徐来一秒弹射起来，同时暗下决心，以后在这个人面前，她绝对不能展现出一丝一毫的感动与依恋，或是表露出一丝一毫的赞扬与感激。

"没错，我就会赶不上末班车的地铁，"任狐狸说得慢条斯理，"然后季女士会怒发冲冠地赶到这里，拎着我的耳朵，把我丢回她和老任同志捡我的垃圾桶。"

"不失为一个Happy Ending（好的结局）。"徐狐狸果真没有表现出丝毫同情。

"风餐露宿倒是事小，"任狐狸眯起眼睛，"可万一我曝尸荒野，你以后准备挂到哪里？"

"比如，"徐狐狸悠然回答，"我可以努力发展发展老祁。"

"看来，"任狐狸扬起手，用力敲了敲她的额头，"我真的需要好好给你补补概率论了。"

徐狐狸动作迅速地拍走某人作威作福的手："干吗？"

"对于发生概率恒为零的事件，"任狐狸却重新凑了上来，表情和煦，"中文叫……"

徐狐狸微微向后躲了躲，非常想将"你走"两个字直说出口。

"没可能。"紧贴在耳畔轻声响起的气音，很轻，带着非常色气的坚定。

和任清风告了别，锁好大门后，徐来背靠玄关的镜子，闭上眼默默平复着依旧鼓噪的心跳。

微微缺氧的大脑依旧混沌一片，反复播放着刚刚发生的每一幕。

在这个分外短暂而又无比漫长的晚上，一切都神奇得犹如难辨虚实的梦境。

还来不及再去确认这种飘飘欲仙的感觉并非幻觉，骤然响起的敲门声又将她吓了一跳。

徐来转身，谨慎地凑到猫眼向外看去——

熟悉的深灰色牛角扣大衣，熟悉的藏蓝色围巾，以及熟悉的嘴角微扬的脸。

眼前的任清风是真的，所以，一切都是真的。

徐来后退半步，将大门打开到可以容他通过的缝隙，情不自禁带上笑意："落东西了吗？"

"没，"任清风没有重新进屋，只抬起右手扶住门框，向前迈了一小步，"是你忘东西了。"

徐来在脑海中检索了片刻，才带几分困惑柔声问道："我忘了什么？"

任清风的回答带着同样柔和的笑意："忘了说晚安。"

徐来静静凝视着任清风微弯成和煦弧度的狭长眼睛，在那双炯炯有神的褐色瞳仁中隐约分辨出一个亭亭玉立的身影——确定是她，也只有她。

"任清风，"未来可期，但需要学会的显然不止互道晚安，她的笑意微微扩大，"晚安。"

"徐来，"他抬起手，捋顺她柔顺的秀发，又仔细将她衬衫的衣领整理得板正，"晚安。"

这一次，徐来快步走回客厅，将自己重重地抛回到沙发上，把头深深埋到几个摆放得横七竖八，似乎依旧残留着任清风的温度和味道的靠垫中，克制不住地想要微笑。

或许她应该立刻向潇潇和亦如汇报情况，或许她应该将两人刚刚用过的杯子和盛草莓的盘子清洗干净，或许她应该迅速去洗个热水澡。

但不知为何，徐来却只想独自静静消化满怀的甜蜜与欢喜，懒洋洋地不想动弹。

还是会将怦然如鼓的心跳声数乱，因为任清风在皎洁月光下英俊而温柔的脸，他的喘息与心跳，他在耳畔低语的每一个字，总会轮番跳出来将她的注意力打断。

徐来放任自己在沙发上瘫成毛毛虫，不知过了多久，直到手机微微一振。

一条来自任清风的微信，分享自知乎的回答——

"怎样丰胸最有效？"

如同有人从头顶浇下一盆冰水，徐来瞬间清醒，鲤鱼打挺一般坐了起来。

2.

所有与"甜蜜"或"欢喜"有关的情绪倏然消失殆尽，徐来当机立断将手机抛回沙发上，深切体会到何为"气到胸闷"。

"神！经！病！"

对着空空如也的电视屏幕号叫一声，徐来才勉强寻回理智，又从两个靠垫的缝隙间拎出手机。

但双手还是在微微抽搐。

徐来狠命戳进刚刚的聊天记录，再狠命戳进那条格外碍眼的知乎分享，没有去关注具体的内容，只是盲目地将屏幕向下滑动，直至看到触底的提示——

"打开 App，查看全部 522 个回答"。

徐来气鼓鼓地点向这个按钮，收到"请更新客户端"的提示后，又气鼓鼓地点击了"好"。

等更新完毕后，徐来气鼓鼓地点进了这个许久未曾进入的蓝色图标。

可随后不由得一愣。

屏幕最下方的"消息"处，一个引人注目的红色圈圈里清清楚楚标明着"N"。

这个账号是很久之前随手注册的，从未使用过，怎么会这么热闹？

然后，气鼓鼓的徐来恍然记起，不对，并不是从未使用过。

她曾经在一时冲动之下，以"Theory of Nothing"这个名字回复过某人某个飘飞上天的回答。

通知列表规规整整分为几行。

第一行"关注"下，"啦啦啦啦啦 等人关注了你"。

第二行"赞同与感谢"下，"茨木童子 No.1 等人赞了你的评论"。

第三行"评论与转发"下，"sunnypink 等人回复了你的评论"。

而这些赞同或评论全部指向同一个问题——

"有哪张不知名的男生照片让你特别心动念念不忘珍藏至今，一直想知道他的名字？"

徐来一时间忘记了继续去"气鼓鼓"，无奈又好奇地点进了"评论与转发"这个列项——

sunnypink："我真情实感地酸了。"

许夫人在此："呜呜呜，我也想拥有这样的小哥哥。"

星星树："柠檬树下的我恰（吃）柠檬。"

河边的疯舞："名字都是情侣款，要不要这样？"

……

数量太多，一条一条耐心向下划到底，徐来所有的疑惑才得到解答——

Theory of Everything："别闹，乖。"

而这一条的发送时间：五小时前。

哦，这个记性奇好的幼稚鬼，竟然在去窗口取米线这一来一回的短短一分钟里，神不知鬼不觉地完成了这种骚操作。

徐来忍不住再次对着手机屏幕号叫一声——

"神！经！病！"

之后她哭笑不得地戳进了这个问题本身，难以置信地微微一惊。

这个来自匿名用户的回答，竟然已经收获了高达 7300 个赞同。

任清风评论的单字"是"，不知何时早已取代了那句"陌上人如玉，公子世无双，先舔为敬"，成为最高赞评论。

在任清风的评论下，她回的"不是，谢谢"也被顶到了最上方的醒目位置。

而在她的反驳之下，只有一片不明觉厉的叫好声与柠檬声。

徐来索性自暴自弃地点进任清风的个人主页，然后直接倒吸了一口凉气。

四个小时前，Theory of Everything 回答了问题"人生最大的幸福是什么？"。

显然，这个人十之八九是趁着自己洗草莓时眼明手快地完成了这种更进一步的骚操作。

当然，回答这样的问题本身似乎也无可指摘，可是，任清风的回答言简意赅，飘飞上天。

"拥有可爱的兔兔。"

短短七个字，竟然在短短四个小时之内，收获了高达 274 个赞同？

而这个回答下最高赞的几个回复竟然是——

"哈哈哈，小哥哥这是做错事被小姐姐按头来答的，对不对？"

"好像嗅到了某种单身狗本不配嗅到的腐臭味道。"

"小哥哥秀得我柠檬汁糊脸，酸够了，我走了。"

目瞪口呆了半秒，徐来第三次爆发出了五味杂陈的号叫——

"神！经！病！"

然而，拍拍小脸冷静片刻后，徐狐狸眼珠一转，运筹帷幄老谋深算地扬起了嘴角。

哦，来呀，互相伤害呀。

退出了任清风的个人主页，徐来在搜索栏默默输入一个关键词：不会拍照。

如愿看到一长串的搜索结果出现在眼前时，徐来心满意足地从沙发上站了起来，走回卧室。

在今晚入睡之前，她将大有可为。

绝不可能有比"身边有个特别不会拍照的人是什么体验"更适合她来回答的问题了不是吗？

做事万分认真的徐狐狸本着"学习加借鉴"的目的，用心观摩起前人的体会来。

感谢这些欢乐源泉般的治愈回答，她边看边乐，之前被某神经病一而再再而三挑起的气郁也消散得一干二净。

接着，徐狐狸在姚芊与创建的班级网盘里搜寻到名为"沙雕日常"的相册，一页一页翻过去，将被好事之徒完整保留下来的，任清风曾经发到微信群里的所有旧照片依次下载到手机里。

经过反复筛选，最终，徐来愉快地敲定了回答的内容。

然而真正落笔时，徐狐狸还是忍不住笑场了很多次——

"看了这么多回答，觉得也应该为大家贡献一份快乐。"

"无图无真相，先上图让大家感受一下这位先生的日常拍照水平。"

配图1：糊到无法形容，直辣眼睛的一堆花花绿绿的东西。

"这是去一个打工子弟小学看望孩子们之前，他拍来的照片。"

"当时在群里逼疯了所有密集恐惧症患者。"

"他说这是糖果，就问问谁能相信？谁又敢去吃？"

配图2：糊到无法形容，直辣眼睛的一团勉强可以分辨出是字迹的东西。

"他平时学习成绩还不错，所以经常会有人找他求助各种问题。"

"但我其实不太理解会坚持不懈找他问问题的人，因为他发来的答案一般长这样。"

"讲真，有解密这种答案的时间，换一个人问问题是不是会更便捷一点？"

配图3：糊到无法形容，直辣眼睛的一坨冒着白烟的……像是坟堆的物体。

"如果说这真的不是清明节祭祖时拍的照片，有人相信吗？"

"但事实上，这是他拍来的生日蛋糕。没错，他自己的生日蛋糕。"

"想了半天，还是觉得词穷到难以给出其他评价，请看下一张吧。"

配图4：糊到无法形容，直辣眼睛的一摊……像是火山喷发后的岩浆状流体。

"这是学校野营的时候，我们看日出时他拍的照片。"

"特别漂亮美好的朝霞，他硬生生拍出了世界末日的阴森恐怖。"

"又想了半天，觉得实在不能再想了，因为嫌弃指数会暴涨，只想装不认识他。"

配图5：糊到无法形容，直辣眼睛的一个……难以描述的……巨大树墩。

"他非常喜欢《侏罗纪公园》和《侏罗纪世界》，所以也很喜欢各种恐龙。"

"这是我们之前在洛杉矶的环球影城，玩某个项目的时候他拍的。"

"没错，一只造型逼真的霸王龙在他的镜头下彻底失去了生命的活力。"

配图6：糊到无法形容，直辣眼睛的一片……完全无法辨认为何的……似乎是旋涡。

"如果有人可以猜出这是什么，我可以把他打包送给你。"

"我闺密觉得这是马桶里，我觉得这可能是沙堆，但你们猜这是什么？"

"他说是一间考场，教学楼里那种带桌子和椅子的普通又正常的考场。"

"我觉得展示到这里应该已经很有说服力了，所以刚刚就算是最后一张吧。"

"虽然高赞回答里的照片不是缺胳膊少腿就是角度清奇，但是，至少都拍出了想要捕捉的实体来，再努力努力肯定还有救。"

"可我连拯救这位先生的动力都没有，因为这样的拍照水平注定无药可医。"

"别问为什么没有人像，问就是不会有正常人类愿意出现在他的镜头里。"

"哦，回到问题本身。"

"体验就是，我活得胆战心惊，如履薄冰，生怕自己会突然被他的镜头对准。"

"我十分确定，如果有一天他敢偷拍我让我看到，他就会失去我（手动微笑）。"

将上述文字检查了一遍后，确认没有错别字，字里行间的无奈与心酸也充分表达清楚之后，徐狐狸愉快地点击了"发布"，然后伸了个懒腰，走进卫生间开始洗漱。

任清风终于回到家时，任教授极难得地随着季女士一同从沙发上站了起来。

虽然眼神中隐约带着"辛苦养大的猪拱到小白菜"的欣慰，但他开口时的严肃让任清风暗叫不妙："我和你妈妈正在商量，如果你在半夜之前还没回来，我们要不要去徐来家把你给揪回来。"

"任清风，你也是马上就成年的人了，你自己觉得在小姑娘家赖到这么晚合适吗？"季女士的语气非常糟糕，"徐来的父母得怎么想你？"

"我们觉得的确有必要再次提醒你，"任教授将一唱一和进行到底，微微皱了皱眉，"你现在的时间观念是真的非常有问题。"

"我们还需要警告你，"季女士的脸上没有一丝笑意，"高中毕业前不许玩火，听到了吗？"

"你们想太多了。"任清风应得低眉敛目，却在心中默默吐槽，成年人的思想还真是龌龊。

季女士仔细打量了满目疲惫却难掩欢欣的儿子一眼，意识到刚刚劈头盖脸的训斥有些不留情面，将语气放柔了几分："看在你才比赛回来，还比较辛苦的分上，今天放你一马，下不为例。"

　　任教授也像是忽然想起其实还有另外一件要紧事需要关心："那你比赛怎么样？"

　　"还行。"任清风的回答是一贯的言简意赅，听不出太多情绪。

　　季女士终于露出一个淡淡的笑容，一箭双雕地暗示道："那需要我们说恭喜吗？"

　　"哦，"任清风也终于露出一个格外克制的笑容，"不用。"

　　回到卧室里，任清风将其实非常沉重的旅行包扔在地上，默默揉了揉一路被压得生疼的右肩。

　　正准备拿起睡衣去洗澡，手机突然传来疯狂的通知推送声。

　　他够过手机，看到源源不断的知乎消息提醒，微微扬了扬嘴角。

　　但看到具体的内容后，原本偏向运筹帷幄老谋深算的笑容被带着溺宠的无可奈何取代了。

　　所谓"如何丰胸"，不过是为了确保徐来会点进知乎的套路，但小白兔这个参毛的反应和他预想中截然不同。

　　但是，既然已经拿起了手机，任清风决定将洗澡然后哄小姑娘睡觉这两件事稍稍延后。

　　因为他还有两件非常重要的事要做。

　　任清风坐到床边，以"火烧屁股"的速度点进微信里和祁司契的聊天页面，紧接着刚刚那一长串挥手表情，输入并发送："你给我等着（微笑）。"

　　然后，他点开朋友圈，噙着些微的笑意，低头打起字来。

　　徐来慢悠悠地洗好澡，吹干头发，舒舒服服地靠到床头，将粉色的兔子抱在怀里安顿好之后，拿起手机准备向陆潇潇通报情况。

　　可微信已然爆炸了。

　　班级群里无数条"有人@我"的提示，外加近二十条新私聊排山倒海，几乎将手机给卡死。

　　徐来微微一惊，先选择点进大群，只见整齐划一的队形——

　　"@徐来，你家任清风飘大了吧（挥手）。"

　　"@任清风，少废话，周一发糖（挥手）。"

而这一次，她的第一反应竟然是微微勾起嘴角。

没去细想为何大家竟然灵通至此，徐来退出大群，才发现每一条私信的内容也大同小异——

"有些话爷从高一就已经说倦了，再说都觉得没意思（坏笑）。"

"快去看老任的朋友圈，简直飘到欠揍（挥手）。"

徐来一边默默吐槽某神经病散播消息的速度，一边心跳加速地点进了熟悉的足球头像。

但任清风的朋友圈内空空如也，最近一条还是几天前的"失踪公告"。

尝试了以各种方法重新进入却依旧一无所获的徐来在满头雾水之下，只好暂时忘了和幼稚鬼的"丰胸"过节，默默给他发去三个问号。

果然是秒回的任清风。

"小姑娘，还记得我当时说过的话吗（微笑）？"

"当承认时，我就会大方承认（微笑）。"

徐来瞬间无语，只好向许啸川和沈亦如求救——

"任清风把我屏蔽了，他到底发什么了（抓狂）？"

心焦如焚的等待中，徐来心底升腾起和"好"截然相反的预感。

许啸川："哈，不告诉你（坏笑）（坏笑）（坏笑）。"

沈亦如："老任是真飘，稍等（汗颜）。"

又过了片刻，沈亦如发来一张截图。

任清风发布了一张依旧没有对焦的高糊照，辣眼程度一如既往。

徐来勉强可以辨认出，中间一坨诡异的东西是她在回家路上的后脑勺。

这般明目张胆地挑衅，难怪要屏蔽她——这种"大方"承认的奇葩方式再一次将自认已经百毒不侵的徐来气到心肝脾肺肾没有一处不疼。

偏偏，像是精准掐算过女生搞清事情原委的时长，任清风在这时添油加醋地发来——

"虽然是你的照片，但我没有让你看到（微笑）。"

"凭本事骗到的兔兔，我并不打算失去（微笑）。"

毫无疑问，任清风已经看到了她的知乎回答，但徐来只从这两条飘到欠揍的信息里读到了深深的……骄傲自得。

徐来欲哭无泪地进行起深刻的自我反省。大约她的确不是什么正常人类，所以才会非常不幸地看上这么一个万年难遇的神经病。

反思过后，她在对话框里默默输入"你已经失去了她（挥手）"。

正准备发送，任清风直接发来了视频通话请求。

心跳猛然加速的徐狐狸昂首挺胸地对自己说，一切都是此老狐狸起的头。

所以，如果在这场不断升级的恶意斗法中有人有错，那也全是任清风的错，她才没什么好心虚的。于是她恶狠狠地按下了绿色的"接受"。

任清风显然是刚洗完澡，头发并未完全吹干，额前的碎发依旧淌着细小的水珠，纯白色的T恤衫将流畅的肩线勾勒得分明，隐约露出漂亮的锁骨。

他整个人在摄像头中比平时更加白净，带着徐来从未见过的慵懒笑意："小姑娘，想我了吗？"

"你已经失去了兔兔。"见到这张脸的一瞬间，愤懑大打折扣，徐来忍不住以微笑回应。

"不要在意这些细节，"任清风伸手拨开微微挡住眼睛的刘海，语气轻松，"如此良宵，不应该浪费时间在兴师问罪这么没有意义的事情上。"

"你说得对，"徐来煞有介事地点点头，语气同样轻松，"我们都该找点更有意义的事来做，不如就在此结束今日份的闲聊，愉快地挂电话吧？"

"所以，"任清风的语气瞬间转阴，"你觉得有比和我说话更重要的事？"

"当然，"徐来毫无惧色地回应道，"比如我还有很厚的英语剧剧本需要尽快翻译完成。"

"老王他们把剧本写完了？"任清风优哉游哉地靠到椅背上，"难得。"

"嗯，大体算是收尾了，"徐来赞不绝口，"老王真的很厉害，三条暗线写得都特别精彩。"

"最后还是那个发生在无人老宅里的鬼故事？"任狐狸抽调出遥远的记忆，上一次和徐来讨论英语剧的内容似乎还是两个月前。

"哦，你发给我一份，"任狐狸没有拿手机的左手伸了个懒腰，"我也来拜读拜读。"

"你现在要看？"徐狐狸诧异地看了眼床头柜上的闹钟，"已经十二点半了欸。"

"在'做有意义的事'和'惨遭挂电话'之间，"任清风将手机架在一摞书边，弯腰拉开行李包，拿出笔记本电脑，"我选择前者。"

徐来看着一秒认真的任清风，嘴角微扬："是谁说'真的好累'来着？"

"所以才需要读鬼故事清醒一下，"电脑屏幕的柔光将任清风的侧脸照得分外温柔，"万一我昏睡过了头，被某只披着兔子皮的小狐狸趁机摸黑跑路，请问我醒来之后找谁说理去？"

徐狐狸一边将张肖迪的邮件转发过去，一边客客气气地提议道："请问你可不可以说人话？"

"哦，"任狐狸一边操作电脑一边虚心地接受了建议，语气同样礼貌有加，"请问你愿意再给我一个重新组织语言的机会吗？"

"只有一次。"徐狐狸大人有大量。

"来，"任狐狸忽然转向摄像头，露出一个无比顽劣的笑容，"爸爸帮你翻译。"

"任清风，"徐狐狸没去计较这究竟算不算人话，只将笑意扩大，"你们男生是不是都有当别人爸爸的瘾？"

"请解释一下'们'这个字。"隔着屏幕，有隐隐发酵的醋味蔓延开来。虽然有人在一目十行地盯着电脑，但语气再次变得非常不妙。

"你娇贵的许爱妃曾经热切地给我普及过。"徐来神色坦然。

"他是很有当别人爸爸的瘾没错。"任清风的目光依旧停留在屏幕上，修长的手指在键盘上飞快地敲击着什么。

"那，"徐狐狸不禁运筹帷幄老谋深算地扬起嘴角，"你有这么叫过他吗？"

这一次，任清风不仅立刻停下了所有动作，立刻将头转向手机摄像头，甚至还立刻将手机拿回了手中。

任狐狸高高扬起扑克脸，眯起眼睛，声音耿直地加重了几分——

"开玩笑，我怎么可能会叫他爸爸。"

显然，对于"镇压邪祟"这门博大精深的艺术，新手入门又恰好不太会骗人的任直狐尚未掌握不动如山的要领。

3.

在"男女搭配，干活不累"的连夜奋战下，剧本被两人以神速翻译完成了将近三分之一。

可头脑发热，盲目拼搏的惨痛后果是——

"我脑子完全不会转了，虾我改天再去给你做，今天先让我好好睡个觉。"

任清风神志不清地说出这句话时，窗外的天空已经隐隐泛起鱼肚白。

对此，同样神志不清的徐来完全没有疑义。

挂断这个持续了一整夜的视频电话后，徐来也瘫回到温暖舒适的床上，一秒陷入梦乡。

再次恍惚着睁开眼的时候，徐来敲了敲痛到欲炸裂的头，迷迷糊糊拿起手机看了眼时间，瞬间清醒过来——

赫然已是傍晚五点四十分。

两个多小时前，周医生和徐医生在三人的微信群里分别发来"飞机因为航空管制延误，不知何时起飞"，以及"我六点半落地，可以给徐来带饭"。

见徐来迟迟没有回应，周医生又发了一句催促道："你需不需要爸爸带饭？"

徐来一刻也不敢耽误，连忙发回一个"世上只有爸爸好"的表情包："需要（可爱）。"

周医生酸溜溜地发回"（挥手）（挥手）（挥手）"，表示收到。

徐来笑着问道："那你的飞机什么时候能飞？"

但周医生却再无回音，直到徐来简单地洗漱完，将"世上只有妈妈好"的表情包连续发了三遍，才高冷地发回了三个字："不知道。"

抱着丹麦曲奇窝回沙发上，徐来给杳无音信的任清风发去："差不多可以起了呢（挥手）。"

然后，趁着没到饭点，徐来直接呼叫起陆潇潇来。

没想到秒接电话的好友比她还激动："我正准备找你呢！刚刚刷微博了没？炸了炸了！"

"什么情况？"这个世界末日降临的绝望语气让徐来立刻点进了微博。能让早已看淡娱乐圈风浪的老牌追星女孩陆潇潇爆炸的，想必是能让微博瘫痪的特大八卦。

果不其然，火红的"爆"字是热搜第一名的词条尾缀。

"就在十分钟前，林楚航和曹璐璐竟然官宣分手了！"陆潇潇的声音中有惊讶，有沮丧，有难过，也有不解，"我可是真情实感地粉了他们四年！爷青（春）结（束）。"

这对 CP 是娱乐圈中耳熟能详的模范情侣，在最初的一片唱衰声中坚定不移地走过了五年。即便在各自的事业低谷，两人也是互相支持，从未放弃过彼此。

吃瓜群众自然因为这样的情比金坚对二人好感度大涨，口风大转，甚至在最近自发成立了催婚团，扬言"楚璐就是娱乐圈露水姻缘的最后出路"。

也不怪陆潇潇觉得天崩地裂了。

"那原因是什么呢？"尽管徐来对追星兴致缺缺，但在陆潇潇的耳濡目染下，一直算是对娱乐圈的风吹草动格外灵通的那一类。

"没讲，微博上都是些'感谢相伴'和'永远是亲人'之类的套话，信息量为零，"陆潇潇的声音低沉而愤慨，"真的急死人了！明明上个月还在红毯上恩爱合体，一周前还在微博互动来着。"

"这么说，"徐来习惯性冷静地分析道，"多半是他们觉得这是私事，不愿意拿来炒作。"

"但是真的太突然，太让人难以接受了，"陆潇潇无精打采，"每次和阿欢吵架，我都会刷他们的饭制（粉丝做的）视频劝说自己人间仍有真爱在……"

这样可爱的"消愁"方式让徐来有点想笑，但她不可能在这种时刻表现出来，只是带着安慰耐心地开口："你明知道娱乐圈拗人设的重要性，咱们能看到的，不过是些表面上的真假虚实而已。"

"道理我都懂，可就是觉得特别不甘心，"陆潇潇叹了口气，"明明当初被黑得那么惨都挺过来了，也一起经历了那么多风雨，却还是说分就分，让人根本没法相信所谓的爱情。"

"潇潇，别难过了，虽然我也觉得遗憾，但也许很多问题不是靠爱情就能解决的，"徐来试图转移陆潇潇的注意力，试探着开口，"况且，你相不相信爱情不是应该看阿欢未来的表现吗？"

可陆潇潇却因为这句话陷入了更加迷茫的深思："唉……有时候都不敢想'未来'这两个字。"

徐来暂停住吃饼干的动作，关心地道："阿欢又怎么了吗？"

"没有啦，虽然现在一切都挺好的，"陆潇潇明显受了林楚航、曹璐璐分手的负面影响，难得"哲学"了一把，"但如果大学考不到一个城市变成异地恋呢？如果大学里出现了更喜欢的人呢？"

徐来一时沉默了。

"就是因为每次和阿欢吵架都会想到这些特别现实的问题，"陆潇潇再次叹了口气，"所以才会把对爱情最美好的向往寄托在楚璐CP这种遥不可及的金童玉女身上。"

"好像这样就可以规避这些烦人的问题一样？"徐来听懂了好友话中的含义，同样若有所思地开口，"但是潇潇，逃避并不能解决问题呀。"

"徐来，"陆潇潇不答反问，"你就不会担心有一天和任学霸BE（以悲剧收场）吗？"

徐来微微一愣，原本轻松美好的心情忽然收束了半分。

　　"我倒从来没有想过这个问题，"徐来沉默片刻，才慢慢组织起语言来，"不过，如果不考虑有一天我或者他被其他人疯狂吸引这个可能的话，应该不会吧。"

　　"把你的乐观借给我十分之一怎么样？"陆潇潇的声音终于渗入了些阳光与晴朗。

　　"倒不是我盲目乐观，"徐来边思考边慢慢开口，"只是从性格、三观、家庭，或是对未来的规划来看，我和任清风都没什么在本质上不可调和的矛盾点。所以，即便会产生争执，也应该属于能够被及时解决的问题。"

　　"你就一点也不怕某一天突然天降一个妖艳贱货把你家任学霸给勾搭走？"

　　"那就要分类讨论了吧，"徐来想了想，不紧不慢地回答，"如果是属于他被疯狂吸引到完全失去理智，什么都不顾的情况，那我只能说，走在马路上还有被花盆砸中的可能对不对？这一类风险任何人都规避不掉，胡思乱想也不会有帮助。"

　　"如果没有疯狂到这种程度，只是类似'白月光'和'朱砂痣'的选择呢？"

　　"那他自己会去做'值不值得为了这个人放弃我'的利害分析，"徐来答得笃定，"如果他觉得值得，就与'非常疯狂'等同处理；如果他觉得不值得，就一定会无事发生。任清风这个人，实在是怕麻烦极了，有这种纠缠不清的时间，他宁愿关上门多读几本书。"

　　"绕了半天，我就只听出了一个字，"陆潇潇的声音仿佛恢复了些元气，"佛。"

　　"当然不是，因为让他判定'值不值得'的筹码在我手里，"徐来默默坐直，"在他没有不喜欢我的前提下，如果我一直比他期望中更好，那么他和另一个人从头培养默契的代价也更大，不是吗？"

　　陆潇潇有所触动地将这番话咀嚼了片刻，才有所触动地继续问道："那……如果有一天，这样的喜欢随着时间变淡了呢？"

　　"真到那种时候，大概两个人共同经历和共同拥有的已经非常多，想要干净彻底一刀两断的难度也会非常大了吧。一定会有其他比'爱情'二字更有约束力的理由将关系维系下去，比如说习惯，比如说责任，或者比如说亲情……"

　　"徐来，每次你用这样的语气说话的时候，"陆潇潇忍不住插嘴，终于找回了吐槽的活力，"我都觉得是在听我妈讲大道理……"

　　"但是，如果有可能的话，我还是想尽量推迟这一天的到来。"

　　"推迟？"陆潇潇默默重复了一遍。

"听说过一首非常可爱的诗吗？"徐来的语气重回轻松，"不爱那么多，只爱一点点，别人的爱情像海深，我的爱情浅。④"

"这又有什么关系吗？"陆潇潇不解。

"如果'喜欢'作为燃料注定不可再生，总量有限，"徐来露出了惯常的调皮笑容，"那么，要是在刚开始的时候合理控制用量，不烧太猛的话，就应该能烧很久。"

"我之前就怀疑你不可能是花季少女，现在看来，果然不是，"陆潇潇的声音终于完全转晴，愉快地调侃道，"不过，你挑这么个奇怪的时间给我打电话，是不是有什么重大消息想要汇报？"

"嗯，"徐来应得坦坦荡荡，"任清风昨天晚上从珠海回来了。"

"哦……"陆潇潇坏笑着拖长声音，"唱歌妹妹的误会解开了？"

"本来也没有误会，任清风根本没说过那种话，"徐来淡定地回答，"就像我之前猜的，只是戚仍歌被坏人尾随时，情急之下想到的脱身之计。"

"哦……"陆潇潇继续坏笑，"所以昨天晚上，终于发生了某些其实早应该发生的事？"

"听不懂你在说什么。"徐来笑着拿出了看家的装傻本领。

"你说，"陆潇潇倒也不逼问，拐弯抹角地引导道，"久别重逢的花前月下，两个思念成疾的青春期小青年，就没发生点粉红色的难忘事？"

"哦，当然有，"徐狐狸不假思索地应和道，"我们两个花了一整晚的时间，把英语剧剧本翻译了一小半，熬夜熬到……两眼绝对比粉红色还要通红，特别令人难忘。"

"噗……"就在这一刻，陆潇潇完成了从"愁云惨淡"到"眉飞色舞"的蜕变，"逗我呢吧！"

眼见潇潇终于摆脱沉重，徐来放下心来，悠哉地回答："不信我可以把成果展示给你看。"

"哈哈哈，"陆潇潇终于破功，一秒笑出声来，"扛不住扛不住，你们学霸的世界真是让人抓耳挠腮，大开眼界。在如此甜蜜美好的时刻，你们讨论的竟然是如何信达雅地翻译剧本？"

---

④：引自李敖《只爱一点点》。

"某位伟人还教导我们，"徐狐狸不为嘲笑所动，说得一本正经，"要好好学习，天天向上。"

"我觉得，你在任学霸的熏陶下，"陆潇潇努力敛起笑意，心有戚戚焉地得出结论，"也成功进阶为一个我等凡人只能仰望的神经病……"

口干舌燥地挂断电话时，徐来被兴奋不已的陆潇潇盘问了一整个小时，消灭了一小桶饼干。

又在沙发上赖了片刻，她这才端着昨晚和任清风用过的杯子和盘子走进厨房。

将洗好的餐具放回橱柜，时间已经接近七点半，足球头像旁依旧空空如也。

徐来想了想，决定趁着徐医生尚未进门前将任清风叫醒——毕竟，再睡下去怕是会彻底日夜颠倒，像是莫名其妙倒了回时差。

第一次尝试以毫无回应告终。

第二次尝试依旧是听起来毫无接通希望的漫长回铃音。

就在徐来几乎决定放弃前一秒，扬声器中终于响起任清风带着些茫然的低哑声音，显然是刚刚被吵醒："喂？"

徐来柔声开口，以公事公办的语气将声线压得成熟："Good evening Mr. Ren. This is the wake-up call you requested. It's 7:30pm now and it's time to get out of bed.（任先生，晚上好，这是你提前预约的叫醒电话，现在已经是晚上七点半，是时候起床了。）"

电话另一端的任清风的确反应了片刻，才带着徐来熟悉的温柔笑意开口："Any additional services？（还有其他附加服务吗？）"

倒是问得徐来一愣，一时间没想到该如何回应。

"What about……"任清风依旧带些尚未清醒的慵懒，愉快继续，"An evening kiss？（一个晚安吻如何？）"

徐来觉得，下次再打这样的叫醒电话时，她需要提前做好更加充足的准备才行。

任狐狸以"发型很糟"为由，坚定地拒绝了徐来的视频请求，在音频里一边听她讲起刚刚被陆潇潇无情嘲笑的凄惨境遇，一边慢悠悠地从床上爬了起来。

"哦，所以陆潇潇酣畅淋漓地嘲笑了你一个小时，"可谁知这个人不仅没有表露丝毫同情，反而委屈巴巴地质问道，"徐来，我什么时候才配得到同样宽宏大量的对待？"

徐白兔气鼓鼓地反问："什么叫宽宏大量？"

"你看，她就能嘲笑你而不被挂断电话，"任狐狸直接将陆潇潇加入"争风吃醋对象"列表，"但可怜的我，只是因为不小心发错了一个链接就要被全网黑，确实毫无地位可言。"

徐狐狸一秒眯起眼睛："什么叫不小心发错一个链接？那种问题，请问你还想发给谁？"

"不是发错了人，而是发错了问题，"任狐狸的语气谄媚了一个八度，"我发誓，我本来想发的问题其实是'木瓜有哪些功效'……"

"任！清！风！"徐来强行压制住高声号叫"神经病"的冲动，"我要挂电话了。"

"好好好，我错了，你接着说，"任狐狸瞬间降落回地面，"然后呢？你们还说了什么？"

"八卦，"回想起陆潇潇的反应，徐来无奈地轻笑一声，"今天林楚航和曹璐璐分手了。"

"谁是林楚航和……什么璐璐？"任直狐充满好奇地问道。

"呃，明星，之前各自演过很多电视剧的，"徐来万万没想到，被潇潇戏称为"土包子"的自己竟然也有向更土的包子普及娱乐圈常识的这一天，"他们本来是一对公认的金童玉女，没想到突然就分开了。潇潇特别难过，说再也不相信爱情了，我安慰了她半天。"

"为什么这两个人分手会让陆潇潇不相信爱情？"任直狐是真的非常困惑。

"他们两个一直是娱乐圈的爱情范本，"徐白兔耐心解释道，"很多小姑娘，比如潇潇，都会反复去看他们的饭制视频嗑糖，因为超甜。"

"为什么陆潇潇会相信娱乐圈里有爱情？"一番解释之后，任直狐却更加困惑。

徐来觉得，和直男聊这类八卦真的难，索性一笔带过："反正潇潇相信。然后她觉得自己和谢与欢前途未卜，还感伤了半天。"

"请你讲一讲，"任直狐的困惑指数直接爆表，"这两件事又有什么逻辑关联？"

"任清风，"徐狐狸笑眯眯地回答，"我好像又有点想挂电话了呢。"

任直狐充分意识到解数学题时的"钻研精神"与"刨根问底"并不适用于此刻，当即知错就改："好好好，我不说话，我听。"

鉴于任狐狸态度端正良好，徐狐狸便温温柔柔地继续说了下去："然后潇潇就问我，会不会担心我们的未来。"

徐来故意停在这里，想看看任清风的反应，但回答她的却是一片令人胆战心惊的死寂。

她一时间不能确定是不是信号出了问题。

"……"

又等了片刻，手机那头依旧鸦雀无声。

"……"

最终，徐来只好轻声开口询问："任清风？"

"我不是不能说话吗？"任狐狸贼兮兮的声音"委屈"到徐白兔很想直接打人。

"我真的想要挂电话了。"徐白兔累觉不爱地闭了闭眼。

"好好好，我说话，"任清风选择了一个绝不会出错的问题乖巧地开口，"那你怎么回答她？"

徐来沉默了片刻，不答反问："如果是你，你会怎么回答？"

任清风自然听得出徐来的认真，慎重思考了片刻。

再开口时，他的声音里不再有半分戏谑或调侃之意："徐来，你还记得一周前被孙思凌打断的话吗？"

任清风突如其来的认真让徐来的心重重一跳："嗯，怎么？"

"那天晚上，其实我本来想说，"任清风微微一顿，才一字一字坚定地继续说，"所有我想要做到的事，我一定会做到。"

4.

随着周一早高峰的拥挤人潮走进地铁站，徐来刚刚下到站台，就看到了悠然靠着大理石立柱守株待兔的任清风。

依旧是深灰色大衣和藏蓝色围巾，依旧只将双肩包斜背在右肩。

依旧是似笑非笑的愉快表情，依旧是眉目疏朗的笔挺站姿。

唯独与徐来印象中的任清风不同的，是他左手中一个满满当当的手提袋。

"你怎么会来？"虽然这样问着，徐来却露出一个惊喜的笑容，加快脚步朝他走去。

"讨债，"任清风直起身来，等她走到跟前，低下头，压低声音坏笑道，"周六晚上欠我的。"

"喂！"徐来慌忙退后半步，警觉地环顾四周，见周围行色匆匆的行人并未将目光聚焦于此，同时坚决伸出双手将他推走，"讨厌……"

"欠债不还清，"任清风悠哉地看了她一眼，"这算什么流氓行径？"

不能与流氓论短长，徐来指指他手里的袋子，果断地转移话题："这是什么？"

"哦，"任清风语气平板，"你猜如果今天那帮人收不到糖，会发生什么？"

徐来忽然有点脸红。

"没错，"任清风却无比淡定，"我会被无情地追杀到底，然后有些人就会沦为可怜的寡……"

"没关系，"徐来立刻打断了某人的"不讲人话"，转过头，以刚好能被听到的音量喃喃开口，"我还可以努力发展发展……"

"但是非常遗憾，"在听到"老祁"两个字之前，任清风迅速扬了扬手中的纸袋，确保她可以通过屏蔽门的玻璃看到他愉快的笑容，"我想这些恰好足够多。"

然而，当两人并肩踏入教室的一瞬间，山呼海啸的怪叫声、咳嗽声和起哄声让徐来当机立断决定，和任清风一同上学，这毫无疑问是最后一次。

"咦？！"

"欸？！"

"噢？！"

"咳？！"

"看看这是谁来了？！"

一如任清风的判断，他甚至还没来得及开口，就已经被坐在第一排的陈予一把夺走了手中的纸袋，然后被坐在前排的另外两位男生眼明手快地围堵在讲台中央。

"打！给我往死里打！"

一群蜂拥而上的男生毫不手软，其中自然以许戏精的哭闹声最为响亮。

"臭男人，还我徐来妹妹！"

面对这般浩荡的恐怖阵仗，任清风唯有行动敏捷地左躲右闪，甚至不得不公然爆粗，万般无奈地抗议道："哈，别打了，这不是有糖吗！"

徐来悄悄退后半步，为从教室后方快马加鞭赶来的闻晓等人让出了通道。

她忍俊不禁地看着老狐狸被层层人群淹没，坏心地想：让你未经允许擅自在朋友圈上传别人这么丑的照片。

男生们纷纷挥拳冲向任清风时，女生们则带着置身事外的看戏笑容，在座位上悠哉地见证着不断升级的战事，直到——

"都给我消停会儿！任清风、徐来，你们俩跟我来一下。"

在一片更加欢腾的笑闹声与拍手声中，还没来得及回座位放下书包的两人，不得不重新转身，大气都不敢再喘地跟着神情严肃的老周重新走出了教室。

徐来默默看了看身边冷着脸拼命重整仪表的任清风，有点想笑，有点想伸手替他将不知是被谁揉乱的头发整理好，也有点想开口关心他被"打"得疼不疼。

但老周就昂首挺胸地走在他们前面半步，徐来只能以温柔的眼神示意：你还好吗？

有人因为刚刚她的"事不关己"而怀恨在心，傲娇地扭过头去，坚决不予回应，正露出后脑勺一小撮横七竖八的头发。

可爱到徐来最终还是没有忍住，偷笑出声。

走廊中恰好目睹了一行三人的好事者们迅速将其纳入了今日的头条八卦——

"呀，任清风和徐来被他们班主任叫去谈话了。"

"任清风不是去比赛了吗？刚回来就被谈话，也太惨了吧。"

"所以是他周五发朋友圈的时候忘屏蔽老师了吗？"

"哈哈哈，肯定是呗，看来即便是学霸，也不能胡乱秀啊。"

"我很好奇，你说老师找他们俩，也是批评教育外加棒打鸳鸯吗？"

可老周并未在化学办公室停下脚步，甚至在经过年级组长所在的大办公室时依旧目不斜视，直到穿过楼梯口，才示意两人继续跟随她走进电梯。

一同乘坐电梯的还有一位又高又壮的中年女老师，她略带好奇地看了看两人，对着老周熟稔地开口："哟，周老师，这俩学生怎么了？"

老周的语气异常轻松："王主任找他们谈话，我带他们去八层会议室。"

"这就是你们班的任清风和徐来？"女老师通过语境判断出了两人的身份，语气也没了方才的轻蔑，重新将两人仔细打量了一遍，可话只说了一半，电梯已经稳稳停在六层，"啊，我先走了。"

"欸。"老周点点头就算打过招呼了，并没有再多说一个字。

可任清风和徐来默默对视一眼，心中同时暗叫不妙。

当老周推开会议室的大门，示意两人"请进"时，徐来第一次手心冒汗地觉得，身为好学生得以享有的某些"特权"也并非全然的好。

同样的情况下，普通学生"成双成对"被发现时，会招致班主任的私下"关怀"，这无可厚非。

成天惹是生非的问题学生被发现时，若是情节严重，除去班主任的批评警告，还会招致年级组长的"特殊关怀"，这也可以理解。

可是，此刻呈现在眼前的这个豪华阵仗，与上述相比，实在显得"小题大做"到有些离奇。

稀稀疏疏围坐于长桌边缘，神色各异却目不转睛看向他们的，除去年级组长、教务主任、（14）班老李，和之前在高三数学办公室门口调侃过两人的数学老师，竟然还有一位德高望重的副校长。

"牛啊！"

第一节课课间时，许啸川溢满惊喜的大叫响彻云霄。

徐来迅速用生物笔记捂住了皮皮同桌的嘴，压低声音警告道："嘘，任清风进国家集训队这件事现在还只是内部小道消息，因为官方的最终名单还没确定，不能声张。"

"呀，我怎么就认识了这么个孙子，"许啸川五体投地地愣怔了片刻，才重新换上那副唯恐天下不乱的调皮嘴脸，"然后呢？他们就开始残忍无情地拆散了你们？"

徐来还没来得及回答，许啸川又挤眉弄眼地补充道："要不，你就此抛弃你家老任，考虑考虑哥哥我怎么样？"

"许爱妃，"徐来不动声色地露出一个标准的狐狸笑，"一入宫门深似海，从此妹妹是路人。你家皇上我可惹不起，不然我倒还真挺想考虑考虑老祁……喂！"

伶牙俐齿的小狐狸惨遭不知何时出现在许啸川身边，表情阴森的老狐狸无情的修理。

徐狐狸噘起小嘴，正准备果断伸手反击——

"走开！走开！"许戏精的号叫再次响彻云霄，"别在这里眉来眼去……嗷！"

于是徐狐狸扬起的小手索性改变了方向，舍远及近，再一次无情地落到了许皮皮头上。

午休时的食堂依旧人头攒动，徐来和沈亦如苏弈薇绕了三圈才终于找到了一张空桌。

"徐来，"端着盘子坐定，苏弈薇打趣道，"你就这么把老任打入冷宫了吗？"

"噗，"徐来被这个问法逗笑，同样戏谑地回答，"你们对我有似乎很大的误解。"

"我可是亲眼见识过，"沈亦如拿起筷子，笑着插话，"你是怎么把他修理到卑躬屈膝的。"

徐来优哉游哉地回应道:"但是这次说不定情况刚好相反。"

"我看老任必然不敢,"苏弈薇咽下一口菜,"你可是他含辛茹苦地追了这么久的大宝贝。"

"没错,"沈亦如添油加醋,"但凡你一声令下说一起吃午饭,他肯定赴汤蹈火,在所不辞。"

"错,"徐来慢悠悠喝一口水,"你们想,他已经好几周没回学校,早有一群狐朋狗友望眼欲穿等他团聚,可我们周末已经见过面了嘛。所以,即便我提出这样的要求,他还真不一定会答应。明知如此,我又干吗要去'自取其辱'地让他为难?"

沈亦如不由得再一次露出叹服的表情。

"而且,"徐来无奈地撇撇嘴,"你们是没看见我们早上一起走进校门后有多恐怖,我可不想再被人像看猴一样围观了。"

"所以,"苏弈薇反应片刻,才重新调侃道,"说半天,还是你不想太高调,把人家打入冷宫了呗。"

徐来一时觉得似乎也有几分道理,于是没有再继续"辩解",默默低头夹菜。

再抬头时,她的视线被一大片阴影遮蔽了彻底。

苏弈薇和沈亦如,连带方圆数十米内的所有女生,全部难以置信地停下了进食的动作。

逆光停在徐来身边的,是并肩而立,甚少会单独同时出现的任清风和祁司契。

此时此刻,这两张英俊的少年面孔,一个对着徐来高深莫测地微扬起嘴角,一个对着徐来笑得一如既往的春暖花开。

糟糕,画面过于耀眼,不幸引起心悸。

徐来轻咳一声,匆忙咽下口中的鸡丁,看向任清风:"怎么?"

"老狗有话说。"任清风回答得淡然平静。

鸦雀无声中,似乎有别桌正竖耳聆听的女生因为这个称呼发出一声"哇"的幸福低叫。

徐来接着看向祁司契的盛世美颜。

"你家老狐要挟我向你解释清楚,"祁司契也毫不客气地选择了以动物作为称谓,语气却分外严肃,"他确实没说过那句话。"

想到那两条必然是故意为之的"插刀"微信,徐来还是忍不住想笑:"我知道。"

"那我就放心了，"祁司契重新挂上和煦的笑意，有意将语速放得很慢，"但如果以后老任做出什么飘到让你难以忍受的事，你也可以考虑一下……"

在乍然响起的高分贝尖叫声中，祁司契被任清风恶狠狠地揽住肩膀，强制性转身。

"他的话讲完了，"当机立断将危险源推离小白兔的同时，任清风回头向着满脸姨母笑的苏弈薇和沈亦如点点头，"我们先走了，你们吃得愉快。"

两个高大的身影缓缓消失在视线后，沈亦如笑着开口："仍歌妹妹的问题彻底解决了呗？"

"嗯，"徐来一身轻松地点点头，"任清风和她讲清楚了。"

"那老周早上找你和老任说什么了？"苏弈薇也笑着问道，"搞得那么吓人。"

"这次任清风在冬令营的所有选手里排名十六，进六十人的国家集训队是没有任何疑问的，这个成绩进第二阶段的集训队甚至是国家队都是非常有希望的。"

"徐来，我们也看了你这两年的成绩，如果能继续保持下去，在咱们四中，这样的名次上北大清华同样没有任何疑问。"

"你们都是学校非常重视的好苗子，老师们无论如何都不愿意看到你们给对方造成负面影响。"

"但是任清风，曾经是我手下最优秀的学生，带了你四年多的小李，还有经验丰富，我十分信任的周老师都愿意为你担保，我也不好多说什么，就希望你能拿捏好分寸和尺度，端平心里的那杆秤，不要最终误人误己。"

"徐来，上一次咱学校出这么有天赋的竞赛生还是在八年前，所以老师可以很坦率地讲，学校的确对任清风寄予厚望。搞竞赛是件很辛苦的事，希望你带给他的是支持和理解，而不是最终的遗憾。"

"还有最重要的一点，的确有极少一部分学生能做到相互督促，共同进步，但是成绩因此一落千丈、自毁前途的例子我们见过太多太多。希望你们平时低调行事，不要四处招摇，给其他学生树立错误的榜样。"

"该说的都说完了，老师希望这是最后一次因为这件事找你们谈话，也希望你们继续努力，今后各自为母校争光。"

副校长一番恳切的说辞历历在耳，让徐来百感交集。

或许别人可以潇洒挥霍掉这段躁动的青春，但她和任清风不行。

或许别人可以轰轰烈烈地不计后果与代价，但她和任清风不行。

或许别人能够没日没夜柔情蜜意黏在一起，但她和任清风不行。

这些横亘在前路上的"不行"，将周五晚上以来的所有缤纷喜悦牢牢压制回心底。

任清风输不起，徐来亦是，所以在面前缓缓陈铺开来的一切，任重而道远。

班会课结束，徐来收到了准备去参加集训的任清风的微信："等我一起（挥手）。"

徐来回复了"好（挥手）"，然后摊开物理练习册，读题后短暂思考了片刻，静静地落笔。

其实一切都与之前没什么不同，甚至在剩余的高中生活中，也不会有任何不同。

他还是会在相对空闲的周三晚上准时出现在画室送奶茶，而她还是会在有事或者有需要的时候安静地等他集训结束一起回家。两人在学校的全部交集便止于此，也刚好合适。

天色不知不觉渐渐大暗，但专心写物理作业的徐来不曾抬头关注。

直到平稳的脚步声渐近，徐来才抬起头来，对着出现在桌角的奶茶微微扬起嘴角。

看着任清风在许啸川的座位上悠然坐定，徐来才柔声开口："有没有和你说过，其实我以前不是很喜欢喝奶茶？"

任清风没有露出丝毫惊讶，只是温和平静地挑眉："你知道在被你泼了满身奶茶的那一瞬间，我在想什么吗？"

徐来微微偏头，示意他继续。

"这个小姑娘，竟然在大热天喝这种能把人烫死的奶茶，脑子十有八九是短路了。"

想让这个人说人话果真比登天还难，徐来一脸冷漠。

"你知道你慌慌张张拿出眼镜布的那一瞬间，我在想什么吗？"

徐来继续一脸冷漠。

"这个小姑娘，竟然觉得一块眼镜布可以擦掉那么一大片奶茶，脑子果然是短路了。"

徐来暗戳戳地思考起等一下到底应该上手捶还是掐。

"你知道你出现在我同桌的位置，像是见了鬼一样说'对不起'的时候，我在想什么吗？"

徐来决定，左手捶，右手捞。

"这个小姑娘，竟然只会说这么一句话，脑子不仅仅是短路的问题，我得想办法救救她。"

不过，徐狐狸还是维持着良好的风度，不动如山地扬起了一个甜美度满分的笑容。

"那天我来姨妈，地铁上的空调又吹得很冷，所以随便买了杯热饮，请问有什么问题吗？"

一眼认出这是徐狐狸改良版运筹帷幄老谋深算的笑容，任狐狸瑟瑟发抖地迅速赔笑："没问题，太应该买热饮了。"

徐狐狸不紧不慢地继续："因为发现自己没带纸巾，怕你烫坏，所以想到可以用眼镜布补救，请问有什么问题吗？"

任狐狸坚定地摇摇头："没问题，你想得太周到了。"

徐狐狸的笑容依旧无比和煦，语气也无比软糯："看到你胳膊被烫红了一片，觉得很不好意思，所以想要再道一次歉，请问有什么问题吗？"

任狐狸受宠若惊地加重了语气："没问题，实在是太体贴了。"

徐狐狸这才眯起眼睛，依旧选择了轻声细语："哦，那给你个机会重新组织语言。请问那天，被我泼了满身奶茶的时候，你在想什么呢？"

任狐狸低眉敛目，乖乖坐好："真的好烫。"

徐狐狸点点头，继续问道："那，看到我拿出一块眼镜布的时候，请问你在想什么呢？"

任狐狸感恩戴德，语气诚恳："万分感谢。"

徐狐狸接着点点头，继续问道："后来，我坐到你身边道歉的时候，请问你又在想什么呢？"

在"没事没事"即将脱口而出的前一秒，任狐狸忽然精诚所至，金石为开地灵光乍现："你真漂亮！"

然后，趁着小白兔处于讶异之中，自以为大获全胜的老狐狸迅速低头——

哦，这只小狐狸已经学会制造假象麻痹敌人了。

在脸又一次被无情地推走，并不幸收获一句笑意盎然的"低调行事，不许张扬"之后，任狐狸万分辛酸地卑微开口："徐老师，那以后我应该买什么？"

看老狐狸一副楚楚可怜的样子，小狐狸愉快地伸手揉揉他的头顶："还是奶茶吧，习惯了倒觉得挺好喝的。"

成就感满点的任狐狸忽然坏心地想到，如果坚持不懈的投喂可以改变小姑娘的口味，那么他应该从今天开始，每天对她投喂超标的脂肪。或许再等一年，他就可以收获一只胖到绝对不会有其他人觊觎的肥白兔，他也就彻底不必担心她会被别人拐跑了，听起来似乎很不错的样子。

　　徐来谨慎地看向突然陷入深思，并隐隐透出运筹帷幄老谋深算之意的任清风："想什么呢？"

　　"哦，"任狐狸当然不可能把这样的阴谋公之于众，只是早有准备地扬起嘴角，"我在想，等一下和季女士还有周医生她们吃饭的时候，你要果断提出我们准备在新年去上海的请求。"

　　"真的要去迪士尼吗？"徐狐狸一秒变回乖巧可人的徐白兔。

　　"去，"任清风看着徐来被瞬间点亮的小脸，温柔地笑了，"但寒假我还要继续集训比赛，没办法陪你，只能去看跨年烟花。"

　　徐来在这一瞬间只有无与伦比的感动。

　　这个看似散漫的男生，不仅记得她说过的每一句话，也记得他自己做出的每一个承诺。

　　她没有理由不去相信，任清风说过的话，任清风想做的事，都会一言九鼎地逐一实现。

　　于是，徐来张开双臂，准备献上一个诚意满满的感动熊抱——

　　"欸，徐来，"任狐狸只是敏捷地退后，一本正经地伸手，以右手食指轻点她的额头，无情拒绝示好的同时，扬起了那个运筹帷幄老谋深算的笑容，"低调行事，不许张扬。"

5.

　　在季女士的支持和周医生的默许下，徐来做出了件有生以来最离经叛道的事。

　　12 月 31 日一早，徐来向老周请了病假，和因为要准备下一阶段的比赛所以人身自由的任清风堂而皇之地登上了去往上海的高铁。

　　柔和的阳光透过一尘不染的窗棂为任清风低头解题的沉静侧脸勾勒出一层轻薄的金边。

　　一如初见。

　　徐来偷偷扬了扬嘴角，从背包里翻出 SAT 阅读题集，像他一样，全神贯注地低头看了起来。

列车停靠了几站，身边的人也来去了几拨，但抓紧一切碎片时间专心学习的二人却恍若未闻。

"徐来。"在行程过半，徐来准备起身接水时，任清风突然抬头，静静地叫住了她。

"奶茶要凉了。"这一次，徐来带着了然的调皮笑容，先他开口。

"所以，"任清风点了点头，"喝完再走。"

"乖，"徐来伸手揉了揉他软软的发心，将剧本念诵完毕的同时，忍不住接着皮了一句，"做题辛苦了，吃不吃糖？"

任清风放下笔，运筹帷幄老谋深算地靠向椅背，愉快地眯起眼睛："口香糖吗？"

将最后几口奶茶吸干净，转身之前，徐来愉快地点点头："经典青椒味道，质量很有保障。"

抵达虹桥站后，又经历了一番倒地铁，到酒店办理入住，回房间放行李的"折腾"之后，两人终于走进迪士尼乐园的园区时，已经接近下午三点。

米奇大街早已被欢欣鼓舞的人群挤得水泄不通。

但徐来的心情如同此刻晴朗无云的碧蓝天空，难以言喻地好。

正如徐医生所言，站在这里，就是站进了温馨梦幻的童话世界，所有烦恼顷刻间消失殆尽。

但此时此刻，她半点也不"孤苦伶仃"——

徐来看着任清风从工作人员手中接过一红一蓝两个米老鼠形状的气球，忍不住漾开微笑。

又或许，正如周医生所言，这种地方，的确是和任清风来才能体会到百分百的幸福快乐。

在这样的日期和这样的时间进园，注定与所有热门的游乐项目无缘。

徐来查看了App上令人绝望的排队时间，直接朝着任清风摇了摇头。

所幸第二天还有充足的游玩时间，两人并不着急，干脆在米奇大街两侧的商店里慢悠悠地逛了起来。

走进M大街购物廊，徐白兔兴致高涨："任清风，你要不要买这顶米奇魔术帽？"

"不要。"任直狐充满嫌弃。

"那你要不要买这个有米老鼠耳朵的头饰？"徐白兔暗戳戳地怂恿。

"不要。"任直狐拼命摇头。

"那你要不要买这个……原力觉醒雷伊尤达达斯维达光剑？"这一次是单纯的调戏。

"不要。"任直狐满脸惊恐。

"那……你要不要买……"徐白兔得寸进尺地拉着他走向一排迪士尼公主的玩偶。

"徐来，"虽然不太理解为何小白兔在走进商店后突然两眼放光，但任直狐还是极具耐心地好脾气开口，"我一定要买点什么吗？"

"对呀，既然已经进到这里，当然要尽力融入快乐的氛围中，"徐白兔微笑着暗示道，"你看你一身暗淡的灰色，和温馨梦幻的环境格格不入。不然买几个胸针别一别也可以呀。"

任清风默默环视周围衣着鲜艳，身上充满各种迪士尼元素的人群一眼后，不得不对徐来的观点表示认同。

于是，他利用身高腿长的优势，迅速将商店扫视了一圈，最终露出了一个非常满意的笑容。

"哦，知道了。"

然而，看到任清风牢牢抱在怀中的选择后，满脸震惊的人瞬间换成了徐来："你准备抱着两个……这么大的毛绒玩具在这里面走一天？"

"对的。"任清风乖巧地点点头。

"任清风，这个……如果你真的想买，"徐来看着任清风怀里的兔子朱迪和狐狸尼克，不知为何就选择了让步，"我们晚上看完焰火表演再回来买好不好？"

"不好。"任清风将两个玩具抱得更紧。

"我们还要走很长的路，背着它们会很沉，"徐来试图好言相劝，"也不是不让你买……"

"不行。"任三岁一秒上线，拒绝得干脆利落。

"任清风！"徐来再次被某人这副"我就是两岁半，不服憋着"的样子气笑。

"你看，新年烟花表演是八点开始，"任三岁开始信誓旦旦地大讲道理，"这么多人等着看，我相信六点，不，甚至五点，就会有人开始在城堡前占位了。"

徐来果然微微一愣。

"现在已经快四点了，"任三岁乘胜追击，"等我们结完账，再到其他商店逛一逛，吃点东西，差不多也要去城堡下面抢占一个好点的位子了。"

徐来哑口无言，竟然觉得他说得确实很有道理。

"所以，等下我需要背着它们走的，只有从这里，"任清风愉快地扬手指了指正前方，"到城堡下面，这一点点直线距离而已。"

趁着徐来无言以对，任清风灵巧地穿梭至收银台的队尾，向她扬了扬手中的狐狸尼克，露出一个大获全胜的笑容。

果然，还不到六点，正对城堡，角度最佳的空地上已经挤满了雀跃的人群。

可等待的时间并不难熬，两人之间永远有聊不完的各种话题。

除此之外，徐来不得不忙于制止某人三番五次伸向兔子朱迪的耳朵，打定主意要凶残蹂躏一番的恐怖魔爪。

笑闹得正欢，城堡忽然亮起了让在场所有人为之一振的炫目灯光。

一切期待与兴奋被这绚丽的光影瞬间点燃，人群也随之沸腾，爆发出整齐划一的惊叹。

徐来身旁的一对年轻情侣情不自禁发出了高声尖叫——

"啊啊啊，好棒啊宝宝！"

"我太激动了，老婆！"

"等一下你要许什么新年愿望？"

"我要永远和宝宝在一起！"

"傻瓜！愿望说出来就不灵了呀！"

"那我也要永远永远和老婆在一起！"

背景是一片震耳欲聋的欢腾喧嚣，可清晰接收到这段对话的徐来忍俊不禁地打量起这对看起来比她年长不少的"肉麻怪"，然后情不自禁地跟着扬起嘴角。

如果是任清风的话，百分之一百万说不出这样让人直掉鸡皮疙瘩的甜言蜜语。

徐来将头转向另一侧，认真看向任清风被灯光照亮，棱角分明的清俊侧脸，带了几分调皮地轻声试探道："任清风，等一下你准备许什么愿望？"

任清风微微低头，定定地看了徐来片刻，依旧是永远能将她的心思看透的沉静目光，像是已经对她提问的缘由了如指掌。

然后，他在骤然响起的音乐声和一阵徐来的清风中温柔地扬起嘴角。

"徐来，永远太远，我们就认真过好每一个明天。"

9月3日，晴。

啊啊啊！今天是人生中最尴尬的一天，没有之一。

在去操场上体育课的路上竟然被树枝绊倒，狠狠地摔了一跤，开学才第三天。

摔跤不是重点，重点是制服口袋里的姨妈巾摔了出去啊！

姨妈巾摔出去也就算了，问题是正好被几个外班男生捡了起来！

被男生捡起来也无所谓啦，但是这个捡姨妈巾的男生真的很帅啊！简直丢死人！

虽然他真的非常礼貌，也不像同行的其他男生一样隐约露出了猥琐的笑容，但是，还是觉得好丢人啊！

大家都说（14）班祁司契最帅，可我觉得这个男生比祁司契更帅！

后来被小影嘲笑了，说什么这就是言情小说里男女主邂逅的老套桥段。

什么鬼！哪有因为姨妈巾结缘的故事？！

不过好想知道这个男生是几班的，名字是什么，因为真的好帅，赢在气质的那种帅。

9月9日，晴转多云。

原来就是隔壁班。

任清风。

课间操的时候特地从（13）班的队伍后面经过，忍不住偷偷看了一眼。

在围成一小圈聊天的一群男生里，只有他乖乖系好衬衫所有的扣子，好可爱。

越看越帅，名字也好听，很有叱咤江湖的逍遥少年感。

9月18日，晴。

今天竟然在食堂和他说了一句话！

看他和几个朋友站在兰州拉面的队尾，就头脑发热地排到了他的后面。

鼓了好久的勇气才敢把"请问这是不是排拉面的队伍"问出口。

啊啊啊，然后他超级温和地回答"是的"！眼睛里面有星星！

没有只高冷地点点头，也没有只说一个敷衍的"嗯"字，真的好有礼貌！

不知道他还记不记得我。

要是当初分班考试再考好一点，能够去（13）班就好了。

9月23日，晴。

今天数学测验考得不好，不过在走廊上和他擦肩而过时瞬间治愈！

他的身上有超好闻的味道！侧脸也很帅！

可惜写作水平不行，不知道该怎么形容他的长相。

他好像完全没有认出我来的样子。

果然还是不行啊，捡一次东西外加说一句话而已。

不行，这样太花痴了，我要好好学习！天天向上！加油江小雨！

9月28日，阴。

今天运动会上他简直帅爆炸！怎么会有这么帅的男生啊？！

阴雨天也根本没有办法阻挡他四射的光芒！

4×400米接力赛他是最后一棒，明明交接棒时和（3）班选手差那么远，不知道是怎么追上甚至反超的，就连我们班女生都沸腾了，真的超燃。

但是又有点不开心，这下知道他喜欢他的女生会变得超级多了吧。

就好像自己发现的神秘宝藏突然被公之于众了一样。

要是没有跑这个接力就好了，要是没有跑得这么拼命就好了。

但是就要放国庆长假了，还是开心！

10月10日，多云转阴。

原来他成绩那么好，顿时觉得更加可望而不可即了。

初三就得过高中数学联赛一等奖，真的好厉害。

还得过那么多年级第一。

怎么会有成绩这么好，又这么帅，还这么有气质的人呢？

要不是他分班考生病了，我离（14）班的他就会更远了吧。

唉，再看看自己。

不行，要努力！要争取和男神考上同一所大学！

不过以他的水平，肯定是清华北大闭眼选。

可我和清北的距离比离他还要远。

10月11日，阴。

雨已经连续下了好多天，快点放晴！

今天听到的消息简直是晴天霹雳，原来他有绯闻对象。

怎么可能会有名字这么相配的两个人？

小影在课间操的时候给我指了指站在（13）班队伍里的徐来。

好吧，也是高高瘦瘦的，即便再怎么刻薄地评价也算不上难看。

特地问了问初中同学陈予，他倒是说都是他们班同学闲得没事传着玩的。

唉，但愿真的只是绯闻而已。

突然有点希望他不叫任清风了。

也希望明天的数学测验能考好。

男神可是随随便便就能拿满分的人！加油！

10月14日，晴。

男神果然再次拿到了数学联赛的一等奖！

升旗仪式站在主席台上被校领导表扬的时候真的发着强光！

好想真的和他认识一下啊！

虽然被小影毫不留情地嘲笑了。

但是真的好想和他认识一下！

10月16日，晴晴晴！

啊啊啊！谁能相信两天前还在做白日梦的我，今天就真的认识了他！

锦鲤光顾了我！开心到螺旋飞升！

不仅和他进行了自我介绍！甚至还要到了他的微信号！我爱陈予！

男神微笑着说"我是任清风"的时候，声音真的好好听！

但是陈予接的那句"清风徐来的清风"就真的很烦了。

好吧，但我还是很感谢陈予，陈予赛高（太棒了）！

但是，今天坚决不能主动给男神发微信，那样太不矜持了，哈哈哈！

10月22日，晴。

啊啊啊！幸福得昏死过去！

男神居然真的会回微信！虽然隔了……三个多小时。

他竟然真的直接发来了答案，他自己写的答案！

虽然照片的质量很有问题，但是也不好意思再重新要，就凑合着看了。

而且，和他道谢之后，他竟然还会回复"没关系"！

而且，在偷偷说"晚安"之后，他竟然还会回复"晚安"！

哪有那么多言情小说里的高岭之花（比喻只能远观、无法触及的东西），真学霸都是超温柔超礼貌的有木（没）有！

10月26日，晴（但是心情很阴）。

听说今天有一个（9）班女生在食堂门口拦住他表白，被他非常含蓄却非常坚决地拒绝了。

果然，他不是我一个人的男神，难过。

更加难过的是，如果不是他喜欢的人，贸然表白大概连朋友都做不成了。

这么厉害的他会喜欢什么样的女生呢？

好想努力活成他喜欢的样子。

10月30日，晴（但是心情真的好阴）。

没完没了的八卦好烦！干脆把年级群设置成了"消息免打扰"。

看不进去书，也写不下去作业，索性来这里宣泄情绪垃圾。

男神在英语演讲比赛里拿了第一都不能让心情变好。

今天算是第一次真正意义上见到了徐来。

她的英语好厉害，厉害到让我无从评价的那种厉害。

男神低头听她说话、认真看她的时候确实在微笑。

不是平时对其他人或对我那种客气而礼貌的温和笑容。

而是即便徐来在下一秒开始胡言乱语搞砸比赛，也会说"没事"的非常纵容的温柔笑容。

群里的人都说任清风真的喜欢徐来。

最糟糕的是，连我自己都觉得他们两个确实相配。

可还是不想对自己承认。

而且，不知道为什么，今天晚上他一直没回我的信息。

10月31日，晴。

期中考试还有不到十天了。

听说他今天又拒绝了一个女生的表白，这一次态度非常冷淡，非常直白。

可他一直是个非常温柔非常礼貌的人啊！

不知道昨天不回信息和今天对追求者的态度是受了什么影响。

不能再总是想他了，好好复习才是王道！摒除一切杂念！加油，江小雨！

唉，喜欢上一个闪闪发光但是遥不可及的人，真的好惨。

但还是喜欢他，还是想有朝一日能够站到他身边。

11月9日，多云。

天杀的数学考试！太太太太难了吧！

好绝望，都不想接着背历史和政治了。

希望他能保佑我把明天的物理考好。

11月19日，晴。

他果然是年级第一！把（14）班所有人都轻松碾压！不愧是我的男神，哈哈哈！

而且，给他发去"你好厉害"和"恭喜"，他居然回复了"谢谢"和"你也加油"！

啊啊啊，幸福地昏古七（过去）！

我是102名，其实比自己预想的还好一些。

老师也说语文和数学都还有很大的进步空间。

但听说徐来是38名。

102-38+1=65。

这就是我努力的方向！不会放弃的！

12月1日，阴阴阴（尽管其实是晴）。

今天整个年级都在传他喜欢徐来，而这一次似乎是实锤了。

虽然有点矫情，但好想大哭一场。

他竟然也是会不顾集训，秒回微信的人，简直不敢相信。

我给他发的微信，从来没有秒回过，隔上一个小时已经算是快的回复速度了。

一直以为他只是很忙，可现在看来只是因为我不够重要。

但是他也好可怜，因为所有人都说徐来并不喜欢他。

今天放学的时候看到他默默靠在化学办公室外的墙上，整个人无比沮丧。

从来没见过他这个样子，像是全世界的门窗都在他没有焦点的眼睛里紧紧闭合。

他大概真的很喜欢徐来吧，像我喜欢他一样。

被偏爱的都有恃无恐。

忍不住讨厌徐来。

徐来根本就不知道，对于喜欢任清风的女生来说，他是怎样的珍宝。

12月2日，晴。

今天亲眼在食堂看到他和冯书亭一起吃饭。

他从来没有和女生单独吃过饭啊？！

和（11）班一起上体育课的缘故，一眼就认出了冯书亭。

特意占到了能偷看到他的斜对面的位子，感觉他心情很好的样子。

难道是因为被徐来拒绝，马上转移了目标吗？

可为什么偏偏是冯书亭呢？

不敢问陈予，更不敢问他。

如果是冯书亭的话，明明我也可以！

12月3日，晴晴晴！

哈哈哈，不是冯书亭！果然只是误会！

然后今天数学测验考得也很好，开心！

12月8日，晴。

昨天下了第一场雪，冬天到啦！

难得作业这么少的周末，在家里和妈妈打扫卫生，心情也很舒畅。

不知道他会不会出门打雪仗呢。

不对，他们班今天要去社区服务。

不知道他会去养老院还是学校。

但他一定是老人和孩子都会很喜欢的那种人。

12月11日，阴（好吧其实还是晴）。

全世界都知道他要追徐来了。

果然还是徐来。

真是执着的傻孩子，人家明明不喜欢你。

希望你成功，又希望你不成功。

因为我也不想放弃你。

12月24日，小雪。

今天放学经过（14）班，看到他坐在里面，和几个（14）班男生正兴高采烈地聊着什么。

祁司契也在，可明明就是他更帅啊！

啊啊啊，然后他一转头正好看到了我！

主动！主动！主动和我点了点头！

这是他第一次主动和我打招呼啊！

终于在他的世界里拥有了一个点头之交的位置！骄傲！

开心到忍不住直接和他说了句"圣诞快乐"。

他竟然也笑着回了一句"圣诞快乐"！

啊啊啊，圣诞快乐！

12月31号，晴晴晴！

放学后悄咪咪尾随他和几个同学一阵，看样子是走进了一家台球厅。

唉，不争气的我，还是没敢跟着他们走进去。

好想知道他打台球是什么样子！

像他这种脑子特别灵，数学特别好的男生，应该很会打台球吧。

事后真的好后悔，当时就应该拉着小影，鼓起勇气走进去观望一下的。

还被小影嘲笑说我这样肯定是没救了，没救就没救吧，因为好喜欢他！

今天晚上他心情貌似很好的样子！

虽然回复一如既往的慢且晚，但是第一次回复了表情包！（膨胀.jpg）。

不知道发生了什么好事，但是真的好可爱！

也不知道今晚盛川古城楼的新年烟花，他看没看，真的好漂亮！

1月1日，晴。

新年快乐！新的一年要继续努力！

也希望他一切顺利！

期末考试就要到了，一定要好好考数学，向他看齐！

65名是上次和徐来的差距，这次我一定要努力把它缩短！

加油，江小雨！

1月19日，晴。

期末考试终于结束了，闭关回来神清气爽。

果然他还是第一名！

课间的时候，一眼就在走廊里看到他被几个（13）班男生围追堵截。

哈哈哈，那几个男生好损。

什么"把脑子挖出来给朕看看""交出你的作弊器""脑袋给爸爸也整一个"，笑死了。

还有一个梳着分头、戴眼镜的男生，一边恶狠狠地追他，一边大喊什么"还我徐来妹妹"。

然后他就回头笑了，笑得非常纯粹，非常开心，和没有表情的样子天差地别。

肯定是在追徐来这件事上取得了重大进展。

唉，五味杂陈，却又忍不住替他开心。

另外，这次我是89名，徐来是28名。

89-28+1=62。

有进步就是好样的，对不对？所以要继续努力！

2月6日，晴。

今天不仅是年三十，还是他的生日。

他从来不发朋友圈，不知道有没有好好吃蛋糕。

连同"春节快乐"一起发送的"生日快乐"，只收到了一句简短的"谢谢，你也是"。

本来还在暗暗期待他能发来新的表情包。

唉，无论看多少本星座书都说水瓶座和双鱼座不配。

但是，

任清风，

祝你生日快乐，心想事成。

2月14日，晴。

今天完全不敢给他发微信问题，虽然很想和他聊上几句。

真是越长大越拧巴，连堂堂正正表露出一点点的喜欢都不敢。

情人节他是怎么过的呢？会是和徐来一起吗？

唉。

没有情人的情人节快乐。

2月18日，晴。

每个细胞都在抗拒"开学"二字，虽然能见到他真的很开心。

王老师今天说，虽然我们只是（12）班，但是距离清北也没有想象的那么遥远。

每年三十人只是比较保守的平均数而已，考得好的年份也有五六十人考取的可能。

往年第三实验班也总有两三个人能凭实力考进这两所学校。

这么一想，好像又蓄满了动力。

如果离徐来的 30 名还比较遥远，那么把期中考试的目标定在 60 名，是不是就现实多了？

也许妈妈说得对，还是少把心思放在其他乱七八糟的东西上。

当然，他不是乱七八糟的东西。

他就是动力的源泉！

3月4日，晴。

今天放学的路上竟然碰到了他！

从来都和其他男生成群结队的他，今天竟然是一个人！

脑袋一热叫住了他，打过招呼后又问了他一句"要不要一起走"。

正想咬掉自己的舌头，没想到他居然同意了！简直不敢相信自己的狗屎运！

要是当时能够更从容一些就好了，也不知道紧张之下都说了些什么，懊恼！

不过他真的好好笑。

走出校门，看到一个正在遛狗的阿姨，随口问他"你喜欢猫还是狗"。

结果他特别严肃地回答"我比较喜欢兔子"。

哈哈哈，一个看起来这么 man 的大男生居然会喜欢兔子！毛茸茸的兔子！

3 月 16 日，晴。

虽然他不知道也不会关心。

但是，生日快乐，江小雨！

十六岁也要加油！

3 月 20 日，阴。

今天是第一次家长会，老天爷也很给面子地不怎么晴朗。

不过好在，妈妈说王老师竟然表扬了我！

说我上学期从班上 12 名进步到前 10 名，还有很大的潜力和提升空间。

难得妈妈心情这么好，竟然答应给我买那条心水了很久的裙子，开心！

但后来发生的事也真的很不开心。

家长会发了食堂体验券，妈妈非要去尝试一下，只好乖乖陪她走进了食堂。

刚上到二层，一眼就看到了他和徐来。只有他和徐来。

徐来满脸严肃，全程都没有说话，他倒是一直面带微笑，很有耐心的样子。

所以他们已经在一起了吗？

唉，不愧是我的男神，三个月就可以速战速决追到妹子。

我也成功失恋，不知道该找谁哭的那种失恋。

更加扎心的是，妈妈察觉到我在不停地偷看他们，没好气地来了一句。

"那种满脸赔笑哄女生的小混混有什么好看的？就不学点好。"

我好气啊！真的好气啊！

不知道是因为看到他和徐来在一起气，还是因为妈妈不分青红皂白说他是小混混气。

4月2日，晴（但是心情还是很阴）。

今天在艺术展上看到了徐来的画。

真的好漂亮，好厉害，还是不知道该怎么形容的厉害。

不知道要学多久才能达到那样的高度。

相比之下，我设计的板报简直是幼儿园水平。

我真的太迟钝了，到现在才知道油画社那么火爆是因为很多女生想要趁机认识徐来。

我为什么从来都没想过？

唉，连个合格的暗恋者都算不上。

真情实感地自卑中。

不过，认识了徐来又能怎么样呢？

4月10日，晴。

今天问他数学题，向他表示感谢的时候，他终于发来了第二个表情包！

竟然是《疯狂动物城》里乖巧可爱的朱迪！

他竟然看这么萌的动画片！而且看来他真的喜欢兔子！

不写了，去三刷《疯狂动物城》！

4月22日，晴（但今天是正式失恋的大阴天）。

他和徐来交换劳技课作品的光荣事迹火遍全年级。

完全看不出来，平时总是一副沉稳淡定的样子，竟然能做出这么离经叛道的事来。

徐来上辈子肯定拯救过银河系吧。

心痛。

他肯定会是个特别特别好的男朋友。

但"快乐是他们的，我什么都没有"。

突然又有点想要认识徐来了。

4月26日，晴（但依旧是失恋中的大阴天）。

感觉期中考试考得很糟。

难过。

第一次觉得喜欢他是件特别绝望无力的事。

什么都不想做。

也不想再想他了。

江小雨，他应该已经有女朋友了，不许再想他了！

5月5日，阴。

果然，这次退步到 128 名。

王老师人真的很好，怕我有心理负担，耐心地安慰了我半节自习课。

可回家之后我还是关上门大哭了一场。

明明已经很努力了呀，明明每天都在拼命学习了呀。

已经不想去看徐来的名次了。

和我有什么关系呢？

没有关系！任清风也和我没有关系！

我只要好好学习！好好学习！

5月14日，晴。

这周末轮到我们班和（10）班、（11）班到灵岘山野营。

男生做的饭竟然比女生做的还好吃！一点也不科学。

那群浑蛋竟然嘲笑我分不清楚糖和盐！生气！

不过第一次看到这么漂亮的日出，真的让人充满希望和力量。

太阳公公，借我一点力量，让我期末考试取得巨大的进步，好不好？

只是，还是没办法不喜欢他。

果然喜欢上一个人只需要一瞬间，但是想忘记一个人要好久好久。

听到女生们讨论他和祁司契的八卦的时候，还是忍不住凑上去听。

看到朝霞的时候，还是忍不住希望他也能看到。

不过他应该已经看过了吧，说不定还是和徐来一起。

怎么又想到他们两个了？江小雨！给我打住！

5月24日，晴。

不敢相信今天竟然认识了徐来！

在年级组长为所有文艺委员讲解新的板报绘制规则的例会上。

虽然只是临时代班，但她听得好认真。

鼓起勇气和徐来搭讪，然后"骗"到她的微信真是我这辈子做过最勇敢的事了。

要是这样的勇气也能用在他身上就好了。

但鬼鬼祟祟地视奸（偷窥）完徐来的朋友圈，没发现任何秀恩爱的痕迹。

除去最近的一条朋友圈（应该是她们班去野营时拍的日出）能看到陈予回复的"旁边站着谁（坏笑）"大概率是在暗示他之外，并没有任何他或者他留下的痕迹。

难道说他们其实没有在一起？

如果拥有这么优秀这么帅的男朋友，怎么会有不秀恩爱的道理？

感觉重新燃起了一丝丝希望的小火苗。

啊！希望！

5月25日，晴转多云。

真的蠢啊我！

昨天脑子是被门夹过吗？

不知道在傻乐些什么。

徐来的微信头像就是一只粉色的兔子。

真的只是巧合吗？

6月1日，晴。

今天给他发去的"儿童节快乐"没有收到回应。

直到晚上看徐来的朋友圈才知道，今天是徐来的生日。

肯定是去陪徐来过生日了吧。

但徐来 po（上传）的两张照片里，一张是和很多同学在烤串店的合照，一张是一个黑灯瞎火下被彩色烛光照亮的蛋糕，哪张都没有他。

徐来只说了两个字"谢谢（爱心）"，也没有他的点赞或评论。

所以到底有没有在一起？

今天又是为什么这么晚还不回微信呢？

6月2日，晴（心情阴成狗）。

唉，后知后觉的我。

回家之后忍不住又把徐来发的照片仔仔细细看了无数遍。

第二张照片的角落里，有很小一片男生的制服裤子，隐蔽到几乎和黑暗的背景融为一体。

而且这个蛋糕怎么看都是双人份。

难怪他昨天将近午夜才给我回复了一句"同乐"。

6月1日，双子座。星座书说水瓶座男生和双子座女生最配。

打击要不要来得这么猛烈？

真的好烦！

6月16日，晴。

今天的数学测验又考砸了。

被数学老师拎到办公室狠狠批评了一顿。

还是不在学习状态。

每次遇到不会的题还是想向他求助。

在等他回复的过程中，还是会不由自主地想他在干什么，是不是在陪徐来。

然后就会忍不住点进他的朋友圈，又点进徐来的朋友圈。

可他们偏偏什么都不 po。

这样下去真的太糟糕了。

6月25日，晴。

距离期末考试只剩十天了。

还需要做的事——

1. 不要总想他。

2. 把数学和物理的错题本整理好，之前画过重点的错题要重新做！

3. 戒掉朋友圈！

4. 搞不懂的题要果断问老师，而不是他！

不要害怕！加油，江小雨！

7月13日，晴。

期末考试终于结束了！

已经好久没有抽出时间来这里絮絮叨叨了。

哈哈哈，倒霉的历史、地理、政治，咱们死生不复相见！

虽然离 60 名的目标还有点遥远，但是王老师说 96 名也是进步。

戒掉朋友圈果真有奇效。

虽然化学和英语没考好，但数学答得还不错，差一点点就有希望上 135。

感觉离他又近了一些。

7 月 15 日，晴。

不知不觉在知乎上浪费了一整天时间，把他点赞和关注的每个问题都看了一遍。

虽然涉及硬核知识的那些，特别是物理和哲学真的一点也看不懂。

原来除了成绩好，他还看过这么多书，懂这么多。

果然，他的帅俗雅共赏，早知道我之前也应该去购物中心的咖啡厅转一转的。

但是，这算是他亲口承认和徐来的关系了吧。

虽然明知道现实肯定会是这样，还是觉得嫉妒。

好吧，承认这一点也没什么可耻的。

真的好嫉妒徐来！好嫉妒徐来！好嫉妒徐来！

听说他们两个人马上要代表学校一起去美国交流。

我要怎么努力才能和徐来一样厉害呢！

徐来是年级 18 名啊！

不行，江小雨！60 名的目标有点低！你要朝着 30 名，不，是徐来的方向努力！

7 月 27 日，阴。

徐来更新朋友圈了，只有一张照片和一个单词"Pity（遗憾）"，定位是洛杉矶的环球影城。

照片里只有一张残破陈旧，被围栏围住，完全禁止通行的大门，上面写着"侏罗纪公园"。

完全看不出来这种文文静静的女生竟然是会喜欢恐龙的人。

陈予继续在评论区坏笑，不知道是什么意思。

而他依旧没有评论或点赞。

真是看不懂这两个人。

每次觉得他们其实并没有在一起之后，又会有确凿的证据表明他们肯定已经在一起。

反之亦然。

干吗要这么神神秘秘，真的好烦。

8月3日，晴。

上这个全科补习班真的好累，真不敢想象这才是高一的暑假。

他就不需要上这些倒霉补习班也能学得很好。

真的好想借他的脑袋用一用，借十分之一的脑细胞也行。

他现在人在美国，找不到任何理由给他发微信了。

好像有点想他。

8月17日，晴。

徐来又更新朋友圈了。

一张非常让人震撼的俯拍夜景，定位是"格里菲斯天文台"，配字"最美的夜色"。

第一次，他竟然很快在下面回复了"最美的月亮"。

这两个人的话拼在一起的话——"今夜的月色很美"。

夏目漱石的这句话谁还不知道了。

而今天恰好是七夕节啊！

果然人性本贱，想方设法加到徐来的微信之后，她什么都不发觉得烦躁，可看到她发了照片也觉得烦躁；看到他什么都不回觉得烦躁，可看到他回了什么只觉得更烦躁。

可是，还是很不争气地点了赞。

因为他评论过这条状态，因为这样他就会收到"江雨桐点赞了徐来的朋友圈"这样的提示。

好像这样就可以在他的世界多出现一秒，他就会收到我的祝福一样。

8月19日，晴。

他终于回来啦！

但他也太刻苦了吧，刚回来就马不停蹄地到学校参加竞赛集训。

准备这周努力跑跑步，好好做面膜，下周去学校制造偶遇！

虽然被小影嘲笑了，但那又怎么样！

我马上就能见到男神啦！

8月23日，阴。

食堂的蹲守果然奏效！今天终于见到他了！

打过招呼后，还趁机聊了几句暑假的生活！开心！

只需见一面，开心一整天！

好像他晒黑了一点点，但还是好帅！

不过那个自称他妹妹的嚣张学妹简直比徐来让人讨厌一千万倍。

凭什么瞪我！有本事你去瞪徐来呀！

8月28日，晴。

真的很抗拒开学，真的真的很抗拒开学。

今天返校的时候在（13）班门口张望了一下，果然没看到他。

肯定是去闷头做数学题了。

明明已经拿过两个一等奖了，干吗还这么拼呢？

他这么聪明的人都这么努力，我又有什么理由不再加把劲。

江小雨，加油！

9月1日，晴。

不知道他又会多多少迷妹。

心酸。

今天他在升旗仪式上简直帅到爆炸，他的发言全场最佳，不接受反驳。

只有他一个人全程脱稿，并且没有一次磕绊。

明明集训那么辛苦，哪儿来的时间背这种长篇大论的套话稿件呢？

唉，他真的哪儿哪儿都好，除了不喜欢我。

但喜欢又不是做生意，哪有必须你来我往的道理。

9月3日，晴。

单方面和他认识一年整。

可惜他不可能会记得。

真是懦弱又糟糕的自己。

9月5日，晴。

迷妹人山人海地占据了（13）班教室门口。

真的好可怕，比去年运动会之后还要可怕。

全是年轻的星星眼学妹，竟然有一种自己老了的悲惨感觉。

课间偷听到有人问徐来他是不是男朋友，但为什么她没有回答"是"呢？

他这些天都没怎么在班上出现了。

难道是吵架了吗？

9月7日，晴。

他去参加数学联赛了，加油啊，任清风！

最近完全不敢打扰他，上次和他说话还是8月23日，掐指一算已经过去十多天了。

算准了考试结束的时间，给他发去"考完了好好休息"。

可直到晚上才收到他回复的"谢谢"。

一年过去了，依旧只是礼貌又客气的"谢谢"而已。

如果是徐来这样说的话，他又会回些什么呢？

肯定不会是这两个字吧。

9月15日，晴。

今天班会王老师说起了拍摄英语剧的事。

上学期看过上届的最佳影片，很精彩，佩服得五体投地。

不知道（13）班会不会是他来主演，他的英语那么好。

不过，如果他是男主角的话，女主角肯定是徐来吧。

心情复杂。

想要看到他，却又不想同时看到徐来。

唉，可客观世界并不以我想或不想为转移。

还是努力复习好明天的物理测验吧。

9月22日，晴。

好多好多天之后，终于又在食堂遇到他了！

虽然是和三个高三学长在一起，在边吃饭边讨论竞赛题的样子。

没好意思走到他面前打招呼，但是悄咪咪买了和他一样的西班牙海鲜饭。

哈哈哈，忽然想到之前传说他喜欢喝玫瑰味的奶茶，但我怎么从来没见他买过。

9月30日，晴（很久没有在这里标注心情阴了）。

今天是他所有迷妹的心碎纪念日，包括我。

运动会他跑完 4×400 米接力赛，直接就坐到了徐来身边。

从来没人见过他秀恩爱，但今天所有人都被猝不及防地秀了满头满脸。

这两个人旁若无人地分享完同一瓶水，并且全程都在甜甜蜜蜜地说悄悄话。

从来没见过他露出那样的笑容，温柔溺宠之中好像带点坏，甚至当众揉了揉徐来的头顶。

最后还乖乖地一个人走下看台扔水瓶，尽管刚刚跑完 400 米的比赛。

徐来都不知道他会累吗？如果是我，我才舍不得让他去扔水瓶。

唉，好烦躁！好羡慕那些单纯的 CP 党。

10月9日，晴。

他真的进省队了！和他一起进省队的都是高三学长啊！

第二次看他闪闪发光地站在主席台领奖，心情还是格外复杂。

他接下来还要继续集训的话，肯定不会正常上课，肯定没办法找他问问题了。

唉，还是会和他渐行渐远。

给他发送的"恭喜呀"，只收到了"谢谢"两个字。

真的好难过，怎么会以为那个"膨胀"的表情包是某种开始呢？

他从来没有主动给我发过一次信息，一次也没有。

10月15日，阴。

他去北大参加金秋营了。

果然，像他这样的学霸，甚至不需要高考也能轻轻松松上北大。

但我离北大好远好远。

我也想去北大。

但想去北大就是要付出实际行动，所以还是要好好学习。

先努力把明天的化学测验考好吧。

今天给他发去的"加油"二字，他又没有任何回复了。

徐来在朋友圈发布的"生日快乐（亲亲）"和一群朋友的合照他也没有点赞或评论。

真让人担心，不知道他在北京习不习惯。

10 月 16 日，晴。

今天对（2）班的足球赛太燃啦！第一次觉得班上的男生这么给力！

最后反超比分的时候实在太快乐！

（12）班冲鸭（呀）！

只是，他还是没有回昨天的微信。

不过看在今天赢了比赛超开心的份上，原谅他了。

10 月 18 日，晴。

他竟然出现在了（13）班的比赛上！而且他竟然连足球都踢得那么好！

啊啊啊，我的男神也太帅了吧！

不过他被人铲倒的时候心都碎了。

（9）班就是在针对他，一直想从他那里断球，实在太可恶了！

他的腿伤看起来好严重的样子。

我在他被祁司契和一个不认识的男生扶出场地的时候，偷偷回头看了徐来一眼。

唉，这个女生真的好冷淡，在这种时候，竟然还能无动于衷地站在原地。

还是没办法喜欢徐来。

不过，今晚给他发去的慰问短信，他终于终于终于回复啦！竟然又是表情包！

他发的是"（叉腰.jpg）"，所以肯定是没什么大事，那就放心了。

不过摔得这么惨心情还能这么好，肯定是考试考得不错。

我！也！要！去！北！大！

10 月 24 日，多云转晴。

（13）班好厉害，竟然拿了足球比赛的亚军！

果然，他在的班级就是仙气十足。

多亏了他慷慨就义把（9）班拉下马，不然连我们班后面的比赛都困难重重。

啊，不对不对，怎么能说他是慷慨就义呢？语文得好好学了。

已经好多天没见到他了，不知道跑去了哪里集训。

加油，任清风！

我也要在期中考试前加油加油再加油！

11月14日，晴。

终于考完了！考完了！考完了！

我竟然做出来了物理考试的电磁学压轴题！

感觉终于有点开窍了！学习使我快乐！

11月20日，晴。

巨大的进步！79名！

如果每次考试都能进步20名，那只需四次考试，我就可以替代他成为年级第一了！哈哈！

不过排在他后面的第二名我也可以接受啦。

开心！开心！开心！

徐来还是18名，并没有进步，所以我还是有希望的，哈哈哈！

不写了，学习去！男神你要在北大等我！

11月26日，晴。

他手机的充电线坏掉了。

太可爱了，还特意发了条朋友圈广而告之。

可见平时有多少人会找他。

像我一样打着问题的幌子找他说话的女生一定很多吧。

唉，卑微。

不过就这么失联的话，反倒可以静心准备比赛了吧。

加油，任清风！

11月29日，阴阴阴。

一整个晚上都浪费在了恍惚中。

好难过，难过到根本没心情给他发微信问他考得好不好。

他回来的第一件事就是发了徐来的照片。

这是他第一次光明正大地把徐来放进朋友圈里。

原来他们是因为奶茶认识的啊，果然比倒霉的卫生巾要浪漫得多得多。

唉，其实什么兔子啊、玫瑰味奶茶啊，都是徐来喜欢的东西吧。

徐来上辈子拯救的肯定不只是银河系，而是全宇宙。

好不甘心。

11月30日，阴阴阴。

昨天晚上还是躲在被窝里偷偷哭了一场。

小影说我太拎不清了。

她说，像他这样的人，当一个望尘莫及的完美偶像，适当地激发一下学习热情就好。

只有像我这样的傻瓜才会把他当真情实感的喜欢对象。

可又不受我自己的控制。

如果可以，我也不想喜欢上一个永远不可能喜欢上自己的人。

12月2日，阴阴阴。

听说今天他和徐来被（13）班班主任叫去谈话了。

但课间操特意和徐来打招呼的时候，没觉得她心情受了什么影响，反而笑得很愉快的样子。

唉。

课间经过（13）班的时候，他就安安静静坐在座位上低头看书，也和平时没什么不一样。

老师找他们说了什么呢？

不过，和我又有什么关系？

还是烦躁。

12月5日，晴。

我的妈！他居然进国家集训队了！

他真的好厉害。

今天在走廊上遇到的时候，和他说了"祝贺"。

他笑着回复了"谢谢你"。

还是像之前一样英俊且和煦。

不过，这是不是意味着，以后能在学校见到他的机会越来越少了呢。

如果一直见不到，是不是能慢慢把他忘掉？

12月13日，多云转晴。

自从上次在走廊里遇到，之后他就真的没怎么出现过了。

连在食堂让人见一面的机会都不给，真的好残忍。

不过距离期末考试只有一个月的时间了。

眼看就要高二下了，也该收收心，认真复习考试了。

忽然觉得压力好大。

今天找王老师谈话，她说不用着急，一步一步把手头的事情做好。

不要着急，江小雨！

12月31日，晴。

给他发的"新年快乐"再一次石沉大海。

还是有点沮丧，不过也习惯了，反正，知道他收到了我的祝福就好。

徐来也没有更新朋友圈，不知道他们有没有在一起庆祝新年。

今天晚上盛川古城的烟花比去年还要赞，不知道他看到了没有。

但无论他看到了没有，新的一年，我都要继续努力！目标是进步和北大！

从现在到期末考试之前，闭关修炼！

1月20日，晴。

76名！3名也是进步！

好吧，其实这还远远不够。

王老师说有瓶颈期是正常的，所以不能气馁，再接再厉。

放学回家的时候竟然看到他出现在（13）班教室里，和一圈同学笑着聊天。

明明上午课间操的时候还不在的。

徐来也在，但并没有挨着他坐。

徐来这一次竟然还是18名。

1月30日，晴。

过年啦！

今天给他发去的"春节快乐"他倒难得回复得非常快，就随便聊了几句。

原来他寒假一直在海南集训，昨天才回盛川，真的好辛苦。

原来国家集训队还要再考两轮试才会筛选出最后的六名国家队队员。

给他发了"你这么厉害，一定可以成为那六分之一的"。

他竟然又回复了一个"（叉腰.jpg）"的表情包。

唉。这样撩人于无形真的好犯规。

不过大年三十，不能唉声叹气，能和他说上话还是非常开心！

2月4日，晴。

今天徐来更新了朋友圈。碧海蓝天下，一棵直入云霄的椰子树。

虽然没有标明地点，也没有任何配字，但是人都知道这必然是海南。

虽然他一如既往地没有点赞或留言，但陈予倒是在下面嗷嗷大叫"闪着老子的眼了"。

真的自暴自弃。

来吧，不就是要在两天之后大秀一波吗！我挺得住！

2月6日，阴阴阴。

唉，一如既往地神神秘秘，没有人秀恩爱。

给他发送的"生日快乐"，他在晚饭后回复了"谢谢"。

不知道自己是脑袋抽了还是怎样，竟然想要试探出徐来是不是在陪他过生日。

可这其实不是明摆着的吗？人家两天前才发过椰子树啊！

明明已经很久没问过他数学题，但实在没忍住还是发去了一道立体几何题。

发完之后疯狂后悔，只想找条地缝埋了自己。

可他居然回复了"这算生日礼物吗（偷笑）"？

正在犹犹豫豫，反复删改想要说的话，他竟然已经随手写完并发来了答案！

啊啊啊，啊啊啊啊！好烦，所以徐来到底有没有陪他过生日？

如果徐来在的话，他怎么可能有时间给别人答疑解惑？

真是作茧自缚。

2月7日，晴。

昨晚把他发来的答案谨小慎微地观察了好几遍。

虽然成像质量一如既往地模糊，但越看越觉得这不是他的字。

看起来比他写的要工整秀气得多。

又把徐来的朋友圈从头到尾翻了一遍，真的找到了一张她手写的贺卡照片。

他答案里的"由此可证"的"此"字，和这张贺卡里的"此"字几乎一模一样。

所以这其实是徐来写的答案吗？

所以徐来看到了我和他的对话吗？

所以徐来竟然没有气到变形？

因为后来他又继续回复了"没关系"和"晚安"？

所以到底是徐来在回复还是他在回复？

不对应该是他，因为那张糊成狗的照片肯定是他拍的。

啊啊啊，问他题的时候，我是不是个傻子？

我到底在干什么？

2月14日，晴。

一遍一遍地刷朋友圈，甚至刷了好多遍知乎。

还是什么也没有刷到。

无论是他，或是徐来。

连暗戳戳的蛛丝马迹都没有，好像今天是假的情人节一样。

好烦躁！就不能再发张照片让人彻底死心吗？

2月23日，晴。

开学。

高中生涯也正式进入下半段。

忽然好伤感。

就连王老师的开学感言都慷慨激昂了许多。

我也打了新鲜的鸡血！好好学习！天天向上！

课间去走廊接水的时候碰到徐来，不知为何有点尴尬。

她还是那副非常轻松友好的样子，笑着和我打了个招呼。

不知道是真大度还是假好人。

但还是大写的尴尬。

3月4日，晴。

他去参加国家队集训的比赛了。

如果他能进第二轮十九人的集训，最后再进国家队，在暑假前我真的不可能见到他了。

不过，见不到他有利于心无旁骛地好好学习，未必是坏事。

今天物理测验考得非常好，光学比力学简单好多，开心！

虽然见不到，但还是想说。

任清风！你要加油！我也会的！

3月13日，晴。

他突然回盛川了！虽然是和徐来一起。

为什么我今天没和小影她们去购物中心！我是不是傻？

只能通过小影发来的照片来舔一舔他的盛世美颜了。

小影甜美程度满点，特意只照了他的单人照，没有把徐来也框入镜头中。

据说这两个人看了场电影之后，在一家安静的西餐厅坐了一下午。

好像只是在学习？

小影还说两个人看的都是很厚很厚的全英文参考书。

顶级学霸的世界真是让人疑惑。

我也好好学习去了。

3月16日，晴。

生日快乐，江小雨！十七岁快乐！

感谢今天小影精心策划的生日Party和所有参加的小伙伴，爱你们！

真心话大冒险的时候，被问到有没有喜欢的人，还是诚实地说了"有"。

幸好只能问一个问题而不能追问，哈哈。

3月30日，晴。

今天他又双叒叕（表示经常出现的情况又一次出现）站在了升旗仪式的主席台上！依旧帅到爆炸！

他竟然真的进国家队了！真的进国家队了！真的进国家队了！

不愧是我一眼相中的男神！真的太太太厉害了！

国家队啊！国！家！队！

完全不知道该怎么形容此刻的心情。

给他发送了"太厉害了吧（鼓掌）"。

他又双叒叕回复了"（叉腰.jpg）"。

呜呜呜，实在太太太太太可爱了！

4月9日，晴。

今天在食堂排队的时候听到几个学妹叽叽喳喳地讨论他。

对他的名字无比敏感，所以就光明正大地偷听了半天。

边听边无比心酸地暗中附和。

没错！

从来没有见过这么帅，这么优秀，这么厉害，却又这么低调的男生。

小学妹还幸灾乐祸地讨论着他和徐来是不是已经彻底劳燕分飞了。

因为即便他偶尔回到学校，也从来没人看过他和徐来同框。

他生日过后，徐来也再没有发过任何有关他的朋友圈了。

两人的知乎也依旧死气沉沉。

是的话该多好。

但即便是"是"的话，也从没有想过要乘虚而入。

像我这么怂的人，果然只适合暗恋。

4月17日，晴。

来疯狂打脸了。

时隔N久，徐来再次更新了朋友圈："很鸡冻（激动）地过了把女主角的瘾。"

配图中徐来拿的应该是英语剧剧本，后面还有几个在黑灯瞎火中认真工作的

（13）班同学。

明明和"秀恩爱"三个字毫无关联。

可偏偏他回复了"适可而止，早点回家（挥手）"。

陈予在后面兴高采烈地@徐来，说什么"有醋缸喊你回家吃饭了（坏笑）"。

他竟然又回复了陈予"（挥手）（挥手）（挥手）"。

陈予继续回复了"你要是再不回来，你家爱妃就把他妹妹拐走了（坏笑）"。

他竟然接着回复了"让他试试看（微笑）"。

唉。

从来没见过他使用这两个表情，也从来没见过他用这样的语气说话，实在难以想象。

虽然徐来没再回复，但果然两个人还是好好的。

心情复杂。为什么自己的日记快写成他的感情日记了。

烦躁！

4月28日，阴。

72名。进步好难。

难道真的只能在70名附近徘徊不前了吗？

70名的话，北大是一丁点希望都没有的啊！但是明明又只差那么一点点！

不甘心！还要继续努力才行！

今天和小影讨论了半天，为什么有些人偏就可以什么都不耽误？

让我们这些学习已经很痛苦，又没有甜甜的恋爱可以期盼的人怎么混？

比如徐来就还是前20名，真心让人羡慕嫉妒恨。

4月30日，晴。

今天家长会，但家长会不是重点。

不止一个人看到他和徐来还有两个人的妈妈一起在食堂吃饭。

虽然我没看到，但据说两个妈妈似乎很熟悉的样子，他妈妈还一直给徐来夹菜来着。

之前还说没人见过他们同框的。

真的扛不住。

不说他了。

今天妈妈和王老师谈话，王老师说我还有潜力，妈妈也很开心。

不想辜负王老师的期待，也不想让妈妈失望。

继续加油，江小雨！

5 月 14 日，晴转多云。

我又错过了！竟然又错过了！

他们班的篮球比赛他竟然出现在场边观战了！

为什么这么神出鬼没！就不能按时按点回学校让人做好准备吗？

呜呜呜，我已经快两个月没见过他了！

也已经快两个月没和他说过一句话了！

每天面对做不完的题，拼搏的动力都要耗尽了。

不过从另一个角度来讲，眼不见心不烦也蛮好。

毕竟，据说他这一次不仅全程站在徐来身边，还在观战之余顺手给徐来投喂薯片来着。

啊啊啊，我也好想被他投喂薯片！

如果他给我投喂薯片，我也能考到年级前 20 名，有没有？

5 月 19 日，晴。

篮球比赛半决赛的对手竟然是（13）班？

但无论他来不来，肯定还是要给自己班加油的！

（12）班冲鸭（呀）！打倒（13）班！

5 月 23 日，晴。

他没来，失望。

今天甚至在出门前偷偷擦了点妈妈的口红和眼影，想让自己显得更漂亮一些。

果然又被小影无情地嘲笑了。

不过！哈哈哈！赢啦！（12）班最棒！

看到比赛结束后徐来有点难过和失望，竟然有点小窃喜。

我真是越来越不善良了。

可一想到如果徐来不开心，肯定还是由他来安慰徐来，顿时觉得开心程度骤降。

不行不行，做人要善良。

6 月 1 日，晴。

最讨厌儿童节了！

徐来的朋友圈发布了一张有很多同学的合影和一堆生日礼物。

还是没有他，也还是没有他的点赞或回应。

可我才不信他没回来和她一起庆祝生日，再也不想自欺欺人。

徐来的人缘真好，竟然可以收到这么多的礼物。

但其中有一顶死亡芭比粉的毛线帽丑出天际。

十有八九是哪个腹黑的情敌偷偷混入了敌人内部，暗度陈仓来让徐来闹心的。

哈哈哈！

如果他人在盛川的话，明天会不会回学校呢？

6月2日，晴。

料事如神的我！

今天，果然，在他们班教室看到了他！

依旧只是坐在自己的座位上低头算题，专注到好像周遭的世界不存在一样。

大概是集训太辛苦，感觉他更瘦了，心疼。

虽然没能碰上面打声招呼，但是看一眼也足够了！

小宇宙可以顺利燃烧到期末考试了！

加油，江小雨！

6月15日，晴。

电影节的投票评选明天截止，特地买来了（13）班的《逃离古堡》，忙里偷闲看了一遍。

真的好厉害，（13）班同学真的好有才华。

好想把最佳影片奖、最佳导演奖、最佳编剧奖和最佳台词奖全投给他们班。

我才不是为爱失去理智，是因为影片确实精彩，立意也很高大上。

可惜男主角不是他，不知道为什么徐来也只是翻译和剧务，而不是女主角。

明明她英语那么好。

把演职人员名单反反复复看了好几遍，终于在特别鸣谢一栏找到了他的名字。

就知道他肯定还是做出了贡献。

6月18日，晴。

果然（13）班是电影节众望所归的最大赢家。

不过时间过得好快，一转眼这就是高中时代的最后一次大型娱乐活动了吧，伤感。

在颁奖典礼上找了半天还是没看到他，果然 IMO 之前都不会再回学校了。

虽然没敢直接问他，但在网上查到今年的 IMO 是 7 月 8 日到 18 日，还有二十天而已。

简直不敢想象，代表国家出战要背负多大的压力。

他这几天肯定度日如年吧。

还是那句话，加油任清风！

距离期末考试也刚好还有三周整的时间，我也要认真闭关修炼！

这次争取冲进前 50！加油江小雨！

7 月 4 日，阴（真的是阴天）。

说好的闭关，结果还是回来了。

唉，因为徐来更新了朋友圈。

这次竟然是一幅速写，一只兔子看向窗外的背影，配以简简单单的两个字母："w/ u"。

这一次，他回复了三个"抱抱"的表情。

甚至陈予都没有捣乱，直接给他回复了"老任加油"四个大字。

在网上查了半天才知道"w/"是 with 的缩写。

可我连这样说的资格都没有。

还是忍不住给他发去"比赛加油"，可大概他已经上了飞机，又没有回复了。

唉。好想哭。

好了，江小雨！不许耽误时间，好好学英语！

7 月 16 日，晴。

这一次期末终于终于突破了 70 大关！

68 名！

我先叉会儿腰！

哈哈，我才不承认是跟他学的。

特意去查了下四中前十年的高考成绩汇总，四年前最多的一次曾经有六十二人考上清北，感觉希望近在眼前！

加油啊，江小雨！不能松懈！

7月17日，晴晴晴！

看到中国队以六块金牌夺得 IMO 总分第一名的新闻时真的一瞬间泪目。

他真的拿到了金牌！

和其他五个人手举国旗的样子简直帅到爆炸！

他是一个为国争光的少年啊！

喜欢上的第一个人是他，好害怕以后再也没办法喜欢上其他人。

第一时间给他发去祝贺的微信，不知道是因为时差还是什么，他依旧没有回复。

虽然被妈妈痛骂"像个猴子一样上蹿下跳"和"毛毛躁躁没有女孩样"，但还是好开心。

虽然不知道为什么他没有参加赛后采访，但是丝毫不影响他的帅气！

为什么我会三生有幸认识他！

啊啊啊，等他凯旋！

7月20日，晴！

他回来了！

虽然新闻上也报道了"IMO 国家队员载誉而归"，但是，他回来了这件事是他亲口告诉我的！

甚至还非常礼貌地解释了"比赛期间想专心备战，所以没怎么看手机，抱歉"。

他就是所有文明与美德的化身！怎么会有这么温柔的人呢？

唉，但是每次和他说话脑子都会短路，竟然问出了"徐来没有去接你吗"这样的蠢问题。

好在他宽宏大量没有在意。

不过徐来怎么能在这么重要的时刻跑去荷兰呢？任清风辛辛苦苦得了 IMO 金牌啊！

果然还是没办法喜欢徐来。

8月6日，晴。

为期三周的短暂暑假在今天正式结束了。

唉，恐怖的高三，你好。

但回学校见到同学的时候，大家还是一副轻轻松松的样子。

不知道是没缓过劲来，还是把紧张藏在了心底。

他似乎还是没来学校。

课间正往（13）班教室探头探脑的时候，和出门接水的徐来撞个正着。

假装不经意的样子问起她有没有去哪里玩，她说前几天出国参加了一个绘画比赛。

所以原来徐来去荷兰也不是为了旅游，人家也有国际性的比赛要参加。

我之前是在瞎操什么心。

8月19日，晴转多云。

作业好多。

第一次熬到后半夜。

第一次觉得自己的脑细胞超级不够用。

啊啊啊，我恨数理化！

8月24日，晴。

今天是七夕节。

可是依旧没有从他或者徐来的朋友圈里刷出任何关于他的消息。

没有情人，只有作业，呜呼哀哉。

8月29日，晴。

开学两周，开始有做不完的卷子和改不完的错题，这才充分意识到高三的严峻。

班里的气压也低了好多，就连小影都没有以前那么爱开玩笑了。

办公室里问问题的人也渐渐多了起来。

他还是没来学校。

不过他早就被保送北大，也不需要学习了吧。

不想他了，今晚做完作业后，争取把高一的物理笔记重新整理一遍！

9月1日，晴。

开学典礼上，他是第一个被请上主席台进行表彰的人。

胸前的金牌实在太酷炫了啊！和他的人一样酷炫！

大屏幕上看好像终于胖回来一点点，胖点好，因为之前实在是累得太瘦了。

然后果不其然听到了来自新高一学妹的疯狂尖叫。

唉，学妹们已经跃跃欲试要追任学长了，可人老珠黄的学姐还在努力扑灭暗恋的小火苗。

真是没用。

可怜的学妹们，欢迎你们加入老学姐的失恋团。

你们的头号情敌就是在任学长之后走上主席台，同样收获了各方领导力赞的徐学姐。

原来徐来参加的国际绘画比赛规格也这么高，她竟然也得了金奖。

全校都看到了，徐来走上主席台的时候，他非常温柔地对她笑了一下。

还是那个即便徐来会在下一秒开始胡言乱语，把整个开学典礼搞砸，他也会非常纵容地说出"没事"的温柔笑容。

扛不住。真的扛不住。

9月3日，晴。

唉。

认识他两周年快乐。

学习！

9月17日，晴。

果然，即将到来的运动会就是高中生涯的最后一次集体活动了。

这几周真的好累，能够一点一点感受到压力了。

但没天赋的人只能努力。

不过，想想自己的累，再想想他当初备战 IMO 的累，根本就不在同一个量级上。

所以要向他看齐！

不能松懈，不能放弃，加油，江小雨！

9月29日，晴。

所有女生都在翘首期盼 4×400 米的比赛，但这一次他没有参加。

（13）班的四位参赛选手统一亮相的时候，整个看台都弥漫着深深的失望。

陈予说他是在准备下周的 SAT 考试，根本没有来运动会现场。

所以他准备去美国吗？

真的蠢啊我，从前竟然完全没想过这个可能。

我等凡人梦寐以求的北大，他竟然就这样轻轻松松地放弃掉。

忽然觉得失去了前进的动力。

这一次，无论我再怎么拼命努力，都不可能追赶上他的脚步了。

10 月 6 日，晴转多云。

徐来发了新的朋友圈。

配图是一条一望无垠，看起来没有任何特色的木板路，配字"Sentosa"。

查了查才知道这是新加坡的一个人工岛，上面有很多可玩的地方，甚至包括一个环球影城。

他依旧没有点赞或回复，但陈予回复了"考个试也虐狗（挥手）"。

所以，他也在。

像是发疯了一样搞清了几件事。

SAT 的全球统一考试时间在昨天，中国大陆没有考场。

所以，徐来和他一起参加的考试，他们不仅一起去了新加坡，还要一起去美国读大学。

10 月 10 日，阴。

感觉又莫名其妙陷入了高一下期中考试前的糟糕状态。

看不进书，做不进题，也没有任何动笔或动脑的力气。

这样不行的，江小雨！立刻振作起来！

不能再胡思乱想了。

无论有没有他，北大还是那个北大。

10 月 15 日，晴。

今天和王老师认真谈了一次话，当然隐瞒了有关他的所有。

可不知道为什么，总感觉王老师隐隐约约猜到了我有其他心事。

她劝我现阶段就是要排除一切杂念，认真珍惜每一天。

可我也不知道自己能不能做到。

今天在走廊里见到他，想也没想就远远地掉头走人。

真是幼稚得可笑。

其实他怎么会在乎我是不是掉头走人呢？

10月17日，多云。

今天在走廊里看到徐来。

她还是带着那种友好的笑意，淡淡地和我打了招呼。

可我却只想哭。

之前明知道一万个不可能。

现在明知道十万个不可能。

还是喜欢他。

10月18日，晴。

连续考砸了数学和物理。

决定暂停这个日记，同时停用微博，停用知乎，停用微信。

停用有关他的一切。

他已经不是那个能带来正能量的小太阳了。

可是我想要光亮。

11月13日，晴。

期中考试结束！

下回了微博和知乎，才发现与世隔绝埋头苦学的这一个月，其实什么都没错过。

这次语文没考好，英语的完型和阅读也答得很糟，但理综有进步。

虽然又退回到76名，但至少没有像上次那样大滑坡。

妈妈劝我不要给自己太大压力，现在的成绩她已经很满意了。

可是，我还是想要上北大，和他在不在没有关系。

之前的闭关成效卓著，果然，让自己忙起来，就不会有精力胡思乱想了。

他真的好厉害，几乎一年没有正经上过课，这次期中随便一考竟然还是前30名。

其实也并不矛盾，他还是我要奋力追逐的光。

就像我喜欢他，他不喜欢我，也从来都不矛盾。

江雨桐，加油。

12月16日，晴。

今天全年级都炸了。

他收到了 MIT 的录取，那个只在传说中出现过的麻省理工学院。

虽然我不懂，但懂的人说，他申请的是提前批录取，甚至比正常批次还难。

可是又怎么会意外呢？他就是这样一个闪闪发光的人啊。

我距离 MIT，不知道隔着多少个遥不可及的北大。

第一时间给他发去了"恭喜恭喜"，他礼貌地发回了"谢谢"。

其实也挺好。

这客气而又略带生疏的"谢谢"二字，在过去的两年里，将我礼貌地隔绝在他的世界之外，也小心翼翼保护着我免于自作多情的伤害。

或许，聪明如他，早已看穿了我的心思。

假装不知道的样子，配合我这么久，也很辛苦吧。

12 月 17 日，晴。

但据说他竟然没有立刻接受。

不用多想也能猜到，他一定是在等徐来的申请结果。

这竟然是我第一次这样平静地写下"徐来"二字。

12 月 31 日，晴。

没有联欢会的新年。

放学后每个人都默默收拾着课桌上的书本，笑容里也都带着深深的疲惫。

虽然有三天完整的假期，但回来又要面对期末的洗礼。

即便高考结束的那天如王老师所说只是开始，却还是希望这样的辛苦能早日到头。

还是给他发去了"新年快乐"，他又隔了很久才回我。

可这一次，除了"新年快乐"之外，竟然还有"加油"二字。

所以，江小雨，加油。

1 月 18 日，小雪。

68 名，还是 68 名。

也算彻底认清了自己的水平。

虽然总说着考北大，但实力就摆在这里啊。

差两分也是差，差一分也是差。

想要在下个学期进步到前 50 名之内，无论如何都太难了。

而他只要重新学一学，轻轻松松考回前十名。

自己也搞不清到底是喜欢他的人还是喜欢他那颗特别灵光的脑袋了（呸呸呸）。

可是，无论如何不能放弃。

2 月 3 日，晴。

新年大吉！一切顺利！

2 月 6 日，晴。

还是没有任何更新，他或者徐来的朋友圈。

但经过这小半年的磨炼，多少还是成长了一些，终于可以比较平和地看待这两个人了。

任清风，祝你生日快乐。

也祝你得偿所愿，心想事成。

2 月 20 日，晴。

高中生涯的最后一个学期正式开始。

不多废话！好好上课！加油！

3 月 16 日，阴。

虽然累到不想写字，但是还是要来祝自己生日快乐。

简直不敢相信，在朋友圈发布的生日蛋糕照片，竟然被他点了赞。

虽然再也"啊"不动了，但还是好后悔，早知道就在前两年的生日也高调一点了。

成人啦！十八岁的江雨桐，生日快乐！

4 月 3 日，晴。

一模考试加油！

目标是 60 名！

4 月 12 日，晴。

63 名。

王老师说这个分数和名次冲一冲复（旦）交（大）浙（大）还是很有希望的。

仔细想一想，其实也很喜欢上海和杭州。

比北京离家近。

4 月 16 日，晴。

今天就当是高考前最后一次在这里动笔。

百感交集。

上午全年级又炸了一次。

徐来拿到了 Brown 和 RISD 的 Dual Degree Program（双学位）录取。

常春藤之一布朗大学我当然听说过，但回家仔细查了查，才知道之前闻所未闻的 RISD（罗德岛设计学院）是全世界排名第三的艺术类院校。

而徐来要去的这个项目的录取率只有 2%—3%，真正比哈佛还难。

看来他还是会选择 MIT 了，毕竟波士顿离这两所学校所在的普罗维登斯只有一个小时车程。

虽然还是没办法以平常心看待徐来，但还是发自内心地觉得她很厉害，和他一样厉害。

今天他更新了很久之前的一个知乎回答。

"人生中最大的幸福是什么？"

他删除了之前的抖机灵回答。

他说。

"遇到一个让你永远不敢止步，想要蜕变得更好的人。"

而徐来回答了同样的问题。

她说。

"遇到一个让你永远期待明天，想要再优秀一点的人。"

或许，这才算他们第一次真正"秀恩爱"。

虽然最多只算朋友圈的点赞之交，但还是鬼使神差地给徐来发去了祝贺。

她回："谢谢你，雨桐，也祝你一切顺利。"

一时冲动之下，竟然发送了不知从何而起的"其实我一直很喜欢他"。

发完还是很想咬舌自尽。

可徐来竟然接着回道："其实我知道，不过这句话，你还是应该勇敢地说给任清风听。"

所以，看来她是真大度。

反复纠结了一个晚上，最终，还是耗尽了全部勇气给他发了过去。

"恭喜你们，以及其实我一直很喜欢你。"

这是三年以来第一次，他居然秒回我的微信。

"谢谢你和你的喜欢，也祝你一切顺利，成为并遇到更好的人。"

收到这条回复的时候，还是很不争气地掉了几滴眼泪。

过去的江雨桐连同那句"我很喜欢你"一起，永远留在了那条已经送达的微信里。

这是对过去最好的告别，也是我能收到的最好的回应。

还是喜欢他，直到慢慢不喜欢他的那一天。

那又怎么样呢？

在喜欢他的这段时光里，蓦然回首，我已经成为更好的我。

我是追着光的人。

江小雨，他说，要一切顺利。

这一天，各大新闻平台上都报道了一则格外振奋人心的好消息。

当然，其实这样的好消息和绝大多数平民老百姓并没有一星半点的直接联系。

可谁管这个"国际数学奥林匹克竞赛"具体究竟是什么，只要涉及"中国队"和"夺冠"这两个关键词汇，就值得人们掀起一阵普天同庆的狂热浪潮。

"少年强则国强！点赞！"

"数学从来不能自理的偶然路过（挥手）。"

"听说美国队竟然混进了一个白人（狗头）。"

"厉害了我的国（大拇指）。"

"明年高考，现在再开始学是不是晚了点（哭笑不得）。"

"别再吹'中国人擅长数学'了好吗？真心不想被开除国籍（大哭）。"

"恭喜这六位少年，真是前途无量（爱心）。"

充分表达完对这个好成绩的满意与赞誉之情，下一步自然是搞清这六位金牌获得者究竟长有怎样的三头六臂。

远景照片中央的六位少年亲密无间地并肩而立，共同将一面鲜艳的五星红旗平整地展开。

并没有人们刻板印象中顶级学神的苦大仇深，相反，个个英姿勃发，气宇轩昂。

"我去！好像还有帅哥（星星眼）。"

"右二那个戴着眼镜，文文静静的小哥哥是我的菜（星星眼）。"

"看左三！左三！"

"这个高高瘦瘦，穿着灰色POLO衫的小哥哥绝对是玉树临风本风了（星星眼）。"

"我需要左三小哥哥的全部信息（星星眼）。"

"同蹲！入江直树在我心中终于有了脸（挥手）。"

"我强烈要求记者重新拍摄一张近景高清照（愤怒）。"

"我总感觉似乎在哪里见过左三小哥哥（疑惑）。"

"我十分确定曾经见过这个小哥哥，在梦里（挥手）。"

六个人的名字与学校并不是秘密。

这些信息连同每个人在比赛中获得的分数一清二楚做成了表格，摆在照片右边。

但无论热情的吃瓜群众怎样努力，都只能将其中的三张脸和名字一一对上号。

剩下的三人行迹低调，学校也并未大肆宣传。

其中，很不幸的，也包括大家万众一心想要挖出的左三小哥哥。

欲八卦而不得的吃瓜群众只好退而求其次，将崇拜的目光放到了赛后采访记录上。

虽然并未搞清帅哥姓甚名谁，但至少采访中肯定包括他的获奖感言，不管怎么说，能够看看帅哥的感想也是一种安慰了。

"欸？但是怎么只有五段采访（困惑）。"

"好像有一个叫任清风的没有接受采访（挥手）。"

"这个任清风最好别是左三小哥哥（愁苦）。"

"我不管，我就觉得尹缪臻这个名字有帅哥之相，四舍五入左三小哥哥就是他。"

"我信了你的邪（大笑）。"

"等等！我在一个新闻网站的历史快照记录里发现了一个之前的完整版采访（惊讶）。"

"什么情况（诧异）？"

"哈哈哈，这个任清风太敢了，怪不得只有他的采访记录惨遭全网删除（大笑）。"

"快快快，上截图，他说了什么（好奇）？"

一时间，所有人都将注意力放到了这个很敢的任清风身上，转头就把左三帅哥忘到了脑后。

只见快照中惨遭删除的采访如下——

记者：恭喜，请问你此刻的心情如何？

任清风：正常吧。

记者：对于之前的辛苦训练有什么想说的？

任清风：没什么。

记者：那此刻最想对家人或老师说些什么呢？

任清风：哦，我想对某个小姑娘说，你现在必须要配合我登上新闻了。

记者：没有想对父母或者老师说的话吗？

任清风：感谢他们的辛苦付出和辛勤栽培。

记者：那么，还有什么寄语想要送给未来的参赛选手吗？

任清风：不忘初心，牢记使命。

"哈哈哈，这怕不是个猴子派来的逗比吧（大笑）。"

"主席语录十级，是块当领导的材料（大笑）。"

"知道你有小姑娘了，不过登上新闻是什么鬼（大笑）？"

"这下放心了，他绝不可能是我的左三小哥哥（大笑）。"

"没错，任清风肯定是右一那个看起来骨骼精奇的呆萌小胖墩（大笑）。"

"可我觉得右一最不像是有妹子的亚子（样子）（疑惑）。"

"大神：我不要你觉得，我要我觉得（狗头）。"

"没错，这种级别的学神，想要把妹只要脑子就够了，长相都是浮云（挥手）。"

"所以，排除了任清风，尹缪臻很大概率就是左三小哥哥了，对不对（满意）？"

"附议（挥手）。"

"走吧姐妹们，咱们一起去尹大神学校的贴吧转转（微笑）。"

番外三
孙思凌的死敌

因为出生时虎头虎脑，在尚不懂反抗为何物时，孙思凌被充满爱意地赐小名小虎。

一来二去，孙小虎这个名字在街坊邻里广泛普及开来，甚至总有些糊涂些的大爷大妈忘记他其实另有本名。

这小虎来小虎去，终于上小学的孙思凌也成了名副其实最"虎"的小孩。

不仅成绩垫底，还不服管教，让老师摇头，家长叹气，但再改名"小乖"已是补救不及。

人言，江山易改，本性难移。

可谁也没料到，升入三年级时，小虎一夕之间性情大变，某天突然认真发起誓来——

"妈妈，我要学英语。"

并且，孙小虎用实际行动证明了何为大丈夫一言九鼎。

从那以后，学校里上课走神聊天的没了他，回家后守着电脑动画片的没了他，晚饭后楼下玩泥巴打群架的也没了他。

短短一个学期，孙小虎的英语水平突飞猛进，语文和数学成绩也随着学习态度的转变一飞冲天，一跃考进了班里的前十名。

老师觉得这是个奇迹，邻居觉得这是个奇迹，就连孙爸孙妈都特别不可思议，认定这突然开窍的孩子是受到了什么神秘的超自然力量护体。

在其他父母虚心请教起育儿经验时，孙妈也只能谦逊地说上一句"运气好而已"。

只有孙小虎自己知道，世上哪有什么超能力，能让一个男人奋发图强的，当然是"爱情"了。

而他的爱情，始于和三年级开学前和新邻居打照面的一瞬间。

并且，那一幕，他将永生难忘。

那是一个返校前的寻常周六，孙小虎结束疯玩，莽撞地挤进即将关闭的电梯中。

正准备用衣摆擦擦全是臭汗的脏脸，他毫无防备地对上了一个素未谋面的小姐姐的目光。

一袭白裙的小姐姐唇红齿白，明眸善睐，又白又高又漂亮，看得他兀自一愣。

还没反应过来，小姐姐已经友好地伸出右手，丝毫不嫌弃他满身的肮脏泥泞，带着甜甜的笑意开口："Hi（嗨）！"

那一刻，孙小虎确凿无疑看到了小姐姐背后的翅膀和圣光。

成绩烂到 ABC 都认不全的小虎努力动用了所有脑细胞，还是一句话都没憋出来，只能尴尬地站在原地，将自己沾满沙子的手偷藏到背后，怯怯地打量着眼前语言不通的天使。

"徐来，既然已经回国了，讲中文，"小姐姐身边的年轻阿姨温柔地将头转向了自己，"抱歉啊小伙子，姐姐刚刚从国外回来，中文说得不好。"

小虎也不知哪来的勇气，挺起胸脯，高声回应道："阿姨，没关系，我可以学英文！"

一整个电梯的人都笑了，包括那个叫徐来的小姐姐。

孙小虎看着徐来嘴角漾起的可爱梨涡，当即晃了神。

他觉得，徐来笑起来特别好看，比班里那些见到毛毛虫就吓到六神无主的女生都好看。

从那以后，孙小虎如数家珍的，是有关徐来的全部。

徐来从遥远的美国一个叫波士顿的地方回到中国，比自己大三岁，今年上六年级。

徐来会画画，喜欢白色和红色，喜欢胖胖的兔子，喜欢玫瑰花，不喜欢青椒和辣椒。

徐来很聪明，远在他能够说出完整的英语句子之前，就已经可以用流利的中文和他交流了。

徐来就是真善美，不仅会耐心回答他学习上的问题，还经常会拿糖或者零食分给他吃。

最最重要的是，徐来和小区里其他总喜欢摆架子的坏姐姐不一样。

那些"倚老卖老"的丑八怪总是抓紧一切机会扬起高傲的头颅，每根发丝都传达出"快叫姐姐"这样的不可一世，但徐来总是纠正他"叫我徐来就好，加'姐姐'两个字好奇怪"。

对于中美文化差异一无所知的小虎默认这是个清晰的信号——徐来将他当成年龄相当的"平辈"，这也就意味着，如果有一天徐来成为他的女朋友，他们根本不算姐弟恋。

总而言之，三年级的孙小虎早早确定了自己的人生志向——

通过自己的不懈努力，将完美无缺的徐来娶回家。

每天傍晚，只要在家，孙小虎就会从学业中抽离片刻，准时痴守在窗前，只为了看一眼徐来放学归来的窈窕身影。

只有确定徐来平平安安地走进楼里，小虎才觉得这一天过得完整。

就这样，春去秋来，他看着徐来将小学校服换成二中校服，又将二中校服换成四中制服，出落得越发亭亭玉立，伶俐可人。

小虎也曾偷偷担心，会不会有什么不怀好意的臭小子趁他不备，把温柔漂亮的徐来骗走。可转念一想，徐来如此聪敏好学，绝不可能是被坏男孩骗走的傻姑娘，便又放下心来。

直到，那一天。

小虎永远也不会忘记第一次见到那个让他怎么看都不顺眼的傻大个的情景。

或许使用"傻大个"三个字不大礼貌，毕竟对方比他大了足足三岁，但小虎绝不可能在私下里更改这个称呼。

那是一个月黑风高的冬日夜晚，小虎左等右盼都没看到徐来回家。

他连作业都没做踏实，正犹豫着要不要以问问题的名义给徐来发微信问情况，就突然在单元门前的小路上看到了熟悉的白色羽绒服。

可下一个瞬间，小虎彻底愣住了。

因为徐来身边，走着另一个全然陌生的高瘦身影。

一个在这样狂风呼号的冬夜，只穿着四中制服外套，怀里抱着一大团难以辨认的东西，似乎整个人都在随风颤抖的男生。

这是徐来第一次，单独一个人，和一个男同学，走在一起。

孙小虎立刻警觉地将脸贴到玻璃上，细细观察了片刻，不禁"扑哧"一声乐了。

当两人走得更近一些，他看到了那个男生怀中用大衣裹好的画具。

看来是个想要英雄救美，但脑子不幸瓦特（坏）掉的傻大个。

虽然不足为惧，但孙小虎还是默默记住了这张在路灯下显得毫无血色的脸。因为只有男人最懂男人——会这样罔顾风霜雨雪地逞能，拿外套帮徐来装东西，毫无疑问是他的情敌实锤了。

那一瞬间，孙小虎不由得坏心地想，真应该再冻出点鼻涕泡才更应景。

孙小虎高度戒备了几天，见徐来再没和傻大个一起回过家，这才彻底放下心来。

时光流转，就在小虎已经快将"徐来曾经和一个男生一起回家"这件事抛之脑后的时候，傻大个第二次意外出现在他面前，默默刷新了一波存在感。

趁着寒假，小虎和几个同学一起报了个篮球班，授课地点在盛川大学篮球馆。

那一天，小虎等几人酣畅淋漓地打完球，满身大汗地走进最近的食堂准备饱餐一顿。刚刚站到窗口的队尾，就听排在前面的中年男子声如洪钟的一声大喊："欸！小任！"

声音之大，很难不引起小虎等人的注目。

几个人的目光随之落到了不远处穿着深灰色羽绒服，站定后默默回过头的高瘦身影上。

孙小虎顿时一惊，瞬间确认了这就是那个脑子不好使的傻大个。

原来姓任。

虽然傻大个手里端着满满当当的托盘，却仍旧折返回队伍尾端，不卑不亢地和中年男子打过招呼，礼貌寒暄了几句后才重新消失在人群里。

孙小虎借机将傻大个打量了个仔细。

在光线正常，肤色也正常的时候，傻大个似乎也没有像那天晚上一样浑身散发出难以言喻的耿直傻气，但小虎很快劝服自己，尽管没有那么傻，但还是足够傻，完全不具有威胁性。

但傻大个离开后，眼前大喇叭一样的中年男人和同行的一男一女之间的对话很快引起了小虎的高度警觉——

"欸，看见了吧，刚刚那个是工程学院任院长的儿子，现在在陈衫手下帮着做科研。"

"看着年纪不大，也是来混推荐信的？"

"陈衫？那个去年刚从斯坦福挖回来的大牛？他还愿意收这种关系户？"

"人家可不是来'混'推荐信的。虽然才上高一，但陈衫可喜欢他了，说他比本科生还灵。"

"高一就跑来做科研？"

"这个小伙子可不是一般的厉害，我听老吴说……"

随着三位中年人相继打好饭，支起耳朵认真偷听的小虎也百爪挠心地失去了信息来源。

孙小虎不知道斯坦福是哪里，更不知道科研是什么，但他听得懂"喜欢""灵"，和"厉害"三个词。他也知道，出自一位看起来不怒自威的中年人之口的夸赞，通常是认真的。

小虎的心猛然一沉，硬生生没吃好这顿饭。

坏了，这么说他不是个脑子有问题的。

回到家后，孙小虎严肃正经地向父母提出了"我准备暑假去做科研"的请求。

尽管这个愿望被一脸莫名其妙的父母带着逗小孩的笑意无情地击碎，但他还是下定决心，等到高一的时候，他也要去找一个大牛做科研。

而且，他要找从哈佛回来的老师，听起来就比傻大个的导师还厉害的那种。

为什么一定要从哈佛来的？因为孙小虎只听说过哈佛。

还有，哈佛就在波士顿，那可是徐来生活过的地方。

之后小虎又紧迫盯人了一段时间，可傻大个的确彻彻底底、干干净净地消失在徐来的生活里。

就在小虎几乎要将狂热的科研梦抛之脑后的时候，傻大个却第三次在他面前怒刷了一波格外可疑的存在感。

那是将近半年之后，一个春风习习的傍晚。

那天，小虎和几个朋友去合光街夜市撸了顿串，回家比平时晚很多。

他步履匆匆地推开单元门的时候，猝不及防和一个靠在墙上的高瘦身影四目相对。

那一瞬间，几乎想要，但幸好没有脱口而出的，正是"傻大个"三个字。

也许是那瞬间的复杂心情让小虎忘了表情管理，反正，他从傻大个静静看向他的脸上，读出了一丝忍俊不禁的细微笑意。

短暂的对视后，孙小虎无比气恼地走进了电梯。

他毫不费力地解读出了傻大个笑容的含义——这个愣头愣脑，莽撞地盯住别人不放的小伙子，怕不是个傻子吧。

啊！他竟然被一个手捧一杯娘里娘气的粉色奶茶的傻子，用看傻子的眼神，当成了傻子！

越想越气，以至于小虎竟然忘了去探寻，为何傻大个会突然再一次出现在他家楼下。

待小虎终于回过神来，天色已暗，而傻大个已然堂而皇之地消失在小路尽头。

小虎越看这个"小人得志"的背影越觉得不妙。

徐来有危险。

还没来得及解除这一波警告，小虎就第四次见到了这个开始阴魂不散的傻大个。

那一天，是徐来的生日。

最开始看到徐来形单影只出现在楼前时，孙小虎大松一口气，顿觉之前的担心十分多余。

注意到徐来手中满满两大袋沉甸甸的礼物，他立刻对着正在客厅看电视的父亲大喊一句"我下楼有点事"，便风驰电掣地冲出了家门。

他故意等到电梯的指示灯从1变成2时，才默默按下了上行键。

电梯门如愿在眼前打开的一瞬间，孙小虎假装十分意外的样子看了看上方的指示灯："哟，巧了。徐来，你这是去小商品市场批发什么了？沉不沉？要不我帮你拿上去？"

"去你的。"徐来面色沉重，显然心情不太好。

如果是在平时，她一定会笑着打趣他又准备下楼干什么坏事。

小虎脑海中不由得产生了一个糟糕的念头，别是被什么臭小子，比如那个傻大个，给欺负了。

把徐来送到家门口，然后嬉皮笑脸转身下楼时，小虎无论如何也想象不到，刚刚还在脑中一闪而过的傻大个，竟然真的在四十分钟后，厚着脸皮出现在楼下。

只见他右手端着一杯饮料，左手提着一个纸盒，行色匆匆地进了楼。

那一晚，心急如焚的孙小虎只做了两件事——看窗，看表。

确认傻大个终于从楼里走出来的时候，已经接近晚上十一点。

难以置信的孙小虎辗转反侧了一整个晚上，终于通过逻辑推理得出了结论——

徐来回家的时候，是自己拿钥匙开的门，说明徐叔叔周阿姨很可能不在家。

若是叔叔阿姨在家，傻大个绝不可能有机会在徐来家待到这么晚。

可傻大个确实在徐来家待到这么晚，说明一定是孤男寡女共处一室。

……

这哪里是个傻子，分明是个衣冠禽兽啊！

然而，远在有机会向徐叔叔和周阿姨旁敲侧击地告状之前，孙小虎见到了傻大个第五回。

不过这一次，是他单方面在女同学的手机屏幕上看到了傻大个的侧脸。

期末考试结束的讲评课后，轻轻松松取得班级第一的孙小虎被班主任叫去办公室，却在出教室前被一群围成一圈，笑得眉飞色舞的女生挡住了去路。

他瞬间皱起眉头。幼稚，这些叽叽喳喳的女生和徐来相比，个顶个的幼稚。

正准备示意她们让路，就听——

"嘻嘻，好帅啊！"

"他穿的绝对是四中的制服！"

"没错，那个咖啡厅我妈带我去过！"

"哇，竟然是四中的帅哥哥！"

"不过估计等我们考上四中，他也要毕业了吧。"

"就你还想考四中？"

"我怎么不行了？"

"我看孙思凌还有可能……"

"噗，对，让孙思凌替你去追帅哥哥……"

虽然只是耳朵被动接收这些聒噪的声响，但越听越离谱的小虎终于忍无可忍，怒吼一声："让一下！"

女生一看是小虎，立刻笑嘻嘻地将某个知乎回答强行向他展示了出来——

"看，帅吧？"

孙思凌烦躁了一整天，左思右想，却还是百思不得其解。

这个傻大个，究竟帅在什么地方了？

谁还没有两个眼睛一个鼻子一张嘴？

坐在咖啡厅就帅了？他孙小虎也去咖啡厅点过卡布奇诺和拿铁。

穿个白衬衫就帅了？等他孙小虎考上四中后也有同款白衬衫穿。

低头学个习就帅了？他孙小虎也是夜以继日勤奋努力埋头苦学。

左手托个腮就帅了？也可能只是困到不行的时候强行撑住脑袋。

退一万步讲，就算傻大个的确有着他孙小虎无法欣赏的帅，也没法改变傻大个在女孩子家赖着不走的斑斑劣迹，道德品行低下可是一辈子的事。

想来想去，回家后照了一个小时镜子的孙小虎摸摸自己的寸头，终于得出了结论——

他和傻大个从外形上看唯一的区别，就在于……发型。

于是，那一天，当小虎的妈妈喜笑颜开地问他想要什么奖励时。

"我要换个头型，"孙小虎早有准备地举起手机，展示出已经将傻大个的身子和脸打好马赛克的照片，"就这样的。"

但由于马赛克打得太狠，照片中仿若悬浮着一个残破至极的锅盖，孙小虎也成功为整个单元的邻居提供了一整个夏天的笑料。

但孙小虎还是留长了自己的头发。

徐来从美国回来之后，打量了一眼在电梯里"偶遇"的小虎，露出一个非常惊喜的笑容："新发型挺帅的嘛。"

那一刻，孙小虎骄傲地认定，他的决策无比英明，徐来都说帅的话，果然是发型的问题。

相貌焕然一新的帅气学霸孙小虎在初二开学第一周就收获了两封匿名情书。

起初小虎对此不屑一顾，中华人民共和国都成立七十多年了，竟然还有人递匿名情书？

可打开信封，仔细阅读了信中的花式彩虹屁后，孙小虎还是偷乐了一整天。

那里面的"厉害""喜欢""灵"，以及"帅"，统统让小虎放心地确认，目前他和傻大个唯一的差距，就只有身高了。

不过，他才初二，还有大把好时光可以在这方面将傻大个打败。

但美滋滋的好心情只持续到晚上回家开饭的那一瞬间，孙妈妈的一句话让小虎如临大敌。

"今天我又远远看见徐来和那个小伙子说说笑笑地一起回家了。"

孙爸爸夹菜的右手没停，万分敷衍地接话："真是徐来吗？"

"没错，哎呀，我和你说老孙，那个小伙子很有礼貌的，"孙妈妈一边给老公盛饭，一边意犹未尽地评价道，"高高瘦瘦的，长得也特别精神。"

孙小虎顿时觉得胃口倒尽，阴阳怪气地说道："一起说说笑笑地回家能说明什么？"

"徐来是那种随便带男孩子回家的小姑娘吗？"孙妈妈莫名其妙地看了儿子一眼，继续兴味盎然地八卦道，"哎哟，我忽然想到，上次徐来生日那天，在电梯里碰到的时候，小伙子看徐来那个满面含笑的温柔眼神，妈妈都不知道多少年没在你爸爸眼睛里看到过了。"

看着徐来笑？孙小虎心中冷哼一声。

只有傻子才会直勾勾地看着别人笑吧？再淌点口水，完美。

虽然拒不承认自己"失恋"，但眼看傻大个越发频繁地出现在窗外的小路上，在徐来家一赖就是一整晚，孙小虎也只一边埋怨父母没将他早生三年，一边默默收拾好自己碎得七零八落的心。

让他最后的希望彻底熄灭的，还是两周后电梯里几个八卦大妈和周医生的对话——

"那天终于看见小任本尊了，小伙子真的帅。"

"啊，还行。"周医生满脸平静。

"你和老徐不怕影响徐来学习啊？"

"我看小任看着可不像是会学好的，那叫什么，对对对，树大招风。"

"可不是，我是没见过能把制服穿得更精神的男孩子了。"

"虽然不像是会好好学习的，倒是蛮有礼貌的。"

"嗨，这种事，强行制止也没用，"等所有人发表完一圈感言，周医生淡定地接话，"有时候可能还适得其反，徐来心里有数就行。"

"噢哟，那也还是要小心监督，女孩子可得保护好自己。"

"老刘，你这就是瞎操心了，我看人小伙子挺乖的。"

"就是，要是真想干点什么坏事，现在的年轻人都是偷偷出去开房的。"

"欸欸欸，小虎在听呢，你们别把他教坏了。"

原本小虎只是在嗤之以鼻，默默吐槽"只有男人才懂男人好吧，谁知道这个傻大个趁着孤男寡女独处一室时干过什么龌龊事"，却万万没想到最后中箭的竟然是无辜的自己——

"就是，小虎，你现在还小，不能向他们学，更不能想着开房不开房的。"

本就因为周医生对于傻大个和徐来关系的默认而神情恍惚的小虎只觉得胸口一阵刺痛。

开个毛线的房！他才不要和那个怎么看都像是精虫上脑的傻大个同流合污！

天堂地狱，一线之间，这是孙小虎在初二开学后短短两个月内的深切体会。

先是怀疑出现频率从某一刻起骤然降低的傻大个已经被徐来抛弃，这无疑是天堂。

然后，在刚刚，孙妈妈饭桌上的一句话又将孙小虎刚刚升腾起的希望打回无底地狱。

"噢哟，真是不敢想象，刚刚在路上碰到徐来，她说小任竟然去参加数学比赛了。"

小虎连头都没抬地开始吃饭，好的，知道傻大个没有被遗弃了，下一条新闻。

孙爸爸也只是细细品尝着桌子上的清蒸鲈鱼，显然对于楼下小姑娘的感情状况毫无兴趣。

"说是什么全国数学奥林匹克比赛，那不就是咱们当初没让小虎学的奥数嘛！"

小虎忽然停下了夹菜的动作，孙爸爸也终于抬起头来。

"徐来还说，小任是代表省里参加比赛去了。噢哟，这可了不得了！"孙妈妈对于父子二人此刻的反应终于表现满意，语气夸张地补充道，"你们谁敢相信，小任还是块学奥数的材料！"

"看不出来。"孙爸爸愣了片刻，在脑海里将"奥数"和"小任"努力对接了片刻，摇了摇头。

本来一桌都是小虎最爱吃的菜，孙小虎愣是一口也没多吃进去。

这一晚，孙小虎终于知道了傻大个的全名。

聪明如小虎，在网上通过"奥数""盛川四中""省里"和"任"这四个关键词，一步一步抽丝剥茧地定位到了傻大个的信息。

可将与"任清风"三个字相关的所有零碎消息整合之后，孙小虎只感受到了深深的绝望。

这是他第一次认识到一个很严重的问题。

虽然他立志娶徐来的时间早，但他的行动还是晚了。没有错，学习的行动。

傻大个在初三的时候就参加了这个什么高中数学联赛，竟然还拿了一等奖。而他孙小虎初二时甚至连"奥数究竟是什么"的概念都没有，这可远远不只是身高上的直观差距。

找到差距就要立刻弥补，这是小虎在跻身学霸行列的这几年中奉行的基本原则。

如果徐来喜欢学霸，那他孙小虎就要成为一个比傻大个更厉害的学霸。

在网上疯狂搜索了一整晚"初二开始学习数学竞赛晚不晚"之后，孙小虎大松一口气的同时，当即确立了更加完整的人生新目标——打败任清风，然后娶徐来。

可网上的信息远远不够。

对于"如何搞竞赛"这个问题，父母爱莫能助，在二中似乎同样求助无门，就连数学老师都表达出了隐隐的遗憾："如果是在四中，问题就好办了。"

就在小虎一筹莫展的时候，天赐良机，他竟然意外地通过徐来结识了傻大个本人。

小虎对于那一晚的记忆同样鲜明。

那依旧是个月黑风高的夜晚，小虎和朋友打完篮球，顺路去了趟市立图书馆，想要查找有关数学竞赛的材料。

然后，在回家的途中，他一眼便看到了站在一家小店外腻腻歪歪说话的徐来和傻大个。

两个人站得非常近，而这近到碍眼的距离让孙小虎忍不住使了个坏，大叫了一声"徐来"。

果然，傻大个不得不停下正在叨叨的嘴，向着他的方向看来。

孙小虎做的第一件事，是纠正徐来对他的称呼。

他唯独介意这个似笑非笑的傻大个知道或称呼自己这个拿不上台面的小名。

的确如邻居阿姨所评价，傻大个看起来礼貌和修养俱佳，并不介意小虎贸然打断自己和徐来的谈话，也并不介意小虎加入，打招呼的时候甚至还带着温和友好的微笑。

但是，只有男人才懂男人。

小虎一眼就看出，傻大个在说出"叫我任哥就好"这几个字时，忽然无比犀利的眸光中带一丝冰冷的警告——小伙子，我知道你安的是什么心。

这一刻，孙小虎不得不承认，傻大个其实半点也不傻。

但他孙小虎同样不傻，怎么可能这般轻易地被傻大个占了便宜去。

因此，三人同路回家时的对话中，小虎不仅完美避开了"哥哥"这两个字，还故意大摇大摆地走在了徐来和傻大个中间。

虽然一眼就看穿傻大个对徐来的意图，但当他虚心请教起数学竞赛的问题和经验时，小虎感觉得到，傻大个认真且诚恳的回答中并没有附带任何偏见。

这一路的收获的确远胜之前两周无头苍蝇般的盲目搜索。

大概是他破釜沉舟的决心打动了傻大个，在三人走进小区时，傻大个主动提出："把刚刚说过的几本书看完后，如果你确实有兴趣，可以再来找我，我想办法安排你到四中参加集训。"

小虎愣了半秒，那瞬间疯狂飙升的感动值几乎让他完全忘记了"夺妻之恨"。

可当小虎看到徐来望向傻大个眼中溢满赞扬与崇拜的柔和笑意时，酸溜溜的"夺妻之恨"还是如数回归。毕竟，也不能排除这个其实精明得很的傻大个只是在徐来面前装好人的可能。

所以，在傻大个暗示他先上楼的时候，孙小虎还是坏心选择了继续装傻充愣，与徐来并肩站成了一桩耿直的石柱，得寸进尺地向着傻大个挥了挥手。

可傻大个显然也不是什么省油的灯。

孙小虎知道，傻大个在走出几步之后忽然回头对徐来献上飞吻，醉翁之意不在酒。

那无疑是对他的第二次警告——小伙子，一码归一码，有些事，我能做，但你不能。

感激归感激，但傻大个说得对，一码归一码，傻大个还是他孙小虎的头号情敌。

小虎买回了傻大个开出的书单，一头扎进了神奇的数学海洋。

这个自三年级以来爆发出第二波"学不好习誓不为人"的偏执的孙小虎，惊呆了父母，惊呆了同学，也惊呆了所有老师。

午休时打篮球的没了他，课后撸串打电动的没了他，甚至课间休息，也永远只会看到他坐在座位上低头解题的安静身影。

这个不知从哪里学来的，思考时左手托腮的淡定姿势随即迷倒了一片花痴的女生。

期末后的家长会上，班主任拉着孙妈妈，对小虎赞不绝口："孙思凌真是我在二中见过的最自觉上进的学生。"

孙妈妈不由得笑着回答："有个他特别崇拜的，在四中读书的哥哥就是他最好的榜样。"

倘若让孙小虎本人听到这样的评价，想必会黑着脸拼命驳斥一番。

谁会去崇拜一个傻大个？能让男人奋发图强的，当然只能是爱情。

但小虎浑然未知，当他抓紧一切时间，一边完成作业，一边自学高中课程和奥数蓝皮书时，他已经甚少再有多余的精力抬头望向窗外，关注傻大个是否和徐来一同出现在了回家的路上。

一整个寒假的悬梁刺股，孙小虎对数学的认识也脱胎换骨。

他不仅如饥似渴地读完了傻大个推荐的两本书，还额外做完了同系列的其他两本教材。

可学到用时方知浅，问题也在不断累积。

而这些如同绊脚石的疑难问题，小虎唯一可以求助的对象，显然只有那个不知是真情还是假意领他进门的傻大个。

从决定学竞赛的那一天，小虎就在密切关注与数学竞赛有关的一切新闻，因此，他知道傻大个进入了六十人的国家集训队。

尽管多少有些磨不开面子，尽管不确定正在紧张备战下阶段考试的傻大个是否会愿意回应，小虎还是鼓起勇气从徐来那里要来了傻大个的微信。

但出乎小虎的意料，傻大个不仅回复了他，甚至回复得很快，只有四个字："确定要学？"

小虎的回答同样迅速、简短，却异常坚定："确定。"

孙小虎在四中门口的麦当劳和已经很久未见的傻大个面对面坐定时，距离傻大个要去武汉参加的国家集训队比赛只剩三天时间。

硬说不感激是绝对不可能的，但小虎小心翼翼地将感激完美隐藏在玩世不恭之下。

傻大个没有一句废话地直入主题，先是询问了小虎的自学情况，翻了翻小虎整理好的笔记，接着又耐心解答了小虎提出的所有问题。

小虎自知时间有限，一秒钟没敢耽误地将傻大个三言两语间指出的重点记在笔记上，正龙飞凤舞地写着字——

"我下周都在武汉比赛，不在学校，下下周你要来听集训吗？"依旧是那个波澜不惊的语气。

孙小虎不由得停下了笔，彻底愣在原地。

"要来的话，"傻大个重新靠回椅背上，双手环胸，眸光平稳，"周一四点半校门口见。"

孙小虎还没来得及有所表示——

"哦，如果没有其他问题的话，我就先走了，"傻大个慢悠悠地站起来，眸中重新浮现出很久之前那种看傻子的清浅而戏谑的笑意，一字一字额外加重了语气，"我还要陪徐来吃饭。"

只有男人才懂男人。孙小虎隐隐感觉到，傻大个约他出来，与其说是好心答疑，不如说就是为了当面挑衅这最后一句话。

孙小虎第一次心怀忐忑地跟着傻大个踏进四中竞赛集训教室前，已经模拟好千万种开场的可能。但他万万没想到——

"喂！任清风你这是又飘了吧？"

"是老祁年老色衰了还是老许被打入冷宫了？"

"徐小妹知道你这么浪吗？"

教室里此起彼伏，充满不怀好意的怪叫让从未见过这种阵仗的小虎一阵哆嗦。

"我和老师打过招呼了，你找位子坐，"傻大个连眼睛都没眨一下，熟视无睹地对他示意道，"有不懂的问题随便找他们问。"

"任学长，"一个明显比那些呜嗷喊叫的男生年少一些的学弟好奇地问道，"这是谁啊？"

"邻居，"傻大个果真带着学长的威严，淡淡地回答，"我看他挺有天赋的，让他来听讲试试看。"

"任学长，"另一个学弟崇敬地接话，"那你今天还集训吗？"

"哦，我就不了，"傻大个转向小虎，露出一个意味深长的笑容，"我还要陪徐来吃饭。"

在一片更加疯狂的嘘声和一阵粉笔头雨中，心情复杂的孙小虎再次确定了一件事——

想要在数学竞赛的道路上出人头地，他不得不忍辱负重，砥砺前行。

"辱"和"重"，同时来自那个他曾经以为是真傻的傻大个。

孙小虎再也没有缺席过任何一次集训，也迅速结识了集训队的所有同龄人。

而四中的小伙子们也非常愿意和小虎打成一片。

其一，正如他们无比敬重的任学长所判断，小虎聪明又勤奋，几个人在互帮互助、共同进步的道路上步调一致。

其二，因为孙小虎的存在，他们同样无比敬重的徐学姐偶尔会满脸姨母笑地出现在阶梯教室门口，送来些零食。

每一次，几个点头哈腰地接过零食的小伙子都会在徐来的身影消失在视线中后，将孙小虎嘲讽得体无完肤："孙思凌，你就是任学长和徐学姐的亲儿子。"

老婆就这样莫名变老妈。

百口莫辩的孙小虎心里一清二楚，这绝对是傻大个卑鄙无耻的阴谋。

傻大个的心机之深重，随着小虎与之相熟，逐渐展露无遗。

每次有别的学弟跑去问问题，傻大个永远不苟言笑，言简意赅地有一说一。

可轮到他孙小虎跑去问问题，傻大个总会在结束回答后，带着那个看傻子的戏谑笑容，别有深意地附赠一句"关切"："还有别的问题吗？"

孙小虎与傻大个心照不宣，诸如此类的虚伪关怀背后，是不需要说出口的后半句——

"没有的话，那我就要去送徐来回家或者陪徐来吃饭了。"

但好事者势必看不到情敌间噼啪作响的仇恨火花，只看到了任学长对这个邻居小弟的千般看重与万般呵护。

久而久之，年轻小伙子们再遇到什么难题，便一致坏笑地看向小虎："去找你爸问问。"

而每次小虎欲寻求其他学长的帮助，多半只会收获一句带着坏笑的调侃："老任就在那边。"

小虎落得个哑巴吃黄连，有苦说不出。

在反复的磨炼中，小虎已经能够波澜不惊地熟练背诵出"故天将降大任于斯人也，必先苦其心志，劳其筋骨，饿其体肤"的全文。

与此同时，传来了傻大个入选国家队这个让所有小伙伴与有荣焉的重磅消息。

随着傻大个出现在学校和集训中的时间越来越少，小虎终于获得了一丝喘息的机会。

或是说，所有人都获得了喘息的机会。

傻大个就是集训队的定海神针，每次只要静静地往那里一坐，整个教室永远鸦雀无声。

虽然孙小虎与其他奉行盲目崇拜的小伙伴永远不可能对傻大个产生相同的评价，但他不得不承认，目睹一个比自己聪明的人比自己勤奋刻苦，的确让人危机感爆棚。

傻大个去外地集训时，活泼好动的小伙子们连坐姿都松快了几分。

"欸，咱们赌赌任学长这周三回不回来？"

"我觉得有可能，他已经三周没回来了吧？"

"为什么他会周三回来？"孙小虎也终于忍不住开起小差，偷偷加入闲聊。

"嗨，你爸要定期赴你妈的奶茶之约，你竟然不知道？"

这异口同声的调侃，引来了李老师毫不留情的点名批评。

曾经的孙小虎经常打着问数学题的幌子，给徐来发发微信聊聊天，但自从失足跌进了竞赛的无底天坑，平日的数学作业就再也难不倒他。并且，自知起步比别人晚，因此需要加倍努力赶上进度的小虎也逐渐失去了和任何人聊天的闲情逸致。

只有解决难题时充满成就感的快乐才是真的，其他都是浮云。

孙小虎毫无觉察，但他的微信对话页面，"傻大个"三个字不知何时替代了"徐来"，也替代了学校里的狐朋狗友，越发频繁地出现在最顶端。

小虎的很多问题，的确只有傻大个能够帮助解答。

这天晚上，因为在集训上偷偷聊天被老李痛批一顿的小虎给傻大个发去那道作为惩罚的组合题求助时，收到了"我周三回学校，到时候再说"这样的回复。

大约思维依旧停留在题目的解法上，小虎未经大脑顺手敲下："真回来呀。"

"回，有兔兔想我了（微笑）。"

傻大个的回复速度之快，内容之刺眼，都达到了小虎难以预想的惊人程度。

孙小虎在重新埋头做题之前，忍不住在心中雄浑有力地唾骂了八百次！

傻大个在周三晚上果然按时出现，却也果真一分钟都没打算多待，八点半一到就迅速收拾好东西起身，准时到讲台上的老李忍不住吐了句槽："你回来干吗？"

"哦，有些小朋友题不会做，"显然半点不怕老李的傻大个边走边慢条斯理地回应道，"我来救救他们，然后去找徐来。"

一片来自高二学长出离愤怒的"快走"和"再飘"瞬间震耳欲聋。

而孙小虎也恼羞成怒地抬起头来。

悠哉站在原地，坐等他自投罗网的傻大个果然挂着那个看傻子的清浅笑容，悠哉而愉快地对着他点了下头，然后才转身消失在教室门口。

孙小虎默默唾骂了八百万次，得出了一个非常重要的结论——

参加集训不仅能提高解题能力，绝对还可以修身养性。

小虎和小伙伴走出教学楼，途经中心花园时，立刻分辨出了不远处傻大个和徐来的背影。

几个小伙子立刻交换了一个颇具深意的兴奋眼神，蹑手蹑脚地悄悄跟上，企图窥探向来低调至极的任学长的些许隐私。如果恰好能听到向来正经、严肃、压迫感超强的任学长对着久别重逢的徐学姐卖萌撒娇，那就是赚大了。

"还烧得严不严重？"

可是，当徐来无比心疼的温柔声音清晰传来，包括孙小虎在内的所有人纷纷一惊。

"没事。"光听声音，这个沉稳淡定的音色并没有任何异常，也难怪集训课间那么多跑去请教问题的人，却没有一个发现傻大个正在发烧。

"好不容易才请到病假，就应该回家好好休息。"徐来抬手贴向傻大个的额头，向来柔和的声音惊惧地提高了半分，"这还叫没事？都说了不用你来学校接我啊？"

"徐来，没事，"傻大个伸手将徐来的手从额头上轻柔地摘了下去，"不光是接你。有几个小朋友不好好集训，被老李罚了题不会做，我想正好我回来，当面说比较清楚……"

然后，心怀愧疚地洗耳恭听下文的几个少年，猝不及防陷入了和突然回过头的傻大个的面面相觑之中。

几个少年瞬间面色惭愧，手足无措地呆立原地——

首先，他们在集训时偷偷讨论学长的八卦，反而害学长带病为自己讲题。

其次，他们在尾随学长，企图偷听八卦时竟然不幸被抓了个现行。

"咳，"左顾右盼了片刻，确认了身边几个畏首畏尾的屁货铁定不敢先开口，对傻大个敬畏程度最低的孙小虎尴尬地轻咳一声，找回了自己的声音，"那个……好好养病，我们先撤了。"

"对对对，任学长，你好好休息。"几个少年低眉敛目，点头如捣蒜，恨不得下一秒就踏上风火轮远离这里。

"哦，"傻大个还是惯常的淡定表情，语气也没什么变化，"没事，反正徐来……"

"任清风！"徐来以分外娇嗔的语气神速制止了傻大个即将出口的一派胡言乱语。

这一次，心情格外复杂的孙小虎没有故意站到傻大个与徐来之间，没有故意拖延留在原地当高瓦数电灯泡的时间，也没有在心中继续暗骂，只是默默向着两人点头，带领着一群畏首畏尾的小伙伴悄然开溜。

"你干吗每次非要和小虎杠这么一下？"

"哦，没有。"同样是出自傻大个之口的"哦"字，听来竟然有着天壤之别。

这个故意拖长声音，并且很有恶意卖萌嫌疑的"哦"字，听出了小虎一身鸡皮疙瘩。

"真没见过比你还幼稚的人。"

随着一行几人与傻大个的距离渐远，孙小虎再也没法分辨出徐来在之后以这个无比软萌的语气又埋怨了傻大个些什么。

当然，如果小虎知道傻大个在那之后对他的女神进行了怎样的调戏，他刚刚产生的这丝风雨飘摇的尊敬毫无疑问将会轰然垮塌，他也势必会撤回自己无比悲壮的"成人之美"的决定——

"没见过啊，那……想见见吗？"

"嗯？"

"整个儿子玩玩？保证比我幼稚。"

"任！清！风！"

"好啦，离我远一点，别把你给传染了。"

几周后，傻大个将要代表国家出征远在圣彼得堡的国际数学奥林匹克竞赛的消息炸翻了整个单元。之前一口咬定"小任可不是学习的料"的八卦妇女们瞬间改换了口径——

"噢哟，我早就说小任一表人才，看着就聪明得不得了。"

"怪不得周医生愿意，你想想看，这么优秀的男孩子等到上大学，那还不被疯抢的？"

"可不是哦，徐来这个小姑娘也蛮有心眼的，早早地就知道把小任这样的男孩子锁定。"

"但是以后的事，谁说得准呢？相貌好、成绩好的男孩子，总归是有花心的资本的。"

"没错，才十七八岁的年纪，未来可还长着呢，什么都有可能发生。"

默默站在电梯角落里屏蔽三位阿姨的对话未果的孙小虎不由得腹诽——

要是真能发生些什么"不好"的事就太好了，免得他隔三岔五就得受到"兔兔"二字的恶意茶毒。

而孙小虎再次见到傻大个，已经是傻大个载誉而归的七月底。

一大群扬言要"沾仙气"的集训队成员挟持着还未倒过来时差的傻大个奔赴海鲜大排档。

在老李睁一只眼闭一只眼的默许下，二十来个小伙子风风火火地干掉了一整箱啤酒，其中以几位高二学长喝得最多，以几个初中小队员和傻大个喝得最少——前者是因为老李的严加看管，后者则是拿出了"我酒精过敏"这样明白人都知道是幌子却难以反驳的借口。

酒足饭饱，群鸟兽散。

头一次不是因为请教数学问题而与傻大个走在一起，只感觉气氛忽然诡异的小虎只能开启尬聊模式："真酒精过敏啊。"

傻大个只是象征性地喝了几口，此刻依旧神清目明，走姿从容。

听了小虎的问题，傻大个扬起那个看傻子一般的笑容，微眯的褐色眸中戏谑地传达出"这可是你自己起的头"："哦，不算。只是等一下要见徐来，浑身酒气不好。"

经过这几个月的历练，孙小虎突飞猛进的远不止解题这项技能——

六度万行，忍为第一。

显然，只有在聊起正事的时候，傻大个才会偶尔忘掉"徐来"二字。

孙小虎索性将话题彻底引回了数学题，两人这才相安无事地度过了走进地铁站、等地铁、上地铁、下地铁、走出地铁站，再走进小区的漫漫旅程。

"听老李说，"到了小虎家楼下，傻大个忽然停下脚步，以一个漫不经心的语气开启了另一个话题，"你联赛初试和集训队的期末测试答得都还行。"

如果换了任何一个小伙伴，面对正经、严肃、压迫感超强的任学长这样听不出是褒是贬的评价时，想必大气也不敢喘一声。

但孙小虎无所畏惧，只嬉皮笑脸地开口："所以你是想让我给你绣面锦旗聊表谢意吗？"

傻大个没有一丝一毫被冒犯的不悦，语气依旧是惯常的平淡："九月初的联赛外加初三上期中期末两次全市统考，考好了能和四中实验班签约，你知道吧？"

孙小虎不知不觉就用了傻大个的语气："哦。"

"好，那你上楼吧。"傻大个依旧半句废话没有，维持着双手插兜的标版站姿。

"哟，"尽管明白傻大个是在干脆利落地清场赶人，孙小虎还是忍不住挑衅道，"合着你绕这么一圈，就为了送我回家，谢谢啊。"

"哦，没有，"傻大个不急不恼，语调、语速、语气都毫无波澜，只是再次露出那种看傻子的笑容，"只是听说我刚刚喝了酒，徐来不放心，要亲自下楼来接。"

孙小虎还没来得及想好该如何反击，傻大个已经优哉游哉地继续说道："有些小朋友，似乎听不太懂大人的暗示，所以只能明说。"

孙小虎反应 0.03 秒后，恍然大悟——傻大个显然是在清算快一年前的那天，他故意走在中间隔开徐来，故意懂装不懂地赖在原地，故意不让傻大个把腻腻歪歪的话讲完的陈年旧账。

真够可以的。

孙小虎痛下决心，娶不娶徐来已经退居其次，但有朝一日，他必定要扬眉吐气地将"去你的"三个字，完完整整、堂堂正正怼在傻大个这张写满"有种你揍我啊"的欠揍至极的脸上。

回到家，孙小虎重新操起了不知多久没有演练过的旧业——趴在窗口围观。

这一次，小虎坏心地掏出了作案工具——手机。

既然傻大个自愿在大庭广众之下上演恶心巴拉的重逢剧码，就休怪他孙小虎为望眼欲穿的小伙伴们提供任学长的第一手八卦素材。

完整的描述小虎都已经想好——徐来走出楼门的瞬间，傻大个就像条十年没见过肉骨头的哈巴狗一样扑上去，熊抱之余对着徐来的脸一顿乱啃，然后被盛怒之下的徐来拳打脚踢地抛弃在原地，悻悻而归。

可惜事与愿违。

小虎只看到，从来淡然娴静的徐来，一反常态地小跑出单元门，主动扑进傻大个的怀中。而傻大个只是微微低头，先伸手揉了揉徐来的头顶，才静静地回抱住她。

这画面让人嗤之以鼻的老套，可看到最后，不知为何竟然有点感动的小虎彻底没有了恶搞的心情，默默放下了手机。

想来傻大个上一次见到徐来应该是将近一个月之前的事情。

但隐隐的同情只持续了不到两秒。

为了保证录像的音频质量，小虎特地打开了卧室的窗户。也因此，随后傻大个和徐来之间的对话听得耿直的小虎一口老血喷在了手机上——

"任清风，说好的喝高了所以必须要我下楼接呢？"

"是喝高了呀，必须要人接。"

"那请问你是怎么走到楼下的呢？"

"你邻居自觉自愿扶我回来的。"

"出一趟国又不会说人话了呗？"

"喝酒了嘛，不说人话。"

"任清风……"

"头晕到站不住了，快点背我上楼啦。"

看着傻大个果真微弯下腰，死皮赖脸地从身后将脑袋架在徐来瘦弱的肩膀上，小虎瞠目结舌地瞪大了双眼，只想把手机当板砖扔下楼去。

这世间竟有如此厚颜无耻之人！

事后孙小虎更是悔得捶胸顿足，肠子发青。

刚刚就不应该一时心软放下手机，绝对应该把这一段录下来公之于众，让那些盲目迷信任学长的无脑白痴看看傻大个满嘴跑火车的真实嘴脸。

再怎么人模狗样的衣冠禽兽还是衣冠禽兽，道德品行低下绝对是一辈子的事。

在 IMO 中英勇摘金的傻大个虽然没再参加集训，但还是会在凑够一定数量的问题时，偶尔出现在教室里义务为大家答疑解惑。

这让本就对傻大个溢满崇拜的学弟们更加死心塌地，因为大家都知道他们日理万机的任学长还要在高三上学期完成美国大学的申请。

这样的阵势让孙小虎确信，在没有物证的前提下，即便他将傻大个在徐来面前恬不知耻的装疯卖傻以最公正客观的方式抖搂出风声，恐怕也不会有人相信，无奈之下只得饮恨作罢。

尽管小虎还是坚持认为，这个世界欠傻大个一尊金光闪闪的奥斯卡小金人。

孙小虎在九月初的高中数学联赛上取得了比绝大多数四中同龄小伙伴都要厉害的三等奖，这让孙妈妈和孙爸爸逢人便炫耀两件事——

其一，小虎才学了不到一年就取得了这样好的成绩，签约四中几乎是板上钉钉的事。

其二，小虎可是在国际奥林匹克竞赛中得了金牌的邻居哥哥亲手带出来的，别人比不了。

但那位好心的邻居哥哥第一时间知道了这个消息之后，只在微信里发来——

"如果期中期末考不到全市前 100，就得好好准备中考了知道吧。"

"哦。"

小虎似乎也逐渐 get 到了这个"哦"字的精髓，不知不觉将其发扬光大，在日常生活中使用得风生水起，异常顺手。

在他以为对话已经结束，准备放下手机做物理作业时，傻大个又突然发来——

"你知道我家兔兔为什么会看上我吗（微笑）。"

谁要知道徐来为什么会看上你啊？只可能是女神瞎了眼呗。

满脸不屑的孙小虎决定置之不理。

"因为我初三的时候得了一等奖（微笑）。"

新仇加旧恨一齐涌上，小虎终于恶狠狠地将"去你的"三个字敲进了对话框，但在冷静片刻后还是成功地劝服了自己——

身为成熟的男人，大可不必与这样的弟弟计较。

孙小虎埋头猛补了一阵化学，在期中考试果然取得了全市第 68 名的好成绩。

自学竞赛之余还能保持这样的好成绩，小虎让二中老师落下感动的热泪来。

于是，小虎被推选为优秀生模范，在某次升旗仪式中收获了校领导的大肆表彰与宣扬。

这样的光荣事迹通过孙小虎并不认识的陆潇潇学姐，传到徐来耳中，再不幸传到傻大个耳中时，孙小虎又一次收到了本应该两耳不闻窗外事，埋头写申请文书的傻大个的微信——

"68 名如果是在四中第一实验班，几乎垫底知道吧。"

"哦。"

"你知道我家兔兔当初为什么会喜欢我吗（微笑）。"

这一次孙小虎没有再客气："因为眼瞎（微笑）。"

"因为初三这两次统考里，我都是第一名（微笑）。"

孙小虎再一次恶狠狠将"去你的"三个字敲进了对话框，但在冷静了片刻之后再一次成功劝服了自己——

这句话，必须得择吉日，当面怼这货脸上才够男人。

期末考试到来之前，傻大个收到了MIT的录取。

而此时的小虎也早已不是初一时只识哈佛的小虎。他不仅知道了斯坦福，更知道了北美洲大陆所有叫得上名字的大学；他不仅知道了这些学校的名字，也知道了进入这些大学的难度。

真男人肚里能撑船，于是小虎在百忙之中给傻大个发去了两个字——"给力"。

傻大个的回复一如既往地辣眼："不够给力的话，兔兔就不喜欢我了（微笑）。"

孙小虎再一次悔到捶胸顿足，肠子发青。

早知道是这样的句式，他刚刚就应该发"垃圾"两个字。

顶着某垃圾三番五次的犯贱中无形施加的巨大压力，孙小虎在期末考到了二中前无古人、后无来者的全市第30名，成为二中有史以来第一个被四中无条件签约实验班的人。

这几乎让孙爸孙妈激动到恨不得改认傻大个为亲儿子。

但凡在楼道中遇到，孙妈总要拼命表达一番感激，顺带诚挚地邀请傻大个到家里吃顿饭。但这样的示好永远被傻大个以"应该的"或者"还要学习"为由，礼貌而客气地婉拒。

在孙妈妈第N次施压之下，原本正在享受悠闲寒假的孙小虎只好给傻大个发去——

"你还要学习（挥手）。"

大约是在徐来家的缘故，傻大个的回复比平时要慢上很多——

"要学习的是你（微笑），实验班有七个，分班考试还要考物理和化学，知道吧！"

和这种杠精绝对不能迂回，孙小虎知错就改——

"哦，我妈问你为什么不来吃饭。"

过了片刻——

"和杨阿姨解释一下，我还有兔兔需要投喂（微笑）。"

孙小虎再也克制不住，恶狠狠地杠回去——

"那学习又算什么烂借口（微笑）。"

又过了片刻——

"怎么是借口呢（微笑）？学校还希望我拿个状元知道吧。"

孙小虎冲着屏幕竖了竖中指后，先发制人——

"对（微笑），拿不到状元你家兔兔就不要你了。"

这一次，秒回——

"错（微笑），拿不拿状元兔兔都要我（微笑）（微笑）（微笑）。"

"去！你！的！"

孙小虎的这声怒吼让孙妈妈无比错愕地从厨房探出头来。

虽然签约了四中，但孙小虎心知肚明，他此刻的水平和同年龄时的傻大个差的依旧不是一星半点，因此丝毫不敢懈怠，依旧按时按点参加集训，也依旧在平时的课上认真学习。

孙小虎的上进，除了收获到老师的一致称赞，更虏获了无数颗萌动的少女芳心。

这些小姑娘早已将两年前的某张知乎照片抛之脑后，眼中只剩永远是第一名，从衣着打扮到言谈举止都比其他傻小子高出不知多少个档次的酷酷的孙思凌。

尽管小虎对于出现在课桌上的零食和饮料向来视而不见，但女生间的明争暗斗从未停止。

四月初小虎生日的那天，有几位挨千刀的损友把他生日聚会的时间和地点提前透露到了班级的微信群里，一下引起了一大群女生的强烈反响。

此刻再将这些叛徒千刀万剐显然已经来不及，再临时变更地点则多少显得不地道，于是，原计划中的小规模哥们儿聚会被迫升级为有男有女尬聊团。

散场之后，见一群女生意犹未尽地将小虎团团围住，那几位将"塑料友谊"诠释得生动逼真的浑蛋对着小虎邪魅一笑，纷纷脚底抹油。

心中万般无奈的小虎被迫以一敌六，在一阵无从屏蔽的聒噪嬉笑中，在路人啧啧称奇的惊叹目光中，硬着头皮走进了绩阳路地铁站。

刚走进售票大厅，莺燕环绕的孙小虎当即傻了眼。

川流不息的人潮中，朝他们迎面走来的，正是制服笔挺的傻大个。

傻大个的目光迅速地扫过几人，默默停下了脚步。

小虎在尴尬之余，心中暗叫不妙，以这位杠精的魔鬼程度，不知道会在这些女生面前说出些什么连篇鬼话。

"孙思凌，上次问我的数学题，不想知道答案了，是吧？"

然而，完全出乎小虎的意料，傻大个这句正经、严肃、压迫感超强的问话让小虎身边正嘀嘀咕咕犯花痴的女生瞬间噤若寒蝉，大气都不敢再喘。

盛川人民都认识这套制服，但这位固然帅气，却气场可怕的四中大哥不是很好惹的样子。

小虎被倏然降低的气压搞得一愣，思索着该如何接招。

眼见一贯沉稳淡定的孙思凌被这位眼神无比犀利的学长"碾压"到不敢接话，六个女生瞬间敛起了嬉笑之意，拘谨地低下了头。

"那就别玩了，"傻大个眯起眼睛，微微偏头示意小虎跟上，重新迈开修长的腿，向着出站的方向走去，"我现在有时间。"

孙小虎顺势与几个女生短促地挥挥手，拔腿就追着"救人一命，胜造七级浮屠"的傻大个而去，心里乐开了花。

这下连告别的客套话都不用多想，一码归一码，锦旗有朝一日还是得绣上。

确认了几个女生已经渐行渐远，小虎如释重负的语气里难得带了几分谄媚："这世界绝对欠您好几尊奥斯卡小金人。"

傻大个只是毫不留情地开嘲："也不知道你怎么想的，最好看的那个反而站得最远。"

小虎不以为意："但我旁边那个才是货真价实的班花。"

傻大个只是隐隐露出看傻子的笑容："都不如徐来好看。"

小虎正酝酿着如何将"你走开"三个字势如破竹、气势恢宏地说出口，傻大个已经淡然接话："徐来说过，要在地铁站里避开不想同路的人，最好的办法是往反方向先坐一站。"

趁着小虎还在处理这段话蕴含的信息，傻大个将看傻子的挑衅笑容展露无遗，语气薄凉："怎么？还需要我接着送你吗？"

孙小虎觉得，即便最终在数学竞赛上没有作为，他也一定可以成为一个名震天下的忍者。

时光如梭，转眼就是阳光灿烂的初夏六月。

尽管并不需要，小虎还是肩负着二中老师的期望乖乖走进了中考考场，因为他的成绩事关二中的升学率和喜报的长度。

三天的考试结束，小虎轻轻松松走出考场，挥别几位好友后，第一时间打开手机，查看起新鲜出炉的高考成绩来。

如果傻大个如他所愿没能夺得状元，那么他这一天的明媚好心情还将增添无尽的亮色。

然而刷出教育新闻版面时，小虎还是着实蒙圈了片刻——

不仅省状元花落其他地区的其他学校，就连盛川市理科状元后也不是傻大个的名字。

他对着屏幕上的"盛川市状元，盛川四中，孟宇轩，716分"，难以置信地皱了皱眉。

终于说服自己傻大个的确丢了状元后，小虎又不甘心地搜索了"盛川市数学满分"这个词条。

但在那短短一列名字中，傻大个依旧查无此人。

这一刻，并没有设想中的狂喜，孙小虎只感到满心荒诞。

这个肯定参加了高考，前几天还一副气定神闲的欠揍模样在楼道里晃来晃去的傻大个，做题时脑袋到底出了什么问题？

千万别是自己在过去三年暗中画过的圈圈诅咒成真，他孙小虎可背不起这口大锅。

将信将疑地走回小区门口，正想着要不要到家之后发微信搞清情况，孙小虎就和徐来以及傻大个不期而遇。

徐来笑容可掬，热情地向小虎打起了招呼："小虎，考完啦？"

小虎在和徐来问好的时候悄悄将傻大个上上下下观察了个仔细。

见傻大个依旧是那副一切尽在掌握中的淡定，辨别不出一丝一毫考砸的难过与忧伤，小虎迅速放下心来——看来早就准备好卷铺盖去MIT的傻大个并不在意高考成绩如何。

于是，在傻大个有机会扬起那个看傻子的欠揍笑容之前，孙小虎先声夺人。

"哟，任学长，听说你数学都没拿满分？状元也丢了？"

这是第一次，从来只使用"你"或者"喂"的孙小虎对着傻大个使用出"任学长"三个字。

"来，孙小虎，看看这是什么？"

傻大个放开了原本搂住徐来肩膀的右手，转而勾住小虎的脖子，将他拉到面前。

这也是第一次，从来只使用"你"或者"孙思凌"的傻大个对着小虎使用出"孙小虎"这个名字。

傻大个左手里是一张印着高考成绩的纸条——

任清风，准考证号 XXXXXXXXXXXX，语文 134，数学 145，英语 146，理综 284，总分 709。

孙小虎满脸嫌弃地想要挣脱钳制时，傻大个以左手拇指遮住了字条上的语文成绩："三位数加法会算吧？告诉我剩下的三科总分多少？"

孙小虎丈二和尚摸不着头脑地计算完毕，冷漠地回答："575。"

"没错，"傻大个果断露出那种看傻子的愉快笑容，"今天就是我拥有兔兔的第 575 天。"

孙小虎觉得世界在眼前颠覆——比起状元，显然是这种竟然能精准控分的变态更加魔鬼。

但脑袋转速同样魔鬼的孙小虎在下一秒想到的是，将时间从 6 月 26 号往回推 575 天，是一年半之前的 11 月……29 号。

也就是说，在高一徐来生日那天，傻大个是无名无分地在女同学家里强行赖到十一点。

也就是说，在自己和他认识那天，傻大个是在无名无分地瞎瞪眼并胡乱发出飞吻警告。

这种危害社会治安，道德品质低下的老流氓真应该捧着奥斯卡小金人进局子好好喝喝茶。

出离的愤怒下，孙小虎再也不想隐忍克制，在沉默中狠狠地爆发了。

"去你的！"

傻大个倒是丝毫没有意外，也没有半分气恼，只是将小虎搂得更紧，贱兮兮地压低声音。

"想要超过我是吧？那就要赶快找妹子了，不过先说好，你们那个班花长得真不行。"

不等小虎有所反应，傻大个又贱兮兮地继续道。

"我建议啊，等开学报到那天，你好好寻觅寻觅手里端着杯子的小姑娘，觉得可爱的话，千万别犹豫，果断往上撞……"

不过这一次，完全不需要听到倒吸一口凉气的孙小虎有所行动。

"任清风，说人话。"徐来在一旁温和地眯起了眼睛。

"我错了，我错了，"傻大个瞬间尿成老狗，乖巧地摇起了尾巴，"我重新说好不好……"

"请讲。"徐来温温柔柔露出一个不知为何让孙小虎瑟瑟发抖的微笑。

"哦，你还是放弃吧，"傻大个重新将头转向小虎，表情正经、严肃，且充满遗憾地开口，"因为无论怎么撞，都不可能撞到比我家兔兔更可爱的。"

"任清风！"

"去你的！"

高考后的暑假，说长不长，说短不短。

但重聚一堂，为即将飞往波士顿的任清风和徐来送行的（13）班同学一致认定，这两个多月的时间仿佛一晃而过。

三十来号人热热闹闹地坐了三桌，点了几道好菜，叫了几箱啤酒，在略带伤感的欢声笑语中推杯换盏，不再多提过去苦乐并存的三年，只对彼此献上最诚挚美好的祝愿。

"前程似锦，一帆风顺。"

话不过是翻来覆去的套话，听来却掷地有声，十足郑重。

直到郭鹏程一句"祝大家步步高升"引发了齐整而熟悉的"吁"声，凝重的气氛才渐渐被往日昵轻松的笑闹所替代和填充。

终于轮到饯别宴的主角任学霸起立发言时，包间里骤然安静下来。

毕竟，对于在座的绝大多数人来讲，此大神应该就是未来和别人吹嘘起"我以前有个朋友"的故事时，能够提及的"天花板式"朋友了。

"祝大家早日脱单。"任清风倒是言简意赅，只浅浅扬起嘴角，举杯示意后，将酒一饮而尽。

这句话一如既往地引发众怒，众人瞬间群起而攻之。一时，又是漫天飞舞的纸巾团——

"吁！秀！再秀！"

"就你成双成对！"

"少废话，这回真得亲一个了吧？"

熟悉的口哨声，熟悉的起哄声，熟悉的怪笑声，声势浩大到几乎能掀翻屋顶。

但坐在另一桌的徐来对此早已免疫。

她默默放下筷子，带着"又来，又来"的无奈笑意，看这群活宝上蹿下跳地开始表演。

"就是，我们好歹也算劳苦功高的红娘吧。"

"亲一个！亲一个！"

"任清风，这可是最后一次机会了！"

被额外加重的"最后一次"四个字，让徐来的笑意微微一敛。

倒也不是被调侃出了什么"斯德哥尔摩综合征"，只是其中离别的暗示意味太浓，而离别的滋味无论如何都不好受。

"哦，"任清风放下空空如也的玻璃杯，低头再抬头，淡然的神色如常，"行。"

众人被这突如其来的允诺惊呆了，瞬间鸦雀无声。

一秒后，随着王思齐一声难以置信的"哈"，屋内才重现声势更加浩大，几乎可以掀翻十层屋顶，比震耳欲聋更加恐怖的拍手叫好声。

在一圈女生暧昧的注视中，徐来直接呛了口水，险些失手将水杯砸到地上。

还没来得及表示抗议，任清风已经离开座位，仪态笔挺地向着她所在的这桌走来。

他步伐平稳如昔，却仿佛精准踩在令徐来脸颊滚烫、心跳飙升的油门上。

徐来下意识往后挪动了几寸，却又觉得在这不怀好意的"万众瞩目"下，她已经"插翅难逃"。

只剩心中的皮皮怪不断发出抗拒而绝望的嘶吼。

等一下！什么鬼？这个神经病为什么偏偏要说"早日脱单"这种欠揍的鬼话？

在许啸川响亮的口哨声中，任清风静静地停在徐来面前，愉快地扬起嘴角商量道："抱抱？"

包括沈亦如在内的几个女生情不自禁地发出了带着姨母笑的"姨母叫"。

在更多好事者更为响亮的口哨声中，不出所料没有收到任何回应的任清风再向前一步，不给她拒绝或反应的时间，微微弯下腰。

面对直直覆下来的黑影，徐来忽然有些口干舌燥，觉得躲开也不是，不躲开也不是，只能呆若木鸡地僵在原地。

"欠我一个吻。"在耳畔轻柔响起的声音，带着她熟悉的邪气与顽皮。

等徐来终于反应过来被戏耍时，任清风已经在一片溢满失望与不满的嘘声中潇洒地转身，毫无预警地直奔隔壁桌而去。

"来，爱妃，"任清风愉快地勾过一脸蒙的许皮皮的肩膀，有模有样地调戏道，

"亲一个。"

"噗！"毫无防备的许啸川一口老痰喷了出来，瞬间引起了一整桌人的公愤。

"欸欸欸！干吗呢干吗呢！"

"收起你的口水！"

"一桌好菜全给污染了！"

"真的贼恶心！"

"喂！老许！这饭 AA 不了了！你请！"

比这些浮夸的嫌弃声更加浮夸，更加愤怒，更加震天响的，当然是来自许皮皮本人的——

"滚滚滚！要搂搂抱抱找你家老祁去！"

女生纷纷笑得前仰后合时，任清风满脸无辜地表明了态度："你们也没说清要亲谁啊？"

下一秒，场面一如既往地倏然失控——

"兄弟们，这就是个浪费别人感情的骗子！"

"打！给我往死里打！"

"灌！给我往死里灌！"

当纸团也不足以平息众怒时，不作死就不会死的某人再次成为全场的绝对焦点。

一层又一层的热血少年蜂拥而上，前仆后继地将任清风淹没在包间中央的一小片空地上。

面对眼前仿若飞沙走石、漫天扬尘的惨烈战况，徐来的确爱莫能助。

气势恢宏的群殴结束后，按照原定的作战计划，一杯又一杯啤酒举到了发型惨遭摧毁的某人面前——

"老任，祝你和徐来百年好合。"

"老任，祝你和徐来一路顺利。"

"老任，祝你和徐来早生贵子。"

"老任，祝你和徐来身体健康。"

"老任，祝你和徐来万事如意。"

……

所有适用于这类场合的四字祝福被一个不落地提及。

但偏偏，主语故意选择了"你和徐来"，算准了任清风必然不可能拒绝。

任清风也只好拿出丝毫不识阴谋的耿直，面带微笑地一杯杯敬回去。

以至于，当饭局告终，任清风终于从那群狐朋狗友中脱身，走回徐来身边时，身上残留的酒气几乎盖过了洗衣液的清香，步伐也微微虚浮。

徐来伸手替他将胡乱翘起的发梢理平，最终没有多说半个字。

男生之间，自然不会上演哭哭啼啼、大诉衷肠的离愁戏码，或许一场无言的酩酊才是他们心照不宣，与兄弟道别的正确方式。

徐来的行李尚未理完，两人只得先行告辞。

又是一番依依惜别后，徐来和任清风挥别众人，并肩走出餐厅。

向右几步，便是台球厅熟悉的招牌。

"徐来，"任清风突然在台球厅门口停下脚步，朝着一旁拦住一对情侣，热情推销玫瑰的小贩撇了撇头，"你要不要玫瑰花？"

徐来循着任清风的目光看过去，这才意识到明天是七夕节。

"三年，不对，两年半前的情人节，我被那个卖花的人骂得狗血喷头，"但任清风没等到她有所回应，已经拉着她向小贩快步走去，"什么只买一支太抠门，什么这种买法女朋友肯定不会原谅我，什么……"

"任三岁，"虽然非常感动，但徐来怀疑这个突然开始碎碎念的任清风大概率是喝高了，耐心地劝道，"我们明天中午的飞机，现在买回去也带不走，只能丢给我妈，而她又没有时间打理……"

"可如果我女朋友很想要玫瑰花呢？"任三岁顿住了脚步，神情严肃。

"你女朋友没有想要玫瑰花。"徐来被这个出乎意料的问法搞得一愣。

"你怎么知道我女朋友不想要玫瑰花？"任三岁问得一本正经。

满头雾水的徐来不得不小心谨慎起来。

"哦，"任三岁露出了一个非常愉快，非常骄傲，非常孩子气的……憨傻笑容，"因为你就是我女朋友。"

至此，徐来确定，眼前这个像犬科动物一样乖巧的任清风一定是喝高了没错。

"是不是嘛？"任三岁摇了摇徐来的手，不依不饶地追问。

糟糕。这样的任憨傻过于可爱，可爱到让人招架不住。

徐来除了点头别无他法，情不自禁拖长了声音，带了些无奈，也带了些纵容："是。"

"那你要不要说'我超喜欢我男朋友'呢？"某人飘飞的狐狸尾巴也不藏了。

徐来有点想笑，忽然产生了将他这类幼稚举动录进视频，永载史册的皮皮冲动。

"或者说'我男朋友全世界最帅'也可以。"任狐狸维持着乖巧的笑容，立刻让步。

"任清风……"徐来努力忍住笑意，准备不动如山地镇压到底。

但任狐狸迅速扫视四周，趁着无人注目，也趁着她尚未组织好语言，火速低头窃取一个吻，见好就收："好，女朋友大人不要玫瑰花，但她还欠我一个吻。"

徐来还没从震惊中回过神，任清风已经朝着扶梯反方向重新迈开了步子。

"徐来，"任三岁指了指台球厅一侧的小小奶茶店，献宝一样询问道，"要不要喝奶茶？"

依旧不等她开口同应，任三岁又有理有据地补充道："高人说过，欠人好意，终须归还。所以上次那个阿姨请我们喝奶茶的钱应该尽快还清，对不对？"

后来他们来过这家店八百万次，在这里散掉的钱财，别说当时阿姨请客的"本金"了，即便是"高利贷"也早都还清八百轮了。

徐来忍住笑意，温柔如水地好言相劝："任三岁，我觉得你现在神志可能不太清醒，但……"

"可如果我女朋友很想喝奶茶呢？"毫不客气地打断徐来时，任三岁无辜地眨了眨眼。

"你女朋友没有想要喝奶茶。"徐老师耐心十足，乐观地以为话题可以到此为止。

"你怎么知道我女朋友不想喝奶茶？"任三岁将"惊讶"的情绪传达得入木三分。

徐来只有哭笑不得。

"哦，因为你就是我的女朋友。"

"……"

"是不是嘛？"

"任清风……"醉汉在侧，谨慎环顾四周的人变成了徐来。

任狐狸趁机低头，结结实实再窃取一个吻，语气谄媚："好啦，女朋友大人不喝奶茶，但她还欠我一个吻。"

徐来拉不动力量惊人的雄性生物，只好由着某人继续向前。

"徐来，要不要买 T-shirt？"任狐狸又指了指斜前方二次元主题曲震天响的动漫店，继续认真地询问道，"上次不是说这里可以印情侣款……"

"任三岁，你的行李已经满到超重了，好像没办法再放多余的 T-shirt 了呢。"

"可如果我女朋友很想买 T-shirt 呢？"

"你女朋友没有想买 T-shirt。"徐来被某人可爱到放弃挣扎，索性按剧本演了下去。

"你怎么知道我女朋友不想 T-shirt？"任戏精显然同样兴致高昂。

"……"

"哦，因为你就是……"

"任清风……"

衣服当然可以不买，但吻不能不窃取："好好好，女朋友大人不买衣服，但她还欠我一个吻。"

"徐来，要不要买毛绒玩具？"一路向前，任狐狸果然又将头撇向玩具店中品类繁多的萌物，"上次在里面买兔子的时候我还看到了特别可爱的恐龙……"

"任三岁，箱子连 T-shirt 都装不下，怎么可能装得下恐龙呢。"

"可如果我女朋友很想买恐龙呢？"

"你女朋友没有想买恐龙。"

"你怎么知道我女朋友不想买恐龙？"

"任清风……"

对于这种窃吻得逞还要露出"宝宝委屈"的表情的无赖行为，博大精深的中文称之为"得了便宜还卖乖"："好啦好啦，女朋友大人不买恐龙，但她还欠我一个吻。"

"徐来，要不要吃蛋糕？"任狐狸在途经依旧排着长队的西餐厅时两眼放光地开口，"上次不是说这里有法国的蓝带大厨做甜点师……"

"任三岁，我们好像刚刚才吃完午饭，而且，你好像不吃甜食呢。"

"可如果我女朋友很想吃蛋糕呢？"

"任清风……"

"好啦好啦，女朋友大人不吃蛋糕，"这次的委屈货真价实，"也不给亲，那她现在欠我……三个吻。"

就在徐来估算着走回台球厅旁的扶梯还要多久时，任清风在电影院入口彻底定住了脚步。

"徐来，"任狐狸微眯起眼睛，笔挺的站姿看不出半分醉态，"要不要吃爆米花？"

"任清风，"徐白兔先发制人地拒绝继续参演"狐狸醉酒"，"我没有想吃爆米花。"

"可如果我想吃爆米花呢？"任狐狸却猝不及防篡改了剧本。

果然让毫无准备的徐白兔微微一愣。

因此，她错过了运筹帷幄老谋深算的清浅笑意在老狐狸脸上一闪而过的瞬间。

"我知道我不吃甜食，但这里面也卖只加黄油的咸爆米花，"任狐狸直接放飞自我，开始卖萌耍泼，"而且，刚刚一直在被他们灌酒，饭根本没吃几口，我真的好饿，好想吃爆米花……"

"可是，"听得徐白兔于心不忍，默默松口，转而关心起更加现实的问题来，"不买电影票就没办法进检票口买爆米花呀？但我们行李还没收完，根本没时间看电影。"

"我们可以买好明天的电影票再进去买爆米花。"任狐狸立刻提出了完美的解决办法。

"明天还要赶飞机，"徐白兔得出结论，酒精无疑会降智，以后必须监督某人少碰，"就更不可能来看了。"

"明天是七夕，"任狐狸伸手摸摸徐白兔的头，"即便不来，留两张票根也会很有纪念意义。"

好像也有那么一点点道理的样子。

就在徐来犹豫不定的这一秒内，任清风已经强行搂着她走向了售票窗口。

如愿捧着一大桶爆米花满载而归的任狐狸，在经过台球厅前最后一家甜品店时，竟然目不斜视，置之不理。

这让徐狐狸的皮皮病一秒发作，轻轻地拽了拽他的手："任清风……"

"嗯？"任狐狸微微低头。

"你女朋友想不想吃这里面的甜品啊？"徐皮皮扬起嘴角，"上次那些粉色的星星饼干看起来真的很诱人。"

"不想，"任狐狸答得万分笃定，"而且那些星星饼干是情人节限量款，现在一定买不到。"

"你怎么知道你女朋友不想吃甜品呢？"徐皮皮忽然觉得，任戏精的剧本写得其实不错，台词易记易背，朗朗上口。

任狐狸愉快地看她一眼，悠哉且迅速地回应道："因为我女朋友想吃爆米花。"

等一下，老狐狸这副耳清目明的样子实在可疑。徐白兔猛然惊觉，也许在酒精的麻痹下失去神志和警惕的人是自己，她怕不是被假意装醉的老狐狸拐进了什么隐晦曲折的套路里。

"你女朋友没有想吃爆米花。"徐白兔回答得无比谨慎。

"会的。"任狐狸的笑意扩大，将这两个字说得异常坚决。

这笑容里的运筹帷幄老谋深算之意无可错认，徐白兔心中刮过一阵不祥的妖风。

所以，这条老狐到底醉没醉？

半信半疑观察了一路，但任清风在地铁上的表现格外正常，任三岁人格并未上线。

徐来也就没能找到这个问题的解答，直到……回家之后。

换好拖鞋，徐来接过任清风怀中的爆米花，走进厨房，随手将它放在料理台上，然后洗好手擦干，拉开冰箱："你要吃什么水果……"

话音未落，一只大手搂过她纤细的腰身，向侧后方轻轻一带，迫使她转身正对他。

惊吓先于任何其他情绪浮上心头，慌乱之下，徐来伸手推人："你干吗？"

任清风伸出空闲的右手，关上冒着寒气的冰箱门，向前两步，体贴地以左手垫在徐来脑后，轻柔地将她抵到了冰箱门上。

桥豆麻袋（等一下），怎么又是冰箱？

他放肆看进她眼底，的确有隐约的酒气混杂在熟悉的洗衣液清香之中："汇报学习成果。"

"任清风，"徐来失笑，边躲边加大推他的力度，"你喝高了吧……"

"嗯，喝高了，"任清风将头缓缓压低，微扬的嘴角带有邪气，"所以，小姑娘，你逃不掉了。"

这个神经病学的是哪个年代的土味霸总语录？

徐皮皮不由得笑场，乏力的瞬间，被某人的阴影覆住："好啦，还有行李要收……嗯……"

这种二话不说，先窃吻为敬的流氓行径又是从哪本土味霸总养成秘籍中偷师的招数？

徐来只好重新加大双臂推他的力度："别闹，你要不要喝……嗯……"

这次他停留的时间稍长，专注锁住她的眸光也越发熠熠发亮："不要，你还欠我一个吻。"

徐来的心跳和呼吸都随着残留唇上的绵软触感开始不稳，却不知为何没舍得从这危险的对视中移开视线："那你要不要吃……嗯……"

"不要，"他微眯双眸，呼吸的热气带着微醺的醉意，轻拂过她微红的脸颊，"要一个吻。"

"那，"徐来看着这张阳光之下缓缓向她靠近的清俊的脸，声音莫名有些颤抖，"你有没有……什么好听的话要讲？"

"醉酒的人不讲话，"直到她甜美而急促的呼吸清晰可辨，任清风才带着几分沙哑开口，非常和煦，非常温柔，和"霸道"二字没有分毫关联，可每个字都带着魔法，烙在她不住轻颤的心上，"只做事。"

好吧，酒不醉人人自醉，她在今天本也该是个醉酒的人。

但彻底放弃抵抗，闭眼随他去之前，徐来心中的皮皮怪还是怒刷了最后一拨存在感——

小伙子，你这出"霸道总裁爱上我"还挺像模像样的，土味程度可以打满分。

起初带着很不任清风的急迫与侵略感，但当唇与唇的厮磨正式升级为唇舌的嬉戏，一切重归温柔的缠绵。

当他身上干净的味道在酒精的催化下铺天盖地席卷她所有的知觉，徐来彻底放弃去分辨究竟是谁的心跳和喘息更加狂野，只能紧紧回抱住他。

像失足溺水的人盲目攀住触手可及的浮木，可还是无法幸免于沉沦。

良久。

久到任清风终于准许她重新摄入新鲜空气时，徐来的脑海中仅剩一片空寂的低鸣。

但这一次，他却乖乖叫停于此，只是微弯下腰，将脸埋进她的肩窝。

雨滴般绵密而轻柔的吻持续落向她光洁的颈项，伴随着他粗重而温热的呼吸，微痒。

"干吗啦，"她躲闪不及，只好努力承受住他的重量，语气娇嗔，"很重欸你……"

"徐来。"他没有抬头，轻唤她的名字，带了些感慨与依恋，又带了些强硬与郑重。

"嗯？"她以手指勾勒出他笔挺的鼻梁。

"彻底毕业了呢。"任清风将声音放得很轻。

"嗯。"徐来的动作一停，同样带了些感慨与依恋，轻声应和。

她根本记不清究竟和多少拨人吃过多少顿"告别饭"，但刚刚那一顿，就是一切的句点。

从此，再没有同一段肆意绽放的青春，再没有同一群携手并肩的伙伴。

再没有欢声笑语的（13）班，也再没有这句早已听出茧的"任清风徐来，我孤独盛开"。

"明天就要走了呢。"任清风闭上了眼，像是将所有不舍按回心间。

难得见到一个将"柔软"摆在脸上的任清风，徐来心中一动，揉了揉他的发心："不想走啊？"

"不想。"任清风将头埋得更深，明目张胆汲取她身上的香气。

这副无赖样像极了撒泼耍赖的孩子，徐来的声音是自己毫无意识的温柔："怎么？"

"不抓在身边的话，"任清风说得委屈至极，"兔兔会跑。"

这条"醉入膏肓"的可爱狐知道自己在说什么吗？徐来轻笑着做出承诺："兔兔不会跑。"

"反正，你到了学校，不可以对其他男生随意眨眼。"

徐来为他顺毛的动作哭笑不得地定住。

这又是哪一出？

"不可以对其他男生笑得太多。"

到底哪里找的土味霸总语录，土到掉渣了啊！

"不可以随便喊其他男生帅哥。"

到底是谁在这条不归路上坑害了她家老狐，出来挨打。

"不可以看其他男生看到入神。"

不是，等一下，她看谁看到过入神了？

"尤其是樊嘉伦。"

请问你是怎么做到这么多年还对这个人念念不忘的？

"哦，还有，不可以在卧室贴其他男生的照片。"

早八百年前已经被你亲手从墙上一张一张换下来了，大哥！

完全被萌化的徐来低头在他额间印下一个吻，忍住笑意，悄然打断："还不可以什么？"

任清风微微睁开眼，惺忪中掺了几分色气，答得理直气壮："不可以在任何时候无视我。"

徐来运筹帷幄老谋深算地微扬起嘴角，可爱的梨涡就是引诱："为什么呢？"

这双漂亮的杏眸双瞳剪水，映衬着他的万里晴空，不沾染半分荫翳。

过去三年的点滴仿若重现其中。

自高二以来，因为他专心备战 IMO 比赛，两人其实聚少离多，甚至一度连见面都是奢望。

在那些他埋头做题，无暇对她献上关心与呵护的日子里，她却永远只问"你累不累"。

还有之前的每一步，每一次。

每当他成为那个闯下大祸，满身泥巴，懊悔不安的"两岁半"，她却永远只问"摔疼了吗"。

如此温柔美好的徐来，他怎么敢不去珍视？

而这片独属于他的晴明澄澈，任清风誓死想要守护。

任清风沉默了半秒，重新将脸埋回了她的肩窝，轻叹一声。

"因为兔兔是我的，"闷闷的声音里带了些慵懒，却不再逃避，也不再迟疑，"超喜欢兔兔。"

这是不会输也没输过的任清风认输的语气。

徐来微微一震，将这两句话反复咀嚼了三遍才敢说服自己去相信。

不过是流于形式的几个字，经由任清风之口砸向心门时，竟然这般悦耳动听。

尽管徐来从未怀疑过，她拥有任清风毫无保留，完整无缺的喜欢，但她原以为这样的表白将会被他永久封锁在心底。

可真听到这几个字时，却也没有想象中席卷而来的感动，或是山呼海啸的狂喜，徐来只感到一颗心幽幽地落地，从此牢靠，从此安妥。

的确，从此不会再有如影随形的"任清风徐来"在耳边重奏，但她和任清风依旧拥有彼此。

前路漫漫，但有他同行，她便无惧沐风栉雨，颠沛流离。

徐来静静漾开一个娴静的微笑，眷恋地将他圈得更紧，却是惯常的调皮语气："什么？你心跳太快，我没听清……"

"哦，"任清风突然立正站好，揉揉她的头顶，"我说，我好渴，想要喝水。"

"貌似不是这句呢……"徐来伸出双手，圈过他的颈项，重新投入他的怀抱。

"那就是我好饿，"任清风搂过她的腰身，如她所愿，迅速转换了说法，"想要吃点什么？"

"好像也不是这句吧……"徐来轻车熟路地寻到他肩膀最舒服的位置。

"哦，那就只能是，"任清风微微低头，微扬起嘴角，"你欠的债，是时候还清了。"

话音未落，徐来已经警觉地抬起头来，审慎打量起这张在阳光下英英玉立的脸来。

等一下，这条老狐到底醉没醉？

他将手臂收得更紧，坚决不给她跑路的机会，愉快地眯起眼睛："如果我没记错的话，某人喜欢上我是在老周通知我们去美国交流的那天，高一的3月1日。从这一天算起，到高二我从珠海回来的11月29日，273天整。"

她是谁？她在哪儿？她原本是要干什么？

"我很善良的，只算你每天欠我一个吻。按照5%的日利率计算，你累计负了多少债呢？非常简单的等比数列求和，会算吧？括号1减1.05的273次方除以括号1减1.05，对不对？"

她为什么会存在？不，这个世界为什么会存在？

"但是这差不多有1200万，"任清风煞有介事地停顿了片刻，"你准备怎么还？"

徐来彻底放弃了从某人怀中挣脱的尝试，专心致志闭耳塞听。

"如果觉得5%的利率高了点，3%也勉强可以接受，"任清风振振有词，"那差不多也有10万左右，我建议你尽快行动，为自己减轻负担。"

套路，什么装疯卖傻、醉酒表白的可爱狐，或许都是套路。

"觉得我的估算不可信吗？"任狐狸信心满满地露出一个运筹帷幄老谋深算的微笑，"随便你按计算器，误差大不大你说了算。哦，按你觉得准确的数量来还也完全可以。"

"任清风，"徐来问得咬牙切齿，"你到底醉没醉？"

"醉了，"某人接话格外迅速，将她搂得更紧，"醉得厉害，靠自己根本站不住的那种。"

算了，就让这个问题成为一大未解之谜好了。

"做人要厚道，欠债先还清，"任狐狸抬手捏捏她红扑扑的小脸，"你可以开始还债了。"

"你这番论证没有任何道理，"徐狐狸充耳不闻，"被驳回了。"

"不还？"任狐狸突然松手放她自由，眸光高深莫测。

"不还。"徐狐狸果断撤离他的怀抱，微微眯起眼睛。

但下一秒，徐来带着几分嚣张的愉快笑意被一声惊叫替代——

任狐狸弯下腰，蓦地将她横抱起身："还不还？"

"喂！"吓到她心跳过快，慌忙环住他的脖子，"你要干吗？"

"讨债。"任狐狸恢复了波澜不惊的语调，步伐平稳地转身离开厨房。

"喂……"她使出吃奶的力气拼命捶他，"放开我啦，你要去哪里？"

"卧室，"波澜不惊的语调中多了一本正经，"兔兔超可爱，想要吃兔兔。"

"任清风！"虽然有些气急败坏，但这声音异常娇媚甜美。

"好，给你一个机会，"怀里张牙舞爪的小狐狸下手越来越重，于是老狐狸在客厅沙发边乖乖停下了脚步，好说好商量地扬起嘴角，"我和老祁谁更帅？"

徐狐狸在心中偷偷献上白眼一枚，答得斩钉截铁："老祁。"

"我和老祁谁更帅？"依旧是好说好商量的语气，任狐狸的表情却严肃了几分。

"任清风，我还要收拾行李……"小狐狸转移话题的努力在某人将她直接"丢"到沙发上的瞬间转为惊叫，"喂！"

"我和老祁谁更帅？"老狐狸倾身向前，魔爪悠哉哉伸向小狐狸衣领下的纽扣。

"你讨厌……"拼命制住某人双手的徐狐狸唯有乖乖求饶，"好啦，我男朋友最帅。"

老狐狸脸上出现了非常愉快的飘飞笑意："是不是还差半句？"

这个人不仅得寸进尺，而且绝不吃亏。

徐狐狸微微噘起嘴，带了些不甘心，凑近他的耳朵，小小声地开口："我超喜欢我男朋友。"

"既然这么喜欢你这么帅的男朋友，"老狐狸笑容的弧度扩大，魔爪重新放回到她的扣子上，柔声威胁道，"要不要乖乖还债？"

她彻底自暴自弃，转过头拒绝与他对视。

"那给你个机会，迅速去拿厨房里的爆米花……嗷……疼疼疼！我错了！我拿！我这就去！"

重新舒舒服服窝回老狐狸怀里时，徐来充满感念。

这样肆无忌惮黏在一起的机会，上大学住进宿舍之后恐怕很难再有了。

她迅速劝服自己，在"起身收拾行李"和"再黏一小会儿"之间，选择后者是理所当然。

不过，趁着不知究竟醉没醉的老狐狸神志不清的大好时机，她应该顺便搞清一些问题。

"任清风。"徐狐狸笑得甜美可人，当然只是为了进一步麻痹老狐。

"嗯？"任狐狸以左手将她牢牢搂好，右手从身边的爆米花桶中拿出一颗，不紧不慢放到嘴里，悠哉挑眉。

"我有问题想要……嗯……"

但问题还未出口便直接被堵在嘴边，他重新吻上她的唇，将爆米花轻推进她嘴里。

"好吃吗？"他的语气轻柔到让她微微战栗。

明明是加了黄油的咸爆米花，她却只尝出了腻人的甜。

"喂……"徐来轻推任清风的肩膀，杏眸圆睁，"我在问你……嗯……"

第二颗。

"喂！"轻推改为轻掐，以示抗议。

第三颗。

"任……嗯……"轻掐改为轻捶，但抗议还是以失败告终。

第四颗。

"喂！"这一次，徐狐狸眼明手快地抓住了任狐狸伸向爆米花的手，"任清风！"

没有爆米花，但可以直接上嘴——

"嗯？"偷香成功的任狐狸满足地扬起嘴角。

"我在问你问题！"徐狐狸只能干瞪眼。

"可我不是很想听呢，"任狐狸忍不住再窃取一个货真价实的吻，然后眯起眼睛欣赏她小脸微红的可爱，"我只想讨债。"

趁她晕头转向放松警惕之时，任狐狸动作迅速地抓了一把握在手里，防患于未然。

然后，他郑重地叫她的名字："徐来。"

"干吗……"她嗔怪地噘嘴。

"我的。"这两个字，他说得异常温柔，异常坚定，也……异常动听。

好吧，五颗她就勉为其难地收下了。

后来就再也数不清数量了。

每一颗爆米花，都伴随一个轻柔的吻。

当然，在她尚未彻底瘫软在他怀中之前，也夹杂着永远被他故意聊死的断断续续的对话——

"任清风，你到底还要不要我去收拾行李？"

"不要。"

"那明天我走不了了怎么办？"

"我只好一个人走了。"

"任清风……"

"哦，或者把你打包塞进我的行李箱带走，还能省一张机票……"

"任清风！"

"嘘……吃爆米花，乖。"

"任清风，最开始他们乱传绯闻的时候你在想什么呀？"

"没想什么。"

"那你当时为什么不果断站出来否认一下呢？"

"忘记了。"

"任清风……"

"哦，我也是第一次被传这些，没有经验，下次再和别人传绯闻……"

"任清风！"

"嘘……吃爆米花，乖。"

"任清风，你是从什么时候开始喜欢我的呀？"

"有这回事吗？"

"那你为什么会喜欢我呀？"

"你记错了吧？"

"任清风……"

"哦，因为有些人看上去又笨又呆，一副特别需要被拯救的样子……"

"任清风！"

"嘘……吃爆米花，乖。"

不知道过了多久，也不知道多少个吻之后。

任狐狸忽然停下了继续投喂的动作，严肃地开口："徐来。"

徐狐狸将下巴懒洋洋地架在他的肩膀上："嗯？"

"我忽然想起来了，"任狐狸一副恍然大悟的样子，"除了 10 万个吻，你还欠我很多句道歉。"

虽然挂在某人身上的"无骨"状态比较舒服,但徐狐狸不得不再次警觉地直起身来,谨慎面对这个重回运筹帷幄老谋深算状态的任狐狸。

"'他不是我男朋友',"任狐狸开始兴师问罪,"这句话,你说过吧?"

徐狐狸一秒被气笑。

这已经是发了多少年霉的陈芝麻烂谷子,有人竟然还要弯腰去捡?

而且,那个时候,的确不是男朋友啊!

"无情无义说这句话的时候,"任狐狸伸手敲敲她的额头,"你有考虑过我的感受吗?"

"你好意思吗?"徐狐狸不甘示弱地伸手戳向他的眉心。

"我没听到过的就算了,"任狐狸装聋作哑,"但当着我的面说过的,我强烈要求补偿。"

徐狐狸忽然产生了拨打 110 的冲动。

"你看,特意给你剩了十多颗,"任狐狸愉快地指指手边几乎空空如也的盒子,再愉快地指指自己的嘴,愉快地暗示道,"这次不收利息,已经非常心慈手软了对不对?"

徐狐狸和他对视三秒后,果断扭头,迅速起身,大度地不与神经病计较。

但某人的反应速度与臂力更胜一筹,徐狐狸愤愤无语地重新跌回这个温暖的怀抱。

任狐狸露出一个非常碍眼的飘飞笑容,将手臂收得更紧:"乖。"

迅速分析了眼前的形势后,徐狐狸得出"只能智取"的结论。

短暂思考了片刻,徐狐狸再次露出甜美度满分的微笑,试探着开口:"任三岁,你是不是就是想要我亲你一下呀?"

任狐狸大言不惭地点点头,耿直又坦然地附赠一个铿锵有力的"嗯"字。

"哦,"徐来的甜美笑意不禁蔓延至眼底,"那何必这么迂回呢?"

"直说的话,会显得不够从容。"任狐狸继续大言不惭地回答。

可随着徐来小脸的突然凑近,褐色双眸还是几不可辨地一凛。

"所以是怕我拒绝吗?"徐狐狸维持着运筹帷幄老谋深算的甜美笑容,将距离继续缩短。

"并不是。"话虽然这样说,但某人的眸光开始闪烁了。

"哦,"徐狐狸脸上的笑意扩大,"但我不一定会拒绝欸,只要你表现得足够好。"

某人的呼吸开始不稳了。

"那你要不要先把手放下来呢？"徐狐狸一边以磨人的速度继续靠近，一边温柔地提议道。

某人竟然真的乖乖放开了手。

"那你要不要先闭上眼呢？"在距离他嘴角两厘米处，徐狐狸坏心地停了下来。

某人竟然真的乖乖闭上了眼。

可爱。她家老狐狸这副任人宰割的憨傻样子真的非常非常可爱。

不过——

下一秒，徐狐狸还是无情无义地从任憨傻身上迅速翻了下来，身手矫捷地逃离了沙发。

愉快地配合任三岁在客厅里上演了三圈猫鼠追逐战后，精疲力竭的徐狐狸在安置落地灯的转角顿住脚步，转身准备投降："好啦好啦……"

可转身的动作只完成了一半，就和来不及刹车的任清风直直地撞到了一起。

一声惨烈的"嗷"之后，刚刚还耀武扬威追击兔兔的老狐狸万分痛苦地蹲到了地上。

这样的撞击力度在平日里构不成任何威胁，但在某个部位不受控制、坚持充血的尴尬时刻，刚好撞到徐来胯骨的任清风只觉钻心剜骨地疼，一句话都说不出来。

徐来看着脸瞬间白了一个色号的任清风，歉疚与心疼之上，还有些哭笑不得，尴尬的安慰也有些词不达意："对不起对不起……我不是故意的……"

慌忙道歉的同时，心中的皮皮怪却再次出山。

她好像解锁了一项可以百分百镇压住邪祟的技能，当然，前提是，如果她舍得使用的话。

任清风令人触目惊心的沉默让徐来的担忧指数直线上升，同样蹲了下去："没事吧？"

"我现在确定，"又缓了片刻，任狐狸才神魂未定地开口，"酒肯定是醒了。"

"对不起啦。"徐白兔揉揉他的头顶以示诚意。

"再这样来几下，"任狐狸充满怨念地压低声音，"你就会断子绝孙了。"

徐白兔反应半秒之后——

"嗷……疼疼疼！我错了！错的是我！"任狐狸楚楚可怜地摸向狠狠被敲的脑壳，质问苍天，"说好的家庭地位呢？"

脸上热度居高不下的徐白兔默默决定，才没有什么舍得与不舍得，在未来，该出手时就出手。

慢吞吞地站起来后，任狐狸委委屈屈的第一句话自然是："你害我光荣负伤，这下我是不是真的有权利索要补偿？"

虽然没搞清自己是什么时候，以什么样的方式重新回到了他的怀抱，但心怀愧疚的徐狐狸忘了去深究这些，乖乖问道："什么补偿？"

"兔兔。"

"我还要收……嗯……"

哦，某些人下嘴很重，肯定还是在暗中打击报复。

几小时后，周医生下班回家时，面对徐来卧室里的满地狼藉，发出了诡异的灵魂拷问——

"怎么还没收完行李？那这一整个下午的时间，你们俩干什么去了？"

都说新英格兰地区没有春天，徐来深以为然。

仿佛四月的最后一场雪才将将融化，六月初的气温就已经能与盛夏比肩。

因此，在这之间的五月中旬最是宜人。

当然，对任何学生来讲，这"宜人"二字，除了源于春暖花开、惠风和畅的好天气，更来自"期末考试结束"的惬意舒爽。

学期里"看不完的阅读，做不完的项目，写不完的论文，交不完的设计"，至此告一段落。

初上大一的时候，徐来还曾和陆潇潇、沈亦如等人疯狂吐槽，这种一个due⑤接另一个 due 的日程表实在令人窒息。但两年后的现在，徐来已经充分修炼出"微笑以对，甘之如饴"的高超道行。

走出考场，徐来和两个好友第一时间奔向人满为患的奶茶店，以此慰藉被过度使用了一整个学期的大脑。

说来奇怪，大约是美国年轻人也意识到亚洲食品在色、香、味各方面的碾压式优越性，布朗大学里的一条主干道两侧几乎被种类繁多的亚洲餐馆垄断，奶茶店的数量可以与咖啡厅一战。

这对徐来来说算是意外之喜。虽然那个送奶茶的人不在身边，但每周三她依旧会雷打不动地"犒劳"自己一杯，一喝便是整整两年。

站进队尾时，穿着蓝色 T 恤的好友轻松发问："你们下午有什么计划安排？"

---

⑤：指 due date（截止日期），也指需要上交的作业或项目本身。

"回宿舍补觉，"另一个白 T 恤好友答得毫不迟疑，"Pulled two all-nighters（熬了两天没睡觉）。"

"我去波士顿。"徐来诚实地回答。

"噢，"一阵阴阳怪气的感叹过后，两人异口同声，"第一时间找你家大神团聚。"

"嗯。"徐来点点头，大大方方地肯定了好友的说法。

本科生里，中国留学生的圈子不大。

早在任清风第一次来普罗维登斯，亲手将一件印有"MIT"三个字母的酒红色帽衫套到徐来身上，霸气侧漏地宣示过主权后，所有人就都知道了徐来的男朋友就是当年唯一一个从大陆高中直接申到 MIT 的数竞大神。

尽管徐来的同学也都是人中龙凤，柠檬风暴还是在这群柠檬精中持续席卷了好一阵。直到今天，她和任清风依旧被视为"传奇眷侣"。

"好久没看到大神了，"白衣妹子打了个呵欠，"你好像也好久没去找过他了。"

"春假之后太忙了，Sociology（社会学）那两篇论文简直要了我半条命，"徐来回想起前几周从早到晚的"连轴转"，依旧心有余悸，"而且，就算我有时间去，任清风恐怕也没时间理我。"

"难道说，"蓝衣妹子瞬间乐了，"你家大神又搞了一回一学期豪取八门课的伟大壮举？"

徐来的朋友依旧对发生在大一下期的此事津津乐道。

在美国，正常的 workload（课业量）是每学期四到五节课，而这已经足够形成 due 接着 due 的恐怖循环，逼迫学生在诸如期中期末等关键时期做出"学习、社交、睡眠"三选二的残酷抉择。

可某位神经病，曾经在自己的课程表中连数学带物理带哲学带计算机地塞进了八门课。

徐来当时瞠目结舌地问过任清风："干吗要选这么多？"

"有的课不是每年都开，"任清风飘飞上天地微扬起嘴角，"还有的课，不需要听也会。"

自那之后，徐来再没问过类似只会显得自己格外愚蠢的问题。

当时任清风住的宿舍形状诡异，有面纯水泥的曲面墙，可以直接用粉笔在上面写写画画。

那个学期，每次徐来去找他，宿舍地板上永远被任清风和他不甘示弱选了七门课的美国室友铺满无从下脚的草稿纸，铁灰色墙面上各式各样的计算公式直接让人犯密集恐惧症。

第一次见到这种阵势时，徐来稳住心神后随口一问："这是什么数学课？"

"不是，"任清风一边拾起地上的草稿纸，为她腾出可以落脚的地方，一边随口回答，"这是那节讲模态逻辑的哲学课，涉及一些和 Heine - Borel Theorem（波莱尔定理）相关的排中律知识。"

当时还在老老实实上线性代数的徐来很有自知之明地再没问过"墙上的公式是什么"。

也是那个学期，任清风养成了两点入睡，八点半起床的"健康好习惯"，至今无法被修正。

大二上期时，在某个她也不得不挑灯夜战的深夜，徐来曾在视频通话中温柔地提出过这样的建议："既然今天的事情都已经做完了，请问你可不可以试着早点睡觉呢？"

"生物钟固定了，躺下也睡不着，"某人从哲学课某本本体论的选读书目中抬起头来，不仅丝毫不为所动，反倒将她一军，"你怎么这么晚还不睡？熬夜会秃头。明天再学了，快去睡觉。"

那一晚被熬夜怪反复催促了 N 次要早睡之后，徐来再没提过"作息时间"四个字。

"没有，他这学期课倒是只选了六门，"徐来点完奶茶，向收银小哥道了谢，才回答，"但是在跟导师做研究，说是有看不完的文献和推不完的公式。"

有志在科研道路上继续前行的本科生找导师做研究不奇怪，但大神的研究课题还是引起了两个妹子的好奇："你家大神都搞些什么？"

"我也没听太懂，"徐来照猫画虎复述道，"说是中等质量黑洞和矮星系还是什么的……"

"哈哈，"黄衣妹子笑着接话，"我还以为他这么神的人会跑去研究哲学，我记得他是 double⑥了一个哲学专业对吧？"

拿双学位的本科生其实不少，但为了确保四年的时间够用，大多会选择基础课能够互通，学起来更相近的两个专业。

---

⑥：指 double major/concentration，双专业、双学位。

物理和哲学的组合听来就如同天方夜谭。

"嗯，他说，物理研究到头其实就是哲学，很多著名的哲学家也都研究过物理问题，"徐来回想起任清风为她普及这些知识时的表情，同样笑了笑，"比如，康德就写过一本《自然通史和天体理论》，里面提出了'微粒说'，为用来解释太阳系形成原因的'星云假说'打下了基础。"

"对不起打扰了，"原本呵欠连天的黄衣妹子仿佛瞬间清醒过来，"是我不配。"

"我早就放弃了和徐来聊她家任清风，"蓝衣妹子接过新鲜出炉的奶茶，转身拿了根吸管，回头看向徐来，"那你几点的火车？中午跟不跟我们吃饭？"

"不了，"徐来顺手为她递上两张纸巾，"我得赶快回宿舍收拾行李，我们后天的飞机回盛川。"

从普罗维登斯到波士顿的这条路，徐来已经走得驾轻就熟。

六十英里的距离，坐快些的 Amtrak（美国国家铁路）四五十分钟，慢些的波士顿通勤火车一个多小时。

列车的行进速度之缓慢，乘坐体验之颠簸，沿途风景之贫瘠，偶尔网络之卡壳，通常会让徐来直接选择闭眼假寐。

但这一次，望着窗外掠过的稀疏树影，她却无论如何也难以心静。

忙到天昏地暗的时候，倒也不觉得时间飞逝，直到终于得了些空闲时，徐来才有了"上一次和任清风见面已经是六周半前的事"这样不可思议的真实感。

他忙，她也忙。

上大二以来，她在 RISD（罗德岛设计学院）选了更多的美术和设计课，为了完成作业，周末时常泡在 studio（工作室）里，一待就是一整天，很难再像大一时那样隔周便跑一趟波士顿。

但所幸两人都不是"真正爱你的人不可能抽不出时间来陪你"这种毒鸡汤的信奉者，很快便达成了"一切以学业为重"的共识。

某天深夜，在从 studio 走回宿舍的路上，徐来突发奇想，对着手机另一端的任清风感叹道："你说，像我们这样异地的人，图的究竟是什么呢？"

"别人我不知道，"任清风轻笑着回答，"但对于你，图的应该是辛苦了一整天后，打开视频，看到自己有个这么帅、这么厉害的男朋友，顿时觉得'人生其实很幸福'的这一刻。"

大约是距离滋生思念，徐来没舍得镇压这样的飘飞上天，只是带了些诱导意味，俏皮地反问道："那你图的又是什么呢？"

"我可不靠这些虚无缥缈的念头过活，"话一出口，见小白兔瞬间瞪圆了眼睛，任清风脸上的笑意扩大，柔声补充道，"我图的是能早日毕业，把兔兔重新抓回身边。"

一定是距离滋生思念，不然老狐狸绝不可能说得出这么悦耳动听的话来。

恰巧回忆到这里时，徐来的手机微微一振。

任清风发来一张截图，是他大一时随手写着玩的一个小程序，名为"失去兔兔的时长"。

这个程序在每次两人见完面，他踏上回波士顿的火车或者送她上回程的火车后手动重启。

页面上有个奇形怪状，丑到徐来想要打人的粉色兔子，会随着计时的增长改变表情和动作。

截图中，这个计时器的示数为 1119.42 小时，而醒目的数字下方，兔子早已由笑转哭，再转为生无可恋，失去灵魂一般枯萎地倒地不起。

对于这项令她盈满感动却也哭笑不得的"发明创造"，徐来曾经问过任清风："为什么上面是思念成疾的兔子而不是狐狸？"

任狐狸皱了皱眉，满脸无辜地回答："狐狸怎么可能会思念成疾？"

徐白兔不得不摆出镇压邪祟的微笑："可以再给你三次重新回答的机会。"

任狐狸想了想，马上改口："因为老师只教了怎么画乌龟和兔子。"

徐白兔将笑意调试得更加温柔："两次。"

任狐狸挠了挠头，再次改口："因为狐狸存在发型好不好看的问题，但兔子只有耳朵……"

徐白兔笑眯眯地打断道："任清风，最后一次机会。"

任狐狸这才一秒变乖巧："因为它会提醒我，兔兔有多么需要我，我得时不时停下手里的工作，主动对她献上关爱。"

徐白兔瞬间原谅了程序中粉色兔子的胖与丑。

感动指数爆表的同时，徐白兔甜甜地问道："那你把源代码发过来，我把兔子改成发型很酷的帅狐狸，也用来自我提醒，定时对你献上关爱怎么样？"

任狐狸却露出夸张的惊恐状："不要。"

徐白兔的笑意微敛："为什么？"

任狐狸拒绝得义正词严："即便发型够酷，帅狐狸也绝不可能摆出这么丑的

pose 来。"

徐白兔一时气结，只想打破屏幕的阻隔，再拿什么东西糊他一脸。

见小白兔神色不妙，任狐狸迅速改口："帅狐狸日理万机，很忙的。不打扰，是你的温柔。"

徐狐狸也迅速改变了对胖兔子的看法，眯起眼睛威胁道："任清风，给你两天时间优化一下这只丑兔子的造型，不然你就会彻底失去兔兔。"

虽然胖兔子的优化进度被某人以"忙"为由再三推后，至今依旧为零，但习惯之后，倒也逐渐看出了另类的萌感。

发来这张表明两人分离时长的截图之后，任清风又发来一条语音："我到了，先去停车。"

从 South Station（波士顿南站）到 MIT，不过四站地铁的距离。平时徐来会直接换乘地铁去学校找他，但由于这次她拖着准备回国的笨重的行李箱，任清风特意租了车来接。

随着人流走下火车，再穿过狭长的月台时，每向前一步，徐来的心情便更加雀跃欢腾一分。

1119.42 小时，还可以换算成更加精确的分与秒，却无法精确丈量出思念的深广。

或许，每对不得不克服重重困难，坚守两地的恋人，图的不过只是一次久违的重逢。

在波士顿市区停车又难又贵，徐来以为任清风会像之前那样把车停在侧门外的临时泊车区等她出站，因此在进入宽敞明亮的候车室后顿住脚步，微微低下头，准备打电话示意他稍等。

见他之前，她还想为他买杯伯爵红茶作为犒劳，还想去卫生间重整仪容，快速补个妆……

可刚刚输入号码的前三位，一双熟悉的白色板鞋便静静地出现在视线边缘。

随着沁人心脾的洗衣液清香在周身弥漫开来，徐来的心跳声骤然放大，只顾着扬起嘴角，一时间竟忘了抬头。

先是落在头顶的大手，像之前无数次一样，轻轻摩挲了片刻。

然后她右肩的背包被轻柔地摘下，稳妥转移到一旁的行李箱上。

再然后，才是从头顶传来的带着笑意的温润声音："小姑娘，路上辛苦了，要不要抱抱？"

虽然是礼貌的疑问句，但说完这句话之前，任清风已经结结实实将她搂入怀中。

熟悉的质感，熟悉的温度，熟悉的味道，熟悉的心跳声，却又恍若隔年。

徐来抬起双手，环过他的腰身将他圈紧，小脸用力埋到他的肩窝。

静静感受了片刻他的存在，她才深吸一口气，带着难掩的欢喜笑意："这和剧本不符。"

"哪里不符？"任清风微微低头，凑她更近，温热的气息轻拂过她的耳畔。

"应该是我先发现你，然后不管不顾地丢下行李，"徐来的声音因为他的贴近倏然不稳，笑意却分毫未减，"飞奔到你面前，再扑进你的怀里。"

"什么人写的剧本，"任清风轻笑一声，虚心求教的语气同样愉快，"竟然如此优秀？"

"你。"她在他肩窝处轻轻印下一个眷恋的吻。

"但它最大的问题是脱离实际，"任清风将她搂得更紧，将脸埋到她的发丝间，"被弃用了。"

"为什么？"她将头埋回那个最舒服的位置，默默汲取着他身上干净的味道。

"等你慢慢发现我的话，"任清风笑着回答，"我就会晚抱到你好几秒。"

糟糕。当老狐狸突然主动自觉地讲起肉麻情话，这感觉……有点美妙。

徐来非常受用地在他颈间印下第二个吻作为奖励，然后——

"不过，你要是再像这样挑逗下去，"某人忽然压低声音，以缱绻的耳语说道，"我准备改变目的地，先把你拐回宿舍了。"

趁着小白兔反应过来之前，老狐狸将手臂收得更紧，得寸进尺地将声音放得更轻，透出几分邪气："之前还觉得这个毫无利用率的单人宿舍换得好亏，好不容易等到兔兔，当然要……"

再下一秒——

"噢……疼疼疼……什么时候学会用头撞人了？"老狐狸委委屈屈地嘟囔道，"好好好，不回宿舍，没有兔兔吃。"

难得租了车，难得两人同时赋闲，当然不可能错过这春光明媚的大好下午。

两人买好红茶和咖啡回到车上，趁着四下无人，交换了一个让思念稍得餍足的吻。随后便按照原计划，在导航仪的目的地中输入了距离波士顿市中心半小时车程的瓦尔登湖。

确认小白兔系好了安全带，一切就绪后，任清风将车开出停车库，汇入城市川流不息的蜿蜒道路中。

徐来紧盯着GPS，确认平时很少开车，对波士顿错综复杂的路况并不熟悉的任清风驶上了正确的高速，才彻底放松神经，靠在椅背上欣赏起蓝天白云来。

两人聊完这几天的期末考试和身边同学的轶事，音响中恰巧放到一首老歌，清亮的女声徐缓吟唱，悠扬的旋律将心情映衬得更加晴朗——

I'm coming home. I'm coming home.

（我要回家了，我就要回家了）

Tell the world I'm coming home.

（大声告诉全世界，我要回家了）

Let the rain wash away.

（让大雨洗净）

All the pain of yesterday.

（昨日的所有苦楚）

I know my kingdom awaits.

（我知道我的王国在等着我）

的确没什么比这几句歌词更能恰如其分地描绘出每次回国前的激动心情，徐来跟着轻哼了几句，转头看向任清风手握方向盘的清俊侧影："所以，你和老许他们说了咱们后天回去吗？"

"嗯，"任清风静静地回答，"他们已经准备好请我们吃大餐了。"

"什么大餐？"徐来瞬间充满期待。

"清华食堂。"任清风的语调平板。

"噗，"徐来瞬间失笑，"去年也是啊？就不能有点创意，比如换到……北大食堂什么的？"

"在这一点上，互称隔壁的那两拨人倒是难得统一一次，"任清风扬起嘴角，"他们一致同意，饭还是清华的好吃。"

"反正总归难吃不过这边，"想想自己宿舍楼下仅能达成"果腹"目的的餐厅，徐来觉得的确不必挑三拣四，转而充满希望地追问道，"是上次老祁提到的小火锅吗？"

"听老许的意思，大概率是他自己的新欢，"任清风戳破了她的希望泡泡，"大盘鸡拌面。"

"老许竟然会放弃盐酥鸡？"徐来惊异地挑了挑眉，随后瞬间反应过来，暧昧地笑道，"这个大盘鸡是他本人的真新欢，还是为妹子做出的取舍？"

任清风转头瞥了徐来一眼，愉快地答道："落地北京之后自己问。"

想到这样一幕，徐来已然有些迫不及待："那北大的那些人也会来？"

"当然，"任清风根据导航的提示，打开转向灯，准备向右并线然后下高速，"福喜他们都拍着胸脯保证，即便是翘课也会来。"

"不过说到大盘鸡，"徐来回头帮他看了眼车子右后方的盲区，确认安全后才重新将目光放回碧蓝的天幕，笑意加深，"周二小骏还发邮件问我们暑假回不回国，有没有可能去新疆看他。"

小骏是任清风在高二暑假结束了 IMO 的比赛后为徐来兑现的"生日承诺"，通过某助学金项目资助的新疆贫困生。

两人至今依然通过季女士为他定期汇去学杂费，三年如一日地关心着他的生活和学习情况。

"为什么我没有收到这封邮件？"有些人冒着生命危险再次转过头来，语气忽然很不友好。

"任三岁，"徐来伸出左手食指，抵住他的脸，强行将他的头拨回正前方看路，"是谁忙到永远在他来信后两三周才想起来回复？小骏在信里的第一句话就是'很怕打扰到哥哥学习'……"

"哦，"任三岁的语气重回平板，"他就不怕打扰姐姐学习了？"

"幼稚。"徐来将目光转向副驾驶的一侧的窗外才彻底将笑意释放。

"这种只和漂亮姐姐聊天的行径实在很危险，和整天不务正业、不好好读书一样危险，"任三岁说得痛心疾首，"必须要加以管教，我得……"

"任清风，"徐来指了指忽然陷入混乱，播报着"Rerouting（正在重新规划路线）"的导航，笑着打断道，"你好像错过出口了。"

"错过了一个出口还可以绕路，"任三岁迅速转动脑筋，若无其事，振振有词地接话，"但道德水准在成长中的塑造定型只有一次机会，像这种只找漂亮姐姐聊天的……"

"任清风，"徐来还是忍俊不禁地将这句话柔声说了出来，"有时候吧，你确实还挺可爱的。"

任三岁果然将"危险行径"和"道德水准"抛之脑后，立即飘飞地扬起嘴角："还帅。"

徐来认真看着他被艳阳勾勒的金灿灿的英挺轮廓，不禁跟着扬起嘴角："还帅。"

"所以，"这次任清风充分吸取刚刚的教训，到距离出口处不到一英里处便提前减速，再次回头扫了眼盲区，同时执着发问，"我和糟老狗谁更帅？"

"以你对老祁那张脸念念不忘的程度，"徐来放任心中的皮皮怪替她做出总结，笑着回答，"我坚信，在某个平行宇宙里，你们真的是真爱，谁更帅不重要，我先嗑为敬。"

无故多绕了一大圈路后，导航里终于传来"Arrived（到达）"的提示。

两人停好车，再步行穿过一小段丛林，Walden Pond（瓦尔登湖）的全貌在眼前铺陈开来。

绿树环绕中，轻风吹拂下，湖面波光潋滟，充盈着与世隔绝的宁谧清幽。

虽然这个因梭罗的著作《瓦尔登湖》而闻名于世的"pond（池塘）"离 MIT 所在的剑桥地区很近，但这还是任清风两年以来第一次抽出时间前来观光。

他静静环顾四周，客观地评价道："难怪叫'pond'而不是'lake（湖泊）'，看着确实不大。"

"我刚刚在火车上补了课，沿湖走一圈不过三公里，"徐来深吸一口林间清新的空气，欢欣之情尽显眼底，"虽然是比想象中小了点，但确实很漂亮，让人瞬间心静。"

再走近几步，净澈透明的碧绿湖面上清晰拓印出万里晴空和岸边密林的倒影。

正如梭罗形容的，"天空既在我们头上又在我们脚下""水天相接，美好的终极"⑦。

徐来情不自禁加快脚步，在沙滩尽头蹲下身，朝随后不紧不慢走来的任清风惊喜地扬起嘴角："水真的好清！"

湖水清洌透亮，湖底每一块砾石深浅不一的颜色和走势各异的纹路都清晰可辨。

微风吹皱湖面时，泛起白金色的粼状波光，波浪徐缓拍向岸边，水声清脆琮琤。

"嗯，"任清风在徐来左边静静地蹲下身，目光定格在悠远的天幕，声音同样带着旷达的欣喜，"那你补的课还包括什么内容？"

---

⑦：引自梭罗《瓦尔登湖》。

"还有一首海子的诗，超级可爱，"徐来笑意盎然的白皙小脸被阳光照得更加明媚温柔，"梭罗这人有脑子，看见湖泊就高兴⑧。"

任清风看她伸出右手探到湖面，玩心大起地抓起一块米白色碎石，再轻抛回潺潺的水流中，将完全透明的湖水搅起一阵涟漪，心中莫名一动。

他微扬起嘴角，柔声问道："那你现在高兴吗？"

"高兴呀，"徐来嘴角可爱的梨涡加深，答得毫无迟疑，"不仅高兴，还非常开心。"

"高兴和开心有什么不同？"任清风稍稍挺直后背，右手伸进裤兜静静摸索了片刻。

徐来回答得煞有介事："我忘了听谁说过，高兴是情绪的纵向延展，开心却是横向扩张，所以高兴加开心才是对心情好的完整表述……"

话只说完一半。

一只大手拉过她原本随意搭在膝盖上的左手，轻托住纤细的手腕，另一只大手在徐来骤然失控的疯狂心跳声中，郑重而坚定地将一枚铂金戒指缓缓套到她的无名指上。

比她的手指粗了几圈，压得整个手掌沉甸甸的。

戒指表面打磨成规整的长方形，镶嵌着一条栩栩如生的海狸⑨和 MIT 有着圆形穹顶的主楼。

MIT 本科生在大二结束前获得的，大名鼎鼎的 Brass Rat（黄铜鼠戒指）。

戒指正上方与两侧的图样每年都由学生自主重新设计，因此每届毕业生都拥有独一无二的款式，是所有 MIT 学生身份的象征，也浓缩了他们对此身份的一切骄傲与自豪。

自任清风在四月底领到这枚戒指起，两人还没来得及见面，徐来只在视频中见过它的样子。

好奇一时盖过了所有其他在心间激烈翻涌的情绪。

徐来轻抚过精雕细琢的戒面，细细观察了片刻后，忽然想到任清风曾说过指

---

⑧：引自海子《梭罗这人有脑子》。

⑨：海狸为麻省理工学院的吉祥物。

环内侧除了MIT的校园地图，还刻有他的名字，正准备摘下来欣赏——

“别摘，”任清风修长的手指插进她的指缝中，托住宽松到摇摇欲坠的戒指，也彻底阻断了她的意图，严丝合缝与她十指相扣后，果断地拉她起身，“走了，我可没打算在这里傻蹲一下午。”

被他猝不及防地拽起身，再被他拉着踉跄了两步，徐来才想到要重新心跳如雷。

这个任清风啊，偏偏他敢。

敢在当初一切尚未开始前便信心满满地宣告胜利。

敢一句话都不讲便将戒指套到她的左手无名指上。

可是，那句醉意驱使之下的“超喜欢兔兔”又的的确确是他的认输。

而这枚贵重的戒指里有他的名字，有他的骄傲，有他在这异国他乡之中除她以外的全部。

与其说是索取，不如说是交付。

他温热的手掌，连同他的身心，连同他的当下与未来，此时此刻，都紧攥在她微微颤抖的手中。

宁谧无言中，两人并肩向前走了一小段路。

幽静的树林里忽然传来婉转悦耳的鸟啼，伴随着从湖心吹来的沁人肺腑的微风，将澎湃心潮安抚得安适熨帖。

“任清风。”徐来悄悄将他的手握得更紧。

“嗯？”依旧是这个轻柔的鼻音。

“还记得很久之前，”她轻声问道，“你在知乎关注过一个叫‘如何理解先验论证’的问题吗？”

“怎么？”任清风诧异地挑眉。

“我刚刚临时补的课里，还说梭罗是超验主义的代表人物，”她喜欢听任清风讲起任何她不懂的知识，“这里的‘超验’和那个‘先验’好像都有‘transcend-’这个词缀，那这两个词义有什么不同？”

任清风不假思索地微扬起嘴角：“维特根斯坦说过，在超验面前我们应当保持沉默。”

“很敷衍欸。”勤奋好学的徐白兔微微噘起嘴表示不满。

“也是很久之前，有位高人给我上过课，说没有女生愿意喋喋不休地聊起帕累托和薛定谔，”任清风柔和的笑意扩大，“我想，这条箴言的适用范围也可以推及康德和休谟。"

　　徐来一时语塞，瞪他。

　　"好啦，"任清风趁机低下头，在她光洁的额头上印下一个吻，"真想知道的话，以后找时间再详细和你讲。但有关梭罗这个人，你只需要知道，他在 1839 年 7 月 25 日，对着你眼前的这片清澈湖水，写过一篇只有一行字的日记。"

　　小白兔被亲得一愣，随后困惑地蹙了蹙眉："什么日记？"

　　任清风已经重新迈开步子，向湖畔小径的更深处走去："There is no remedy for love but to love more. （爱情无药可医，唯有爱得更深。）⑩"

　　见徐来依旧一脸不可思议地愣在原地，任清风又笑着补充道："这是我提前补的功课。"

---

　　⑩：引自梭罗日记。

番外六
Admission Letter
（录取通知书）

Dear Lai,

On behalf of the Admissions Committee, it is my great pleasure to offer you admission to Qingfeng Ren's Marriage Program, with eternity in mind. You were identified as the most charming, talented, and accomplished woman in his wide circle of friends and acquaintances, and we believe that you and Mr.Ren are simply made for each other. Your lovely temper and convivial character make you stand out as the only one who will thrive within Mr Ren's loving environment as well as contribute to his beloved family.

We recognize that you and Mr.Ren have gone through much more than what it takes to make a perfect couple, and Mr.Ren is more grateful than he appears to be for what you have compromised and sacrificed for him along the way. For him, you have been an indispensable pillar of strength and support through all the ups and downs during the past five years. Mr.Ren is absolutely ready to keep you happy and share all your troubles, fears and anxieties in the journey ahead. While he might not end up a billionaire or celebrity, he promises you an honest, sincere and perpetual effort to take the best care of the family and learn to become a competent husband.

Upon receiving it, we hope this letter will not surprise, exhilarate, or paralyze you to the extent that you will become incapable of opening the door, accepting the ring, and hugging your husband.

Love,
Qingfeng. Ren

译文

亲爱的徐来：

谨此代表招生委员会，万分荣幸地通知您，您已被任先生的婚姻项目录取，期限为永恒。经委员会成员一致通过，您被认定为他广泛交际圈中最迷人、最有才华、最具修养的女士，并且我们深信不疑，您和任先生佳偶天成、天生一对。您可爱迷人的性情与随和友好的品质使您脱颖而出，成为唯一一位会在他爱的沐浴下蓬勃成长，并为他挚爱的家庭锦上添花的人。

您与任先生经历了许多磨合、克服了许多困难才成为如今的完美情侣，对于一路走来您为他做出的妥协与牺牲，任先生的感激之情溢于言表。于他而言，您是过去五年酸甜苦辣的浮沉生活中不可或缺的坚强支柱。任先生现已完全准备好，在未来的人生旅途中使您开心幸福、为您排忧解难、与您同甘共苦。或许他永远不会成为百万富翁或名流巨子，但他向您承诺，将永远以诚恳而真挚的努力照顾好家庭，学着做一个称职的丈夫。

当您收到这封信时，希望您不会太过惊喜、激动，或是头脑一片空白，毕竟此时此刻，还需要您打开家门，收下戒指，然后向正在等您的丈夫献上爱的抱抱。

爱你的，
任清风

番外七
任清风的朋友圈

又到一个炎热的夏天。

"欸，大四毕业了，得聚一聚吧？"

已然沉寂了有段时间的（13）班同学群被陈予的这句话瞬间激活。

"都大学毕业了，大部分马上要出国读研了吧？聚起来，聚起来！"

"附议，有好久没见到大家了，兄弟姐妹们都还好吗？"

"得尽量把大家都集齐了！"

"您是要集齐七龙珠召唤神龙吗？那叫聚齐！"

"就是不知道在国外读书的那几个能不能到。"

"前几天老任还和我说，他和徐来回来了。"

"啊，老任太不够意思了，回来了也不和我说一声。"

"那其他的那几个呢？大家都吱个声！"

"来了来了！我8号回！"

……

越来越多的人积极地参与进讨论中，有闲聊的，有提议时间地点的，好不热闹。

就在气氛逐渐攀升到最高点的时候——

"啊！我这是刷出了什么？大家都去看任清风的朋友圈！"

"我看到了，简直闪瞎我的钛合金狗眼！"

一石激起千层浪。

一分钟前，任清风万年不用的朋友圈竟然真的更新了。

清楚明白的大字。

"这个小姑娘说如果放把我放进婚姻市场会哄抬物价，造成社会的不稳定，非要尽快把我就地正法。"

配图是一张红底的证件照，正中肩并肩的任清风和徐来穿着同款白衬衫。

两人笑得一如既往的沉静温柔，也一如既往地和谐般配。

群里瞬间爆炸。

太过突然和震撼，第一个有幸抢到沙发的人竟然完全忘了道喜。

瞬间跟上的队伍，一分钟内就盖了六十多层楼，内容统一，气势汹汹。

"啊！我就多余往里点，任清风你又飘了吧！@徐来。"

在这条朋友圈被这个整齐的队形淹没了十多分钟后。

女主角才终于在自己的朋友圈姗姗而来。

"任清风屏蔽了我，我看不到（微笑），我没有（挥手）。"

"等一下，这一幕怎么好像似曾相识？"

神情激荡的观光团纷纷重新点进任清风的朋友圈，向下拉。

上一条，两年前，大二暑假某个晴空万里的白天。

清楚明白的大字。

"这个小姑娘说她还是第一次来这么大的城市，并且不太识字，我要不要大发善心，适时为她普及一下。"

配图是一条车水马龙，高楼林立的街道，右上方两块不起眼的绿色路牌分别显示着"W 55 St（西55街）"和"5 AV（第五大道）"。

照片左上角马路对面不远处，一个有着圆形拱门的白色大理石店面沉稳低调，两块完全对称的巨大玻璃窗明几净，上方挂着金色英文单词，"HARRY WINSTON"。

照片右下方是一个长发飘飘的……后脑勺。

从拍摄者的角度看，微微向左偏头的女生正朝着那白色门店张望。

只可惜，照片的焦距对在了马路正中一辆呼啸而过的黄色出租车上，出租车和女生的背影同样模糊到惨不忍睹。

这条朋友圈下山呼海啸般的回复同样整齐划一。

"喂！我就多余去查这是啥，任清风你又飘了吧！@徐来。"

再上一条，将近六年前，高二某个月黑风高的夜晚。

清楚明白的大字。

"这个小姑娘说她做过的最英明的事，就是故意把满满一杯热奶茶泼到我身上，成功引起了我的注意。"

　　配图是一张昏暗路灯下惨不忍睹的偷拍，不仅一团模糊，而且角度清奇。

　　照片的主体是……一个勉强能分辨出的人头，还是后脑勺。

　　轻靠在一个肩膀上的女生，被比自己高的拍摄者以俯视的角度随意定了格。

　　拍摄者很可能在按下快门的瞬间犯了无药可医的手抖病，照片完全看不出焦距在哪儿。

　　而这条朋友圈下山呼海啸般的回复也格外整齐划一。

　　"喂！我就多余来刷这一下，任清风你又飘了吧！@徐来。"

　　回顾完这三张照片，神情激荡的观光团也猝不及防重吃了一顿历久弥新的陈年狗粮。

　　随后，大家纷纷意犹未尽地点进了女主角的朋友圈。

　　虽然徐来的朋友圈内容稍多一些，平均每年七八条，却也并不难找。

　　两年多前任清风发朋友圈的同一天。

　　"任清风你敢不敢不屏蔽我（微笑）？我不是（挥手）。"

　　五年多前任清风发朋友圈的同一天。

　　"任清风你为什么要屏蔽我（微笑）？别瞎说（挥手）。"

番外八
季女士的烦恼

虽然为人谦逊低调，但经济系的季教授是全盛川大学远近闻名的人生赢家。

先不说季女士本人和她家著作等身的任教授，光是她那个"厉害了"的儿子，就足以让人流上三天三夜羡慕嫉妒恨的热泪。

别的小朋友还在学习像是"how are you（你好）"和"what's the date today（今天几号）"这样最最基本的英文对话时，季女士家的任清风小朋友已经随父母开始了长达三年的留学生涯，全天候浸入式地掌握了一口标准的伦敦音，日常交流更是不在话下。

别的小朋友还在严阵以待，备战中考时，季女士家的任清风小朋友已经轻轻松松在高中数学联赛拿了省级一等奖。能拿到这个奖的高三学生，通常已经拥有了所有名字如雷贯耳的大学降分录取的资格，包括北大清华。

别的小朋友还在悲惨的高二暑假埋头苦读时，季女士家的任清风小朋友已经在俄罗斯摘得国际数学奥林匹克竞赛的金牌，并且和国家队的其他五个小伙伴一同拿下了团体总分第一的好成绩。当然，在更早之前，人家就已经"随随便便"签约了北大数院。

别的小朋友还在人心惶惶地进行着高考倒计时，为这重要一役全力冲刺时，季女士家的任清风小朋友已经无比淡定地手握一片美国名校录取通知书。而在被问到为何最终选择去 MIT 学物理时，人家给出的理由无比任性，因为离妹子要去的学校比较近。

别的小朋友本科毕业，要么努力找工作，要么考研出国，准备挣得光明"钱"途时，季女士家的任清风小朋友已经从 N 多名校的 PhD（博士学位）全奖录取里选中了爱因斯坦老爷爷待过的普林斯顿，表示要潜心研究弦论，为基础科学的发展添砖加瓦，为人类对客观世界的全面认知做出贡献。

别的小朋友大学毕业，想着该去哪里疯玩一把时，季女士家的任清风小朋友携手相恋多年、感情稳固的小女友荣归故里，拍拍脑门顺手结了个婚。

并且，在盛大美好的婚礼现场，人家展示的各种假期旅游相片里，是奇琴伊察的玛雅金字塔和吉萨高地的狮身人面像，是天空之镜的海天一色和特罗姆瑟的炫目极光，是慕士塔格的巍峨峻峭和珠穆朗玛的直入云霄，是乌斯怀亚的呆萌企鹅和塞伦盖蒂的优雅猎豹，是百慕大的粉色沙滩和大溪地的碧浪波涛。

别的小朋友终于有了稳定工作，开始被家长疯狂催促"该考虑人生大事啦""女朋友谈了吗""男朋友快点领回家"时，季女士家的任清风小朋友已经在博士毕业前一年发来无数张小女儿的可爱萌照和一家三口其乐融融的生活日常。

不能多想，不能比较，这种每一步都能比同龄人走得更快更远的变态，肯定是上辈子买的彩票全中了大奖。

"要是我也有个这样的儿子，做梦都要笑醒。"柠檬精一号。

"季姝的生活多么无聊，虽然有了完美的儿子，却也失去了无数烦恼。"柠檬精二号。

可是，但凡生而为人，哪能没有烦恼？

这一晚，季大教授愣是没看进任何一篇论文，只是第 N 次对着面露无奈的任教授请求道。

"任和乐，你再和你家任清风好好谈谈，这不是瞎胡闹吗？"

任教授从电脑前抬头，摆摆手表示爱莫能助。

"虽然 Olivia（奥利维亚）是你的孙女没错，但也是人家的女儿，叫什么我可管不着。"

思来想去，季女士只好拨通了周医生的电话，客客气气地请求道。

"任清风最怕你了，你再打电话要挟他一下，这不是瞎胡闹吗？"

周医生也只是揉揉太阳穴，同样大吐苦水，表示无能为力。

"别提了，我苦口婆心劝了多少次，一点用处都没有，现在徐来已经拒绝和我通话了。"

于是，无论是好言相劝还是恶言威胁统统失败的季女士有了人生中最大的烦恼。

问：如何能让向来优雅和善的季女士一秒黑脸，暴跳如雷？

答：你只需要在季女士眉开眼笑地大秀孙女照片时开展如下对话：

"欸，这是任帅哥的女儿呀，也太可爱了吧！看看这小脸……"

"是啊是啊，长得像我家徐来没错！"

"小姑娘叫什么名字呢？"

"Olivia。"

"哟，怎么没有中文名字呢？"

然后，敬请期待季姝女士展开愤怒的独白便是。

"我和你说，这个任清风实在让人咬牙切齿，二十六七岁的人了半点不靠谱。"

"不仅自己是个神经病，还把我原本那么可爱那么正常的儿媳妇搞得也像个神经病。"

"这两个人，真是要把我给活活气死。"

"这么可爱的小姑娘，怎么就不能好好取个名字？"

"我也好，任和乐也好，徐来的爸爸妈妈也好，家里的七大姑八大姨也好，翻了那么多字典，找了那么多典故，提供了那么多建议，这两个人铁了心就是不听。"

"说什么早就决定好了，爸爸和妈妈各取一个名字，让孩子抓阄，抓到哪个算哪个。"

"这个方法也不是不可行，但名字总得上点心吧。"

"徐来取的那个什么'任平生'我就勉勉强强忍了，就当是表达对苏轼的敬意，毕竟'清风徐来'四个字就是出自他的《赤壁赋》。"

"而且，这首词里那句'也无风雨也无晴'还算是有那么点讲究。"

"可任清风要给他女儿叫什么你知道吗？任！逍！遥！"

"咱先不说这俩是不是女孩名字，是不是人名都是个问题。"

"你说我怎么就生出了这么个神经病来，真是气死我了……"

这时，你需要尽快在季女士气到炸裂之前善良地中止这个话题。

"呃，所以，后来到底叫'任平生'还是'任逍遥'呢？"

"没有问！不知道！"

番外九
今天任狐狸失去徐白兔了吗

又是一年一度的儿童节。

早起第一件事——

任狐狸："生日快乐，小姑娘。"

徐白兔："那礼物是什么呢？"

任狐狸："学习使人进步，送你书。"

几秒钟后，某人从网上随手搜到写着以下内容的书封——

"How to Teach Quantum Physics to Your Dog（如何将量子物理学教给你的狗狗）"[11]。

徐白兔："觉得日子实在过不下去了的话，其实可以直说的。"

任狐狸："对不起，刚刚纯属手抖，搜错了。"

几秒钟后，某人重新搜出了写着以下内容的书封——

"The Feynman Lectures on Physics: the New Millennium Edition（费曼物理学讲义，新千年版）"[12]。

徐白兔："可以再给你一次机会。"

任狐狸："那……这一本呢？"

几秒钟后，某人的手机屏幕上出现了写着以下内容的书封——

---

[11]：Orzel, Chad. How to Teach Quantum Physics to Your Dog. London: Oneworld, 2015.

[12]：Feynman, Richard P., Robert B. Leighton, and Matthew Sands. The Feynman Lectures on Physics: the New Millennium Edition. Reading, MA: Addison-Wesley., n.d.

"The Little Book of String Theory（一本有关弦论的小书）" [13]。

任狐狸："看这个 Intro（简介）就很有趣，对不对？"

说着，某人将电子书翻到了内容页——

INTRODUCTION

（简介）

String theory is a mystery. It's supposed to be the theory of everything. But it hasn't been verified experimentally. And it's so esoteric…

（弦论是一个谜。它应该就是那个"万有理论"，但是尚未被实验证实。它非常深奥……）

徐白兔："非常感谢，我很喜欢呢。"

任狐狸："这种热爱学习的精神棒极了，表扬。"

徐白兔："喜欢到忍不住想要回赠你一本书。"

任狐狸："好啊，书我来者不拒。"

几秒钟后，任狐狸的手机屏幕上出现了写着以下内容的书封——

"最该断舍离的是丈夫？" [14]

于是，一家人吃早饭的时候——

任狐狸："Olivia，如果周末去野营的时候，你只能和爸爸妈妈其中的一个人去，你会选谁？"

Olivia："爸爸！"

任狐狸（胜利的微笑）："为什么是爸爸呢？"

Olivia："因为妈妈做饭不好吃。"

任狐狸（胜利的微笑）："假设妈妈做饭和爸爸一样好吃，你还会选爸爸吗？"

Olivia："会的！"

---

[13]: Gubser, Steven S. The Little Book of String Theory. S.1.: Princeton University Pres, 2011.

[14]: [日]山下英子. 最该断舍离的是丈夫. 张璐译注. 湖南：湖南文艺出版社, 2020.

任狐狸（胜利的微笑）："为什么呢？"

Olivia："因为爸爸是全世界最好的爸爸。"

徐白兔："那妈妈是不是全世界最好的妈妈呢？"

Olivia（摇头）："……"

任狐狸（胜利的微笑）："为什么不是呢？"

Olivia："因为妈妈做饭不好吃。"

第二天，Olivia 小朋友对着仅吃了一口的早餐发出了极具洞察力的灵魂拷问——

"妈妈，为什么今天的 Omelet（煎蛋卷）里面混入了爸爸最最讨厌的茄子和青椒？"

后记

没想到时隔一年，我又将这两个小朋友的故事彻彻底底、完完整整地重写了一遍。

借此机会，修正了一些当初行文上的问题，也弥补了一些当初连载时的遗憾。

另外，应小可爱们的要求，补充了一个有他们大学生活的番外。

至此，对我来说，任清风和徐来的故事已经百分百圆满（笑）。

其实校园生活已经离我很远很远了。

我上高中的时候，还是完全没有智能机，手机只能储存有限条短信，甚至高中生都未必用得起手机的年代，所以文中才会有女主和闺密煲电话粥这种很具有时代烙印的古董情节（笑）。

但回过头来看，与其说这是一篇"用来缅怀青春的，非常纯粹的爱情小故事"，不如说它只是一个早就过了谈情说爱年纪的老阿姨对爱情本身的一些思考。

故事（特别是中后期）的情节发展和人物对话，只是为这些主观思考服务的媒介与载体。

虽然男主对女主算是"一见钟情"，但他的心理先后经历了"意识到喜欢女主"（运动会前后），"权衡后决定放弃"（真心话大冒险前后），"还是想要追一追试试看"（兴邦小学前后），"认定会有同一个未来"（英语课外班前后），"想要一个确定的结果"（第一次争吵和好后），以及最终"他的未来会在她在的地方"（格里菲斯天文台前后）这几个由浅入深的不同阶段。

从最初荷尔蒙作用下的"单纯被吸引"，到"冷静理性的观察考量"，到之后"希望走向共同的未来"，再到最后"甘愿修正自己的轨迹去配合对方"，这应该是现实生活中绝大多数（成年）男性认定终身伴侣的真实心路历程。

女主反射弧虽然长了些（笑），却也明确经历了"产生好奇""产生好感""意识到喜欢并悄然试探""产生依赖""发现他的重要性""终于确定他最重要"

这些循序渐进的阶段。

虽然行文之初有意强调了两人客观条件上的相配，但男女主并不是从一开始就认定彼此，他们之间的关系是随着时间和共同的经历才趋于深入，趋于牢固，趋于稳定的。

一如生活中的绝大多数平凡伴侣。

可以说，这篇文所描述的爱情其实非常"老夫老妻"：理性多于感性，默契大于激情，没有一触即发的燃点，没有大开大合的张力，平淡至极。

甚至也可以说，这篇文于本质和热血冲动的"青春"二字并没有太大关系。之所以会选择以高中为背景，只是因为人生中再没有哪个阶段能够如此纯粹地"只谈感情，不论其他"（笑）。

有小可爱问过，为什么正文会略显突兀地完结于此，为什么不继续写到毕业，写到大学甚至婚后。

除了"文章已经又臭又长啦"和"再写下去就要丢工作啦"之外，也是因为，在这个时间点上，男女主的磨合已经趋于完备，而我也阐述完自己对于"爱情"的观点，结束了思考（笑）。

我相信，这样一对愿意携手成长，相互理解，彼此珍视，并且已经摸索出了可以妥善解决任何问题的流程的小青年，无论在哪个宇宙都能幸福久长，后续故事可以"按下不表"。

毕竟，童话故事的标准结局，就是这句轻描淡写的"从此两人过上了幸福的生活"。

也有小可爱问过，整篇文章中，我写得最快乐的是哪一段。

是孙思凌的番外，因为小虎和小虎眼中的傻大个都很可爱（笑）。

并且，这是男主脱离谈情说爱的框架与"男主"的身份，作一个独立的"人"而存在的高光时刻。

这篇文的确是我迄今为止的人生中，最意外也最有趣的一次 detour（绕道）。

最初动笔时，它的意义仅在于帮我消磨了一段相对空闲的时光，让我在出国生活十多年后重新以早已生疏的中文落笔，找回了些许以母语"写作"的能力。

而现在，如果你曾在阅读的过程中收获了些许快乐，那它对我而言就有了更加重大的意义。

最后，

非常感谢当初在晋江追连载的小可爱，没有你们当时不离不弃的支持与鼓励，这篇文绝不可能写到完结。

非常感谢看过网络版，曾在各个平台推文的小可爱，没有你们的喜欢和"安利"，这个故事不可能被编辑捡走，也不可能有机会出版成书。

非常感谢所有曾对网络版提出建议的小可爱，没有你们的疑问和意见，我也不可能意识到行文中的诸多问题与不足。

非常感谢乔木在微博上为番外六中的英文求婚信提供的第一稿翻译。

最后的最后，

非常感谢可爱的编辑酥酥把这个故事神奇"变现"，以及在我修改过程中给予的耐心帮助。

非常感谢有缘拿起这本书，耐心看到结局，陪着故事中的小朋友走完"那些年"的你。

阿回卅